Der Tag,
an dem wir tanzten

Barbara Bretton

Der Tag,
an dem wir tanzten

Deutsch von Ingeborg Dorsch

Weltbild

Originaltitel: *The Day We Met*
Originalverlag: Berkley Books, New York

Für Steven J. Axelrod, der mit Sicherheit
der beste Agent der Welt ist.

Besuchen Sie uns im Internet:
www.weltbild.de

Die Autorin

Barbara Bretton wurde 1950 in New York City geboren. 1982 veröffentlichte sie ihren ersten Roman, dem 40 weitere folgen sollten. Die meisten von ihnen stürmten die Bestsellerlisten. Ihre Bücher wurden in zahlreiche Sprachen übersetzt und werden heute in mehr als 20 Ländern gelesen. Die Gesamtauflage weltweit beträgt mehr als 10 Millionen Exemplare. Barbara Bretton hat eine ganze Reihe von Preisen gewonnen. Heute lebt sie, seit mehr als 30 Jahren glücklich verheiratet, in Princeton, New Jersey. Im Weltbild Buchverlag erschien bereits ihr Bestseller »Ein Sommer am Meer«, weitere Romane sind in Vorbereitung.

1

»Daddy heiratet wieder.«

Maggy O'Brien umfasste das Lenkrad fester und warf einen Blick auf die Uhr am Armaturenbrett. Es war 7:08 am Morgen ihres fünfunddreißigsten Geburtstages, sie war noch in Jogginganzug und Häschenpantoffeln und mit ihrer Tochter im Wagen auf dem Weg zur Schule. Bis zu diesem Augenblick war sie der Überzeugung gewesen, es könne kaum noch schlimmer kommen. Im Rückspiegel begegnete ihr Blick dem ihrer Tochter.

»Könntest du das wiederholen, Nicole?«

Nicoles Blick wanderte ins Leere, und sie selbst verschwand hinter einem Vorhang lilafarbener Haare. Nicole war fünfzehn. Lilafarbene Haare gehörten einfach dazu.

»Daddy heiratet wieder.«

»Heute?«, fragte Maggy. Er würde doch wohl nicht an ihrem Geburtstag heiraten. Das würde er der Mutter seiner Kinder nicht antun, auch wenn die Scheidung im April vor zwei Jahren rechtskräftig geworden war.

Nicole gab einen abfälligen Laut von sich. »Natürlich nicht heute. Vielleicht an Weihnachten.«

»Na gut«, war alles, was Maggy erwiderte. Was sollte sie sonst schon darauf sagen? In kaum mehr als zwei Monaten würde es eine neue Mrs Charles O'Brien geben. »Seit wann weißt du es?«

Nicoles schmale Schultern hoben und senkten sich. »Keine Ahnung, 'ne Woche vielleicht.«

Eine Woche. Maggy atmete tief ein und zwang sich, bis zehn zu zählen. »Warum hast du es mir nicht erzählt?«

»Hab ich doch gerade.«

Zähl bis zwanzig, Maggy. Auch bis dreißig. Lass dich bloß nicht provozieren.

»Du hättest es mir schon letzte Woche sagen können.«

»Hab's vergessen.«

»Du hast vergessen, dass dein Vater heiratet?«

Nicole stöhnte. »So weltbewegend ist es nun auch wieder nicht. Er ist doch schon ewig mit Sally befreundet.«

»Nicht so welt...« Sie verschluckte den Rest. Ihre Tochter hatte recht. Ehemalige Ehemänner verheiraten sich ständig wieder. Deshalb sind sie ja auch Ex-Ehemänner, damit sie sich neue Frauen suchen können. »Du hast recht«, erwiderte sie. »Es ist tatsächlich nicht so weltbewegend. Dein Dad und ich sind seit zwei Jahren geschieden. Wenn er heiraten will, dann kann er das tun. Mich stört das nicht.« Sie betätigte den Blinker. »Es geht mich nichts an, was er tut. Es interessiert mich nur insofern, als es dich und Charlie betrifft.«

Sie bog rechts in die Main Street ab, fuhr zwei Blocks weiter und hielt vor der Highschool.

»O Gott«, stöhnte Nicole genervt. »Park bloß nicht hier! Ich will nicht, dass dich jemand im Jogginganzug sieht.«

»Daran hättest du denken sollen, als du den Bus verpasst hast.«

»Meine Haare waren aber noch nicht trocken.«

»Dann steh eher auf, und du hast keine Schwierigkeiten damit.«

»Ich hasse dich!«

»Das weiß ich«, erwiderte Maggy. »Und auch wenn du es nicht glaubst, es wird sich legen.«

Nicole kletterte aus dem Wagen, knallte die Tür zu und rannte so schnell sie konnte in Richtung Schule, als wollte sie so viel Abstand wie möglich zwischen sich und ihre Mutter legen. Maggy hatte es auch so gemacht, als sie noch ein Kind gewesen war. Wenn sie mit ihrer Mutter und ihren Schwestern beim Einkaufen war, verschwanden sie, Claire und Eleanor jedes Mal, wenn sie jemand sahen, den sie kannten, hinter der nächsten Säule, damit um Himmels willen niemand merkte, dass diese lächerliche Figur mit den rot gefärbten Haaren und dem Zuviel an Rouge ihre Mutter war. Erstaunlich, wie das Leben sich rächt.

Jetzt waren es ihre Schwestern und ihre Mutter, die vorgaben, sie nicht zu kennen.

Sie meinten es ja gut. Das jedenfalls war es, was Maggy glauben wollte, so wie sie sie kritisierten, angefangen bei ihrer Frisur bis hinunter zu den Schuhen und ohne dazwischen auch nur irgendetwas auszulassen. Sie sorgten sich um sie. Sie behaupteten, sie ginge zu wenig aus, sie arbeite zu viel, sie habe vergessen, wie man Spaß am Leben hat. Sie warfen ihr vor, sie hätte sich, so um 1982, einen gewissen Trott angewöhnt und diesen seitdem beibehalten, und so sehr sie es auch versuchte, es gelang Maggy nicht, dem zu widersprechen. Wer hatte für solchen Unsinn auch schon Zeit? Als frisch verheiratete Schwangere hatte sie dafür weiß Gott keine Zeit gehabt. Und dann erst recht nicht, als sie Charles von Stützpunkt zu Stützpunkt folgte, zwei Kleinkinder, zwei Hunde, eine Katze und einen nervigen Papagei im Schlepptau. Und für alle trug sie die Verantwortung. Charles war für seine Karriere verantwortlich, und sie verstand das. Ihre Aufgabe war es, die Familie zusammenzuhalten. Und wenn das bedeutete, es zu schaffen, das eine Haus über Nacht zusammenzupacken und das neue am nächsten Morgen in ein Zuhause zu verwandeln, dann tat sie es eben.

Im Einwickeln, Verpacken und Umziehen gehörte sie zur Spitzenklasse. Sie war für neue Erfahrungen offen und konnte sich mit Leuten anfreunden, die für sie in den zwölf Monaten ihrer Stationierung wichtig waren. Und in der gleichen Sekunde, in der sie zum Abschied winkten, würden sie auch schon vergessen sein. Sie redete sich ein, ihr gefiele das Nomadenleben einer Soldatenfrau, doch was ihr vor allem daran gefiel, war die Tatsache, dass es ein absehbares Ende gab. Charles würde in den Ruhestand gehen, wenn er zwanzig Dienstjahre erreicht hätte, und dann würden sie sich ein richtiges Haus kaufen, mit einer richtigen Nachbarschaft drum herum, und sie würde nur einmal Koffer packen und das für ihre alljährlichen zwei Wochen Ferien im Juli.

Wie zu erwarten, kam es anders. Welcher Traum wurde je wahr? Eines Abends, während sie damit beschäftigt war, für den Umzug nach Florida zu packen, kam Charles nach Hause und erklärte, er habe sich entschlossen, sich neu zu verpflichten, da die Möglichkeiten, die sich ihm böten, genau das wären, was er sich immer gewünscht hatte, und er hoffe, sie verstünde, dass er täte, was für die Familie das Beste sei.

Sechs Monate später benutzte sie Charles gegenüber die gleichen Worte, als sie ihn um die Scheidung bat. Es gab keine feindselige Stimmung zwischen ihnen, keine lautstarken Kräche, keine wütenden Auseinandersetzungen. Vielleicht wäre es besser gewesen, wenn es sie gegeben hätte. Dann wäre vielleicht noch etwas zu retten gewesen, ein kleiner Rest der Leidenschaft, die sie einmal verbunden hatte. Eine gute Ehe war zu Ende gegangen, und es blieb ihnen nur noch, die Möbel und die Ersparnisse aufzuteilen und ihr jeweiliges Leben in die Hand zu nehmen.

Charles war mit einem Posten im Diplomatischen Korps in London betraut worden, und Maggy ging heim, zurück nach New Jersey.

Heim, das war für sie ein geräumiges Farmhaus auf einem dreiviertel Morgen in der gleichen Gegend, in der sie als Kind gespielt hatte. Damals hatte es dort noch keine Häuser gegeben, nur weite Felder und Wälder, in denen ein Kind seinen Träumen nachhängen konnte. Maggys Träume waren immer die gleichen gewesen: ein Zuhause und eine Familie. Mit einem Zuhause und einer Familie, die man lieben konnte, war man gegen so gut wie alles gewappnet, was einem im Leben widerfahren konnte. Nun, sie hatte ein Zuhause, und eine Familie hatte sie allemal: zwei Kinder, zwei Schwestern, eine

Mutter, die plötzlich in einen Jungbrunnen gefallen zu sein schien, und genügend Tanten, Cousinen, Onkel und Cousins, um die Meadowlands zu bevölkern. Sie hatte auch einen Job, und sie hatte die Schule. Zwar gab es keine Liebe, keine Leidenschaft und keinen Mann, der sie in den Arm nahm, wenn ihr das Leben einen Streich spielte, doch ihr war klar, dass alles weitaus schlimmer sein könnte. Hauptsache, ihre Schwestern erfuhren nicht, dass Charles wieder heiratete.

Als sie an der Ampel Ecke Pappel- und Ahornstraße anhielt, beglückwünschte sie sich. Nur noch einen Block bis nach Hause, und keine von Nicoles Freunden – oder auch ihren eigenen – hatte sie entdeckt. Dann noch drei Minuten, und sie würde in der Garage sein und keiner würde je erfahren, dass sie schon wieder im Jogginganzug aus dem Haus gegangen war. Es war zwar nur ein kleiner Erfolg, doch sie genoss jeden, der sich bot.

Sie setzte den rechten Blinker, bog in die Ahornstraße ein, und dann entschlüpfte ihr ein Ausdruck, der nicht mehr über ihre Lippen gekommen war seit dem Tag, an dem sie zwischen eine ihrer Katzen und einen angriffslustigen Skunk geraten war.

Am Straßenrand vor ihrem Haus waren die Autos ihrer Schwestern geparkt. Claires Saab stand schräg vor dem Hydranten, mit dem rechten Hinterrad auf dem Randstein. Die Vorderräder wirkten etwas platt. Eleanors blitzblanker schwarzer Lexus war gegen die Fahrtrichtung geparkt, seine vordere Stoßstange berührte beinahe den Kotflügel des Saab. Das war an sich nichts Ungewöhnliches. Ungewöhnlich war jedoch, dass sie alle überhaupt hier waren.

Maggys Hände zitterten, als sie in die Einfahrt einbog und die Automatik auf Parken stellte. Irgendetwas war passiert. Warum sonst wären sie um sieben Uhr morgens hier? Um Nicole konnte es sich nicht handeln, aber vielleicht um Charlie? Sie hatte ihn vor über einer Stunde in den Schulbus gesetzt und dabei festgestellt, dass wohl ein Ersatzfahrer am

Steuer saß. Sie hatte sich vorgenommen die Schule anzurufen und sich nach dem Namen und der Qualifikation des Fahrers zu erkundigen.

Bitte lieber Gott...

Sie raste den Weg hinauf, ihre Häschenpantoffeln klapperten auf den Pflastersteinen. Die Tür war nur angelehnt, und sie stieß sie weit auf.

»Claire! Eleanor! Was ist passiert? Wo sind ...«

»Happy Birthday, Mags!« Ihre zwei unverschämt eleganten jüngeren Schwestern sprangen Maggy aus dem Gang entgegen und umarmten sie stürmisch. »Überraschung!«

»Überraschung?« In einer Mischung aus Erleichterung und Wut ließ sie sich in ihre Arme sinken. »Ich habe fast einen Herzschlag bekommen!«

»Du wirst eben alt, Mags«, sagte Claire grinsend. »Fünfunddreißig ist wohl schon ein bedenkliches Alter.«

Maggys Herz raste derart, dass ihr das Atmen schwerfiel. »Ich dachte, einem der Kinder wäre etwas passiert. Ich dachte, die Schule hätte euch angerufen und ...« Sie brachte es nicht fertig, den Satz zu vollenden. Keine Mutter hätte das gekonnt.

Ellie, neuerdings blond, stupste Claire mit einem frisch manikürten Finger in den Oberarm. »Ich hab dir doch gesagt, sie wird denken, es sei was mit den Kindern passiert. Wir hätten draußen warten sollen.«

»Keine Angst«, erwiderte Claire und umarmte Maggy wieder. »Sie wird's überleben. Und übrigens hat es eine Frau, die in Jogginganzug und Häschenpantoffeln aus dem Haus geht, nicht besser verdient.« Sie begutachtete Maggy theatralisch von oben bis unten. »Mein Gott, Mädchen, was in aller Welt hast du dir dabei gedacht?«

»Ich habe gar nichts gedacht«, erklärte Maggy, während sie aus ihrem viel zu großen Regenmantel schlüpfte und ihn links von der Eingangstür an den geschwungenen Eichenhaken hängte. »Ich habe gemuttert.«

»Hat Nicole mal wieder den Bus verpasst?« Ellies normalerweise harte Stimme wurde immer ganz weich, wenn sie von ihrer Nichte sprach.

Maggy unterdrückte mit Mühe einen Seufzer. Sie hatte schon dabei geholfen, ihren beiden hoch aufgeschossenen eleganten Schwestern die Windeln zu wechseln, und man sollte meinen, das würde ihr ein gewisses Gefühl der Überlegenheit vermitteln, tat es aber nicht. Bei deren Anblick an diesem Morgen kam sie sich pummelig, alt und einsam vor.

»Nicole hat den Bus verpasst. Charlie hat Orangensaft auf sein Hemd gekleckert, und ich musste ein neues bügeln. Und Tigger hat auf das Sofa gekotzt.« *Sucht euch was aus, Mädchen. Willkommen in der aufregenden Welt einer allein erziehenden Mutter.*

Sie griff hinter sich und zog ihren Pferdeschwanz zurecht.

»Übrigens ist es nicht meine Gewohnheit, so aus dem Haus zu gehen. Es war ein Notfall.«

»Wir wissen es schon«, erklärte Claire mit ihren vor Anteilnahme großen, perfekt geschminkten blaugrauen Augen. »Nic hat es uns erzählt.«

»Erzählt?«, rätselte Maggy. »Was erzählt?« Nein. Bitte lass sie nichts von Charles wissen.

Wieder wurden besorgte Blicke gewechselt.

»Von Charles.« Ellies Zärtlichkeiten fielen meist etwas ungelenk aus. Sie tätschelte Maggys Unterarm, wie sie eine Wildkatze gestreichelt hätte: mit kurzen, schnellen Berührungen ihrer steif ausgestreckten Finger.

»Ihr wisst über Charles Bescheid?«, fragte sie. Es war noch nicht einmal acht Uhr morgens, und schon jetzt stellte sich der Tag als der entsetzlichste Geburtstag ihres Lebens heraus. »Ihr könnt gar nichts über Charles wissen. Ich hab es ja selbst erst vor einer halben Stunde erfahren.«

Claire und Ellie sahen sich an.

»Lasst das! Wenn ihr beiden nicht aufhört, euch Blicke zuzuwerfen, dann werde ich ...«

»Gut so«, erwiderte Claire. »Raus damit. Das ist die beste Methode, mit dem Schmerz fertig zu werden.«

»Schmerz?« Maggy musste lachen. »Welchem Schmerz? Charles heiratet wieder. Ich wünsche ihm viel Glück.«

»Du brauchst uns keine Märchen zu erzählen«, erklärte Ellie. »Wir sind deine Schwestern. Wir verstehen dich.«

»Genau«, pflichtete Claire bei. »Jeder weiß, dass man nicht die Übergangsgeliebte heiratet. Er wird's noch merken.«

»Du wirst noch daran denken«, steuerte Ellie bei. »Einsamkeit wird so leicht mit Liebe verwechselt.«

Sie meinten es ja nur gut. Maggy wusste das. All dieses kluge Gerede über Liebe und Einsamkeit sollte ihr angeschlagenes geschiedenes Ego wieder aufrichten und ihr zeigen, dass es auch für sie noch Hoffnung gab, auch wenn ihr Ex-Mann eine neue Liebe gefunden hatte und Maggy mit den Katzen und Hunden zu Hause blieb und den heimischen Herd hütete. Diese beiden unverheirateten Erfolgsvorbilder bildeten sich doch wahrhaftig ein, verstehen zu können, wie sich eine zweifache Mutter, Halbtagsstudentin und Halbtagssekretärin fühlte, die sich ganztags darum sorgte, dass ausgerechnet die Richtung, die sie *nicht* eingeschlagen hatte, die goldrichtige sein könnte. Sie liebten sie. Es war nicht ihre Schuld, dass sie es nicht kapierten. Wie sollten sie auch? Manchmal gab es eben keinen Ersatz für eigene Erfahrungen.

»Wie habt ihr das von Charles erfahren?«, fragte sie.

»Nic rief mich an«, antwortete Claire. Sie wirkte etwas betreten, obwohl man das nur merkte, wenn man sie von Kind auf kannte. Claire war es immer schon gut gelungen, ihre Gefühle zu verbergen, bis es zu spät war.

Tief in Maggys Kehle bildete sich ein Kloß. »Wann?«

»Gleich nachdem sie mit ihrem Vater gesprochen hatte.«

»Oh.« Maggy wusste, dass ihre Tochter und ihre Schwester sich sehr nahe standen, und sie war niemals auch nur im Geringsten eifersüchtig gewesen. Dieses hässliche Gefühl mitten in ihrer Brust war für sie völlig neu, und es gefiel ihr gar nicht. Sie wünschte sich zurück in die Zeit, als Nicole noch ein süßes Baby war und die Liebe ihrer Mutter das Einzige war, was sie zum Glücklichsein brauchte.

»Sie hatte gar nicht vor, es mir zu erzählen«, fügte Claire schnell hinzu. »Du warst nur gerade weg, in der Schule und ...«

Maggy hob abwehrend die rechte Hand. »Du machst es nur noch schlimmer, Claire. Lass es.«

»Du hast mich nicht richtig verstanden«, fuhr ihre schöne, etwas unbedarfte kleine Schwester fort. »Es war dein Kursabend in der Schule, und Nic war ganz durcheinander, und sie musste einfach ...«

»Ich weiß«, unterbrach Maggy sie, »ist schon gut. Du und Nicole, ihr seid gute Freunde. Ich finde das prima. Und, wie wär's jetzt mit einem Kaffee? Ich weiß ja nicht, wie es mit euch ist, aber mir täte ein wenig Koffein im Moment ganz gut.«

»Etwas plump«, bemerkte Ellie. »Wenn du das Thema wechseln willst, dann sag es einfach.«

»Ich möchte das Thema wechseln.«

»In Ordnung«, erwiderte Claire, »denn für das Koffein hast du sowieso nicht genug Zeit.« Sie warf einen Blick auf die Herrenarmbanduhr an ihrem linken Handgelenk. »Wann haben wir den Termin?«, fragte sie Ellie.

»Halb neun«, erwiderte Ellie, »und falls Maggy nicht wieder das Haus in diesem Aufzug verlassen will, sollte sie sich etwas beeilen.«

Sie hatten irgendetwas ausgeheckt. Ganz bestimmt. »Hätte einer von euch eventuell die Güte, mir zu erklären, wovon zum Teufel die Rede ist?«

»Ich brauch keine Schönheitskur«, protestierte Maggy, als die beiden sie eine Stunde später, im Royal House of Beauty, nahezu mit Gewalt auf einen der Behandlungsstühle bugsierten. »Alles, was ich brauche, ist einmal richtig auszuschlafen.«

Der Coiffeur, ein großer dunkelhäutiger Mann namens André, verdrehte die Augen. »Rapunzel, Sie sind keinen Tag zu früh gekommen.« Er hielt ihren Pferdeschwanz in der Hand und machte tz-tz. »Wir können doch nicht so tun, als wären wir noch in der Highschool, oder ... und schon gar nicht, nachdem hier all diese kleinen grauen Härchen hervorspitzen.«

»Ich hab noch keine grauen Haare.« Es war nicht einfach, grimmig zu wirken, wenn man in einem babyrosa Umhang steckte. »Ich bin noch zu jung für graue Haare.«

André deutete mit dem Kamm in Richtung ihrer Schwestern.

»Die sind nicht zu jung für graue Haare, Mädchen, und Sie sind es auch nicht. Also, was machen wir jetzt damit ...«

»Färben Sie sie, wie Sie wollen«, sagte Maggy, »aber schneiden Sie ja keinen Millimeter ab.«

André verdrehte die Augen und wandte sich zu Claire und Ellie um, die es sich auf zwei Sofas am Fenster bequem gemacht hatten. »Das Mädel lässt mich nicht ihre Haare schneiden, und ihr habt gesagt, ich kann ihr die Haare schneiden.«

Claire stand mit einem Satz auf ihren teuer beschuhten Füßen. Auf Manolo Blahniks. Was sonst? Maggy konnte *Manolo Blahnik* nicht einmal aussprechen, geschweige denn darin laufen. »Natürlich kannst du ihr die Haare schneiden. Das gehört doch zum Beautypaket, oder?«

»Nein, er kann meine Haare nicht schneiden«, wehrte sich Maggy aufgebracht. »Soll das eine Schönheitskur werden oder eine Hinrichtung? Hab ich dabei denn gar nichts mitzureden?«

»Nein!«, erwiderten die drei wie aus einem Munde.

»Du bist eingerostet«, erklärte Ellie. »Wir haben nicht mehr 1982, Mags, und du bist keine achtzehn mehr.«

»Danke für den Hinweis.« Maggy sah André im Spiegel zu, wie er den Haargummi löste und ihr Haar ausbürstete. Es fiel weich über ihre Schultern wie eine vertraute dunkle Decke. Charles hatte ihr Haar geliebt.

Damals, mit dieser glücklichen »Bis-dass-der-Tod-euch-scheidet«-Vorstellung, bevor eine zukünftige zweite Mrs Charles O'Brien am Horizont aufgetaucht war, hatte er sein Gesicht in ihrem Haar vergraben, mit seinen Fingern darin gespielt und ihr gesagt, wie sehr er sie liebte. Und sie hatte geflüstert, dass sie immer zusammen sein würden, dass es nur sie beide füreinander gebe, während er ihre Haare streichelte und ...

»Schneiden Sie es ab«, sagte sie zu ihren Schwestern und André, die sie im Spiegel anstarrten. »Ich will, dass Sie es sofort abschneiden.«

Andrés silbrige Schere glitzerte im morgendlichen Licht. »Mädel, wenn ich einmal zu schneiden anfange, dann gibt es kein Zurück mehr.«

»In Ordnung«, erwiderte Maggy, als sie seinem Blick im Spiegel begegnete. »Schneiden Sie alles ab.« Nun konnte sie nicht mehr zurück, auch wenn sie gewollt hätte.

Am Straßenrand wartete eine Stretchlimousine auf sie, als Maggy mit ihren Schwestern den Friseursalon verließ.

»Das wart doch nicht ihr«, sagte sie und blieb wie angewurzelt stehen. »Das würdet ihr nicht tun.«

»Und ob wir das tun würden«, erwiderte Claire und legte den Arm um Maggys Schultern. »Du hast doch wohl nicht gedacht, wir würden dir nur einen Haarschnitt zum Geburtstag schenken, oder?«

»Ich weiß überhaupt nicht mehr, was ich denken soll«, sagte Maggy und fuhr sich mit den Fingern durch ihr frisch geschnittenes, getöntes Haar. »Ich bin mir nicht einmal sicher, ob ich noch denken kann.« Vielleicht hatte André zusammen mit den sechzig Zentimetern Haar auch ihre grauen

Zellen abgeschnitten. Sie fühlte sich wie ein völlig anderer Mensch, als seien mit ihrem Pferdeschwanz auch fünfunddreißig Jahre ihrer Vorstellung vom Leben verschwunden. Sie fühlte sich unbeschwerter, frischer, fitter, obwohl ihr klar war, dass man einem Haarschnitt damit zu viel der Ehre erwies.

»Du brauchst gar nicht zu denken«, erklärte Ellie, als der Chauffeur um das Heck des Wagens kam. »Wir haben das Denken schon für dich erledigt. Deine Koffer sind gepackt. Wir haben etwas dabei, das du auf der Reise anziehen kannst. Nicole bleibt bei Claire. Die Giordanos nehmen Charlie. Meine Wenigkeit kümmert sich um die Menagerie. Alles, was du zu tun hast, ist Spaß haben.«

Ihre kleinen Schwestern hatten für sie ein Wochenende in Atlantic City gebucht. Sie würde in einer bequemen Stretchlimousine die Küste hinunter entführt werden, in einer Suite in einem der todschicken Casinohotels absteigen und sich mit Essen und Trinken und sogar Spielen Entspannung pur angedeihen lassen müssen.

»Du hast das verdient und sogar noch mehr«, sagte Claire und bekam, was völlig untypisch für sie war, vor Rührung tränenfeuchte Augen. »Nach alledem, was du letztes Jahr für Mom getan hast...« Sie hielt eine Sekunde inne. »Ich meine, sie wäre nicht mehr bei uns, wenn du nicht...«

»Du warst immer für uns alle da, wenn wir dich brauchten«, fiel Ellie ein, »und es ist Zeit, dass wir dir zeigen, wie sehr wir dir dies danken.«

Maggy reagierte entsprechend. Sie bedankte sich bei beiden, bedachte die Limousine und den kleinen Fernseher und die gut bestückte Bar und den hübschen Fahrer mit Ohs und Ahs und wäre in Wirklichkeit doch lieber zu Hause geblieben. Sie hatte vorgehabt, ihren freien Tag im Pyjama auf der Couch im Wohnzimmer zu verbringen, schnulzige Videos anzuschauen und sich Essen vom Chinesen kommen zu lassen.

Der Fahrer erklärte ihr die Bedienung des Fernsehers, des Radios, der Heizung und des Leselichts. Er zeigte ihr die Bar, den Eiskübel und die hübschen kleinen Gläser auf dem Wurzelholzbord. Auf den Gläsern war das Logo des Hotels eingraviert. Sie standen auf frischen weißen Deckchen, die ebenfalls das Logo des Hotels trugen. »Falls Sie sonst noch irgendetwas benötigen«, sagte der Fahrer, »drücken Sie einfach auf den Knopf neben dem Lichtschalter, und ich stehe Ihnen zur Verfügung.« Die Plexiglastrennscheibe schnurrte zwischen ihnen nach oben, und sie machten sich auf den Weg zu den glitzernden Lichtern und rotierenden Spielautomaten von Atlantic City.

Der Stadt, die ihr im ganzen Universum am unsympathischsten war. Man hätte meinen sollen, ihre Schwestern würden sie wenigstens ein bisschen kennen. Sie war nicht der Typ für glitzernde Lichter. Sie fühlte sich nicht wohl in Pailletten und Stiftperlen. Sie hasste Menschenansammlungen. Sie fand, das Leben stelle ein genügend großes Risiko dar, und war nicht gewillt, auch noch ihr sauer verdientes Geld aufs Spiel zu setzen.

Sie war nicht eine dieser geheimnisvollen schwarz gekleideten Frauen, wie man sie in Filmen sah, die exotische Zigaretten rauchten und mit gedämpfter Stimme sprachen. Man brauchte sie nur anzusehen, um zu wissen, dass sie sich hinter dem Lenkrad eines Minivan mehr zu Hause fühlte als auf dem Rücksitz einer Stretchlimousine, die den Garden State Parkway entlangbrauste.

Sie warf einen Blick in den Schminkspiegel, den man aus der Verkleidung der rückwärtigen Tür herausklappen konnte.

Das Einzige, was von ihrem alten Selbst übrig geblieben war, war der Blick ihrer Augen. Alles andere war vermittels Schneidens, Färbens, Schattierens, Tönens, Lippenstift-und-Rouge-Auflegens in etwas verwandelt worden, das einer perfekten Maggy näher kam denn je. So gut hatte sie nicht einmal an ihrem Hochzeitstag ausgesehen. Es wäre bestimmt lustig gewesen, mit einem Einkaufswagen durch den Supermarkt zu wandern und ihre Nachbarn im Tiefkühlgang an ihr vorbeigehen zu sehen. »Hallo, Marie«, hätte sie dann gerufen. »Sprichst du jetzt nicht mehr mit mir?« Marie wäre der Mund offen stehen geblieben, sobald ihr klar geworden wäre, wer sie da ansprach, und Maggy würde von diesem verdutzten Blick noch zehren, bis man nächstes Jahr die Weihnachtsdekoration abnahm. Was hatte eine Schönheitskur denn für einen Sinn, wenn man seine Freunde nicht vor Neid erblassen sehen konnte?

Was würde Charles wohl denken, wenn er sie jetzt sehen könnte? Das war gefährliches Terrain. Nicht, dass es noch irgendeine Rolle spielte, was er dachte, aber sie kam doch ins Grübeln, ob er nicht einen kurzen Moment der Wehmut empfand wegen alledem, was sie einmal verbunden hatte. Eine ähnliche Empfindung, vielleicht wie die, die sie hatte, als Nicole ihr eröffnete, dass er wieder heiraten würde. Sie wollte zwar nicht mehr mit ihm verheiratet sein, doch der Gedanke, dass er jemand anderen heiraten würde, brachte sie den Tränen nahe.

So viele Hoffnungen und Träume waren mit ihrer Ehe zu Ende gegangen. Die kleinen Scherze am Ende eines Tages. Die geteilten Sorgen. Ihre gemeinsame Vorstellung, in vielen, vielen Jahren von ihren Kindern und Enkelkindern umgeben zu sein. Sie wusste, dass Charles sein Leben für die Kinder geben würde, so wie auch sie, und es gab niemanden auf der Welt, von dem sie das sonst sagen konnte.

Plötzlich wünschte sie sich nichts mehr, als zu Hause zu sein. Sicher konnte sie den Fahrer bitten, umzukehren. Es war ja schließlich ihr Geburtstag. Hatte Claire nicht gesagt, sie könne tun, was sie wollte? Sie würde sich nach Hause fahren lassen und es ihren Schwestern nicht erzählen. Charlie blieb über Nacht bei seinen Freunden Kyle und Jeremy Giordano, und Nicole würde die Nacht bei Claire in deren schicker Wohnung an der Küste verbringen. Keiner müsste erfahren, dass sie zu Hause vor dem Fernseher saß und sich das bestellte Essen schmecken ließ. Sie nahm sich vor, bei der nächsten Ausfahrt etwas zu sagen, als sie auf dem Weg nach Süden an Holmdel vorbeibrausten. Der große Wagen war so gemütlich wie ihr Wohnzimmer, und die strahlenden Herbstfarben, die an ihrem Fenster vorüberzogen, während sie durch die Überreste ehemaliger Wälder und mit Fichten bewachsenen Ödlands fuhren, hatten etwas Hypnotisches an sich. Die nächste Ausfahrt kam und ging und die übernächste auch. Es war so angenehm, nichts zu tun, sich in den luxuriösen Ledersitz zurückzulehnen und das Leben einfach seinen Lauf nehmen zu lassen.

So ganz sicher, wie man das machte, war sie sich nicht. Sie war immer diejenige gewesen mit den Einkaufslisten und dem Stundenplan und der Verantwortung, seitdem sie zehn war. Diese Angewohnheit war schwer abzulegen. Als die Götter und Göttinnen aller Neugeborenen ihre Gaben verteilten, hatten sie Claire mit Schönheit bedacht, Eleanor mit Verstand und Maggy mit Verantwortungsbewusstsein. Nun gut, manchmal schien es eher das chronisch schlechte Gewissen einer Katholikin zu sein, doch egal, wie man es nannte, es funktionierte. Wenn man jemand brauchte, der die Kinder hütete, der den Fahrdienst am Dienstag übernahm oder die Sachen aus der Reinigung abholte, musste man nur Maggy anrufen. Sie würde einen nie im Stich lassen. »Maggy ist wie Old Faithful«, hatte ihr Ex einmal auf einer langweiligen Cocktailparty im Offiziersklub vor einer Gruppe von Kollegen gesagt. »Auf sie ist immer Verlass.«

Ihre Schwestern behaupteten, sie wollten sich bei ihr bedanken für all das, was sie für die Familie tat, doch Maggy wusste, dass mehr dahintersteckte. Sie tat ihnen leid. Sie sahen in ihr nichts als eine fünfunddreißigjährige Geschiedene mit zwei Kindern, die in einem Siedlungshaus in New Jersey wohnte. Eine Football-Mom, die zweimal in der Woche

Abendkurse am örtlichen College nahm, halbtags ausgerechnet auch noch für einen Pfarrer arbeitete und eine Fahrt zum *Pizza Hut* für einen großartigen Ausgehabend hielt. Das war keine Einbildung. Sie wusste, dass sie so dachten, denn sie hatte gehört, wie sie über sie sprachen. Ihre Mutter hatte sich bei Maggy zu Hause von einem Schlaganfall erholt. Maggy war gerade frisch geschieden und versuchte mit ihren Kindern, in der Stadt, in der sie aufgewachsen war, wieder heimisch zu werden. Sie war einerseits voller Unsicherheit und Sorgen und andererseits von einem geradezu unvorstellbar lächerlichen, unangebrachten Optimismus erfüllt. Ellie und Claire waren zum Essen herübergekommen, und Maggy hatte sie in der Küche reden gehört. »Die arme Mags«, sagte die eine. »Sie tut mir so leid. Was ist das für ein Leben für sie. Ich wette, sie wünschte, sie wäre bei Charles geblieben.«

Damals war sie lachend darüber hinweggegangen, hatte die Bemerkung der Jugend und der mangelnden Erfahrung zugeschrieben. Doch im Laufe der Monate hatte sie immer wieder daran denken müssen. Manchmal, wenn sie überarbeitet und übermüdet war, fragte sie sich, ob es nicht falsch gewesen war, sich von ihrem Mann scheiden zu lassen. Er war ein guter Mann. Sie hatten ein gutes Leben gehabt. Es hörte nur eines Tages auf, das Leben zu sein, das sie beide wollten. Als die Scheidung rechtskräftig wurde, spürte sie große Erleichterung und nahm an, Charles erginge es ebenso. Sie hatten ihre gemeinsame Zeit gelebt, und nun war sie vorbei, und sie war sich dessen bewusst. Doch seitdem sie von der bevorstehenden Heirat ihres Ex-Ehemannes erfahren hatte, hatte sie das Gefühl, zwischen ihnen sei eine Tür geschlossen und verriegelt worden, eine Tür, die nicht einmal die Scheidung so endgültig hatte schließen können.

Conor Riley erblickte sie, als sie aus der Limousine stieg.
Er hatte gerade die Autoschlüssel dem Pagen übergeben und war im Begriff, mit seinem Matchsack zur Lobby zu ge-

hen, wo sein Bruder ihn erwartete, als er eine gedämpfte Frauenstimme und ein leises Lachen hörte; er drehte sich nach links um und sah sie. Sie hatte kurze dunkle Haare mit feinen roten Strähnen und die Art von Lächeln, von dem er geträumt hatte, als er an so etwas noch glaubte. Ihr Lächeln war offen und echt und erstrahlte über das ganze Gesicht. Er beobachtete sie, während sie mit dem Fahrer sprach und ihm dann die Hand schüttelte. Vielleicht eine Idee größer als 1,65 und etwas schwerer als 50 Kilo. Ihre Augen waren von einem klaren Hellblau, wie der Morgenhimmel.

Er ertappte sich bei diesem Gedanken und schüttelte den Kopf.

Wo zu Teufel kam dieser Morgenhimmel-Unsinn her? Weiblich, weiß, Mitte dreißig, brünett, blaue Augen. Klare, harte Tatsachen. Alles andere war Zeitverschwendung. Wenn er das nicht wusste, dann hatte er den falschen Job. Sechzehn Jahre Polizeidienst hatten ihn gelehrt, wie man eine Person in zwanzig Sekunden auf das Wesentliche reduziert, wie man ein Gesicht mit der Geschwindigkeit eines Lidschlags seinem Gedächtnis einprägt. Wie man seine Gefühle in den Griff bekommt und sie in der rückwärtigen Hosentasche verstaut, wo sie niemandem schaden können. Gefühle störten. Sie trübten das Urteilsvermögen. Sie ließen einen Dinge sehen, die gar nicht da waren, und Dinge nicht erkennen, die existierten.

Verdammt. Nicht schon wieder. Nicht dieses Wochenende. Er würde etwas würfeln, ein bisschen Blackjack spielen, vielleicht mehr trinken, als er sollte, und seine Erinnerungen so gut wie möglich in Schach halten. Wenn es ihm gelang, dieses Wochenende durchzustehen, dann gab es vielleicht doch noch Hoffnung für ihn.

Ein Portier ging auf die Frau mit den blauen Augen zu und sagte etwas zu ihr. Sie nickte, worauf er vom Fahrer der Limousine einen Kleidersack in Empfang nahm und über einen der fahrbaren Gepäckständer hängte. Der Fahrer überreichte ihm auch noch zwei kleine Reisetaschen, die der Portier auf die Ablage darunter stellte.

Diese Gepäckstücke erweckten Conors Aufmerksamkeit. Sie passten nicht zusammen. Eine der Taschen war marineblau, die andere hellbraun mit Gebrauchsspuren, was er sogar aus dreißig Metern Entfernung erkennen konnte. Sie passten nicht zu der Frau. Und auch nicht zu der Stretchlimousine. Die Frau wirkte elegant, gepflegt und teuer. Die Taschen nicht.

»Zu reich für jemand wie dich«, sagte eine vertraute Stimme. »Sie hat entweder einen Ehemann oder sie ist eine von den Spielerinnen, die um Höchsteinsätze spielen. In jedem Fall ist sie nichts für dich.«

Conor hängte sich die Tasche über die Schulter und drehte sich zu seinem jüngeren Bruder Matt um, der zu ihm heraus auf die Straße gekommen war. »Ich dachte, wir waren in der Lobby verabredet.«

»Waren wir auch«, erwiderte Matt, »aber mir kam langsam der Verdacht, du hättest mich versetzt. Wie lange braucht man eigentlich, um dem Pagen die Schlüssel auszuhändigen?«

»Ist doch dein Hotel«, konterte er. »Vielleicht braucht ihr einen neuen Effizienzexperten.«

Matt war der Senkrechtstarter in der Familie Riley. Er hatte mit der Tradition von Polizei und Feuerwehr gebrochen und einen Beruf gewählt, der ohne Uniform oder Waffe auskam. Die Verteidigungsrede, die der Junge für seinen Arbeitgeber vom Stapel ließ, dauerte, bis Conor am Empfang eincheckte.

»Abendessen um acht«, erinnerte Matt ihn. »Dritter Stock, im Nero.«

Conor war zwar mehr der Hamburger- und-Pommes-Typ, aber der Junge wollte ihn mit der Einladung zum Abendessen beeindrucken, und das wollte er ihm nicht vermiesen. »Acht Uhr, dritter Stock«, bestätigte er. »Ich werde da sein.«

Sie gingen zusammen zu der Reihe von Aufzügen am anderen Ende der Lobby, vorbei an einem kleinen Raum in einer ruhigen Ecke der Halle. Im Vorübergehen sah er dunkles Holz an den Wänden, viel Leder, Ölgemälde und die dunkelhaarige Frau mit dem zusammengewürfelten Gepäck, die auf der Kante eines mit Brokat bezogenen Stuhles saß, während einer der Hotelangestellten telefonierte.

»Hab ich dir nicht gesagt, dass sie eine Nummer zu groß ist für dich«, sagte Matt. »Das ist der VIP-Empfang, da checken die wirklichen Spieler ein.« Er sah nochmal hin. »Seit wann stehst du denn auf Dürre? Ich dachte du magst viel Busen und lange Beine und ...«

»Halt den Mund«, raunzte ihn Conor spaßend an. »Du bist mir noch nicht zu alt, um dir eine zu verpassen. Pass bloß auf!«

Matt war sechsundzwanzig Jahre alt, doch sein Grinsen war erst acht. »Ich hab einem der Mädchen an der Cocktailbar von meinem großen Bruder erzählt. Sie heißt Lisa. Sie hat heute Abend Dienst, von vier bis Mitternacht, und sie ist verdammt viel eher dein Typ als die kleine Brünette da hinten. Vielleicht ...«

»Tja«, erwiderte Conor. »Vielleicht.«

Maggy war der Mann das erste Mal vor dem Hotel aufgefallen, als sie mit dem Portier sprach, der ihr das Gepäck abnahm. Der Mann war groß, hatte breite Schultern, und sein dichtes kastanienbraunes Haar war von ein paar Silberfäden durchzogen. Sie hatte ihm eigentlich kaum Beachtung geschenkt. Es war nur gerade ein Sonnenstrahl auf ihn gefallen und hatte ihre Aufmerksamkeit auf ihn gelenkt. Hat eine Frau ein paar graue Strähnen im Haar, verbünden sich ihre Schwestern und verordnen ihr eine Schönheitskur. Hat ein Mann ein paar graue Strähnen im Haar, landet er auf der Titelseite von *People*.

Sein Blick war aufrichtig, ernsthaft, und ihm schien nicht

viel zu entgehen. Sie sah ihn an, beinahe als wollte sie ihn herausfordern, ihren Blick zu erwidern, doch ein junger Mann trat zu ihm, und der Mann wandte sich ab. Das war auch sicher am besten so, denn sie war garantiert die ungeschickteste Flirterin weit und breit. Sie hätte sich nur lächerlich gemacht, und das Wochenende wäre ruiniert gewesen, noch ehe es richtig begonnen hatte.

Sie hatte nicht mehr an den Mann gedacht, bis er am VIP Empfang vorbeischlenderte und sie anlächelte. Zumindest hatte sie den Eindruck, er lächelte sie an. Sie war sich ziemlich sicher, gesehen zu haben, dass sich an seinen Augen kleine Fältchen kräuselten und dass sich seine Mundwinkel zu einem Lächeln verzogen, das allerdings wenig dazu beitrug, seine irgendwie bedrohlichen Züge zu mildern. Dann entdeckte sie neben ihm den gleichen jungen Mann, den sie schon am Parkplatz mit ihm zusammen gesehen hatte, und das Gefühl von Enttäuschung, das sie plötzlich empfand, überraschte sie sehr. Das Lächeln war gar nicht für sie gewesen. Es hatte überhaupt nichts mit ihr zu tun, und wenn sie nicht so völlig unerfahren gewesen wäre, hätte sie das auch prompt erkannt.

Zu dumm, dass Claire und Ellie nicht hier bei ihr waren und ihr auf die Sprünge helfen konnten. Was die Geheimnisse der Mann-Frau-Beziehung betraf, fühlte sich Maggy wie ein Neugeborenes. Nicole verstand davon mehr als sie, und Nicole war gerade mal fünfzehn. Maggy war zu nüchtern, stand mit beiden Füßen zu sehr auf dem Boden und war viel zu beschäftigt, um sich um so einen Unsinn zu kümmern. Ihre letzte Verabredung hatte ein ziemlich trauriges Ende gefunden, als Maggy dem armen Mann eröffnete, es sei vielleicht besser, sie nicht wieder anzurufen, da die Chancen für ein zweites Treffen höchstens fünf Millionen zu einer waren.

»Konntest du ihm das nicht etwas sanfter beibringen?«, hatte Claire sie am nächsten Tag gefragt, als sie sich bei Maggy nach den Einzelheiten erkundigte.

»Ich habe es ihm sanft beigebracht«, entgegnete Maggy. Warum sollte sie ihn hinhalten, wenn sie nicht die Absicht hatte, ihn wiederzusehen?

Claire hatte es Ellie erzählt, und Ellie erzählte es ihrer Mutter und ihre Mutter den Tanten und Cousinen, und nach kürzester Zeit nannte die ganze Familie Maggy den Terminator. Sie lachte, wenn sie sie so nannten, doch sie konnte dennoch nicht begreifen, was so schlecht daran war, die Wahrheit zu sagen.

Wenn sie mit der Schule, der Arbeit und den Kindern schon keine Zeit hatte für den Richtigen, so hatte sie bestimmt keine Zeit für den absolut nicht Richtigen.

»Hier bitte, Ms O'Brien.« Die stattliche blonde Empfangsdame händigte Maggy ein Päckchen mit ihrem Schlüssel aus. Es war aus dickem cremefarbenem Wildleder und fühlte sich weich an. »Ihre Suite befindet sich im zweiunddreißigsten Stock. Die Aussicht wird Ihnen bestimmt zusagen. Sie haben auch Zugang zum Augustus-Club, in dem Mitglieder vierundzwanzig Stunden am Tag auf Kosten des Hauses einen Drink oder einen kleinen Imbiss zu sich nehmen können.«

Sie begleitete Maggy zu den Aufzügen, vorbei an einem unverschämt teuren Juweliergeschäft, dessen einziger Zweck es war, glückliche Gewinner um einen Teil ihres lästigen Geldes zu erleichtern. Maggy bemühte sich, nonchalant zu wirken, bis die Empfangsdame außer Sichtweite war, doch dann hätte nicht viel gefehlt und sie hätte sich die Nase am Schaufenster platt gedrückt, während sie über die ausgestellten hühnereigroßen Diamanten und Rubine staunte. Geschmacklos, dachte sie. Die Edelsteine waren protzig und vulgär und absolut atemberaubend, und sie konnte sich nur mit Mühe zurückhalten, hineinzugehen und alles, was sie hatten, anzuprobieren.

Es stellte sich heraus, dass sich mit den gleichen Adjektiven auch ihre Suite beschreiben ließ. Auf dem Gang wartete bereits der Portier auf sie. Während er die Tür aufsperrte und sie einließ, lächelte er sie an, als seien sie alte Freunde. Er knipste die Lampen an, und sie wünschte, sie hätte ihre Sonnenbrille nicht in die Handtasche gepackt. Die Fenster gingen auf den Ozean hinaus, und das einfallende Sonnenlicht spiegelte sich in den vom Boden bis zur Decke verspiegelten Wänden und ließ sie fast erblinden. Die Mischung aus Louis Quatorze und Early Bordello, gewürzt mit etwas Las Vegas, wurde mit einem Hauch antikem Rom kredenzt.

»Das hier ist die Bar«, erklärte der Portier und zeigte auf ein elegant geschwungenes Möbelstück aus Mahagoni. Sie registrierte funkelnde goldene Hähne und eine Reihe glitzernder Kristallgläser. »Alles da. Sollte es dennoch nicht Ihren Wünschen entsprechen, drücken Sie einfach die Fünf, und Stefan wird Ihnen gerne zu Diensten sein.« Er zeigte ihr auch noch die beiden Kühlschränke – den im Wohnzimmer und den im Schlafzimmer – und die drei Schränke, den riesigen Jacuzzi, das Dampfbad, das Doppelbett mit der Überdecke aus Fell und einer grandiosen Kissenparade und die mit rotem Samt bezogene Couch mit Blickrichtung zum Meer.

Er führte ihr die Armaturen im Bad vor und zeigte ihr den hinter einer Plastik von Cäsar und Kleopatra versteckten Knopf für die Vorhänge im Wohnzimmer, die vier Telefone und den Safe – und erst, als er von neuem anfing, ihr alles zu erklären, begriff sie, was er tat und warum er es tat. Ein Trinkgeld. Natürlich erwartete er ein Trinkgeld. Er hatte ihre Koffer getragen; er verdiente ein Trinkgeld. Sie kramte in ihrem Geldbeutel in der Hoffnung, den richtigen Betrag zu finden. Einen Dollar pro Tasche? Fünf Dollar für alle zusammen? Würde er ihr ins Gesicht lachen und dann am Empfang anrufen, damit man sie in hohem Bogen hinauswarf? Sie entschied sich für einen Zehndollarschein. Er bedankte sich und knallte nicht die Tür zu, als er ging, was sie als gutes Zeichen dafür nahm, dass sie keinen von ihnen beiden blamiert hatte.

»Und nun?«, fragte sie die Statuen von Cäsar und Kleopatra am Fenster, doch die konnten ihr die Frage auch nicht beantworten. Es war Freitag und ein Uhr mittags, und sie hatte keinen Schimmer, was sie mit sich anfangen sollte. Ihr Tisch fürs Abendessen, dank Claire und Ellie, war für acht Uhr in einem Lokal namens Nero reserviert. Schon beim Gedanken daran wurde ihr ganz anders. Viele kleine Tische für zwei, mit Pärchen, die bei Kerzenlicht und Champagner eifrig turtelten. Das hieß, sie turtelten, wenn sie nicht zu Musik tanzten, die dazu angetan war, einem auch noch den letzten Rest seines Herzens zu brechen. Was hätte die Stimmung einer Frau an ihrem fünfunddreißigsten Geburtstag auch besser heben können als ein einsames Abendessen in der Öffentlichkeit? Vor allem, wenn man wusste, dass der Ex-Ehemann nicht alleine essen würde, wenn sein nächster Geburtstag anstand.

2

»Lisa hat gesagt, du hast nicht angerufen.«

Conor leerte sein Whiskyglas und bedeutete dem Ober, ihm noch einen zu bringen. »Dräng mich nicht, Matt«, erwiderte er so freundlich wie möglich. »Ich hab nie gesagt, dass ich es tun würde.«

»Ich nahm an ...«

»Schon der erste Fehler.« Er brach ein Stück Grissini ab und steckte es in den Mund. »Annahmen bringen dich immer in Schwierigkeiten.«

»Du hast keine Ahnung, was dir entgeht. Sie ist gescheit. Schön. Sehr unterhaltsam.« Er trank seinen Wein aus. »Du machst einen Fehler.«

»Jetzt hör mir mal zu«, sagte Conor, nachdem ihm der Ober den Scotch hingestellt hatte. »Das klingt wirklich nach einem netten Mädchen. Warum triffst du dich nicht mit ihr?«

»Würde ich ja«, entgegnete Matt, »aber ich muss an meine Stellung denken. Ich kann nicht mit einer Angestellten ausgehen.«

Conor war im Begriff, darauf zu antworten, als sie in der Tür erschien. Nicht Lisa. Er kannte den Namen der Frau nicht. Sie trug dunkle Hosen, ein eisblaues Twinset und eine Perlenkette. Sonst keinen Schmuck, außer einer Armbanduhr mit einem dunklen Krokoband. Nichts an den Ohren oder Fingern. Ihre Schuhe hatten flache Absätze, und unter den rechten Arm hatte sie eine kleine, flache Handtasche geklemmt. Sie sah teuer aus, fand er. Wie jemand, der gewohnt war, zu bekommen, was er wollte, egal, was es kostete.

Der Oberkellner führte sie an Conors Tisch vorbei, und ein Hauch von Parfum erreichte seine Nase. Es war schwer, warm und fraulich. Fraulich, das war der Ausdruck, nach dem er gesucht hatte. Sie war zwar zierlich, aber sie hatte nichts Mädchenhaftes an sich. Ihr Auftreten war das einer Frau. Sie wirkte gelassen, kultiviert, perfekt bis auf die Spuren kleiner Fältchen, einem untrüglichen Zeichen für einen im Bett verbrachten Nachmittag.

Der Oberkellner entfernte das zweite Gedeck, womit klar war, dass sie allein speiste. Wo war der Kerl, mit dem sie den Nachmittag verbracht hatte? Sie machte nicht den Eindruck einer Frau, die sich im Casino Typen für ein Quickie auf dem Zimmer suchte. Doch er kannte sich in der menschlichen Natur gut genug aus, um zu wissen, dass zwischen dem, wie die Leute nach außen wirkten, und dem, wie sie tatsächlich tief im Innersten waren, oft ein gewaltiger Unterschied bestand. Wahrscheinlich schlief sie mit einem verheirateten Mann, vielleicht einem aus Philadelphia, der unbedingt inkognito bleiben wollte und mit dem der Sex gut genug war, um dafür in Kauf zu nehmen, alleine essen zu müssen.

»Ich kann herausfinden, wer sie ist.« Matt klang belustigt und etwas angesäuert. Er war das Nesthäkchen der Familie und immer noch der Überzeugung, ihm gebühre ungeteilte Aufmerksamkeit.

Conor warf ihm einen Blick zu und widmete sich dem Salatberg, der vor ihm stand.

»Oder du setzt deinen Hintern in Bewegung und sprichst sie an«, fuhr Matt unbeirrt fort.

»Halt die Klappe«, erwiderte er leichthin.

Matt schüttelte den Kopf. »Ich hoffe nur, ich werde nie zu alt, um einen Versuch zu wagen, wenn ich eine Frau sehe, die mir gefällt.«

»Du interpretierst da viel zu viel hinein.«

»Ich hab doch dein Gesicht gesehen, Brüderchen. Etwas an der Brünetten hat dein Blut in Wallung gebracht.«

Conor führte schweigend eine Gabel mit seltsam aussehenden Salatblättern zum Mund. Manchmal hätte er töten können für einen Teller Eisbergsalat mit Gorgonzola-Dressing. Matt hatte die Angewohnheit, zu sagen, was er dachte, wann immer er es dachte. Doch hin und wieder traf der Junge den Nagel auf den Kopf. Die Brünette hatte es ihm angetan. Er wollte alles über sie wissen: ihren Namen, ihre Telefonnummer, warum sie alleine aß, wieso diese großen blauen Augen aussahen, als stünden Tränen in ihnen, und warum ihn das, zum Teufel, überhaupt interessierte.

Warum hängten sie nicht über ihr einen Scheinwerfer und ein Schild auf mit dem Hinweis *Single-Tisch?* Maggy kam es so vor, als drehe sich jeder im Lokal nach ihr um, als der Ober das peinlich überflüssige Gedeck mitnahm.
»Darf ich Ihnen die Weinkarte bringen, gnädige Frau?«
Sie schüttelte den Kopf. Allein zu essen war schon schlimm genug. Allein zu trinken war jämmerlich. »Mineralwasser, bitte.«
Er nickte und zog sich zurück, wie ein Höfling der sich aus der Gegenwart seiner Königin entfernt. Sie hätte beinahe gelacht, doch dann fiel ihr ein, dass keiner da war, der mit ihr hätte lachen können, und daher verschanzte sie sich hinter ihrer Speisekarte. Nicht, dass sie nicht schon oft genug alleine gegessen hätte. Jeden Donnerstagabend bestellte sie sich ein Sandwich in dem Diner, der zwischen ihrer Arbeit und der Schule lag, und nie hatte sie sich unbehaglich gefühlt, wenn sie dort mit ihrem Roggen-Thunfisch-Sandwich saß und in ihrem Lehrbuch las. Der *Cadillac Diner* war natürlich auch nicht so aufgemacht wie ein Hotel für Hochzeitsreisende im alten Rom, mit Tanzfläche, servilen Kellnern und Musik. O Gott, diese Musik. Ihr war, als würde der Klavierspieler alle ihre Geheimnisse kennen. Sie hatte eine Schwäche für diese alten Stücke, schon immer. Sie liebte diese schmalzigen Verse, die von Romantik und Liebe handelten, von Augen, die sich in der Menge fanden und von »wenn sie nicht gestorben sind, dann leben sie noch heute«. All die al-

bernen Dinge, von denen man als Heranwachsende geträumt hatte.

»Oh, verflixt«, flüsterte sie und blinzelte die Tränen weg. Wenn sie einen Zwanzigdollarschein in das Glas fürs Trinkgeld stecken würde, würde der Klavierspieler vielleicht aufhören, so auf ihre Tränendrüse drücken. Heute Abend fühlte sie sich viel zu verletzlich, zu ungeschützt hier in der Öffentlichkeit, um einfach so tun zu können, als machte es ihr nichts aus, allein zu sein.

Sie war oben eingenickt, während sie *General Hospital* ansah, und hätte das Abendessen bestimmt verschlafen, wenn nicht die Hausdame geläutet hätte, um zu fragen, ob sie einen Wunsch habe. Die Versuchung, sich mit einem Abendessen vom Zimmerservice hier oben zu verkriechen, war zwar groß, aber sie hatte schließlich Geburtstag, und ihre Schwestern wären am Boden zerstört gewesen, wenn sie ihr Geschenk nicht angenommen hätte. Sie gehörten zu der Sorte, die später Fragen stellte, und würden es Maggy übel nehmen, wenn sie nicht die passenden Antworten parat hätte.

Da saß sie nun, verloren inmitten verdrießlicher Paare mittleren Alters, einsamer grauhaariger Witwen, die die Lebensversicherung ihres Ehemannes ausgaben, und zwei Männern, die der Ähnlichkeit nach Brüder sein konnten. Der Ältere der beiden war ihr zuvor schon auf dem Parkplatz aufgefallen und dann noch mal, als sie eincheckte. Hübsch war er eigentlich nicht, mit seinem wirren Schopf und den kantigen Zügen, doch er hatte etwas so Verlässliches und Männliches an sich, dass sie ihn durchaus anziehend fand. Der Jüngere war die kleinere und nicht so ramponierte Ausgabe von ihm. Bestimmt waren es Brüder, dachte sie sich, während sie über den Rand ihrer Speisekarte lugte. Beide hatten den gleichen ungeduldigen Gesichtsausdruck, wie sie ihn von Claire und Ellie kannte, wenn sie einen schlechten Tag hatten.

Der Ältere von beiden sah hoch, und ihre Blicke trafen sich. Um seinen breiten Mund spielte das gleiche schiefe Lächeln, das ihr auch aufgefallen war, als er am Nachmittag am VIP-Empfang vorbeiging. Über dem Lächeln lag ein Schatten, der Schatten einer Sorge, die sie bis in die Knochen spüren konnte.

Ganz genau, dachte sie sich und klappte die Speisekarte zu. Das kommt von allzu viel Psychologiekursen. Sie wusste gar nichts von dem Mann, weder seinen Namen, noch seinen Beruf und nichts von seinem Leben, und aller Wahrscheinlichkeit nach würde sich daran auch nichts ändern. Ein Mann schaute sie von Weitem an, und schon interpretierte sie alles Mögliche in sein Lächeln. *Vergiss es, O'Brien. Bleib du bei dem, was du kennst: Fahrdienst, Supermarkt und Hypotheken. Überlass den Mann mit den traurigen Augen den Frauen, die darauf spezialisiert sind.* Sie hatte doch sowieso schon alle Hände voll zu tun mit ihrem eigenen kleinen Jungen mit traurigen Augen und einem Teenager als Tochter, die wohl vergessen hatte, wie sehr sie früher ihre Mutter geliebt hatte.

Vielleicht würde sie eines Tages in der Lage sein, einem Mann in einem Restaurant zuzulächeln und abzuwarten, was geschehen würde, doch im Augenblick stand Romantik ganz unten auf der Liste ihrer Ziele.

»Sieht aus, als wärst du draußen«, bemerkte Matt, als die Brünette dem Ober die Speisekarte gab. »Hast ihr dein bestes Lächeln geschenkt. Entweder – oder, Bruder. Das sag ich dir schon seit Jahren.«

»Red erst wieder mit mir, wenn du alt genug bist, dich zweimal in der Woche zu rasieren«, erwiderte Conor und schob den Teller mit dem Salat beiseite. Plötzlich hatte er keinen Appetit mehr. »Ich brauche keinen Rat von einem vorlauten Jungen, den ich schon gewickelt habe.«

»Spar dir den Großer-Bruder-Schmus für Eddie oder Vince«, sagte Matt und winkte nach einer neuen Flasche Wein. »Das zieht bei mir nicht.« Er nahm ein Stück von dem flachen, gesalzenen Brot aus dem Korb, der zwischen ihnen stand. »Du hast überhaupt keinen Boden gut gemacht. Sie hat dich einfach auflaufen lassen.«

»Lass die Baseball-Metaphern«, antwortete er, gar nicht brüderlich, »und erzähl mir, wie es Sean ging, als du ihn besucht hast.« Sein Sohn war neunzehn, dank eines Footballstipendiums im ersten Semester auf der UCLA, und der Grund dafür, dass Conor einer geregelten Arbeit nachging. Sean war ein großer, hochgewachsener, kräftiger Junge mit viel Verstand und noch mehr Herz, und jedes Mal, wenn Conor sich fragte, was zum Teufel er auf dieser Welt sollte, fiel ihm der Grund dafür ein: weil es Sean gab.

»Er hat Schwierigkeiten mit den Geisteswissenschaften, ist aber hervorragend in Naturwissenschaft, wie immer. Einer seiner Lehrer denkt, er verschwendet mit dem Football nur seine Zeit.«

Das ließ ihn aufhorchen. »Ohne den Football wäre Sean gar nicht dort«, erklärte er. Völlig ausgeschlossen, dass ein Polizist aus New Jersey sich eine Eliteschule hätte leisten können. Nicht einmal mit der Hilfe seiner Ex-Frau und deren Ehemann.

»Sie glauben, er sei geeignet für den Einführungskurs in Medizin«, sagte Matt, während er Butter auf ein Zwiebelbrötchen strich.

»Wieso hat er mir das nicht erzählt?«

Matt biss ein Stück Brötchen ab und zuckte mit den Schultern. In seinem teuren Anzug bemerkte man die Bewegung kaum. »Du bist sein Vater. So ist das eben.«

»Die medizinische Fakultät.« Er hätte nicht geglaubt, dass einem vor Stolz die Brust schmerzen konnte, aber sie tat es. Genau da, wo sein Herz war. »Ist er daran interessiert?«

»Wir haben uns bei ein paar Bieren in einem mexikanischen Lokal nahe dem Campus darüber unterhalten, da wo auch die Spieler hingehen. Du müsstest sehen, wie gut er da hineinpasst. Er spricht ihre Sprache. Er ist einer von ihnen.

Wie dem auch sei, ich glaube, er fühlt sich mächtig geschmeichelt durch die Vorstellung, er könne das Zeug zum Mediziner haben.«

»Ist er nur geschmeichelt oder auch interessiert genug, es zu versuchen?«

»Keine Ahnung«, erwiderte Matt. »Frag ihn doch selbst, wenn er zu Thanksgiving heimkommt.«

Beide wussten, dass er Sean schon viel eher fragen würde. Es geschah nicht alle Tage, dass ein Mann hörte, sein Football spielender Sohn habe das Zeug dazu, Arzt zu werden. Sean ging mit Riesenschritten auf eine Karriere bei der *National Football League* zu, doch Träume wie diese zerplatzten oft schnell. Ein gebrochenes Bein. Eine ausgerenkte Schulter. Eine dieser fürchterlichen Rückenverletzungen, die einen daran erinnern, dass man nie zu alt dafür wird, Gottes Hilfe zu erbitten.

Ein Arzt. Das war doch was. Da läutete nicht um drei Uhr morgens das Telefon mit einer Hiobsbotschaft. Ärzte hinterließen keine siebenunddreißigjährigen Witwen mit zwei kleinen Kindern. Ärzte töteten nicht.

Die Brünette mit den großen blauen Augen auf der anderen Seite des Restaurants blätterte lustlos in der Speisekarte. Er fragte sich, ob sie wohl auch Kinder hatte. Wenn er ihr von Sean erzählen würde, könnte sie den brennenden Stolz in seiner Brust so ohne weiteres verstehen oder würde sie ihn verständnislos ansehen, während er zu erklären versuchte, wieso die Zukunft von Sean ihm manchmal wichtiger war, als es seine eigene je gewesen war? Er wollte so viel für seinen Jungen, wollte so vieles, was er im Lauf der Zeit falsch gemacht hatte, wieder zurechtbiegen. Das Ende seiner Ehe mit Linda, Seans Mutter, war der größte Fehlschlag seines Lebens. Sie hasste es, Frau eines Polizisten zu sein. Sie kam selbst aus einer Polizistenfamilie und hatte sich geschworen, niemals einen zu heiraten. Als er sich nach seinem Studienabschluss entschied, in den Polizeidienst einzutreten, stellte sie ihm ein Ultimatum: »Die Polizei oder ich.« Er versuchte, sich vernünftig mit ihr darüber auseinanderzusetzen, doch sie sprachen verschiedene Sprachen, und ihm kam der Verdacht, es könnte schon immer so gewesen sein. Ein paar Jahre nach der Scheidung heiratete sie wieder und bekam noch drei hübsche, gesunde Kinder. Ihr Mann war Steuerberater.

»Hör mal«, sagte Matt, »erschieß mich nicht, aber ich habe Lisa gebeten, uns beim Dessert Gesellschaft zu leisten. Sie hat sich eher frei genommen.«

»Vergiss es.« Er musste nicht einmal darüber nachdenken. »Bin nicht interessiert.«

»Ich habe ihr gesagt, wir wären beide hier.«

»Das ist dein Problem, Brüderchen. Ich stürze mich nachher ins Kasino. Wenn du mich brauchst, weißt du, wo ich zu finden bin.«

»Das wird sie nicht verstehen.«

»Du wirst es ihr erklären.«

»Sie wird denken, du seist nicht interessiert.«

»Bin ich auch nicht.«

»Sie wird denken, ich habe sie gelinkt.«

»Da liegt sie vielleicht gar nicht so sehr daneben.«

»Nun mach mal halblang«, sagte Matt, nun ohne Business-School-Gehabe. »Ich werde dastehen wie ein Bekloppter, wenn du nicht hier bist.«

»Zu spät, mein Freund. Wenn ich mich nicht irre, ist sie schon hier.«

Ein blondes Mädchen vom Typ Cheerleader, mit einem Körper wie auf den Mittelseiten eines Herrenmagazins, strebte auf ihren Tisch zu. Auch ohne Namensschild war Conor klar, dass es sich um die sagenhafte Lisa handelte. Er schob seinen Stuhl zurück und stand auf. Matt tat es ihm im Bruchteil einer Sekunde gleich. Die Kleine strahlte, als hätte sie eine Hundertwattbirne verschluckt. Er hatte also recht. Brüderchen war in die falsche Sorte Mädchen verliebt.

Matt drückte einen freundschaftlichen Kuss auf die rosa Wange des Mädchens. »Lisa, das ist mein großer Bruder Conor.«

Lisas Lächeln war ein Feuerwerk in Weiß. »Sie sind der Polizist, stimmt's?«

Conor grinste und schüttelte ihr die Hand. »Kriminalbeamter«, korrigierte er. »Matty vergisst das immer.«

Dass Lisa auch nicht viel von feinen Unterschieden hielt, war offenkundig. Zumindest nicht, was ihn betraf. Sie zielte mit ihrem Lächeln zuerst auf Conor, dann auf Matt, der ihr einen Stuhl herbeigezogen hatte. »Sie werden es nicht für möglich halten, was für einen schrecklichen Abend ich hatte«, sagte sie, als sie zwischen ihnen Platz nahm. Sie trug einen kurzen, schwarzen Rock, einen knappen, roten Pullover und die höchsten Absätze, die Conor je außerhalb einer polizeilichen Gegenüberstellung gesehen hatte. »Die Tagesausflügler scheinen zu glauben, ich arbeite für schöne Worte und nicht für Geld.« Wäre es überhaupt möglich gewesen, ihr Lächeln wäre noch strahlender geworden. Er konnte beinahe zusehen, wie sein Bruder den Boden unter den Füßen verlor. »Ich kann es kaum erwarten, meinen Abschluss in Jura zu machen, und dann bin ich hier weg, schneller als die schauen können.« Sie schickte ein Lächeln in Richtung Conor. »Was könnte ich Ihnen nicht alles darüber erzählen, wie es hier zugeht.« Sie verdrehte die Augen in gespielter Verzweiflung. »Ich fürchte, nicht einmal ein Polizist würde das glauben.«

Als hätte er diesen Satz nicht schon von zehntausend anderen Leuten gehört, die etwas erzählen wollten. Conor lächelte höflich, als sie mit einer Geschichte über zwei Millionäre loslegte, die Baccarat spielten, und bemühte sich, nicht darauf zu achten, wie sein Bruder ihr bei jedem Wort an den Lippen hing.

Für so etwas bin ich zu alt, dachte er sich, während er in sein halb leeres Glas Scotch starrte. Cocktailparty-Unterhaltung. Blondinen mit großen Augen und blendend weißem Lächeln. Junge Männer, die sich über den Tisch beugten. Hoffnungen und Hormone. Das war es. Hoffnungen und Hormone und die Art von Naivität, die einem das Leben mit Vorliebe Jahr für Jahr, Stückchen für Stückchen raubte, bis nichts mehr übrig war als der bittere Nachgeschmack des Bedauerns.

Er hatte auf dem Revier mitbekommen, dass Denise mit den Zwillingen für eine Woche zu ihrer Mutter nach Florida gefahren war. Jeder war der Ansicht, es sei besser, so viele Meilen wie möglich zwischen sich und die Erinnerung an den Abend zu legen, an dem Bobby das Glück verlassen hatte. Man sagte ihm, er brauche Erholung, dass es für alle Beteiligten besser sei, wenn er Urlaub nahm und seine Batterien wieder auflud. »Es war für uns alle ein miserables Jahr«, erklärte ihm sein Chef, als Conor protestierte. »Sie müssen es ein für alle Mal ad acta legen.«

Also nahm er Urlaub. Er fuhr für ein paar Tage hinauf nach Maine, wo er nichts als Felsen und Wasser sah. Er fuhr nach Pennsylvania und wieder zurück. Er spielte mit dem Gedanken, hinüber nach Kalifornien zu fliegen und Sean zu besuchen, doch der Junge würde ja spätestens an Thanksgiving nach Hause kommen. Abgesehen davon, welcher neunzehnjährige Spieler hat es schon gerne, wenn sein Vater unangemeldet auftaucht? Als dann Matty ein Wochenende in A. C. vorschlug, willigte er sofort ein. Las Vegas, doch ohne dessen Charme. So nannte es seine Ex-Frau immer. Allerdings war viel verbessert worden seit den Anfängen, indem man die traurigeren Erscheinungsformen der Menschheit sorgfältiger verbarg und immer mehr und größere und bessere und höhere Gebäude erstellte, in denen man seine eigene Traurigkeit verstecken konnte. Deswegen kamen doch die meisten nach A.C., oder? Die zusammengeflickten Witwen und die hohläugigen Witwer und die Verlierer, die es nie richtig geschafft hatten, ein Stück vom Kuchen zu ergattern. Man ging nach A.C., um ein anderer zu sein, um seinen Verstand auf Eis zu legen und ihn dann vor den rotierenden Maschinen mit den drei Siebenen zu verlieren. Man fuhr nach A.C., weil man sich zu Hause nicht gefiel, und hoffte, in Vegas am Meer jemand Besseres zu sein.

Vielleicht ging man sogar nach A.C., weil man dort eventuell und möglicherweise denjenigen fand, auf den man schon sein ganzes Leben gewartet hatte: auf einem Barhocker vor Rot, Weiß und Blau sitzend und Dollarchips in den Schlitz steckend, als gäbe es kein Morgen.

Er schob den Scotch beiseite und lehnte sich in seinem Stuhl zurück. Sein kleiner Bruder und die Jura studierende Kellnerin unterhielten sich noch immer. Die Worte wirbelten um sie herum im nebelhaften Dunst sexueller Anziehungskraft, während sie sich vormachten, nicht aneinander interessiert zu sein. Wussten sie, was sie taten, oder geschah das alles aus blindem Instinkt und Verweigerung heraus? Er wusste nicht, ob sie füreinander geschaffen waren oder nicht, doch die Chemie war deutlich zu spüren wie auch die Tatsache, dass er sich alt und allein fühlte.

»... tanzen?« Die blonde Bedienung aus der Cocktailbar sprach mit ihm.

Er runzelte die Stirn.

»Tanzen?«

Sie grinste. Das konnte sie so gut, dass er sich fragte, wie viel Zeit sie darauf verwendete, es vor dem Spiegel einzustudieren. »Sie kennen das doch«, sagte sie und machte mit den Fingern eine witzige Geste, »Bewegung zu Musik. Es ist zwar eine altmodische Erfindung, aber dennoch recht brauchbar.«

Er sah zu seinem Bruder hinüber, einem Bild des Jammers.

»Sie fragen den falschen Riley«, erklärte er Lisa. »Matty ist der, der tanzen kann.«

»Mit Matty kann ich nicht tanzen«, erwiderte sie und warf seinem Bruder einen eisigen Blick zu. »Es könnte seiner Karriere schaden.«

»Tanz doch mit dem Oberkellner«, raunzte Matt. »Ist mir doch egal.«

»Hört mal«, sagte Conor und bedeutete dem Kellner, ihm die Rechnung zu bringen, »wie wär's, wenn ich zahlen würde und ihr beide euch aussprecht?«

»Ein Tänzchen könnten Sie doch einschieben, während Sie auf die Rechnung warten«, bat Lisa und glich dabei eher einem Schulmädchen als einer Femme fatale. »Bitte!«

Es wäre fast so gewesen, als weigerte er sich, seine kleine Schwester auf der Schaukel anzuschieben. »Okay«, sagte er, erhob sich und ergriff ihre Hand, »aber geben Sie nicht mir die Schuld für das, was mit Ihren Füßen passiert.«

»Es tut mir leid, dass ich vorhin so penetrant war«, sagte Lisa, als er auf der Tanzfläche den Arm um sie legte. »Mir fiel nichts anderes ein, um mit Ihnen allein zu sein.«

Himmel. Er wusste nicht, wo er hinschauen sollte, außer auf den Ausgang. Matt bedachte sie mit einem dieser Blicke, die er früher in der Baseball-Jugendmannschaft für gegnerische Werfer reserviert hatte.

»Lisa, ich habe keine Ahnung, was Matt Ihnen erzählt hat, aber ...«

»Ich bin in ihn verliebt.«

Er geriet aus dem Takt. »Bin ich Ihnen auf den ...«

Sie schüttelte den Kopf. »Alles in Ordnung.« Sie sah ihm in die Augen. »Ich bin in ihn verliebt, und er liebt mich, ist aber zu stur, es zuzugeben.«

»Sie wissen, dass er mich mit Ihnen zusammenbringen wollte.«

»Ich habe nicht behauptet, dass er kein Arsch ist.« Sie warf Matt einen Blick zu, der fast jeden Mann in die Flucht geschlagen hätte. Nicht so seinen Bruder. Matt schickte ihr einen ebensolchen zurück. »Er versucht mich abzuwimmeln, weil er Angst davor hat, mit einer Bedienung aus der Bar gesehen zu werden, könnte seiner Karriere schaden.«

»Würde es denn?«

Sie zögerte. »Ich weiß es nicht. Wenn er mich liebt, sollte es ihm egal sein. Ich verdiene genug, um mir das Jurastudium finanzieren zu können. Man sollte meinen, das würde ihm etwas bedeuten. Hat er zu Ihnen irgendetwas gesagt?«

Was zum Teufel sollte er bloß darauf antworten? Dass die Chemie zwischen den beiden jungen Leuten stimmte, war nicht zu leugnen, doch Liebe war schon noch etwas ganz anderes. Matt nahm seine Karriere und seine Zukunft todernst, und eine junge Frau, die ihm dabei in die Quere kam, könnte ganz schön lädiert werden.

»Ich hätte Sie das nicht fragen dürfen«, fuhr sie fort. »Es tut mit leid. Das war unfair. Was es auch immer ist, es geht um Matt und mich, und wir beide müssen es klären.«

»Das klingt nach einer guten Strategie.«

»Sie haben ein nettes Lächeln«, sagte sie und küsste ihn auf die Wange. »Sie sollten es öfter praktizieren.«

Er konnte nicht anders. Er blickte in die Richtung der Frau mit dem kurzen dunklen Haar und den großen blauen Augen und stellte fest, dass auch sie ihn ansah. Und für eine Sekunde verschwand die Blondine in seinen Armen von der Bildfläche, und es gab nur sie beide hier auf der Tanzfläche, alleine mit der Musik und dem Kerzenlicht und noch einer langen Nacht vor ihnen.

Es gibt wohl keinen jämmerlicheren Anblick als den eines Mannes mittleren Alters, der seine Jugend zurückholen will, indem er mit ihr schläft. Maggy versuchte, sie nicht böse anzustarren, als sie an ihrem Tisch vorbeitanzten. Zumindest könnte er das Mädchen so im Arm halten, als meinte er es ernst. Wie hatten es die Nonnen früher auf den Tanzveranstaltungen der Schule genannt? Noch Platz lassen für den Heiligen Geist. So in etwa tanzte er mit der hübschen Blonden, als wollte er Platz lassen, damit der Heilige Geist und auch noch die meisten der Apostel zwischen sie passen würden. Wenn es ihm schon unangenehm war, in der Öffentlichkeit mit ihr gesehen zu werden, sollte er sich erst recht darüber Gedanken machen, was sie taten, wenn sie alleine waren.

Der Tanz war zu Ende, und die Blonde küsste ihn auf die Wange. Er wandte sich etwas in Richtung Maggy, und sie bemerkte die Verlegenheit in seinem Blick. *Pech,* dachte sie und fühlte sich über Gebühr irritiert. *Das kommt davon, wenn man mit Schulmädchen ausgeht.*

Sie schob den Rest ihrer Crème brulée beiseite und nahm noch einen Schluck Kaffee. Manchmal bekamen gute Beobachter mehr zu sehen, als ihnen lieb war. Sie hatte einen großen Teil des Abends damit zugebracht, die Beziehung dieser drei sehr attraktiven Personen zu ergründen, und ausgerechnet dann, als sie glaubte, die Fäden entwirrt zu haben, standen der ältere Mann und die Blondine auf, um zu tanzen. Und Maggy befand sich wieder da, wo sie angefangen hatte. Die meiste Zeit hatte sie den Eindruck gehabt, der ältere der beiden Männer halte sich etwas abseits, sah aus, als grübelte er, so wie er an seinem Drink nippte und seine traurigen dunklen Augen durch den Raum schweifen ließ. Ein oder zweimal hatten sich ihre Blicke getroffen, und Maggy hatte jedes Mal schnell weggeschaut, in dem Gefühl, bei etwas Unerlaubtem ertappt worden zu sein.

Wenn ihm der Sinn nach Blondinen mit langen Beinen und Miniröcken stand, dann musste sie für ihn ja geradezu unsichtbar sein, so wie sie hier saß mit den kurzen dunklen Haaren, dem Twinset und der Perlenkette. Sie war weder groß, noch mondän oder blond und schon gar nicht jung.

Wenigstens war es kein Cheerleader-Mädchen, das Charles heiratete. Sally war eine technische Zeichnerin Ende dreißig, die keine Miniröcke trug. Sally war auch eher der Hippie-Typ, etwas laut, ein bisschen grau und sehr liebevoll – anders ausgedrückt, sie war ganz und gar nicht die klassische Variante einer Ehefrau, jung und gut aussehend, wie sie sich die Männer beim zweiten Mal auszusuchen pflegten.

Und Charles liebte sie. Das vor allem war die größte Überraschung. Er strahlte, wenn er sie um sich hatte und verfolgte jede ihrer Bewegungen, als sei sie eine Mischung aus Nicole Kidman und Pamela Anderson. Maggy sah in Sally eine sympathische Frau mittleren Alters. Charles sah in ihr eine Göttin. Er heiratete sie, weil er sie liebte und den Rest seines Lebens mit ihr verbringen wollte, und plötzlich wünschte sich Maggy von ganzem Herzen, dass ihr das Gleiche passiert wäre.

Sie bat um die Rechnung und ärgerte sich über den Kellner, weil er so lange brauchte, bis er sie brachte. Es schien ein Problem zu geben.

Zwei Ober, der Sommelier und der Oberkellner besprachen sich nahe der Küchentür und blickten ab und zu verstohlen in ihre Richtung.

Ach, wie wunderbar. Wahrscheinlich war irgendetwas mit der Reservierung schiefgelaufen, und sie würde nun, statt zum Abendessen eingeladen zu sein, eine Rechnung präsentiert bekommen, neben der ihre monatliche Telefonrechnung vergleichsweise mickrig aussehen würde. Da saß sie nun, die Finger fest ineinander verschränkt, die Hände im Schoß, und wartete. Bei Gelegenheiten wie diesen bedauerte sie, zu rauchen aufgehört zu haben. Raucher wirkten immer so souverän. Dumm und unvernünftig vielleicht, aber gelassen. Ihre Hände verrieten sie immer, wenn sie nervös war. Sie neigte dazu, mit den Fingern auf den Tisch zu trommeln, nicht vorhandene Krümel von ihren Ärmeln zu zupfen und sich mit der Hand durchs Haar zu fahren, bis sie aussah wie ein nicht gestriegeltes Shetland Pony. Was freilich nun kein Problem mehr darstellen konnte, da sie ja fast kahl war.

Konnte es denn noch schlimmer kommen?

Macht schon, macht schon. Bringt mir die Rechnung, damit ich wieder nach oben auf mein Zimmer kann und David Letterman anschauen. Sie mochte Letterman nicht einmal, doch nichts war so schrecklich wie dieser langsame gesellschaftliche Tod an einem Einzeltisch. Sie hob die Hand, um erneut den Kellner herbeizuwinken, da flog die Küchentür auf, und eine Armee von Bediensteten marschierte auf sie zu.

»Happy Birthday to you ... happy Birthday to you ... happy Biiiirthday ...«

Der Kuchen sah aus wie ein Strauß aus olympischen Fackeln. Mussten sie denn jede der fünfunddreißig Kerzen auch noch anzünden? Sie hatte nie Probleme mit ihrem Alter gehabt, doch der Anblick all dieser flackernden Lichter hätte auch der selbstsichersten Frau Depressionen verursacht.

Die Angestellten umringten sie, als der Oberkellner den Kuchen mit einer schwungvollen Geste präsentierte. »Für Sie, Madame«, sagte er mit einem glatten, professionellen Lächeln. »Und jetzt die Kerzen.«

Menschliche Lungen reichen dafür nicht aus, dachte sie sich. Eher schon ein Feuerlöscher. Sie atmete tief ein, faltete die Hände unter dem Tisch und betete, dass St. Jude, der Nothelfer für aussichtslose Fälle, heute Abend seine schützende Hand über sie halte, denn sie brauchte jetzt alle Hilfe, die sie bekommen konnte.

Die Frau blies alle Kerzen bis auf drei mit einem Atemzug aus. Alles applaudierte, als sie nochmals tief einatmete und den Rest auspustete. Sie lächelte höflich, als die Kellner ihr gratulierten und dann in der Küche verschwanden, um den Kuchen zu schneiden. Allerdings sah sie auch so aus, als würde sie am liebsten im Boden versinken.

Er selbst war zwar nicht gerade überempfindlich, doch er hätte kurzen Prozess gemacht mit demjenigen, der ihm das angetan hätte. Sie sah nicht aus wie eine Frau, die es gewohnt war, die zweite Geige zu spielen, doch er kannte sich im Leben gut genug aus, um zu wissen, wie sehr der Schein trügen konnte. Wenn es um Liebe ging, verwandelten sich kluge Frauen manchmal in ziemlich dumme.

Das war die Art von Ansichten, die seine Schwester Siobhan zur Weißglut treiben konnte. Sexistischer Bockmist. Gedankengut der Neandertaler. Kein Einwand. Vielleicht war die Frau ja auch eine Top-Managerin oder eine der Hochrisiko-Spielerinnen, wie Matty sich ausdrückte, die Limousinen und schicke Suiten mieteten und im überteuertsten Restaurant vor Ort zu Abend aßen. Vielleicht verlor sie jedes Wochenende ein paar Tausender beim Baccarat und ließ sich dann wieder hinauf nach Greenwich oder hinunter nach Washington D.C. chauffieren in ihr wirkliches Leben.

Er könnte aufstehen und sie fragen. Sie war alleine und er auch. Matty und Lisa waren in ein intensives Gespräch vertieft, das jeder, außer seinem kleinen Bruder, als Vorspiel erkannt hätte. Was hinderte ihn also? Er war kein Kind mehr. Der weite Marsch durch den Raum würde ihn nicht umbringen. Und auch nicht der lange Weg zurück, falls sie ihm sagte, er solle verschwinden. Man bereute immer nur, was man nicht getan hatte. Das wusste er besser als die meisten seines Alters. Man bereute nur, was man kampflos aufgegeben hatte.

3

Maggy sah ihm zu, wie er den Stuhl zurückschob und aufstand. Sie erwartete, die Blondine würde auch aufstehen, doch das Mädchen schaute nicht einmal in seine Richtung. Maggy kam es so vor, als sei sie die Einzige auf dem ganzen Planeten, die ihn beobachtete, wie er über die Tanzfläche schritt, um mit dem Klavierspieler zu reden. Plötzlich war ihr klar, was er sagte, so als hörte sie ihn die Worte selbst sprechen. Dass dann der Klavierspieler in ihre Richtung blickte, überraschte sie kein bisschen.

Sie hatte diese Szene schon in unzähligen romantischen Filmen gesehen. Der Held flüstert dem Barpianisten etwas ins Ohr, plötzlich erklingt ihr Lied, die Heldin landet schwungvoll in seinen Armen, und sie tanzen dem glücklichen Schluss entgegen. Maggy und ihre Schwestern waren mit solchen Filmen aufgewachsen. In zahllosen Nächten hatten sie verträumt zugesehen, wie starke, schöne Männer schöne Frauen auf die Tanzfläche und in ein perfektes Leben entführen, das kaum länger dauern konnte als bis zu dem Moment, wenn die letzte Filmrolle zu Ende war.

Er bewegte sich schnell und zielstrebig, wie jemand, der weder Zeit noch Aufwand vergeudete, um zu erreichen, was er wollte. Sie fragte sich, wie er wohl mit dem Wörtchen *nein* umgehen würde. Sie hatte keine Lust zu tanzen und schon gar nicht als irgendjemands zweite Wahl. Falls er glaubte, einem armen einsamen Geburtstagskind eine milde Gabe zukommen zu lassen, in Form eines langsamen Tanzes, hatte er sich schwer geirrt.

Ihr Stuhl schrappte auf dem teuren Teppich, als sie sich erhob. Sie ergriff ihre Unterarmtasche und klemmte sie sich unter den rechten Arm. Sie fühlte sich etwas benommen, als hätte sie getrunken. Sie wollte in Richtung Tür, doch er fing sie ab, kaum dass sie ein paar Schritte getan hatte.

»Ich wollte schon den ganzen Abend mit Ihnen tanzen«, sagte er. »Ihr Geburtstag liefert mir dafür genau den richtigen Grund.«

»Vielen Dank«, erwiderte sie, »aber ich möchte lieber nicht.«

Sein Gesichtsausdruck veränderte sich zwar nicht, doch sie spürte, dass er überrascht und etwas verletzt war.

»Hören Sie«, fuhr sie fort, »es ist nichts Persönliches. Aber ich kenne Sie nicht, und ich fürchte, ich bin keine gute Tänzerin.«

Sein Lächeln war spontan und noch ansprechender als sein Gang. Für einen so kantig wirkenden Mann hatte er ein überraschend sanftes Lächeln. Eine gefährliche Kombination, aber gefährlichen Kombinationen konnte sie gut widerstehen. Besonders, wenn sie auf die Komplikationen, die sie mit sich brachten, gar keinen Wert legte.

»Ich kenne Sie auch nicht«, wandte er ein, »und ich bin wahrscheinlich ein noch schlechterer Tänzer als Sie.«

Sie musste lachen. Was sie überraschte. Ihn offensichtlich auch. Das gefiel ihr. Er war nicht ganz so selbstsicher, wie er scheinen wollte.

»Das glaube ich Ihnen aber nicht.« *Jetzt hör dir bloß zu, Maggy! Du flirtest ja mit ihm.* Es hätte nicht viel gefehlt, und sie hätte mit den Wimpern geklimpert.

Er bot ihr seinen Arm an. »Sie wissen, wie wir das klären können.«

»Sie könnten es bereuen.« Sie klang wie ein ausgelassener, alberner Teenager ohne jegliche Alltagssorgen.

»Das Risiko gehe ich ein.«

Sie legte ihre Tasche zurück auf den Tisch und ergriff seine Hand. »Und ich auch.«

Es war unvernünftig und romantisch und überhaupt nicht

ihre Art, aber er konnte ja nicht wissen, dass sie die praktisch veranlagte Maggy O'Brien war, Mutter zweier Kinder und Königin der Fahrgemeinschaft. Die absolut letzte Frau, die man bei einem Flirt mit einem Fremden in einem schicken Hotel in Atlantic City entdecken würde. Viel eher würde man sie im Supermarkt finden, bei einem Gespräch mit dem Verkaufsleiter über den traurigen Zustand des Romagnasalats.

Aber das wusste er ja nicht. Er wusste gar nichts über sie, nicht ihren Namen, ihren Beruf, ihren Familienstand, ihren Musikgeschmack oder ihren Geschmack in puncto Männer. Ob sie überhaupt Männer mochte, oder Babys oder Haustiere oder Schokolade. Sie konnte heute Nacht sein, wer immer sie wollte. Andere Haare, andere Kleidung, anderes Auftreten. Sie war Cinderella mit einer Limousine statt einer Kürbis-Karosse und ohne um Mitternacht zurück sein zu müssen.

Sie lag in seinen Armen, als gehöre sie dorthin. Diese Erkenntnis traf sie so überraschend, dass sie nach Luft schnappte. Als er sie fragte, was denn los sei, überspielte sie ihre Irritation mit einem Hüsteln. Sie redete sich ein, es käme nur daher, dass sie schon lange Zeit kein Mann mehr im Arm gehalten hätte, doch ihr war klar, dass hinter diesem Gefühl mehr steckte. So lange war es auch wieder nicht her, dass sie den Unterschied vergessen haben könnte. Wenn es stimmte, dann stimmte es einfach, und absolut nichts auf der Welt war mit diesem Gefühl zu verwechseln. Es war sein Geruch, der Druck seiner Hand in ihrem Kreuz und dass sie beide schlechte Tänzer waren, doch auf genau die gleiche Art und Weise.

»Sie haben recht«, pflichtete sie ihm bei, als sie aus dem Takt gerieten. »Sie sind ein miserabler Tänzer.«

»So toll sind Sie nun auch wieder nicht.«

Sie lächelte ihn an. »Schmeichler.«

»Verflixt, nein«, entgegnete er während einer Drehung. »Jedes Wort war ehrlich gemeint.«

»Ich bin so schlecht, dass sie beinahe die Tanzschule geschlossen hätten, als ich ein junges Mädchen war.«

»Mein alter Herr pflegte zu sagen, ich würde sogar die Unbeholfenheit noch in Verruf bringen.«

»Das war aber gemein. Sie sind gar nicht unbeholfen. Sie können nur nicht tanzen.«

Er tat, als zuckte er bei ihren Worten zusammen. »Sind Sie immer so ehrlich?«

»Das ist mein größter Fehler«, antwortete sie. »Aber sonst bin ich perfekt.«

Er lachte und zog sie näher an sich. Nicht so nahe, dass es unangenehm gewesen wäre; nur nahe genug, dass sie sich der Wärme seines Körpers bewusst wurde. Sie fühlte sich von ihm angezogen wie eine Katze von der Sonne, und es erforderte all ihre Willenskraft, sich nicht an ihn zu schmiegen und dort ein oder zwei Jahre zu bleiben. Schon der Gedanke ließ sie erröten, und sie war für den Größenunterschied zwischen ihnen dankbar, der ihr erlaubte, ihr Gesicht zu verbergen, bis es nicht mehr so glühte. Die Art, wie sie auf ihn reagierte, deutete auf weit mehr als bloße Anziehung. Sie hatte in den vergangenen zwei Jahren eine Reihe von Männern anziehend gefunden: Zahnärzte und Männer von der Straßenreinigung, Lehrer, Anwälte und Professoren und den Kerl, der den örtlichen Blockbuster leitete.

Diese Empfindungen waren alle nur von kurzer Dauer und einfach amüsant; sie gaben ihr nicht das Gefühl, bei starkem Wind an einem Abgrund zu stehen und darum zu beten, hinabzufallen.

Sie war keine Frau, die mit dem Feuer spielte. Sie zog es vor, zu wissen, wohin sie ging und wie sie dorthin gelangte. Das Nicht-Geplante und Unerwartete hatte in ihrem Leben keinen Platz gefunden, weil es einfach nicht nötig war. Derartiges kam bei ihr nicht vor. Ihr Leben war so ordentlich wie ihre Küchenschränke und genauso überschaubar, und wenn man sie vor vierundzwanzig Stunden noch danach gefragt hätte, so hätte sie geantwortet, ordentlich und überschaubar zu sein sei eine gute Sache.

Dessen war sie sich nun nicht mehr ganz so sicher.

»Ihre Freundin winkt Ihnen«, sagte sie.

»Sie ist nicht meine Freundin.«

»Wessen Freundin ist sie dann?« *Hör mal, Maggy! Seit wann kommst du bei einem Mann sofort zur Sache?* Die verheiratete Maggy hatte immer endlos um den heißen Brei herumgeredet, derart sorgfältig darauf bedacht, dem männlichen Ego nicht zu nahe zu treten, dass sie nie dazu kam, zu sagen, was sie eigentlich wollte. Die geschiedene Maggy schoss aus der Hüfte.

»Niemands«, erwiderte er. »Sie ist in meinen Bruder verliebt.«

Maggy neigte den Kopf in die Richtung des hübschen jungen Paares. »Und das ist Ihr Bruder?«

»Das ist Matty.«

»Ich nehme an, er ist nicht in sie verliebt.«

»Die Geschworenen beraten noch. Im Moment ist Matty in alles verliebt, was seine Karriere fördert.« Er erzählte ihr, dass sein Bruder hier im Hotel arbeitete und darauf bedacht war, so schnell wie möglich aufzusteigen. »Lisa bedient in der Cocktailbar des Kasinos.«

Maggy seufzte. »Und es schadet seiner Karriere, wenn er sich mit einer Bardame einlässt.«

»Das haben Sie schneller kapiert als ich.«

»Sie ist schön.« Sie fühlte sich plötzlich ganz großherzig.

»Sie ist ein Kind.«

»Ein schönes Kind.«

»Ich bevorzuge Frauen.«

Sie schluckte. »Das behaupten sie alle und gehen dann doch mit Cheerleadern aus.«

»Sie klingen, als würden Sie sich damit auskennen.«

»Nicht wirklich, aber ich schaue mir *Oprah* an«, gab sie zu. »Ich weiß was da draußen vor sich geht.«

Er lachte, und sie lachte mit. Ein Mann, der ihre Späße verstand. Das war zu schön, um wahr zu sein.

»Was ist das nun für ein Geburtstag?«, wollte er wissen. »Bestimmt einer der Meilensteine.«

»Wie kommen Sie darauf?« Hatte sie während des Essens Krähenfüße bekommen?

»Ich habe das gleiche Gesicht gemacht, als ich dreißig und dann fünfunddreißig wurde.«

»Fünfunddreißig.« Sie lehnte sich in seinen Armen etwas zurück und sah ihn an. »Das ist jetzt die Stelle, an der Sie sagen müssen, ich sähe keinen Tag älter als dreißig aus.«

»Tun Sie auch nicht«, sagte er, »aber ich nahm an, Sie würden denken, ich klopfe nur Sprüche.«

»Das hätte ich vielleicht gestern noch gedacht, mit vierunddreißig, aber heute nicht mehr.«

»Fünfunddreißig ist doch nicht so schlimm.«

Sie stellte zu ihrer eigenen Überraschung fest, dass sie seiner Meinung war. »Und wie viele Meilensteine haben Sie schon gefeiert?«

»Vierzig nähert sich«, antwortete er mit passend betrübtem Gesichtsausdruck. »Nächsten September.«

»Jetzt muss ich sagen, Sie sehen keinen Tag älter als fünfunddreißig aus.«

Er lachte wieder, etwas lauter diesmal, und ihre Stimmung wurde immer besser. Nicht einmal ihre Schwestern hätten sich etwas Passenderes ausdenken können. Er war genau so fantastisch wie die Schönheitskur und die Limousine und …

O nein. Sie geriet aus dem Takt und war gottfroh, dass er selbst auch aus dem Tritt gekommen war und nichts bemerkte. Dieser Mann, der tatsächlich über ihre Scherze lachte, durfte einfach nicht Teil ihrer Geburtstagsüberraschung sein. Falls doch, so würde sie es ihren Schwestern ihr Leben lang nicht verzeihen. Sie durften sich in ihr Make-up einmischen, in ihre Frisur, in die Art, wie sie sich kleidete und wie sie aß, doch wenn sie sie zur lächerlichen Figur machten, dann würde sie, solange sie lebte, nie wieder ein Wort mit ihnen wechseln. Vielleicht sogar noch länger.

Sie beschloss, der Sache sofort auf den Grund zu gehen.

»Haben Claire und Eleanor sie dazu angestiftet?«

»Wer sind Claire und Eleanor?«

»Meine Schwestern«, erwiderte sie, und ihr Herz klopfte, als würde es mit einem hochprozentigen Gemisch aus Hoffnung und Verzagtheit betrieben. »Sie haben auch alles andere arrangiert. Ich fürchtete schon, diesen Tanz auch.«

»Sie haben gesehen, wie ich tanze. Würden Sie das jemandem zumuten, den Sie lieben?«

Nun war sie es, die laut lachte. »Nein«, pflichtete sie ihm bei, von Erleichterung durchflutet. »Jetzt, wo Sie es sagen. Das würde ich nicht.«

Du bist zu gut, um wahr zu sein. Groß, gut aussehend und dir nicht zu schade, dich über dich selbst lustig zu machen.

Verheiratet. Entweder das oder ein Priester in Zivil. Einerlei, er war garantiert nicht zu haben, denn Männer wie er spazieren nicht plötzlich am Abend des fünfunddreißigsten Geburtstages in dein Leben, außer im Film, und da handelte es sich meist um den besten Freund. Schwul natürlich.

»Ihr Bruder geht«, bemerkte sie, als sie über seine Schulter blickte. »Er wirkt nicht allzu glücklich.«

»Er wird es überleben.«

»Hören Sie, es war schön, mit Ihnen zu tanzen, doch wenn Sie gehen müssen ...«

»Habe ich gesagt, ich muss gehen?«

»Nein, aber ...«

»Und warum fangen wir nicht noch einmal von vorne an?« Er sah hinunter zu ihr, und ihre Blicke trafen sich. »Ich heiße Conor.«

»Maggy.«

»Sind Sie irgendwie gebunden?«

Sie schüttelte den Kopf. »Und Sie?«

»Auch nicht.«

Bin ich froh, dachte sie sich, als sie sich auf der Tanzfläche ein wenig näher kamen. Sie wusste zwar nicht recht, wieso, doch sie war es.

Sie verzichteten darauf, so zu tun, als würden sie tanzen, und wiegten sich stattdessen nur noch sanft zur Musik, während zwei andere Paare in einer Wolke aus wehenden Röcken und Aftershave an ihnen vorbeiwirbelten. Hier würde sie es ewig aushalten, genau da, wo sie waren, mit dem flackernden Kerzenlicht, der romantischen Musik und diesem Gefühl, das sie in seinen Armen überkam. Er war größer, als er von Weitem gewirkt hatte, Schultern und Brust waren breiter. Obwohl sie sich selbst zwar für etwas kurz geraten, aber nicht klein hielt, empfand sie den körperlichen Unterschied sehr deutlich. Er rief in ihr ein Gefühl der Schutzlosigkeit hervor, das ihre Nervenenden beben ließ.

Daheim war sie die Starke, diejenige, die den Baseballschläger, der unter ihrem Bett lag, packte und hinaus in die Diele schlich, wenn Charlie nachts ein seltsames Geräusch gehört hatte. Und auch diejenige, die die große braune Spinne in Nicoles Zimmer einfing und in den Hof verfrachtete, denn wenn sie derartige ungebetene Gäste auch nicht umbringen wollten, leben wollten sie nicht mit ihnen. Die Frau, die diese Dinge tat, war eine Amazone. Sie konnte über hohe Gebäude springen und mit bloßen Händen Toastscheiben aus der Verpackung lösen.

Sie war auch heute Abend noch diese Frau. Sie hätte dem nicht entrinnen können, auch wenn sie es gewollt hätte. Diese Frau war die Grundlage für ihr Überleben. Doch sie war auch eine Frau, die sie fast vergessen hatte, eine Frau, der es gefiel, dass sie umarmt wurde und dass jemand mit ihr flirtete, noch dazu ein Mann, der sich auf diese beiden Dinge überaus gut verstand. Keine Verpflichtungen, keine Erwartungen. Nur ein Tanz.

In diesem Moment entschloss sich der Klavierspieler, Feierabend zu machen.

»Vielleicht, wenn wir ihm ein Trinkgeld geben ...«, schlug sie wehmütig vor.

»Ich habe eine bessere Idee«, sagte er. »Wir könnten hinunter ins *Cleo* gehen und ein Glas auf Ihren Geburtstag trinken.«

Sie zögerte. Unverschämtes Glück zu haben, war eine Sache. Von diesem Glück zu verlangen, sie an die Bar zu begleiten, wäre vielleicht etwas zu viel verlangt. Die letzten Minuten waren so perfekt, so zauberhaft gewesen; mehr zu wollen hieße, die Sterne zu bitten, etwas heller zu funkeln, nur weil man sehen wollte, ob sie es könnten.

Sie suchte nach der richtigen Antwort. Hätte sie ihn gefragt, hätte Conor ihr sagen können, dass es keine richtige Antwort gab, nur Instinkt und Gottvertrauen. Diese beiden Faktoren lagen jeder großen Erfindung zugrunde, jeder großen Schlacht, jeder bekannten Heldentat.

Außerdem, wenn es so lange dauerte, dann sollte es vielleicht einfach nicht sein.

Sie überlegte. Er wartete. Sie überlegte noch weiter. Er sah die Zeichen an der Wand. Es blieb nur der lange Weg zurück über die Tanzfläche.

»Hören Sie«, sagte er, »es macht nichts.« Er legte seine Hand um ihre Taille und führte sie ihrem Tisch zurück. »Vielen Dank für diesen Tanz.«

»Vielen Dank, dass Sie sich nicht beklagt haben, wenn ich Ihnen auf die Füße getreten bin.«

Sie hatte eine entwaffnende Art, die Verantwortung für etwas zu übernehmen, eine nette Art, sich über sich selbst lustig zu machen, die er liebenswert fand. Es war lange her, dass er irgendetwas oder irgendwen liebenswert gefunden hatte, und er bedauerte, dass es endete, bevor er herausgefunden hatte, wohin es führen könnte.

Sie unterschrieb schnell noch ihre Rechnung, klemmte ihre Tasche unter den rechten Arm, und dann verließen sie gemeinsam das Restaurant. Zu den Aufzügen waren es nur wenige Schritte.

»Sollten Sie es sich anders überlegen, das Angebot gilt noch.« Er drückte auf den Knopf für Abwärts.

»Ich merke es mir.« Sie drückte auf Aufwärts. Aufzüge in Hotels waren bekanntlich langsam, diesmal jedoch nicht. Der letzte Aufzug auf der rechten Seite war nahezu augenblicklich zur Stelle, und die Türen schoben sich auf.

»Cleo«, sagte er, als sie einstieg.

»Cleo«, wiederholte sie; dann begannen sich die Türen zu schließen, und sein letzter Rest von Verstand verabschiedete sich. Er stellte einen Fuß in den Spalt und streckte die Hand aus.

»Gehen Sie nicht«, sagte er.

Sie starrte ihn mit großen Augen an.

»Ich bin nicht verrückt«, sagte er und spürte den Pulsschlag an ihrer Daumenwurzel. »Ich bin weder verzweifelt noch gefährlich. Ich weiß nur, dass hier etwas vor sich geht und dass wir herausfinden müssen, was es ist.«

Sie ließ sich nichts anmerken. Bis darauf, dass ihre Augen größer wurden, veränderte sich ihr Gesichtsausdruck nicht. Hatte sie Angst vor ihm? Himmel, das war das Letzte, was er wollte, aber er konnte sie einfach nicht gehen lassen. Noch nicht. Nicht, ehe er alle Karten auf den Tisch gelegt hatte.

»Gehen Sie nicht, Maggy.«

Es war der Klang ihres Namens aus seinem Mund, der den Ausschlag gab. Der so vertraute Klang ihres Namens, ausgesprochen von einem Mann, der sie nur als die Frau kannte, die sie im Moment war.

Sie wusste, was sie vernünftigerweise, richtigerweise tun sollte. Sie sollte lächeln, ihm nochmals eine gute Nacht wünschen und auf ihr Zimmer gehen, dann den Fernseher einschalten und mit ihren Kindern telefonieren und auf der Nachttischuhr die letzten Stunden ihres Geburtstages verstreichen sehen. Aber das war nicht, was sie tun wollte. Das war nicht, was ihr Herz ihr zu tun riet, und vielleicht war es Zeit, auf dieses Herz zu hören.

Sie atmete tief durch und trat aus dem Lift. Leicht verunsichert, frei und lebendig. So lebendig, dass sie erschrocken wäre, wenn sie all ihre Sinne beisammengehabt hätte. Er ließ ihre Hand nicht los, und sie wollte das auch nicht. Sie wollte, dass er sie ewig festhielt oder eben so lange, wie sie brauchen würde, um einzusehen, dass dies alles Wirklichkeit war, dass es Wunder gab in Gestalt eines Mannes mit goldbraunen Augen, für eine Frau, die aufgehört hatte zu glauben, dass dies möglich sei.

Noch immer Hand in Hand gingen sie durch die Halle und die Rolltreppe hinunter, vorbei an schimmernden Marmorsäulen und Deckengemälden, an riesigen Springbrunnen und an den wissenden Blicken von Witwen mit traurigen Augen, die das Kasino zu ihrer zweiten Heimat erkoren hatten. Im *Cleo* war es dunkel und rauchig, wie es sich für eine gute Bar gehörte. Sie suchten sich ein kleines Sofa an der hinteren Wand aus, weit genug entfernt von dem Jazzquartett, um sich unterhalten zu können, doch auch nicht so weit, dass die sanften Töne sie nicht in erwartungsvolles Schaudern versetzen konnten.

Erwartungsvoll. Was für ein wunderbares Wort.

In den letzten Jahren war sie so damit beschäftigt gewesen, für sich und die Kinder ein neues Leben aufzubauen, dass sie diesen Teil ihrer Seele weggepackt und auf Eis gelegt hatte. Und dort war er geblieben. Sie musste sich um die Kinder kümmern, um die Schule und ihren Job. Als dann ihre Mutter den Schlaganfall hatte, übernahm sie die tägliche Pflege, und ihr schien, dass beim nächsten Wimpernschlag bereits ein Jahr vergangen war, ohne dass sie Zeit gehabt hätte, es zu bemerken.

»Champagner«, sagte Conor zu der Bardame. »Und zwei Gläser.«

»Eine bestimmte Marke?« Die junge Rothaarige starrte

ihn unverhohlen an. Sie hatte einen enormen Busen und eine sehr schmale Taille und war jung genug, um Maggys Tochter sein zu können, wäre Maggy frühreif gewesen. Der Umstand, dass sie ein kurzes, weißes griechisches Gewand trug, das nur eine der Schultern bedeckte, machte die Sache auch nicht besser.

Conor wandte sich Maggy zu. Jeder andere Mann ihres Bekanntenkreises hätte das machoübliche Tamtam bei der Wahl des Weines gemacht. Ganz abgesehen von den Bemerkungen über die üppigen Reize der Bedienung. »Was schlagen Sie vor?«, fragte er.

»Der einzige Wein, den ich kaufe, ist in Kartons abgefüllt«, sagte sie. Die Bedienung runzelte die Stirn, doch Conor lachte. »Was immer Sie bestellen, ist mir recht.«

»Dom Perignon«, sagte er und erläuterte es noch etwas genauer. Die Barfrau nickte und enteilte.

»Sie kennen sich mit Wein aus«, konstatierte Maggy und ließ sich in die weichen Kissen des bordeauxfarbenen Sofas sinken. »Ich bin beeindruckt.«

Er lehnte sich zurück und schlug das linke Bein über das rechte. »Preis-Klub«, gestand er. »Weißer Zinfandel, zehn Dollar.«

»Sie kennen den Preis-Klub?«

»South Jerseys Ersatz für ›Neiman-Marcus‹.«

Jetzt durfte sie lachen. »Wenn man einen Ausverkauf erwischt, bekommt man den Chablis für acht.« *Verdammt, Maggy. Was ist los mit dir? Wieso zückst du jetzt nicht auch noch deine Supermarkt-Preis-Plus-Karte?*

Sie fühlte sich wie ein Teenager mittleren Alters beim ersten Rendezvous. Konnte man sich sowohl alt als gleichzeitig auch naiv vorkommen? So ging es ihr jedenfalls. Sie war sich jedes Atemzugs, den sie tat, bewusst, wie auch der Neigung ihres Kopfes und des leichten Drucks seines rechten Schenkels gegen ihren linken. *Fass mich an. Nimm meine Hand wieder in deine. Küss meinen Hals …*

Die Kellnerin kam mit dem Champagner, den beiden Gläsern und einem Eiskübel und verschwand dann wieder in den Dunstschwaden der Bar. Er wusste mit Champagnerflaschen umzugehen. Es gab keine verlegenen Witze, keine überflüssigen Handgriffe. Er entfernte den Korken mit einem geräuschvollen Plopp, und sie mussten beide lachen, als der köstliche Schaum aus der Flasche quoll. Maggy nahm die Gläser und hielt sie Conor zum Einschenken hin. Eine Sekunde lang dachte sie, er würde etwas schrecklich Kitschiges tun und mit eingehakten Armen anstoßen, wie es Verliebte oft taten, doch dem war nicht so. Sie war nur ein winziges bisschen enttäuscht.

»Auf das Unverhoffte«, sagte er und hob sein Glas.

Das Klopfen ihres Herzens übertönte fast ihre Worte. »Auf das Unverhoffte.« *Auf Zauberkräfte und Überraschungen und darauf, für eine Nacht Cinderella zu spielen.*

»Herzlichen Glückwunsch zum Geburtstag, Maggy.«

Sie stießen an, dann nahm jeder einen Schluck Champagner. Die Bläschen waren rund und voll und tanzten mit süßer Schärfe auf ihrer Zunge.

»Sterne«, sagte sie, und er sah sie an. »Das haben sie gesagt, als sie den Champagner kreierten. Sie sagten, Champagnertrinken sei, als verschluckte man Sterne.«

Bei diesen Worten entglitt Conor endgültig jeglicher Halt in der Realität. Noch nie hatte er jemanden wie sie getroffen. Er hatte Frauen gekannt, die sich über die Börse unterhielten, über die Lage im Nahen Osten und über die neusten kriminaltechnischen Methoden, doch noch keine Frau, die wusste, dass Champagner wie Sternenlicht schmeckte. Er beugte sich zu ihr und hatte das Gefühl, eine ganze Galaxie von Sternen einzuatmen.

»Ich sah Sie in der Sekunde, als Sie aus der Limousine ausstiegen«, sagte er. Ehrlich, geradeheraus. »Ich konnte über den Parkplatz hinweg erkennen, dass Ihre Augen die Farbe von Glockenblumen haben.«

Sie konnte kaum noch atmen. Seine Worte und der Klang seiner Stimme riefen in ihr eine derartige Fülle von Gefühlen hervor, dass sie sich wunderte, dass überhaupt noch Raum für etwas anderes blieb.

»Ich erinnere mich«, sagte sie. »Der Portier holte mein Gepäck ab, und ich drehte mich um und sah Sie dort stehen und zu mir herschauen. Ich weiß noch, dass ich mir dachte, was für schöne Haare Sie haben.«

»Ich sah Sie in der VIP-Lounge.«

»Da war ich beim Einchecken.«

»Ich lächelte Ihnen zu.«

»Ich wusste nicht, dass ich gemeint war. Ich dachte, das Lächeln gelte Ihrem Bruder.«

»Ihr Blick war der gleiche, wie der, als ich Sie zum Tanzen aufforderte.«

»Das ist mein Ich-habe-alles-im-Griff Blick. Er macht sich besonders gut, wenn ich es eben nicht habe.«

Ihm gefiel, wie allmählich die wirkliche Frau zum Vorschein kam, hinter den Perlen und dem eleganten Pullover. Er hätte nur zu gerne gewusst, wer sie war, wenn keiner sie sah.

»Mir fallen nicht allzu viele Situationen ein, die Sie nicht in den Griff bekommen würden«, erwiderte er und meinte es auch. Sie strahlte Wärme und Kraft aus, eine tödliche Kombination für einen Mann, der beides dringend nötig hatte.

»Aber das hier bekomme ich nicht in den Griff.« Ihre Stimme war leise, beinahe nur ein Flüstern. »Es geht zu schnell.«

»Wir können es auch langsamer angehen lassen«, sagte er, und eine Woge der Begeisterung durchflutete ihn wie Starkstrom. Er war nicht verrückt. Sie spürte es auch. »Wir werden unser eigenes Tempo finden.«

Sie sah ihn an, und er erblickte sich im Spiegel ihrer chinesisch blauen Augen. So wie er einmal gewesen war, vor nicht allzu langer Zeit.

»Es geht nicht«, erklärte sie mit Tränen in den Augen. »Die Regeln haben sich geändert.«

»Wir werden unsere eigenen Regeln machen.«

»Sie haben mich nicht verstanden.«

»Dann erklären Sie es mir. Machen Sie es mir begreiflich.«

Wie sagte man einem Mann, dass die Frau, die er sah, nichts mit der Frau zu tun hatte, die man war? Die kurzen Haare, die elegante Kleidung, das Make-up – es war alles so unecht wie die Perlen um ihren Hals. Sie war eine fünfunddreißigjährige Mutter zweier Kinder mit einem Job, einem Kurs, den sie besuchte, und einem Ex-Ehemann, der bereits jemand neuen gefunden hatte, mit dem er sein Leben teilen wollte. Sie wusste nicht, wie man mit einem Mann flirtet oder herumplänkelt und nicht, wie man Champagner wie Cola Light schlürft. Auch nicht, wie man vorgab, jemand zu sein, der man nicht war, und sie hatte auch keine Zeit, es zu lernen.

Sie stand auf. »Es tut mir leid«, erklärte sie. »Ich muss wirklich gehen.«

Diesmal drehte sie sich nicht um.

4

Maggy entledigte sich im Gang ihrer Schuhe, zog das Twinset im Wohnzimmer aus und schlüpfte auf dem Weg zum Bad aus Hose und Unterwäsche. Sie öffnete ihre Halskette, nahm die Uhr ab und legte dann beides auf ein exakt gefaltetes schneeweißes Gesichtstuch auf der Frisierkommode aus rosa Marmor.

Sie drehte das Wasser voll auf, stieg in die Dusche und versuchte, sich ihre Dämlichkeit abzuspülen.

»Idiotin«, schimpfte sie sich, während sie ihr Haar mit nach Flieder duftendem Shampoo wusch.

»Feiger Trottel«, als sie Duschgel für einen halben Dollar in ihre Hand drückte.

»Jämmerliche Versagerin«, folgte, als sie schließlich alles abwusch.

Sie titulierte sich, während sie sich abtrocknete, mit jedem Schimpfnamen, der ihr einfiel, und erfand noch ein paar neue für eventuelle Lücken. Sie hielt den an der Wand montierten Fön, als sei er ein geladener .44er, und dann, als sie ganz fertig war, schlüpfte sie in einen ungewohnten, seidenen Pyjama, den ihre Schwestern für sie eingepackt hatten, setzte sich auf die Bettkante und heulte. Keine weinerlich weiblichen Tränen der Er-hat-mir-weh-getan-Sorte, sondern wütend beschämte, die man sowohl über etwas vergoss, das man nicht getan hatte, wie auch über das Gegenteil.

Sie hätte bleiben sollen, das war's, was sie hätte tun sollen. Sie war schließlich kein naives kleines Mädchen mehr, das sich im Leben nicht auskannte. Sie war eine erwachsene Frau von fünfunddreißig. Sie war verheiratet gewesen und war geschieden. Sie hatte sich sogar schon mehr als einmal mit einem Mann verabredet – Katastrophen, die sie unter ›Leben auf eigenes Risiko‹ abgeheftet hatte.

Er hatte recht gehabt, als er sagte, zwischen ihnen beiden geschehe etwas, eine seltene Art chemischer Reaktion, die sie nie zuvor erlebt hatte, nicht einmal mit Charles. In dem Augenblick empfand sie diesen Zwiespalt zwischen Angriff oder Flucht, der Menschen im Augenblick der Gefahr überkommt. Sie hatte den Eindruck, ein paar Geschwindigkeitsbeschränkungen übertreten zu haben, so eilig hatte sie es, die Geborgenheit ihres Zimmers zu erreichen.

Sie mochte seine Art zu sprechen, zu denken, sich zu bewegen und seinen Geruch. Es gab absolut nichts, was sie an ihm nicht mochte, außer der Tatsache, dass er sie unmissverständlich damit konfrontierte und von ihr erwartete, damit umgehen zu können.

Sie kannte sämtliche Warnungen vor den Gefahren, die auf alleinstehende Frauen draußen in der Welt lauerten. Sie hatte sie wahrscheinlich auch schon tausendmal ihren Schwestern vorgebetet. Hört auf euren Instinkt! Scheut euch nicht, Nein zu sagen! Fahrt mit dem eigenen Auto zu den ersten Verabredungen, nehmt genug Geld mit, um allein zurechtzukommen, denkt daran, ihr seid ihm nichts außer ein ›Vielen Dank‹ schuldig.«

Ihre Schwestern hätten sie davor warnen sollen, dass die größte Gefahr von allen ihr eigenes verrücktes Herz war. Wer hätte gedacht, dass einem sein eigenes Herz einen solchen Streich spielen könnte? Nach fünfunddreißig Jahren gemäßigter und verlässlicher Emotionen suchte es sich den heutigen Abend aus, um seine Muskeln spielen zu lassen und Ansprüche zu stellen.

Sie hätte gerne sein Gesicht zwischen die Hände genommen und ihre Zungenspitze auf die Stelle gedrückt, wo sich seine Lippen trafen.

Sie hätte ihr Gesicht gerne in seinem Nacken begraben, da, wo sich seine Haare über den Kragen kräuselten, und tief eingeatmet, so ein oder zwei Jahre lang. Sie hätten auch nicht zu sprechen brauchen. Er hätte ihr nicht zuhören müssen und auch nicht versuchen müssen, ihre Probleme zu lösen. Alles, was er hätte tun sollen, war sie küssen, und damit wäre sie für immer zufrieden gewesen.

Voll quälender Erinnerungen ließ sie sich in die Kissen zurückfallen. Sie war so nahe daran gewesen, sich total lächerlich zu machen. Der Champagner hatte ihre Zunge gelöst. Ein paar Schluck, und schon war sie bereit, ihm zu erzählen, dass sie schon seit Stunden davon geträumt hatte, ihn zu küssen, dass sie, während sie in ihrer Crème brulée herumstocherte, sich seine Lippen auf ihren vorgestellt hatte, und dass sie schwer wie Wein und süß wie Schokolade geschmeckt hatten. Gott sei Dank hatte sie ihm das nicht gesagt. Sie hätte nach Sibirien auswandern müssen, wenn sie so etwas Dummes getan hätte. Sie war nur einen Schluck Champagner weit von der Katastrophe entfernt gewesen.

Wenigstens kannte er nur ihren Vornamen. Es bestand nicht die leiseste Möglichkeit, darüber ihre Zimmernummer herauszubekommen, es sei denn, sein Bruder hätte Zugang zur Reservierungsliste und …

Das Telefon läutete, und sie fiel vor Überraschung fast aus dem Bett.

»Was machst du auf deinem Zimmer?« Es war Claire, und sie klang vorwurfsvoll.

»Ans Telefon gehen«, erwiderte Maggy und wünschte, sie wäre nicht so enttäuscht darüber, nur die Stimme ihrer Schwester zu hören.

Sie hatten jahrelang ein etwas gespanntes Verhältnis gehabt, das sich erst allmählich besserte, seit Maggy wieder nach New Jersey zurückgezogen war.

»Da solltest du eigentlich nicht sein«, erklärte Claire. »Du solltest unten im Kasino sein und dich amüsieren.«

»Ich amüsiere mich doch«, antwortete Maggy und kam sich gemein und sehr nach größerer Schwester vor. »Ich habe gerade geduscht, und jetzt werde ich mir Letterman ansehen.« Sie richtete die Fernbedienung auf einen der drei Fernseher der Suite, und Lettermans Gesicht tauchte auf dem Bildschirm auf. »Warum hast du denn angerufen, wenn du glaubtest, ich sei nicht hier?«

Nun klang Claire eingeschnappt. »Ich habe angerufen, um dir auf Band zu sprechen. Ich wollte dir ein letztes Mal gratulieren vor Mitternacht, aber wenn ich dich störe …«

Maggy unterdrückte einen Seufzer. Manchmal war das Leben einfach zu kompliziert. »Natürlich störst du mich nicht. Ich liege im Pyjama auf dem Bett.«

Und denke an einen Mann, den ich beim Abendessen getroffen habe. Er würde dir gefallen, Claire. Er ist groß und kräftig und beinahe hübsch. Er lacht über meine Witze, weil er sie tatsächlich versteht, und nicht, weil er glaubt, darüber zu lachen, brächte ihm Pluspunkte ein. Wir haben getanzt, und er hat mich zum Champagner eingeladen und mir gesagt, meine Augen hätten die Farbe von Glockenblumen, und ich bin davongelaufen, als wären mir sämtliche Höllenhunde auf den Fersen.

»Es macht dir also Spaß.« So wie Claire das sagte, war es eine Feststellung. Andere Möglichkeiten kamen für sie nicht in Betracht.

»Großen Spaß«, beteuerte Maggy. Dabei war sie sich aber gar nicht sicher, ob sie die Wahrheit sagte oder das Blaue vom Himmel herunterlog. »Wie geht es den Kindern?«

»Ich habe mit der Mutter von Jeremy gesprochen, und sie sagte, Charlie schlafe tief und fest. Nic probiert gerade meine Schminksachen aus.«

»Lass sie morgen nicht so aus dem Haus wie letztes Mal.«

»Sie sah wunderschön aus.«

»Sie sah aus wie neunzehn«, wandte Maggy erschaudernd ein. »Wir wollen nichts überstürzen.«

»Du kannst die Zeit nicht zurückdrehen«, erwiderte Claire. »Dein kleines Mädchen wird erwachsen.«

»Herzliche Gratulation zum Fünfunddreißigsten«, murmelte Maggy vor sich hin.

»Was hast du gesagt?«

»Ich sagte, das Restaurant war umwerfend. Du und Ellie, ihr wart wirklich zu spendabel.«

Sie sah beinahe vor sich, wie sich die schönen Züge ihrer Schwester bemühten, Maggys Dank abzuwehren.

»Das ist das Mindeste, was wir tun können«, stellte Claire schlicht fest. »Du bist die Beste, Mags.«

Tja, dachte sich Maggy, als sie wenige Minuten später den Hörer auflegte. *Die Beste.* Wenn sie so verdammt gut war, warum war sie dann allein? Wenn sie schon so verdammt klug war, wieso war sie dann nicht unten und trank Champagner mit einem Mann namens Conor, der über ihre Scherze lachte und nicht zusammenzuckte, wenn sie ihm auf die Füße trat?

Er hatte mit dem Laufen begonnen, weil sich ihm die Frage stellte, zu laufen oder jemanden umzubringen. Das Laufen half ihm, Dampf abzulassen, und hielt ihn davon ab, sich in einer Flasche Scotch zu ertränken, wenn es zu hart wurde. Es gab Wochen, in denen man keine Leiche zu Gesicht bekam, und dann trat man eine Tür ein und fand drei tote, zusammengekuschelte Babys in der Nähe des Fensters und auf dem Sofa die verblutende Mutter, deren Freund Crack rauchend in einer Ecke saß, das Gewehr noch auf dem Schoß. In dem Moment überlegte man sich, wie es wäre, das Gewehr zu nehmen und es auf den Scheißkerl zu richten. Später, wenn der Dienst zu Ende war, versuchte man, sich vom Polizisten in einen normalen Menschen zu verwandeln, und stellte fest, dass es einem immer schwerer fiel. Jedes Jahr brauchte man dafür länger, und es klappte schlechter, bis dann der Tag kam, an dem man nicht mehr sicher war, ob man nicht selbst der größte Scheißkerl von allen war.

Also lief er. Jeden Morgen vollzog er dieselbe Routine.

Stand auf, zog sich an und lief. An manchen Tagen lief er Blasen in den Asphalt. An anderen hätte ihn eine alte Frau mit einem Gehwagen zweimal überholen können. Früher hatte er sich noch Gedanken über Geschwindigkeit und Entfernung gemacht, das war vorbei. Das Laufen war ein Teil von ihm geworden. Dieser erste Atemzug frischer Morgenluft, der Hauch eines Sonnenstrahls über dem Wald hinter seinem Haus, die Vögel, die die Blätter hoch in den Bäumen rascheln ließen. Für eine kurze Weile gelang es ihm so jeden Tag, sich einzureden, dass die Welt doch kein so schlechter Ort sei.

Danach zog er sich um, ging zur Arbeit und wurde mit der Nase auf die Realität gestoßen.

Es hatte zu viel Realität gegeben im vergangenen Jahr. Es waren Dinge geschehen, vor denen er weder weglaufen, noch sie beiseite schieben konnte. Morgens als Erstes und nachts als Letztes sah er das Gesicht von Bobby vor sich und hörte ihn sagen: »Du kannst doch nichts dafür, Kumpel«, und »Denise«, und dann nichts mehr. Im nächsten Moment war Bobby, mit weit offenen Augen, tot, und Conor brauchte nicht groß zu suchen, wer schuld daran war.

Er wachte so um sieben auf, und es dauerte ein paar Sekunden, bis ihm wieder einfiel, wo er war. Das Hotelbett war nicht so breit wie seins zu Hause und zu weich. Daheim schlief er bei offenem Fenster. In schicken Spielbankhotels war das nicht möglich. Die Fenster waren nicht zu öffnen, und Balkone gab es keine. Er konnte sich an Geschichten über verzweifelte Spieler erinnern, die die Ersparnisse der Familie verspielt hatten und den einzigen Ausweg nahmen, der ihnen blieb: den Sprung aus dem zweiundzwanzigsten Stock. Wenn sich heute ein Spieler umbringen wollte, musste er zuerst einmal drei Zoll Panzerglas durchbrechen.

Leichter Regen klopfte an das Fenster und versickerte drunten im Sandstrand. Das Grau der hölzernen Uferpromenade war dunkler geworden, und nasse Möwen flogen lustlos umher. Er zog sich schnell an, steckte den Zimmerschlüssel in die hintere Tasche seines Jogginganzugs und ging nach draußen. Er war zwar noch immer müde, doch er wusste, sobald er sich in der kühlen Oktoberluft bewegen würde, wäre es vorbei. Im Aufzug gratulierte er sich dazu, dass er nicht an die dunkelhaarige Frau namens Maggy gedacht hatte, und musste laut lachen. Wie so oft, blieb ihm die Ironie seines Gedankenganges nicht verborgen.

Das war auch etwas, was ihm an ihr gefallen hatte, abgesehen von ihren blauen Augen und ihrem etwas wunderlichen Humor. Sein Gespür für Menschen war von sechzehn Jahren Polizeidienst geschärft, und er wusste, dass sie einen klaren Blick für ihre Umwelt hatte mit all ihren Unzulänglichkeiten und ihrer Anmut, und sie dennoch liebte. Er war seit Langem davon überzeugt, dass dies der Schlüssel zu allem war. Man weiß, eine Situation ist nicht ideal, und man funktioniert trotzdem; man lässt sich nicht von der Unvollkommenheit unterkriegen. Sie hatte ein Gespür dafür. Er hätte nicht sagen können, woher er das wusste, aber er wusste es, genauso, wie er gewusst hatte, wie sie sich in seinen Armen anfühlen würde. Zu dumm, dass er nicht gewusst hatte, dass sie aufstehen und gehen würde, noch ehe sie ihr erstes Glas Champagner geleert hatte.

Sein Timing war schon immer miserabel gewesen. Einen Tag zu spät, eine Minute zu früh. Die richtige Frau, die falsche Zeit.

Er verließ den Aufzug auf der Ebene der Uferpromenade und ging durch die Halle auf die Drehtüren zu, die nach draußen führten. Kühler Regen fiel ihm auf Gesicht und Arme. Ausgezeichnete Bedingungen zu laufen. Die Dehnungsübungen dauerten von Geburtstag zu Geburtstag etwas länger, aber das gehörte eben dazu.

Ein paar Rollstühle standen links von den Türen. Ihre Besitzer hatten sich unter dem Baldachin versammelt und beugten sich über dampfende Kaffeetassen, so wie sie es schon seit hundert Jahren auf der Uferpromenade taten. Der Trompetenspieler war noch nicht da, würde aber sicher bald kommen. Ob Sonne oder Regen, er stand in dem Gässchen, zwischen dem *Plaza* und *Caesar's* und spielte für ein paar Münzen. Er war ein freundlicher Kerl, und Conor steckte ihm immer ein paar Scheine in seinen Topf, wenn er ihn sah. Man konnte nie wissen, wie das Leben einem mitspielen würde, und er hoffte, er würde alles mit so viel Anstand überstehen wie der Trompetenspieler.

Matty hatte ihm von einigen der Typen erzählt, die auf die Uferpromenade kamen. Alte Männer, die auf den Bänken saßen und stundenlang auf den Ozean schauten, und Obdachlose, die unter den Neonschildern schliefen und die Spieler an den Automaten belästigten, um Zigaretten, Streichhölzer und Kleingeld zu schnorren. Er war im ersten Sommer, in dem Matty hier arbeitete, für ein Wochenende heruntergekommen, und da hatte er eine Frau gesehen, die mit einem Einkaufswagen neben einem der Ramschläden für Touristen campierte. Es war Mitte August, und sie trug einen pink und blau gemusterten Strickmantel. Sie hatte einen zweiten in Arbeit und wickelte das graue Garn, das sie aus einer verknitterten braunen Papiertüte zog, um dicke hölzerne Stricknadeln. Als er sie diesen Winter wieder sah, schlief ein Kätzchen, dessen kleines weißes Gesicht zwischen den Falten hervorlugte, unter dem Mantel. Der angeschlagene Optimismus angesichts aller Hoffnungslosigkeit war ihm nie wieder aus dem Sinn gegangen. Das war es, was ihn aufrecht hielt.

Er lief zum Aufwärmen vor zum Geländer und sah Maggy auf einer Bank sitzen, keine anderthalb Meter von ihm entfernt. Erneut ging ihm der Schock des Wiedererkennens durch Mark und Bein. Sie war nicht mehr so elegant gekleidet wie am Abend zuvor, sondern trug Freizeitschuhe, Jeans und ein leuchtend rotes Sweatshirt mit Kapuze. Ihr kurzes, dunkles Haar ringelte sich sanft um ihr Gesicht. Irgendwie schien es ihr zu gelingen, in Jeans genauso wunderschön und unnahbar auszusehen wie mit den Perlen. Sie sah ihn nicht. Ihre Augen waren auf irgendetwas am Horizont gerichtet, und er war froh darüber. Warum sollten sie sich gegenseitig mit aufgesetztem Lächeln und gekünstelten Hallos in Verlegenheit bringen?

Er wollte schon in Richtung des abgeschiedeneren Teiles der Uferpromenade laufen, als er einen wenig vertrauenerweckenden jungen Mann auf sie zukommen sah.

Der Junge war vielleicht sechzehn oder siebzehn, wirkte aber wesentlich älter und verdammt viel gefährlicher. Auf Bauchgefühle war oft mehr Verlass, als manche Menschen glaubten, und Conors Bauchgefühl sagte ihm, dass dieser Junge nichts Gutes bedeutete.

Der Kerl beugte sich zu Maggy hinunter und sprach sie an. Sie schüttelte den Kopf und blickte weiter auf den Ozean hinaus. Der Junge sagte wieder etwas. Sie schüttelte erneut den Kopf und rückte etwas von ihm ab. Da trat der Kerl vor sie und versperrte ihr die Sicht auf eine gezielt aggressive Weise, die Conor nur allzu gut kannte. Ihm war klar, wohin das führen würde, und jeder Schritt weiter wäre einer zu viel.

Maggy verstand nicht, was er sagte. Der Junge war offensichtlich betrunken oder high. Er hatte glasige Augen und sprach so undeutlich, dass man nicht einmal erkannte, welche Sprache er sprach. Er wollte Geld. Das war ihr klar. Ihr war auch klar, dass sie ihm keines geben würde. Er versuchte sie einzuschüchtern, und sie tat ihr Bestes, ihn glauben zu machen, es gelänge ihm nicht. Sie hoffte, er sei zu high, um zu merken, dass ihre Hände zitterten, und um das leichte Zucken unter ihrem rechten Auge wahrzunehmen, das sie bekam, wenn sie nervös war.

Sie wollte gerade aufstehen und ins Hotel zurückgehen, als der Junge zwischen sie und das Geländer trat. Er beugte sich vor und sagte etwas, und der Geruch von Bier und faulen Zähnen stieg ihr in die Nase. Ihr leerer Magen rebellierte. So hatte sie sich den Anblick des Sonnenaufgangs nicht vorgestellt.

»Warum verschwindest du nicht?«

Die Stimme kam von links hinten, und sie empfand eine Freude, die mit der momentanen Situation absolut nichts zu tun hatte.

Es war die gleiche Stimme, die ihr gesagt hatte, ihre Augen hätten die Farbe von Glockenblumen.

Die Aufmerksamkeit den Jungen richtete sich nun auf Conor. Er sagte etwas in angriffslustigem Ton. Sie bekam weiche Knie davon. *Spiel nicht den Helden*, dachte sie sich. Kinder wie diese verhießen nichts Gutes. Wenn Conor ihn in die Enge trieb, wer weiß, was passieren würde. Doch Conor machte keinen Rückzieher. Sie sah ihn an und erschrak, wie wenig Ähnlichkeit er noch mit dem romantischen Mann hatte, der sie zu Champagner eingeladen und ihr so unverhohlen geschmeichelt hatte. Seine Züge hatten sich verhärtet. Sein Gesichtsausdruck war nahezu mörderisch. Wenn sie ihn nicht gekannt hätte, wenn sie nicht mit ihm getanzt hätte, er hätte ihr Angst eingejagt.

Der Junge sagte wieder etwas, was Conor mühelos zu verstehen schien.

»Noch einmal«, sagte er, »und wir erledigen den Rest beim Sicherheitsdienst dort am Haupteingang. Hast du mich verstanden?«

Der Kerl machte eine Handbewegung in Richtung der Tasche seiner pludrigen schwarzen Jacke, und noch ehe Maggy begriff, was geschah, hatte ihn Conor mit dem Rücken ans Geländer gedrückt. Aus der Tasche des Jungen zog er eine kleine Pistole. Sie sah aus wie ein Spielzeug. Ein kleines, aber tödliches Spielzeug.

»Sagen Sie dem Sicherheitsdienst, sie sollen die Polizei holen«, sagte er. Er schien ruhig und völlig Herr der Lage. Man hätte meinen können, er würde das tagtäglich machen. »Sagen Sie ihnen, dass auch eine Waffe im Spiel ist.«

Der Junge sah böse und verlegen aus. Aber auch gefährlich.

»Und Sie?«, fragte Maggy Conor. »Kommen Sie damit klar?«

»Ich denke schon«, antwortete er, und falls sie es sich nicht einbildete, war da ein kleiner Oberton in seiner Stimme. Doch darüber würde sie nachdenken, nachdem sie Hilfe geholt hatte.

Maggy bestand darauf, ihn zum Frühstück einzuladen, nachdem alles vorbei war. Was könnte unschuldiger, weniger romantisch sein als ein Frühstück? Vor allem, wenn sich ihr Haar kräuselte und sie blitzblank ohne Make-up war und Sweatshirt und Jeans trug. Selbst Cäsar und Kleopatra hätten sich unter solchen Umständen schwer getan, das gewisse Knistern aufkommen zu lassen. Doch irgendwo zwischen Orangensaft und Bratkartoffeln erkannte sie, wie sehr sie sich da irrte.

Sie stellte auch fest, dass sich ihr verborgenes Flirttalent bemerkbar machte. Ihre beiden Schwestern waren Experten im Flirten, bloß Maggy hatte keinerlei Begabung für diesen Sport erkennen lassen. Offensichtlich machte sie gerade eine totale Veränderung durch.

»Nachdem nun die Aufregung verebbt ist«, erklärte sie und war sich dabei sowohl der Haltung ihres Kopfes bewusst, wie auch der Klangfarbe ihrer Stimme und der Tatsache, dass sie keinerlei Augen-Make-up trug, bewusst, »habe ich eine Antwort verdient. Sie sind entweder Polizist oder ein absoluter Fan von *NYPD Blue*. Was von beiden stimmt nun?«

Sein Lächeln war ein Anblick für die Götter. Dieses ernsthafte Gesicht mit all den Ecken und Kanten und den tiefen Schatten begann direkt vor ihr regelrecht zu strahlen, und sie konnte nicht anders, als zurückzustrahlen. Wahrscheinlich sahen sie aus wie zwei Schwachsinnige mittleren Alters, die sich über die Extras des Frühstücks amüsierten. Doch sie empfand plötzlich ein solches Glücksgefühl, dass ihr Herz überströmte.

»Ich bin Polizist«, sagte er und versenkte ein Stück Zucker in seinem Kaffee.

»Okay«, sagte sie und griff nach ihrem Tee. »Also, im Ernst, woher wussten Sie, was da draußen zu tun ist?«

»Ich bin Polizist.«

»Nein.«

»Doch«, erwiderte er mit einem immer breiter werdenden Lächeln. »Mit sechzehn Dienstjahren.« Er nannte eine der größeren Gemeinden in der Mitte von New Jersey.

»Sie machen Witze«, sagte sie. »Ich lebe in der übernächsten Stadt.«

»Montgomery?«

Sie verschluckte sich an ihrem Tee. »Sie kennen sich in der Gegend aus?«

»Man hatte mich vor einigen Monaten dorthin geschickt, um an der Highschool einen Vortrag über Selbstverteidigung zu halten.«

Ein kleiner, silberheller Schauder lief ihr über den Rücken, als sie sich an einen Nachmittag vor nicht allzu langer Zeit erinnerte. »Sie waren wundervoll.«

»Sie waren da?«

Sie nickte und verwünschte sich gleichzeitig, weil sie nicht ihre große Klappe gehalten hatte. Sie hatte es noch nicht eilig, wieder zu ihrem normalen Selbst zurückzukehren. Sie war im Gang gestanden, weil sie Nicole ihr Turnzeug geben wollte, und sie hatte viel von dem gehört, was er den Kindern zu erzählen hatte. Ohne überflüssiges Getue gab er praktische Ratschläge mit Humor und Herz. Sie hatte sein Gesicht nicht gesehen, doch sie erinnerte sich an die Worte.

»Dann sind Sie also Lehrerin.« Seinem Tonfall nach war es zur einen Hälfte Feststellung und zur anderen Frage.

Sie sah ihm in die Augen. Der Augenblick der Wahrheit war gekommen. »Nein, ich bin keine Lehrerin«, sagte sie.

»Ich bin eine Mutter. Meine Tochter Nicole geht dort zur Schule.«

Er zuckte nicht zusammen. Er wirkte in der Tat interessiert.

Sie war daran gewöhnt, gelangweilte Blicke zu ernten, wenn sie Fremden gegenüber ihre Kindern erwähnte.

»Mein Junge ist im zweiten Semester auf der UCLA«, sagte er mit nicht unverhohlenem Stolz in der Stimme.

»UCLA?« Sie pfiff leise. »Ich bin beeindruckt. Wie schaffen Sie das mit dem Gehalt eines Polizisten einer Kleinstadt?« *O Gott, Maggy, was hast du bloß getan? Jetzt hast du den Mann beleidigt, weil du seine Fähigkeit, Geld zu verdienen, in Frage gestellt hast.* »Ich habe es nicht so gemeint, wie es klang. Was ich sagen wollte, war, Colleges sind so teuer und …«

»Ein Footballstipendium.« Seine Augen schienen vor Vergnügen zu funkeln. »Mein Bruder erzählte mir gestern Abend, dass man Sean vorgeschlagen hat, einen Einführungskurs in Medizin zu belegen.«

Sie lehnte sich in ihrem Stuhl zurück. »Jetzt bin ich aber wirklich beeindruckt, wo doch Medizin und Football nicht so richtig zusammenpassen.«

»Wem sagen Sie das. Ich habe gestern Nacht versucht, Sean anzurufen, nachdem Sie …« Er hielt inne und schlug eine andere Richtung ein. »Er war jedenfalls nicht zu Hause, und ich habe mir überlegt, dass ein Gespräch von Angesicht zu Angesicht, wenn er zu Thanksgiving kommt, wohl besser ist.«

»Wird es irgendwann einfacher?«, fragte sie ihn nach dem nächsten Schluck Tee. »Ich warte immer noch darauf, dass die wirkliche Nicole wieder auftaucht. Sie verschwand an dem Tag, an dem ich ihr den ersten BH kaufte, und ich habe nicht den Eindruck, dass sie sich so bald wieder zeigen wird.«

»Sean hat während der Schulzeit bei seiner Mutter gelebt und im Sommer bei mir«, sagte er. »Deshalb habe ich das

nicht so hautnah miterlebt. Mir schien, zu dem Zeitpunkt, als seine Stimme kratzig wurde, wurde es auch sein Wesen. In letzter Zeit allerdings entdecke ich wieder Spuren des alten Sean, also geben Sie die Hoffnung nicht auf.«
»Wie alt ist Sean?«
»Er wird neunzehn, im Februar.«
»Nicole ist fünfzehn. Noch vier solche Jahre, und ich gehöre in eine Anstalt.«
»Es wird besser. Das behaupten jedenfalls alle.«
»Mir hat man das Gleiche gesagt, doch vorläufig kann ich es noch nicht glauben.«
Er erzählte ihr, dass er geschieden sei, seit Sean ein Kleinkind war. Seine Frau hasste New Jersey, lehnte seine Pläne, Polizist zu werden, ab und wollte wieder nach Kalifornien zurück. »Wir lernten uns im College kennen«, sagte er, als sie nach dem Frühstück auf der regennassen Uferpromenade spazieren gingen, »verliebten uns und heirateten noch während der Studienzeit.« Er wich einer herumwandernden Taube aus. »Wir hätten wohl besser nur zusammenziehen sollen, doch wir wollten beide Kinder, und dazu gehört eben die Ehe.«
»Ich war noch auf der Highschool, als ich Charles kennenlernte«, sagte sie, als sie am Steel Pier vorbei kamen. »Er war der Freund des älteren Bruders eines Freundes. Er erschien auf einer Party in seiner ROTC-Uniform, und da war es um mich geschehen.«
»Wie ging es dann weiter?«
»Nicht viel anders als bei Ihnen. Jahrelang bin ich ihm von Stützpunkt zu Stützpunkt gefolgt, im Glauben, ein Ende wäre in Sicht und wir könnten uns endlich niederlassen, ein eigenes Haus haben und in der Nähe unserer Familien wieder Fuß fassen, doch er beschloss zu verlängern.«
»Sie haben ihn deswegen verlassen?«
Sie schüttelte den Kopf. »Das ist der Grund, der am greifbarsten ist. Die anderen sind schwerer zu erklären.« Sie über-

legte einen Augenblick. »Wir respektierten uns gegenseitig. Wir waren ein gutes Team. Das war aber nicht genug. Wir liebten uns, aber wir waren nicht mehr ineinander verliebt.«

»Das ist schon mehr, als die meisten haben. Sie wissen das, oder?«

»Ich weiß«, erwiderte sie, »aber es genügte keinem von uns beiden.«

»Sie wollten den ganzen Kuchen.«

»Ja«, sagte sie und blieb plötzlich stehen. »Das war's. Ich wollte den ganzen Kuchen. Wir beide wollten ihn. Wir hatten gedacht, Freundschaft und Respekt seien genug, doch wir haben uns geirrt.«

»Hat er wieder geheiratet?«

»Er hat es vor. Nicole hat es mir gestern früh erzählt.«

»Nettes Geburtstagsgeschenk«, stellte er fest.

»Fand ich auch.«

»Dachten Sie, die Möglichkeit bestünde, wieder zusammenzukommen?«

Sie schüttelte den Kopf. »Jedem, der sie zusammen gesehen hat, ist klar, dass sie hervorragend zusammenpassen. Sie ist klug und warmherzig und lustig, und ich mag sie sogar. Ich kann mich nicht erinnern, Charles je glücklicher gesehen zu haben. Wahrscheinlich tut es einfach weh, dass er etwas gefunden hat, das ich vielleicht nie bekommen werde.«

»Einen Seelenfreund.«

»Ja.« Ihre Stimme klang weicher als ihr lieb war. »Einen Seelenfreund.«

»Suchen wir den nicht alle?«

»Das weiß ich nicht. Es ist das erste Mal, dass ich es mir selbst eingestanden habe.« Sie sah zu ihm hinauf. »Und wie ist es bei Ihnen? Hat Ihre Frau wieder geheiratet?« *Haben Sie?*

»Linda nahm den Jungen mit nach Hause, nach Kalifornien, und heiratete den Mann, den sie von vornherein hätte heiraten sollen.« Ihre Jugendliebe aus der Highschool, von der sie sich im ersten Studienjahr getrennt hatte. »Sie haben zusammen drei Töchter und einen kleinen Sohn.«

»Armer Sean«, sagte sie.

Seine Stirn runzelte sich. »Wieso sagen Sie das?«

»Es ist schon schwer genug, einen Stiefvater zu haben. Wie kam er damit zurecht, dass seine Mutter eine neue Familie gründete?«

»Das war nie ein Problem«, sagte Conor. »Linda hat einen großartigen Burschen geheiratet. Nachdem ich meinen Sohn nicht großziehen konnte, bin ich froh, dass es Pete tat.«

»So funktioniert es aber nicht immer«, erwiderte sie, als sie stehen blieben, um ein paar Toffees zu kaufen. Drinnen im Laden roch es süß wie Kaugummi. »Es gibt nichts Schwierigeres, als zwei Familien zu vermischen.«

»Sie klingen, als hätten Sie darin Erfahrung.

Sie bedankte sich bei dem Verkäufer, und sie verließen mit ihrer weißen, mit Süßigkeiten gefüllten Papiertüte das Geschäft. »Fangen Sie mit Vanille an«, riet sie ihm und gab ihm ein blau eingewickeltes Stück. »Sie können sich dann zu Kokosnuss und Schokolade vorarbeiten.«

Er ergriff das Bonbon. »Woher wissen Sie denn so gut über derlei Dinge Bescheid?«, fragte er erneut.

»Unschwer zu erkennen, dass Sie Kriminalbeamter sind«, erwiderte sie und hoffte, dass ihr Ton leicht und unbekümmert wirkte.

»Sie müssen mir nicht antworten, wenn Sie nicht wollen.«

Sie wollte aber. Es war etwas an ihm, an der Art und Weise, in der sie miteinander umgingen, das das Unmögliche einfach erscheinen ließ. »Mein Vater starb, als ich zehn war, und meine Mutter sah sich plötzlich gezwungen, die Rolle der Hausfrau mit der unseres einzigen Ernährers zu vertauschen. Sie hatte keinerlei Ausbildung und keine besonderen Fähigkeiten, und ich kann ihr deshalb nicht verdenken, dass sie den ersten Mann heiratete, der behauptete, sie zu lieben und für ihre Kinder gut sorgen zu wollen. Leider hatte er eine etwas andere Auffassung von Disziplin. Die Ehe hielt nicht, doch sie hinterließ ihre Spuren bei meinen Schwestern und mir.«

Er erkundigte sich nach ihren Schwestern, und es fiel ihr leicht, ihm von Claires Karriere als Model und Ellies Anwaltskanzlei zu erzählen, davon, wie schön und wie klug sie waren, und was sie alles erreicht hatten.

»Das klingt ja sehr beeindruckend.«

»Sie sind beeindruckend«, bekräftigte sie. »Und ich versuche, sie einzuholen.«

Sie unterhielten sich über Spätentwickler und über die Schwierigkeiten, als Erwachsener nochmals die Schulbank zu drücken.

»Vor ein paar Jahren versuchte ich meinen Master zu machen«, sagte er, »aber es war der falsche Zeitpunkt.«

»Ich weiß was Sie meinen«, pflichtete sie ihm bei. »Ich bin fast doppelt so alt wie jeder andere in der Klasse. Das wirkt sich nicht gerade stärkend auf das Selbstvertrauen aus.«

Sie erzählte ihm im Plauderton von ihren Kursen und davon, wie komisch es ist, vom eigenen Sohn gefragt zu werden, ob man schon die Hausaufgaben gemacht hätte. Er lachte, doch sie spürte die unterschwellige Veränderung. Ein Anflug von Traurigkeit umgab ihn, seit er über den Versuch, seinen Master zu machen, gesprochen hatte.

Als sie wieder am Hotel angelangt waren, hatte sich ihr Vorrat an Anekdoten ziemlich erschöpft.

»Nochmals vielen Dank für das, was Sie heute Morgen für mich getan haben«, sagte sie, als sie die Lobby betraten. Sie streckte ihm die rechte Hand hin. »Ich bin Ihnen wirklich sehr dankbar.«

Er ergriff ihre Hand, und sie zuckten beide zusammen, so stark empfanden sie diese Berührung.

Um sie herum eilten Portiers geschäftig hin und her. Gäste zogen Handgepäck auf Rollen hinter sich über den auf Hochglanz polierten Marmor. Das Sicherheitspersonal betrachtete sie mit einer Mischung aus Neugier und Neid. Sie hatten nur Augen füreinander.

»Am Tag zu spielen liegt mir nicht«, sagte er.

»Mir auch nicht.«

»Wir könnten nach Cape May hinunterfahren zum Essen.«

»Da war ich noch nie«, erwiderte sie.

»Das können wir heute ändern.«

Die alte Maggy hätte mindestens eine Stunde damit zugebracht, über die Vorzüge seines Vorschlags nachzudenken. Sie hätte Papier und Bleistift gezückt und eine Liste aller Für und Wider erstellt. Sie wusste aber auch ohne diese Liste, dass sie den Verstand verloren haben musste, um auch nur in Betracht zu ziehen, mit einem Mann, den sie gerade erst kennengelernt hatte, wegzufahren, aber es schien ihr richtig. Mehr als richtig. Es schien ihr das einzig Mögliche zu sein, das Einzige, was überhaupt einen Sinn ergab.

5

Conor drehte das Wasser voll auf und ging unter die Dusche. Maggy hatte gesagt, sie würde ihn in fünfundvierzig Minuten in der Halle treffen, und er würde sie unter absolut gar keinen Umständen warten lassen.

Als er sechzehn und von seinen Hormonen gesteuert gewesen war, hatte er so etwas besser gekonnt. Mit sechzehn hätte er in der Halle die Gelegenheit ergriffen und sie geküsst. Mit seinen neununddreißig Jahren war er dafür zu dumm geworden. Er war so froh darüber gewesen, ihr süßes Regenwettergesicht anschauen zu können, und von der Berührung ihrer Hand derart elektrisiert, dass er nur daran denken konnte, wie er es anstellen könnte, sie für den Rest des Tages in seiner Nähe zu behalten.

Du hättest sie küssen sollen, Kumpel. Wer weiß, ob du nochmal Gelegenheit dazu hast.

Wie optimistisch. Er würde den ganzen Tag mit ihr im schönen, höchst romantischen Cape May verbringen. Da würde es jede Menge Gelegenheiten für einen Kuss geben.

Ach ja? Diesen kleinen Nachmittagsausflug gibt es wohl mit Erfolgsgarantie?

Sie wären zusammen, das war das Wichtigste. Wenn das geschafft war, dann wäre der Kuss, egal wann, unvermeidlich. Die Anziehungskraft zwischen ihnen war so stark. Chemie. Kismet. Anziehung. Wie auch immer man es nennen wollte, sie befanden sich mitten drin.

Was, wenn sie nicht in die Halle kommt, Schlaumeier? Was dann?

Er wusch sich, spülte die Seife ab und verließ die Dusche. Darauf wusste er jetzt keine Antwort. Er hatte noch immer den Anblick ihres eleganten Rückens vor sich, als sie gestern Nacht das *Cleo* verließ. Ihm war klar, dass sie die Art Frau war, die nein sagen konnte, wenn sie wollte oder musste. Sie würde eben einfach nicht kommen.

»Aber sie wird da sein«, murmelte er beim Abtrocknen vor sich hin. »Sie hat gesagt, sie wird kommen, und das wird sie auch.«

Es sei denn, sie kam nicht.

Maggy saß am Boden vor ihrem Schrank und war vor lauter Frust fast den Tränen nahe. Sie hatte sich in den Frotteemantel mit dem Hotelabzeichen auf der Brusttasche gewickelt. Die nassen Haare fielen ihr ins Gesicht. Sie sah aus wie die Ratlosigkeit in Person. Was zog man für eine Fahrt nach Cape May an, im Regen, mit einem Mann, den man nicht kannte, von dem man sich aber wünschte, er hätte einen in der Lobby bis zur Bewusstlosigkeit geküsst? Jede Wette, nicht einmal ein Modefreak wie Claire hätte darauf eine Antwort gewusst. Die Kombination aus Jeans und Sweatshirt war einwandfrei zu lässig für einen Spaziergang durch das spätviktorianische Städtchen. Was sie letzten Abend getragen hatte, konnte sie auch nicht wieder anziehen, und somit blieb nur noch das andere Ensemble, mit dem ihre Schwestern sie gestern Morgen überrascht hatten. Ein Rock, ausgerechnet. Sie wusste nicht einmal, ob sie sich noch erinnern konnte, wie ihre Beine aussahen. In der Schule trug sie Jeans, zu Hause Jogginghosen und zur Arbeit im Büro der Pfarrei ebenfalls lange Hosen. Röcke bedingten gepflegte Beine. Röcke bedeuteten eine Investition in eine teure Strumpfhose. Röcke erinnerten eine Frau daran, dass sie, ob es ihr passte oder nicht, keine sechzehn mehr war.

Er hatte sie schon ohne Make-up gesehen, erinnerte sie sich. Konnte es denn noch schlimmer kommen?

Der Mann musste offensichtlich verrückt sein. Zuerst lässt sie ihn in der Bar sitzen, dann kreuzt sie heute Morgen ungeschminkt und mit nassen Haaren auf und bedarf einer kleinen Rettungsaktion, und er hat noch immer nicht genug.

Er macht dir den Hof, Maggy. Wie gefällt dir das?

»Ich liebe es«, sagte sie zu einem Haufen Kleider auf dem Bett. »Ich könnte es nicht mehr lieben.« Als er in der Halle ihre Hand ergriffen hatte, war ihr schwindliger geworden als jemals von Champagner. Die Berührung seiner Hand genügte, um ihr Herz vor Freude Kapriolen schlagen zu lassen. Sie war eine praktisch veranlagte Frau, die stolz darauf war, überlegt und verantwortungsbewusst zu sein, die Art Frau, die, als sie *Titanic* gesehen hatte, nicht so recht verstehen konnte, wieso Jack sein Leben für Rose opferte. Eine Mutter würde ihr Leben für ihre Kinder geben. Das war selbstverständlich. Doch diese großartige, romantische Liebe in Technicolor, wegen der andere Frauen in die Kinos strömten, schien Maggy so unwahrscheinlich wie die Abenteuer von Luke Skywalker. Noch unwahrscheinlicher vielleicht.

Und dennoch, da saß sie nun, erwachsene Frau, Mutter von zwei Kindern, und zerbrach sich den Kopf über ihre Haare, ihr Make-up und darüber, ob ihre Beine nicht zu dürr aussehen würden in dem marineblauen Faltenrock, den ihre Schwestern für so hübsch hielten. Mit der frischen weißen Bluse und dem gemusterten Pullover befürchtete sie, auszusehen wie ein spätes katholisches Schulmädchen. Kaum der Weg zum Herzen eines Mannes ...

Egal. Diesen Gedankengang würde sie nicht weiter verfolgen. Viel zu gefährlich.

Verlass dich auf deinen Instinkt, Maggy. Hör auf, darüber nachzudenken, was andere meinen, und fang an, dir eigene Gedanken zu machen.

Und doch, Claire sah so hinreißend und gut gekleidet aus, wie nur was, und Ellie war bekannt für ihr großartiges Auftreten im Gerichtssaal und die entsprechende Garderobe; wenn sie beide der Meinung waren, diese Aufmachung wäre in Ordnung, war es den Versuch vielleicht wert.

Er ging die Lobby auf und ab, vom Empfang zum Ausgang zu den Aufzügen und dann das Ganze noch mal. Er musste sich immer wieder ins Gedächtnis rufen, dass sie nicht zu spät dran war; er war zehn Minuten zu früh. Was wahrscheinlich mehr über seinen Gemütszustand aussagte, als es ein halbes Dutzend der kitschigsten Liebeslieder aus seiner Jugend je gekonnt hätte.

Sein Zeitplan war ziemlich daneben. Der Jeep wartete schon vor der Tür, bewacht von einem gut entlohnten Parkplatzwächter. Sie schien nicht der Jeep-Typ. Auch wenn sie zwei Kinder hatte und ein normales Leben führte. Er konnte sie sich eher in einem kleinen Miata oder in einem Porsche vorstellen, in etwas Kleinem und Edlem, so wie sie. Er überlegte schon, ob noch Zeit wäre, ein ganz neues Modell zu mieten, elegant und ihrer würdig. Dann verpasste er sich eine geistige Ohrfeige dafür, dass er sich noch dämlicher benahm als sonst.

Er war kein Sportwagentyp. Er fuhr einen Jeep, der schon einige harte Wegstrecken gesehen hatte, wie sein Besitzer auch. Falls ihr das nicht schon klar geworden war, dann würde sie es merken, sobald sie auf den Beifahrersitz geklettert war.

»Ich hatte Sie nicht für den Jeep-Typ gehalten«, stellte Maggy fest, als sie den Gurt anlegte. »Ich dachte, Sie fahren einen von diesen ausländischen kleinen sexy Flitzern ohne Rücksitz und mit einem Kofferraum so groß wie meine Reisetasche.«

»Das hatte ich mir bei Ihnen vorgestellt.«

»Bei mir?« Sie starrte ihn überrascht an. »Ich habe zwei Kinder, schon vergessen? Ich bin die typische Minivan fahrende Footballmutter.«

»Bis jetzt habe ich nichts Typisches an Ihnen gesehen.«

Sie senkte den Kopf, da sie sich über diese Bemerkung mehr freute, als sie zeigen wollte. »Vielen Dank. Diese Beschreibung gefällt mir zwar nicht, aber sie trifft es ziemlich gut.«

Er legte den ersten Gang ein und reihte sich in den morgendlichen Samstagsverkehr ein.

»Mir gefällt dieser Jeep«, erklärte sie und strich mit der Hand über die Ablage zwischen ihnen. »Er ist so ... ordentlich.«

Er musste laut lachen. »Man hat ja schon vieles über diesen Schrotthaufen gesagt, aber noch nie, dass er ordentlich wirkt.«

»Sie sollten meinen Wagen sehen«, sagte sie und grinste ihn an. »Leere Hamburgerschachteln, Papiertaschentücher, Footballausrüstung, Schlittschuhe, Ballettschuhe und gelegentlich ein paar verirrte Pommes frites. Ich bin ein wandelnder Flohmarkt.« Ihre Zähne waren klein, weiß und ebenmäßig. Ihre Lippen voll und kräftig rosa. Der Kontrast von dunklem Haar, himmelblauen Augen und heller Haut war umwerfend. Kein Zweifel: Es hatte ihn schwer erwischt.

Er deutete auf den Rücksitz und den Platz dahinter. »Ich benutze den Wagen als mobilen Aktenschrank. Es machte ...«, *meinen Partner wahnsinnig*. Nein. Heute nicht. Heute drehte sich alles nur um ihr Lächeln.

Falls sie den Kurswechsel bemerkt hatte, ließ sie es sich nicht anmerken. Sie lachte, als er erzählte, wie er einmal, unter einem Berg von Durcheinander, eine Mitteilung herausgefischt hatte, weil sein übertrieben pedantischer befehlshabender Vorgesetzter seine eigene, ordentlich abgelegte Kopie nicht finden konnte.

»Ich wünschte, ich könnte das Gleiche von mir behaupten.« Sie schüttelte den Kopf, und er beobachtete wie hypnotisiert ihre weichen Locken, die bei dieser Bewegung glitzerten. »Ich bemühe mich, den rückwärtigen Teil des Wagens jede Woche zu kontrollieren, seitdem ich dort den Hamster der Schule unter meinen Aufzeichnungen aus der Bibliothek beim Nestbau entdeckt habe.«

»All das habe ich bei Sean verpasst«, sagte er, als sie auf den Highway nach Süden einbogen. »Ich sah ihn nur alle paar Monate, und die Veränderungen hauten mich jedes Mal fast um.«

Sie streckte die Hand aus und legte sie sacht auf seinen Unterarm. Sie hatte keine Ahnung, wie viel Kraft in dieser Berührung lag. Sie konnte es nicht wissen, denn wenn sie es gewusst hätte, dann hätte sie die Welt beherrscht.

»Haben Sie je daran gedacht, nach Kalifornien zu ziehen, um in seiner Nähe zu sein?«

»Sicher hab ich das«, erklärte er, »doch Sean schien glücklich und gesund. Meine Ex-Frau und ihr neuer Mann sind wunderbare Eltern, und sie waren gerade dabei, eine neue Familie zu gründen. Irgendwie dachte ich mir, da würde ich nur stören.«

»Ich gebe zu, Sie sehen nicht wie der typische Kalifornier aus.«

»Das LAPD war auch dieser Meinung.« Er hatte einmal im Sommer dort ein Vorstellungsgespräch gehabt, doch die fehlenden Übereinstimmungen waren von gigantischen Ausmaßen gewesen.

»Sie sind ein Junge aus Jersey«, stellte sie mit Überzeugung fest. »Dort geboren und aufgewachsen.« Sie wandte sich in ihrem Sitz etwas um und tat so, als versuchte sie bei ihm Hinweise auf den Garden State zu finden. »Hab ich recht?«

»Würden Sie es denn glauben, wenn ich nein sagen würde?«

»Niemals.«

»Sie haben recht«, erwiderte er. »Südliches Jersey, drunten bei Great Adventure. Die meisten meiner Brüder und Schwestern sind noch dort.«

»Brüder und Schwestern. Wie viele davon haben Sie denn?«

»Drei von den Ersteren, zwei von den Letzteren. Und Sie?«

»Zwei Schwestern und ein Badezimmer.«

»Zwei Bäder«, sagte er, während er die Spur wechselte, »was bei Weitem nicht ausreichte.«

»Kann ich mir vorstellen.«

»Und wo sind Sie und diese beiden Schwestern aufgewachsen?«, wollte er wissen. »Ich nehme an, in Greenwich oder an der Upper East Side.«

Ihr überraschter Gesichtsausdruck brachte ihn zum Lachen. »Erinnern Sie sich an die Highschool, von der wir sprachen, in die meine Tochter geht? Dort habe ich vor achtzehn Jahren meinen Abschluss gemacht.«

»Was hat Sie zurück nach Montgomery gebracht?«

»Können Sie sich vorstellen, wie viele Leute mich das schon gefragt haben, seit Charles und ich uns getrennt haben?« Sie tat, als wolle sie sie aufzählen. »Wie ertragen Sie es hier, nachdem Sie in Italien und Japan und an all den anderen märchenhaften Orten gelebt haben? Das hier ist doch nur eine Sackgasse mit Rasen. Ich glaube, ich habe alles gehört, was es dazu zu sagen gibt, und manchem davon stimme ich sogar zu, doch die Wahrheit ist, Montgomery ist der einzige Ort, an dem ich mich je zu Hause gefühlt habe. Wenn meine Kinder hier nur halb so glücklich sind, wie ich es war, dann weiß ich, dass ich das Richtige getan habe.«

»Und wie ist es mit Ihnen? Sind Sie glücklich?« Er stellte sonst nie solche Fragen. Er war sich nicht einmal sicher, dass er das Wesen von Glück genau beschreiben könnte.

»Ich bin zufrieden«, antwortete sie nach kurzem Zögern.

»Aber sind Sie denn glücklich?«

»Ich bin nicht unglücklich.«

»Das ist etwas anderes.«

»Vielleicht bin ich zu beschäftigt, um den Unterschied zu merken.« In ihren Worten lag eine gewisse Bitterkeit, in ihrem Tonfall eine Schärfe, die vorher nicht da gewesen war.

»Tut mir leid«, sagte er und meinte es auch so. »Manchmal vergesse ich, dass das Leben nicht im Vernehmungszimmer stattfindet.«

Sie nickte, ließ sich aber nicht beirren. »Das war eine sehr persönliche Frage. Darf ich auch eine stellen?«

»Bin ich dann aus dem Schneider?«

»Vielleicht«, räumte sie ein. »Kommt ganz auf die Antwort an.«

»Schießen Sie los«, erwiderte er. »Ich riskiere es.«

Er bemerkte, wie sich ihre stolze Brust etwas hob, als sie Atem holte. Sie faltete die Hände im Schoß, und er hatte den Verdacht, er sollte nicht merken, dass sie zitterten. Das würde eine verdammt heikle Frage werden.

»Es hat Sie jemand verletzt«, sagte sie. »Ich sehe es Ihren Augen an. Sie begannen vorhin etwas zu sagen, als wir über Ihren Wagen sprachen, und brachen dann ab. Ich würde gerne wissen, was Sie sagen wollten.«

»Jede andere Frage, nur nicht diese«, erwiderte er, ohne sie anzusehen. »Eines Tages werde ich sie beantworten, aber nicht heute.«

Eine Frau, dachte sie sich, während sich eine ungemütliche Stille im Wagen ausbreitete. Eine Frau hat ihm das Herz gebrochen und das vor nicht allzu langer Zeit. Sie hasste das Gefühl, das deswegen in ihr aufkeimte. Sie fühlte sich auf einmal irgendwie klein und unbedeutend, und der Tag hatte viel von seinem Glanz verloren.

Es ist besser für dich, es jetzt herauszufinden, Maggy. Du warst drauf und dran, dich in den Burschen zu verlieben, und dabei ist er nicht wirklich zu haben.

Jedenfalls nicht mit dem Herzen, und du weißt, das ist das Einzige, was zählt.

Südlich von Atlantic City wurde das Land flacher. Die Luft roch kühl und nach Meeresstrand, als sie an Egg Harbor vorbeifuhren, und sie wunderte sich, dass so dichte Wälder so nahe dem Ozean gediehen. Es regnete nicht mehr, und zaghafte Sonnenstrahlen versuchten, die schwere Wolkendecke zu durchbrechen. Zwei blutjunge Optimisten brausten in einem roten Cabrio vorbei, die weißblonden Haare vom Wind zerzaust.

»Ich fürchte, das war wieder der Beweis dafür, dass ich dazu verdammt bin, immer wie eine Mutter zu denken«, sagte sie, als sich der Sportwagen von ihnen entfernte. »Alles, woran ich denken konnte, war, dass sie das Dach zumachen sollten, damit sie sich nicht erkälten.«

»Dann versuchen Sie einmal, wie ein Polizist zu denken. Was brächte schneller die schlechten Seiten einiger Leute zum Vorschein, als zwei reiche Jugendliche in einem roten Cabrio?« Er zählte die Probleme nicht auf, doch Maggy sah plötzlich alles bis auf Pest und Pocken auf die glücklosen jungen Leute zukommen. »Sie könnten sich gleich eine Zielscheibe auf den Kopf malen«, fügte er hinzu.

»Hier unten doch nicht«, wandte sie ein, als sie zwei Rehkitze neben der Straße äsen sah. »In so einer schönen Gegend kann doch nichts Schlimmes passieren.«

»Sie haben recht«, räumte er ein. »Hier geschieht nie etwas Schlimmes.«

Sie hörte den Anflug von Traurigkeit in seiner Stimme, und ihr Ärger verflog so schnell, wie er gekommen war. Sonst traten ihre Gefühle eigentlich nicht so schnell zu Tage. Ihre Schwestern hatten ein sehr explosives Temperament und waren schnell den Tränen nahe, Maggy jedoch nicht. Vielleicht kam es daher, dass sie die Älteste war und für ihre Schwestern fast als Ersatzmutter fungiert hatte, als sie noch klein waren. Sie hatte sich den Luxus, ihre Gefühle auszuleben, nie leisten können, also lernte sie, sie zu unterdrücken. Dieses heftige Auflodern unsinniger Eifersucht war sonst gar nicht ihre Art.

»Es ist keine Frau«, sagte er, und ihr Kopf fuhr zu ihm herum.

»Bitte?«

»Ihre Frage.« Er sah ihr einen Moment in die Augen. »Es handelt sich nicht um eine Frau.«

»Bin ich so leicht zu durchschauen?«, fragte sie, und ihr Tonfall war so leicht zu durchschauen, dass sie sich ärgerte.

»Nein«, sagte er. »Ich wollte, dass Sie es wissen.«

Sie sausten an Sea Isle City vorbei, verließen dann den Highway, um ihren Weg nach Cape May auf Landstraßen fortzusetzen. *Anchorage Inn*. Dock Mikes Pfannkuchenhaus. Das *Riverboat* mit der affenkotzegelben Verkleidung. Sie wollte schon eine Bemerkung über das *Riverboat* machen, hielt sich aber gerade noch zurück. Es hätte zu sehr nach Mutter geklungen. Als affenkotzegelb hatte Charlie ihr Haus bezeichnet, als er es das erste Mal sah, und seitdem war es in der Familie zum geflügelten Wort für etwas besonders Hässliches geworden.

Docks säumten links und rechts die schmale Straße. Es sah aus, als wäre jedes freie Fleckchen von Fischerbooten, Partybooten und bunt gestrichenen Ausflugsbooten belegt, die versprachen, man bekäme Delfine und Wale zu sehen oder sein Geld zurück.

»So eines hatte ich einmal«, sagte er und deutete auf eines der größeren Segelboote, das zu ihrer Linken vergnügt auf dem Wasser schaukelte.

»Hatte?«

»Sie kennen doch den alten Spruch: Die beiden glücklichsten Tage im Leben sind der Tag, an dem man sein Boot kauft, und der, an dem man es wieder verkauft. Ich verbrachte mehr Zeit damit, es zu reparieren, als damit, es zu segeln.«

»Für mich sind Sie kein Seglertyp«, stellte sie fest. »Ich stelle Sie mir eher in einem kleinen Flugzeug vor.«

»Das würden Sie nicht sagen, wenn Sie wüssten, wie ich mich beim Fliegen fühle.«

»Sie auch?«, fragte sie. »Ich habe alles versucht, von Hypnose über Kopfhörer bis zu doppelten Martinis, und ich bin noch immer der Prototyp des Passagiers mit den weißen Fingerknöcheln.«

Sie erzählten sich ein paar gruselige Fliegergeschichten

und verfielen dann wieder in ein etwas weniger angestrengtes Schweigen, falls man die Stille zwischen zwei Fremden, die sich fast schmerzlich voneinander angezogen fühlten, so nennen konnte. Sie war abwechselnd aufgeregt, in Angst und Schrecken, begeistert und am Ende ihrer Nerven. Sie hatte einen riesigen Schritt aus ihrem normalen Leben heraus getan und wusste nicht, welche Richtung sie einschlagen sollte ohne Straßenkarte. Ein spontanes Abenteuer wie dieses passte zu ihren Schwestern. Für Maggy kam es einem Spaziergang auf der dunklen Seite des Mondes gleich.

Bei ihrer letzten Verabredung mit einem Mann hatte sie darauf bestanden, dass jeder mit dem eigenen Wagen zu dem Restaurant fuhr, in dem sie essen wollten, und außerdem war sie davon überzeugt, dass sie mit ihm schon ein oder zwei Mal während ihrer Highschool Zeit ausgegangen war.

Und schon bogen sie in einen Parkplatz ein, der nicht so ganz dem malerischen Ort ihrer Vorstellung entsprach. Sie sah zu ihm hinüber und sagte: »Conor?«

»Das ist das andere Cape May«, erklärte er. »Das von Mutter Natur errichtete, bevor der Ort von den Architekten entdeckt wurde.«

Er sprang aus dem Wagen und kam auf ihre Seite, um ihr den Schlag zu öffnen. Der einzige andere Mann, der dies ihrer Erinnerung nach in letzter Zeit getan hatte, war gestern der Chauffeur der Limousine gewesen, und der konnte ein Trinkgeld erwarten.

Die Gebäude, die den Parkplatz flankierten, ließen sich bei allem Wohlwollen bestenfalls als Hütten bezeichnen. Vor einer mit dem Schild ›Essen‹ über dem Ausgabefenster drängten sich ein halbes Dutzend Touristen. Die andere trug die Aufschrift ›Souvenirs‹, wobei sie sich fragte, was ein derart heruntergekommenes Häuschen zum Kauf anbieten konnte. Ein starker Wind war aufgekommen und hatte peitschenden Regen mitgebracht, sodass Maggy sich ärgerte, weil sie ihre Jacke nicht mitgenommen hatte.

»Einen Augenblick.« Conor öffnete die rückwärtige Tür des Jeeps und kramte eine dicke Sweatshirtjacke mit Kapuze und dem Logo der Rutgers Universität auf dem Rücken hervor. »Sie sehen aus, als könnten Sie sie brauchen.«

»Sie können Gedanken lesen«, erwiderte sie und schlüpfte dankbar in die wohlige Wärme. Ein Kleidungsstück von ihm zu tragen hatte etwas sehr Sinnliches. In dem Sweater hing noch ein Hauch seines Geruchs, und sie widerstand nur mit Mühe der Versuchung, ihre Nase tief in dem Stoff zu vergraben.

»Ein bisschen zu groß für Sie«, stellte er fest, als ihr die Ärmel weit über die Fingerspitzen fielen.

»Mir gefällt es«, sagte sie und zog den Reißverschluss so weit zu, wie es ging. »Vielen Dank.«

Er genoss es, sie in seinem Sweatshirt zu sehen, da es ihn beim nächsten Mal, wenn er es anziehen würde, an ihre duftende Haut und die Form ihrer Brüste erinnern würde. Sie gingen an den Strand, und er machte sie auf das mit Beton beladene Boot *Atlantus* aufmerksam, das seit dem ersten Weltkrieg langsam versank. Er kam sich vor wie ein Fremdenführer und ein schlechter noch dazu. *Halt doch die Klappe. Lass sie sich selbst umsehen. Du klingst wie ein aufgeregter Teenager.*

Er bemühte sich, keine Gesprächspausen aufkommen zu lassen, damit sie nicht hörte, wie laut sein Herz schlug, sobald seine Hand die ihre streifte oder er den lieblichen Duft ihres Haares einatmete.

Sag doch etwas, dachte Maggy während sie der Erklärung lauschte, wieso die U.S.Navy ein Betonschiff für eine gute Idee gehalten hatte. *Er muss dich ja für dumm wie Bohnenstroh halten. Es kommt ja nicht jeden Tag vor, dass einem jemand etwas von einem Betonschiff erzählt. Frag etwas. Mach eine Bemerkung. Steh nicht bloß da und sieh zu ihm auf, als könne er die Wasser des Atlantiks teilen.* Sie genoss es, dem Klang seiner Stimme, seinen Worten zu lauschen, während das Rauschen des Windes das Pochen ihres Herzens übertönte. Sie befürchtete, wenn sie den Mund zum Sprechen öffnete, würde ihm ihr Herz vor die Füße fallen.

Ihre Finger streiften sich, und es schien ganz natürlich, sich an den Händen zu fassen. Ihre Hand war so klein in der seinen. So zart wie Vogelflügel, aber kräftig. Erstaunlich kräftig. Sie hatte sich und ihren Kindern ein Leben gezimmert, und er bewunderte sie über alle Maßen.

Er hatte keine Rosenblätter, die er ihr vor die Füße hätte streuen können, und auch keine funkelnden Cape-May-Diamanten, die er in ihre wartenden Hände hätte legen können. Alles, was er hatte, waren seine Worte, und so erzählte er ihr von den Gezeiten und den Mondphasen, vom Sumpfgras und dem felsigen Ufer und den flachen Dünen, die sich im Meer verliefen, und als ihm die Worte ausgingen, da blieb ihm nichts anderes übrig, als sie zu küssen.

6

»Maggy.«

Ihre Augen schlossen sich, als seine Lippen ihren Namen formten. Sie hatte Angst, in tausend Stücke zu zerspringen, wenn sie ihn ansah. Sie war ganz Empfindung, gespannt darauf, was er als Nächstes tun würde.

»Sieh mich an, Maggy.«

Er bat sie eindringlich, und sie weigerte sich. Sie wusste, sie könnte ihr Herz nicht mehr verbergen, wenn er ihr einmal tief in die Augen gesehen hatte, und mit jeder Sekunde, die verstrich, wurde sie unsicherer. Warum wollte sie das überhaupt? Sie hatte sich noch nie so sehr und so schnell verliebt. Nicht einmal bei Charles. Von diesem Gefühl leidenschaftlichen Erkennens träumte man eigentlich nur. Davor gab es kein Zurück.

Er nahm ihr Gesicht in beide Hände. Seine Fingerspitzen strichen sacht über ihre Schläfen. Seine Daumen streichelten ihr Kinn und folgten dann der Linie ihres Kiefers. Sie öffnete die Augen und hatte Mühe einzuatmen. Wie konnte sie atmen, wenn er so nah war? Seine Augen waren noch schöner, als sie bis jetzt bemerkt hatte. Sie hatten die Farbe geschmolzenen Karamells, durchwirkt mit Gold. Er hatte sich über sie geneigt, wie zum Schutz vor den Winden des Ozeans, und so ein intimes Versteck geschaffen, in dem alles möglich war.

An seinen äußeren Augenwinkeln zeigten sich feine Linien, die dichten, dunklen Wimpern waren eher gerade als geschwungen. Er musste sich ein oder zweimal die Nase gebrochen haben, was ihn aber nur noch anziehender machte. Sie hatte sich noch nie zu den hübschen Burschen hingezogen gefühlt, die aussahen, als seien sie den Seiten eines Magazins entsprungen. Sein Unterkiefer war breit und kräftig, ein bisschen markant. Es war ein Gesicht, das lebte, sehr männlich und attraktiv, doch am meisten war sie von seinen Augen fasziniert. Traurige Augen, von versteckten Sorgen erfüllt, über die sie nur Mutmaßungen anstellen konnte.

Er sah sie unverwandt an, fast ohne einmal zu blinzeln, und die Intensität seines Blickes war überwältigend. Sie versuchte, seinem Blick auszuweichen, doch er hielt ihr Gesicht zärtlich zwischen seinen Händen, und es blieb ihr nichts anderes übrig, als ihn tief in ihre Seele blicken zu lassen, an den geheimen Ort, den sie vor der Welt verbarg.

Sie war mehr als schön für Conor. Sie war stark und liebenswert, intelligent und weiblich. Es war in allem, was sie tat, zu spüren. In der Art, wie sie sprach, in der Anmut ihrer Bewegung, der Freundlichkeit, die sie wie eine heilende Kraft ausstrahlte. Er fühlte sich auf so vielen Ebenen von ihr angezogen, dass es ihm Angst machte. Er hatte das Gefühl, er könnte den Rest seines Lebens damit verbringen, sie kennenzulernen, und würde dennoch nie alle ihre Facetten ergründen.

Sie betrachtete ihn genau. Er spürte, wie ihr Blick über sein Gesicht glitt, sie sein Kinn, seine Wangen, seine Brauen und seine Augen betrachtete. Sie war nicht kokett und nicht verschämt. Das hatte sie nicht nötig. Allein ihre Weiblichkeit in diesem ernsten Blick bereitete ihm weiche Knie, so wie es nie eine andere Frau gekonnt hätte. Er kannte sich mit Sex aus und wusste, dass er einem den Verstand rauben konnte, sodass man erst hinterher begriff, worum es eigentlich gegangen war.

Diesmal war es anders. Er hatte es in ihren Augen gesehen.

Diese großen, hellblauen Augen beherrschten ihr Gesicht. Ihre Wimpern waren lang und geschwungen und warfen Schatten auf ihre Wangen, wenn sie blinzelte. Sie würden sich wie Federn anfühlen auf seiner Brust und seinen Schultern, wie kleine geheime Wünsche, die wahr wurden.

Sie legte die Hände auf seine Brust, nicht um ihn wegzuschieben, sondern um sein Wesen mit ihrer Haut aufzunehmen. Jegliches Gefühl für Zeit oder Raum war ihr abhanden gekommen. Sie waren eingeschlossen in einer dünnen Seifenblase und schwebten sacht über ihrem wirklichen Ich, über ihrem wirklichen Leben.

Sie strich mit den Handflächen über seine Brust, bis sie über seinem Herzen lagen, und sie wusste, dieses schnelle, dumpfe Pochen des Blutes galt ihr.

Der Kuss bestätigte nur, was sie schon wussten.

Er schmeckte wie Sonnenschein und heißer Kaffee.

Sie schmeckte wie Orangensaft und Sterne.

Der Kuss war süß, Lippen waren auf Lippen gedrückt, die Augen offen, die Finger ineinander verschlungen. Er war zugleich Versprechen und Erfüllung, weniger Erkundung als Heimkehr.

Maggy zitterte, als der Kuss endete. Sie lehnte die Stirn an seine Brust und wartete, dass die Welt aufhörte, sich zu drehen, in der Hoffnung, es würde nie geschehen. Sie war eine praktisch veranlagte Frau, die sich plötzlich mit Magie konfrontiert fand, und dieser Zusammenprall machte sie taumeln.

Conor hätte sie am liebsten gleich hier auf dem Sand geliebt. Er hätte ihren vollkommenen Körper gerne mit seinem bedeckt, ihr Vergnügen bereitet und sie beschützt und ihr eine Zukunft versprochen, an die er nicht geglaubt hatte, bis sich ihre Lippen trafen. Er war kein romantischer Mann, nie einer gewesen, doch auf einmal verstand er die Bedeutung von Rosen.

Sie gingen Arm in Arm zurück zum Wagen. Vor weniger als einer Stunde waren sie noch zwei einzelne Personen gewesen, ein Mann und eine Frau, die einander fremd waren. Jetzt waren sie ein Paar. Der Kuss, dieser sanfte, unschuldige Kuss hatte alles verändert. Er öffnete ihr die Tür des Jeeps, und sie beugte sich hinüber, um seine auf zu machen. Eine Kleinigkeit, doch von Bedeutung.

Anhaltender Regen fiel auf die Windschutzscheibe, als er langsam in die Innenstadt zurückfuhr, doch nicht einmal Regen schmälerte die Schönheit dieses Ortes. Maggy war über die hohen viktorianischen Herrenhäuser entzückt, die anmutig die Alleen säumten. Die meisten der Häuser hatten eine breite Veranda an der Vorderseite, die zum Verweilen einlud und dazu, die Welt vorüberziehen zu lassen. Cape May war kaum eine Stunde von Atlantic City entfernt, doch es hätte genauso gut auf einem anderen Planeten liegen können.

»Ein völlig anderes Leben«, bemerkte er, als er den Jeep in einen winzigen Parkplatz gegenüber der Walking Mall bugsierte.

»Das habe ich mir auch gerade gedacht«, sagte sie, als ein älteres Paar an ihnen vorbeiging, vereint unter einem hellroten Regenschirm. »Ich habe das Gefühl, ich sollte ein langes Kleid tragen und Schnürstiefel.« Dafür, dass der Strand direkt vor der Tür lag, hatte die Stadt etwas anrührend Steifes und Würdevolles an sich, das in Maggy das Gefühl weckte, sich noch mehr zu bemühen, solchem Standard gerecht zu werden.

Das Pilot House lag um die Ecke des nächsten Blocks. Conor bot ihr einen Schirm an, doch sie schlug ihn aus.

»Nachdem ich jetzt geschoren bin«, erklärte sie ihm und griff mit der Hand in ihre ungewohnt kurzen Haare, »brauche ich mir wegen eines bisschen Regens keine Gedanken mehr zu machen.«

»Du hattest lange Haare?« Er nahm sie bei der Hand, und sie rannten vor einer Pferdekutsche auf dem Weg in den Unterstand noch schnell über die Straße.

Sie nickte. »Sehr lange.« Sie berichtete ihm von André und dem plötzlichen Gefühl von Freiheit, das sie empfunden hatte, als er den schweren Pferdeschwanz von ihren Schultern hob und ihn mit einem einzigen Schnitt seiner Schere abschnitt. »Ich hatte den Eindruck zu fliegen«, sagte sie. Als hätte sie jemand befreit.

»Eine meiner Schwestern tat das auch vor ein paar Jahren«, erzählte er ihr, als sie um die Ecke bogen und von einer steifen Brise überrascht wurden. »Am nächsten Tag fing sie an, es wieder wachsen zu lassen.«

»Das werde ich nicht. Ich fühle mich wie eine neue Frau.« Die Symbolhaftigkeit war ihr gestern, als sie die Entscheidung getroffen hatte, André gewähren zu lassen, nicht entgangen. Diese lange Mähne war das letzte Bindeglied zu der alten Maggy gewesen, der ersten Mrs Charles O'Brien.

Sie gefiel ihm mit kurzen Haaren. Gestern hätte er noch behauptet, er bevorzuge langes Haar bei Frauen, doch das war, bevor er sie getroffen hatte. Ihm gefiel, wie die dunklen Locken ihren Kopf umrahmten und ihr schönes Gesicht und diese großen blauen Augen betonten.

Sie bekamen einen Tisch auf der verglasten Veranda, wo sie von leuchtend roten, orangefarbenen und gelben Herbstblumen umgeben waren und dem Regen zusahen, der an den Scheiben herablief. Sie hielten sich über dem Tisch an den Händen und sprachen über vielerlei Dinge, an die sich Maggy später nicht mehr erinnern würde. Worte waren unwichtig. Der Klang seiner Stimme, das Timbre, der Rhythmus – das war schon mehr als genug.

Der Stil des Restaurants passte zur See. Ein präparierter Schwertfisch zierte die Wand neben dem Eingang. Schiffsmodelle segelten auf raumhohen Regalen. Deckenventilatoren wie in den Tropen surrten schläfrig über ihren Köpfen. Wuchtige Sturmlaternen schmückten die Tische. An die dunklen Holzwände hatte man die verwitterte Takelage längst vergessener Schiffe genagelt.

»Also Leute, was darf's sein?« Die Kellnerin, eine große, athletische Rothaarige mit dreifach gepiercten Ohren, war an den Tisch gekommen. Ihr Blick ruhte eine Sekunde lang auf ihren verschlungenen Händen. Sie lächelte nicht wirklich, doch sie war nahe dran. »Wir haben einige wunderbare Spezialitäten, falls Sie interessiert sind.« Sie nickten. Die Kellnerin holte theatralisch Atem und begann ihr Verschen. »Wir haben Speck-Salat-Tomate auf frischgebackener Focaccia mit unserer hausgemachten Spezialmayonnaise. Es gibt gegrillten Schwertfisch auf einem Bett aus Zitronenrisotto mit einer leichten Sauce Remoulade. Wir haben gegrilltes Hähnchen mit Pesto und hausgemachten Tagliatelle.« Sie machte eine Pause. »Oh, und wir haben Leberwurst mit Zwiebeln auf dunklem Brot.«

Maggy konnte nicht anders. Der Kontrast war so aberwitzig, dass sie lachen musste. Conor fiel in ihr Lachen ein. Die Kellnerin wartete ab, bis sie sich weit genug beruhigt hatten, um Muschelsuppe und Speck-Salat-Tomate auf normalem Toast bestellen zu können, und zog dann in Richtung Küche ab.

»Die denkt, wir spinnen«, sagte Maggy und trocknete sich die Augen mit der Papierserviette.

»Die Karte klingt für sie wahrscheinlich normal.«

»Ich hasse überkandideltes Essen«, sagte sie. »Als wäre jemand in einem unbeobachteten Moment vorbeigekommen und hätte all die Speisen verboten, mit denen wir aufgewachsen sind.«

»Das klingt wie eine Beschreibung meines Bruders Matty«, stellte Conor fest, während er ihr Handgelenk mit seinem Daumen streichelte. »Er isst, um andere zu beeindrucken.«

»Meine Schwester Ellie auch. Du müsstest ihre Theorie über die Hierarchie der Salate hören.« Sie musste wieder lachen. »Sie behauptet, der Weg zum Teilhaber führe über eine dynamische Bestellung bei Geschäftsessen.«

»Und deine andere Schwester?«

»Claire ist Model«, sagte Maggy. »Sie isst überhaupt nicht.« Sie erzählte ihm, wie es war, in einer Familie von eleganten Schwänen aufzuwachsen, als ältere Schwester, die mit ansehen musste, wie ihre kleinen Geschwister in die Höhe schossen, bis sie sie, noch bevor sie zwölf waren, an Größe überragten. »Ich habe mich aber dafür revanchiert. Ich war diejenige, die das Sagen hatte, wenn Mutter in der Arbeit war.« Bis ihre Mutter herausfand, was sie tat, und dem ein Ende bereitete, hatte sie Ellie und Claire die ganze Kocherei und Putzerei aufgehalst, während sie auf dem Sofa lag und sich *General Hospital* ansah.

Er konnte sich gut vorstellen, dass sie ihre jüngeren Schwestern herumkommandierte. Sie besaß Stärke und Selbstbewusstsein. Es hätte ihn nicht gewundert, wenn sie Klassensprecherin gewesen und wahrscheinlich wieder gewählt worden wäre.

Sie erkundigte sich nach seinen Familiengeheimnissen, und schon bald brachte er sie zum Lachen, als er von den Schwierigkeiten erzählte, bei Familienessen Vegetarier, Veganer, Figurbewusste, Sugar Busters und Eltern mit einer Vorliebe für Fett und Kohlehydrate unter einen Hut zu bringen.

»Deine Familie klingt herrlich«, sagte sie. »Ich wünschte, Claire und Ellie würden heiraten und ein paar Kinder bekommen. Ich warte so darauf, Tante zu werden.« Sie hätte gerne ein paar Babys um sich gehabt. Wenn sie und Charles zusammengeblieben wären, hätte sie mindestens noch ein Kind haben wollen.

»Fünf Neffen, acht Nichten«, zählte er auf. »Und zwei unterwegs, soviel ich weiß.«

»Claire sagt, sie wird nie heiraten. Was sie davon bis jetzt gesehen hat, war nicht nach ihrem Geschmack. Ellie heiratet nicht, wenn Axel nicht einen neunundzwanzigseitigen Ehevertrag unterschreibt.«

»Und er unterschreibt nicht?«

»Axel ist auch Rechtsanwalt«, sagte Maggy. »Er konterte mit einem eigenen von vierzig Seiten.«

»Das ist das Gute daran, sein ganzes Leben lang Polizist zu sein. Man braucht sich keine Gedanken zu machen, jemand könnte einen wegen seines Geldes heiraten. Es ist nämlich keines da.«

Er besaß ein Haus und einen Jeep, zahlte seine Rechnungen pünktlich und machte Ferien, wenn er welche brauchte. Er war nicht reich, doch er lebte angenehm, und das hieß schon etwas.

»Ich weiß, was du meinst«, sagte sie und streute Pfeffer auf ihren dampfenden Teller Muschelsuppe. »Ich fahre keinen Saab oder Porsche, aber mir geht es ganz gut.« Sie nahm einen Löffel Suppe und tupfte sich dann den Mund mit der Papierserviette ab. »Besser als gut.« Ihr Wagen gehörte ihr. Die Möbel auch. Der größte Teil des Hauses gehörte der Bank, doch daran arbeitete sie.

Übereinstimmend stellten sie fest, dass die Suppe gut und die Sandwiches noch besser waren. Ihr Appetit überraschte ihn. Sie aß mit einer reizenden Mischung aus Begeisterung und guten Manieren. Die Bewegungen, mit denen sie dem dicken Sandwich zu Leibe rückte, waren anmutig und geschickt. Ihr entkam nicht einmal ein Salatblatt, wohingegen ihm die Mayonnaise das Handgelenk hinunter und unter die Manschette lief.

Draußen verfinsterte sich der Himmel, und ein heftiger Wind kam auf. Sie sahen anderen Touristen zu, wie sie eilends den gemütlichen Schutz des Restaurants aufsuchten und die Regentropfen von sich abschüttelten wie übermütige junge Hündchen. Maggy entschuldigte sich, um zur Toilette zu gehen, und traf dort vor dem Spiegel eine ältere Frau, deren vor Haarspray starrende weiße Haare von Regentropfen übersät waren, und auf eine ernsthafte, dunkelhaarige junge Frau, die genau Maggys Vorstellung einer New Yorker Redakteurin entsprach. Das Mädchen war schwarz gekleidet, und über ihren Schultern hing ein Herrenjackett. Ihr Haar hatte die Farbe von Auberginen, ein glänzendes, dunkles Violett.

Die junge Frau kontrollierte ihre Zähne, strich ihr Haar glatt und probte ein Lächeln im Spiegel. Es hatte nicht den Anschein, dass sie sich der Anwesenheit anderer im Raum bewusst war. Höchstwahrscheinlich war es ihr auch egal. Maggy und die alte Frau waren unsichtbar, so wie jeder über dreißig für jeden unsichtbar ist, der diese Klippe noch nicht erreicht hatte.

Die alte Frau sah der schicken New Yorker Prototype nach, als sie die Toilette verließ. Ihre Augen begegneten Maggy im Spiegel. »Werden Sie bloß nie alt«, sagte sie, und zog ihre Lippen nach. »Die Instandhaltung ist fürchterlich. Bleiben Sie so jung und hübsch wie jetzt.«

Ein bittersüßes Lächeln folgte, während sie mit den Fingerspitzen die Linien und Falten um ihren Mund berührte.

Maggy lächelte, sagte aber nichts. Auf eine Bemerkung wie diese gab es keine Antwort.

»Ein Lidschlag, und ich war allein«, fügte die Frau hinzu, als sie den Deckel auf die silbrige Tube schraubte. »Es ist alles so schnell vorbei. Eines Tages werden Sie wissen, wie schnell.«

Was für eine seltsame Bemerkung einer Fremden gegenüber. Wahrscheinlich die Folge von einer Margarita zu viel beim Mittagessen. Und dennoch lag in den Worten der Frau eine deutliche Mahnung, ein Körnchen Wahrheit, das Maggy nicht beiseiteschieben konnte.

Die Kellnerin kam und fragte, ob sie ein Dessert haben wollten. Sie konnten beide nicht einem turmartigen Schokoladengebilde mit dem Namen ›Rückseite des Mondes‹ widerstehen, und sie beschlossen, es sich zu teilen. »Na, das ist aber eine Überraschung«, sagte die Bedienung im Weggehen.

»Sie denkt wir sind ein Liebespaar«, sagte er, als sich die Küchentür hinter der Kellnerin schloss. Das Händchenhalten, die tiefen Blicke, die Scherze, die nur sie verstanden – ein Blinder konnte sehen, worauf das hinauslief.

Maggy war heiß, so heiß, als hätte jemand die Temperatur um zehn Grad nach oben gedreht. »Soll sie doch«, sagte sie und genoss das Gefühl ihrer Hand in der seinen.

»Du wirst rot.«

»Meine irische Haut«, erwiderte sie, und ihre Wangen brannten noch mehr. »Du solltest das doch kennen.«

Das kaufte er ihr nicht ab, und sie war froh darüber. Er hob ihre Hand langsam an seine Lippen und drückte einen Kuss in ihre Handfläche. Dann klappte er ihre Finger, einen nach dem anderen, über die Stelle, an der seine Lippen gewesen waren. Es war bei weitem das Zärtlichste, das Romantischste, das sie je bei einem Mann erlebt hatte. Diese einfache kleine Geste gab ihr das Gefühl, geschätzt zu werden. Tränen schossen ihr in die Augen, doch sie wandte den Blick nicht ab. Diesmal beschränkte sich die Hitze nicht nur auf ihr Gesicht; sie breitete sich nach unten über ihre Kehle und ihre Schultern aus und brannte heftig in ihrer Brust.

Du solltest nicht so viel Macht über mich haben, dachte sie sich. *Ich kenne dich doch kaum.*

Nicht, dass es eine Rolle gespielt hätte. Die Entscheidung war ihr abgenommen worden, und es blieb ihr nichts anderes übrig, als sich in das Unvermeidliche zu schicken.

»Ich möchte mit dir allein sein«, sagte er, und sie nickte. Sie wollte es auch.

Er warf einige Scheine auf den Tisch, und dann rannten sie vom Lokal zum Wagen. Sie lachten über den Regen, der nun peitschend und horizontal fiel wie in den Filmen und ihre Kleider und Haare durchweichte. Nichts spielte eine Rolle … und doch alles.

»Wo fahren wir hin?«, fragte sie, als der Motor ansprang.

Er hatte an eines dieser wunderschönen Bed-and-Breakfast-Häuser gedacht, die es in jeder Straße dieser Bilderbuchstadt gab. Ein großes Himmelbett vielleicht, mit Blick auf den Atlantik, eine Badewanne auf Füßen und Maggys Körper warm und nass in seinen Armen.

Sie benötigten drei Anläufe, um das Richtige zu finden, ein winziges Häuschen, neben dem Hauptgebäude eines reizenden Bed and Breakfast, mit Blick über den Strand. »Sie haben großes Glück gehabt.« Der Besitzer war etwa Mitte fünfzig, mit Bart und sehr freundlich. »Wir hatten eine Absage wegen des Wetters. Das Flitterwochenhäuschen ist normalerweise an allen zweiundfünfzig Wochenenden des Jahres belegt.«

Conor unterschrieb das Anmeldeformular und steckte den Zimmerschlüssel ein.

»Brauchen Sie jemanden für das Gepäck?«, fragte der Besitzer.

»Wir kommen zurecht, danke«, erwiderte Conor, doch Maggy verriet sich durch erneutes Erröten. Er nahm sie bei der Hand, und sie gingen über den sandigen Hof zu dem kleinen Häuschen, das in eine Gruppe kahler Ahornbäume eingebettet war.

Ein Zimmer in einem Motel wäre besser, dachte sie, als er die Tür aufsperrte und sie eintreten ließ. Ein karges, hässliches Motelzimmer mit einer Glühbirne ohne Schirm, die von der Decke hing. Ein schmales Bett mit einer billigen Baumwolldecke, die schon bessere Tage gesehen hatte. Ein Bad mit verrosteten Armaturen und einer Duschkabine. Nicht dieses Wunder an poliertem Messing, pastellfarbenen Bettdecken und Kaminfeuer. An einem Ort wie diesem konnte man sich für immer und ewig verlieren.

»Geben Sie Ihr Herz an der Tür ab.« Sie drehte sich zu ihm um. Die Tür des Häuschens war noch immer offen. »Die Karten sind gemischt.«

»Wir haben noch immer die Wahl.« Seine Stimme war dunkel; seine Augen verließen nicht eine Sekunde die ihren.

Sie zögerte, doch nur weil das Leben, das sie bis zu diesem Augenblick geführt hatte, Überlegungen wie diese nicht vorgesehen hatte. *Es ist richtig, Maggy. Alles daran ist richtig. Alles an ihm ist richtig.* »Ich denke, du solltest die Tür schließen.«

Als sie zögerte, war er sicher gewesen, sie würde ihre Meinung ändern. In diesem Bruchteil einer Sekunde hatte er seine

101

Zukunft ohne sie vor Augen gehabt, und die Leere, die er empfunden hatte, erschreckte ihn zu Tode.

Sie stand am Fußende des Bettes. Ihre Finger nestelten am Saum ihres Pullovers. Sie sah ihn unverwandt an, als er auf sie zuging, mit großen und sehr blauen Augen. Er fragte sich, was sie wohl überlegte, ob sie überhaupt überlegte oder ob sie nur noch ihrem Gefühl folgte, so wie er.

Sie seufzte leise, als er sie an sich zog, dann drückte sie die Lippen an seinen Hals. Er hob sie auf und trug sie zum Bett. Die Wölbung ihres Pos fühlte sich rund und voll und überraschend sinnlich in seiner Handfläche an. Sein Erstaunen wurde von einem Schub plötzlich aufsteigender Hitze begleitet.

Sie fielen in einem Gewirr aus Armen und Beinen aufs Bett. Ihr Rock schob sich über ihre Schenkel nach oben, und sie versuchte instinktiv, ihn zurechtzuziehen, doch er hielt sie am Handgelenk fest und hinderte sie daran. Sie schaute ihn an, und für einen Moment sah er Angst in ihrem Blick flackern. Doch noch bevor er reagieren konnte, breitete sich eine Sinnlichkeit in ihren Augen aus, die ihn in höchstem Maße erregte. Noch nie war er einer Frau begegnet, die es ihm an Verlangen gleichtat, einer Frau, die den vollen Umfang dessen begriff, was zwischen einem Mann und einer Frau möglich war. Noch nie.

Sie lehnte sich in die Kissen zurück, ihr dunkles Haar nass vom Regen, die schlanken Beine entblößt. Zwischen ihm und dem Paradies befand sich nur noch eine dünne marineblaue Strumpfhose. Ihre Brüste waren rund und erstaunlich voll unter dem nassen Pullover und dem Hemd. Er kniete sich zwischen ihre Beine, zog ihr die Schuhe aus und warf sie auf den gebohnerten Holzboden. Ihre Knie waren an seine Schenkel gedrückt, und er spürte Widerstreben und Hingabe zugleich. Mit dem Zeigefinger der rechten Hand strich er an ihrem Bein entlang. Zuerst außen an ihrer Wade, am Knie, dann nach innen über ihren geschmeidigen Schenkel und den runden Schwung ihrer Hüfte. Sie hatte die Augen halb geschlossen, während sie ihm zusah, als wollte sie bis auf seinen Anblick alles im Zimmer ausblenden.

Er zog mit seinem Finger die feine Linie bis zum Knöchel zurück und begann von neuem, mit langen samtweichen Bewegungen an der Innenseite ihres Beines. Sie gab einen Laut von sich, leise und erregend, der tief aus ihrer Kehle kam. Eine Mischung aus Stöhnen und Seufzen, die ihn noch viel mehr erregte. Ihr Kopf sank nach hinten, und ihre Lippen öffneten sich. Mit seinem Handballen drückte er sachte gegen ihren Venushügel, und ihre Hüften hoben sich ihm entgegen. Er spürte, wie sie feucht und bereit wurde, und nur weil er wollte, dass sie sich für den Rest ihres Lebens an diese Nacht erinnerte, versagte er es sich, sie hier und jetzt zu nehmen.

Er schob ihren Pullover und das Hemd nach oben und fuhr mit der Zunge über ihren bebenden, flachen Bauch und die blass silbrigen Spuren, die erkennen ließen, dass sie zwei Kinder geboren hatte. Sie trug einen weißen BH aus dünner Spitze, der ihre zartrosa Brustwarzen erkennen ließ. Vorsichtig nahm er einen Nippel zwischen die Lippen und saugte an ihm durch den zarten Stoff, bis er mit Zunge und Zähnen spürte, dass er hart war.

Dann kam ihr Rock an die Reihe. Seine Finger schienen ihm zu groß und ungelenk, um den Knopf und den Reißverschluss zu öffnen. Doch sie kam ihm zu Hilfe, und eine Sekunde später glitt der Rock über ihre Hüften zu Boden. Die marineblaue Strumpfhose folgte. Er vergrub sein Gesicht in ihrer heißen Mitte, um sie hungriger zu machen, als sie es je gewesen war.

Jede Stelle, die er berührte, entwickelte ein Eigenleben. Es war wie eine Reihe winziger sinnlicher Explosionen, die sie ihrem Ziel immer näher brachte. Sie empfand eine herrliche Lüsternheit, als er sie dazu bewegte, die Beine über seine Schultern zu legen. Die ungewohnte Position entlockte ihr einen lustvollen Schrei. Ihre Empfindungen überschlugen sich. Manchmal waren sie unheimlich intensiv, manchmal so sanft, dass sie fast glaubte, sie sich einzubilden, unaufhörlich, nicht enden wollend. Sie wollte seine Zunge auf ihrer bloßen Haut spüren. Am liebsten hätte sie die Hand ausgestreckt und das dämliche kleine Stück Spitze weggerissen.

Plötzlich hielt er inne, und ihr entschlüpfte ein leiser Laut des Bedauerns. Es war ihr peinlich. Es klang so sexuell, so gierig. Sie hatte sich solche Mühe gegeben, dieses Geheimnis zu bewahren, so sehr angestrengt, diesen Teil ihrer selbst, den sie nicht kontrollieren konnte, zu verbergen.

Und jetzt kannte er ihn. Dieser Fremde. Ihr Geliebter.

Er schien die Geheimnisse ihres Körpers zu kennen, als hätte man ihm einen Wegweiser ihrer Gefühle ausgehändigt. Wo er sie berühren sollte. Wie er sie berühren sollte. Wieso alles so bedeutungsvoll, so lebenswichtig, so erschreckend war, sie brauchte nichts zu erklären, er wusste es.

Vielleicht konnte er ihre Gedanken lesen, in ihre geheimsten Träume eindringen. Er schien zu merken, dass sie langsam wahnsinnig wurde, den Verstand zu verlieren drohte. Er schob ihren Slip nach unten und drang mit seiner Zunge in sie ein, bis sie sich in den Ballen ihrer Hand biss, um nicht zu schreien.

Er sagte ihr, sie solle sich gehen lassen. Er sagte es mit Worten und mit Berührungen, und plötzlich hörte sie einen Schrei, der aus der Tiefe ihrer Seele aufstieg, als sie mit aller Macht unter ihm kam. Ohne Scheu, rückhaltlos, donnernd wie der Wellenschlag gegen den regennassen Strand unter dem Fenster.

7

Die Zeit verflog in einem süßen Taumel von Küssen, Berührungen und Gelächter. Das Lachen überraschte beide. Jedes Mal, wenn die Wogen der Leidenschaft etwas abebbten, stieg aus einem Quell der Freude Lachen in ihnen auf und band sie noch enger aneinander. Manchmal waren sie ungeschickt, hin und wieder unbeholfen, doch nie gehemmt. Es gab keinen Grund für Hemmungen, da sie schon früher zusammen gewesen waren. Sie fühlten es beide, auch wenn sie nicht darüber sprachen. Ein Gefühl der Heimkehr, der Wiedervereinigung lag in allem, was sie taten, in jedem Wort, das sie sagten, in jedem Kuss.

Regentropfen klopften laut ans Fenster. Windstöße rüttelten an dem kleinen Häuschen. Ihr Bett war ihnen Schutz vor dem Sturm.

Dunkelheit brach herein, und sie kehrten lange genug in die Wirklichkeit zurück, um zu merken, dass sie Hunger hatten.

»Es gibt hier kein Telefon«, stellte Maggy aus der Geborgenheit seiner Arme fest. »Wir werden wahrscheinlich verhungern müssen.« Es war ihr egal. Sie war betrunken vom Geruch seiner Haut, gesättigt von seiner Berührung.

Langsam und zärtlich begann er, seine Glieder von den ihren zu entwirren. »Du bleibst hier«, erwiderte er auf ihren Protest. »Ich hole uns eine Pizza.«

»Ich will keine Pizza«, erklärte sie, als ihr bewusst wurde, wie leer das Bett neben ihr war ohne ihn. »Ich will dich.«

Er beugte sich über das Bett, umschloss ihr Gesicht mit seinen großen, warmen Händen und küsste sie. Er war ein großartiger Küsser, ein Weltklasse-Küsser. Er trank von ihrem

Mund wie aus einem Weinkelch, nahm alle ihr Sinne für den Augenblick in Beschlag. Sie hätte schwören können, ihre Knochen schmelzen zu fühlen. Sie hätte ihn ewig küssen können und es auch versucht, hätte er sich nicht von ihr gelöst.

»Peperoni«, schmollte sie in die Kissen vergraben. »Keine grässlichen Anchovis.«

Er spielte den Entsetzten. »Eine Pizza mit Anchovis ist die einzig wahre!«

»Bring du mir eine Anchovis-Pizza, und es ist aus mit uns beiden.«

»Du stellst ganz schön harte Forderungen.« Er schlüpfte in seine Hose und zog sich den Pullover über den Kopf. »Peperoni also.«

Sie lächelte, als er nicht hersah. Wer hätte gedacht, dass weibliche Launen so viel Spaß machen konnten? Sie sah ihm zu, wie er seine Schuhe anzog, sich mit den Fingern durch das dichte kastanienbraune Haar fuhr und dann in seine Jacke schlüpfte.

»Rühr dich nicht von der Stelle«, sagte er und küsste sie nochmals. Küsste sie so lange, bis ihr schwindlig wurde vor Verlangen. »Genau hier möchte ich dich wiederfinden, wenn ich zurückkomme.«

»Vielleicht«, erwiderte sie, zum Spaß salutierend. »Vielleicht aber auch nicht.«

Er erklärte ihr genau, warum er sie hier in diesem Bett vorfinden wollte, nackt unter der pastellfarbenen Bettdecke, und sie schloss für einen Moment die Augen bei dieser überaus reizvollen Vorstellung.

»Ich werde es in Betracht ziehen«, ließ sie sich vernehmen, doch sie beide wussten, wo sie sein würde, wenn er zurückkam.

Im Kamin knisterte ein munteres Feuerchen und warf sowohl Schatten als auch Licht auf das Bett. Maggy überlegte, ob sie sich nicht doch aus dieser Behaglichkeit erheben und die Zeit nutzen sollte, um eventuelle Schäden, die ihr leidenschaftliches Liebesspiel an ihrem Äußeren angerichtet hatte, wieder in Ordnung zu bringen, doch das Bett war viel zu gemütlich und umgab sie mit dem berauschenden Duft seiner Haut. Daher zog sie es vor, sich in sein Kissen zu kuscheln und den Flammen zuzusehen, die wie heidnische Götzenanbeter auf und ab tanzten.

Ihr war klar, dass sie sich tief greifende und ernste Gedanken machen sollte, doch sie war so rundherum befriedigt, dass es ihr nicht gelang, auch nur einen einzigen halbwegs ernsthaften zu fassen. Der Rest der Welt schien sehr weit weg, so als hätte sie von dem Haus am Stadtrand, den zwei Kindern und dem Ex-Mann, der eine neue Ehefrau gefunden hatte, nur geträumt. Was würden sie alle denken, wenn sie wüssten, dass sie den Nachmittag mit wildem, einfallsreichem Liebesspiel zugebracht hatte, und das mit einem Mann, den sie erst am Abend zuvor kennengelernt hatte?

Der Gedanke war einfach zu köstlich. Nicht, dass sie es jemals herausfinden könnten. Der einzige Mensch auf der Welt, der wusste, dass Maggy und Conor in Cape May waren, war der Besitzer dieser Pension. Sie bezweifelte stark, dass Claire und Ellie dies im Sinn gehabt hatten, als sie sie gestern früh per Limousine nach Atlantic City geschickt hatten.

Es kam ihr vor, als sei ihr gesamtes Leben bis zum heutigen Tag öffentliches Eigentum gewesen. Ihre Schwestern hatten schon immer die Regeln übertreten, während Maggy sich Sorgen um sie gemacht und das Abendessen vorbereitet hatte. Als junges Mädchen wäre es ihr nicht in den Sinn gekommen, über die Stränge zu schlagen, weil es nicht ihrem Naturell entsprach. Sie wusste, dass ihre Mutter auf sie angewiesen war, um den Haushalt am Laufen zu halten, während sie in zwei Schichten arbeitete. Und weil Maggy eine gute Seele war, spurte sie auch. Mit der Ehe war es genauso. Sie wurde während ihrer Hochzeitsreise mit Nicole schwanger, und aus der frisch gebackenen Ehefrau wurde in neun kurzen Monaten eine junge Mutter. Sie füllte ganze Notizbücher mit Babynamen, Vorschlägen für Kinderzimmerausstattungen und den zehn beliebtesten Gutenachtgeschichten. Das Leben in der Armee war voller Unwägbarkeiten, und Maggy machte es sich zur Aufgabe, ihrer Familie so viel Sicherheit zu geben, wie sie konnte. Immer erreichbar. Immer in Sichtweite. Sie war Ehefrau und Mutter, vierundzwanzig Stunden am Tag, sieben Tage in der Woche. Sie nahm nicht einmal ein Bad, ohne ihrer Familie zu sagen, wo sie war, und dann legte sie auch noch das schnurlose Telefon auf den Wannenrand, ›für alle Fälle‹.

Sie hatte einen gewaltigen Schritt aus ihrem Leben heraus getan, und wenn sie allzu lange darüber nachdachte, konnte es sein, dass sie ihre Kleider aufsammelte und verschwand, bevor er zurück war. Ihr war, als hätte man sie mitten in das Leben einer anderen Frau verpflanzt, einer Frau, die sich keine Gedanken zu machen brauchte über Frisurprobleme oder Fahrgemeinschaften oder bevorstehende Zwischenprüfungen. Hätte man sie gestern um diese Zeit gefragt, hätte sie geantwortet, sie habe keine Zeit dafür, sich einen Liebhaber zu suchen, und sie hätte es auch wirklich so gemeint.

Ihre Familie zog sie schonungslos auf wegen ihrer Ordnungsliebe und ihrem Hang zum Organisieren. Die Maggy, die sie kannten, hatte die Ruhe weg und behielt immer den Überblick. Sie war die Art Frau, die ihre Joggingpullover ordentlich im Schrank aufhängte, nach Farben sortiert. Zugegeben, es kam vor, dass sie hin und wieder im Jogginganzug Fahrdienst machte, doch es geschah immer aufgrund einer Überlegung und nie zufällig. Sie hatten nicht die leiseste Ahnung, dass es hinter ihrer besonnenen Fassade eine völlig andere Frau gab.

Conor wusste es. Der Haufen Kleidungsstücke am Boden war ihr Beweis genug dafür. Ihr Rock, die Strumpfhose und diese kleine Stückchen Spitze, die sich als BH und Slip ausgaben, lagen wild durcheinander, nicht weit weg vom Bett.

Und obendrein hatte sie nicht die geringste Lust, aufzustehen, jedes Stück ordentlich zusammenzufalten und auf den Stuhl neben dem Kamin zu legen. Es gefiel ihr, sie zu betrachten und an die Berührungen und Geräusche zu denken, die vorausgegangen waren. Ihr Liebesspiel war wild und erregend gewesen, ein Liebesspiel ohne Schranken und Grenzen, doch immer – immer – erfüllt von tiefster Zärtlichkeit, was ihr mehr als einmal Tränen in die Augen trieb.

Es war ja auch schon einige Zeit her, Maggy. Vielleicht ist dein Verstand verwirrt.

Sie kannte den Unterschied zwischen miteinander schlafen und sich lieben.

Das bildest du dir ein, woher willst du es denn wissen? Du warst in deinem Leben nur mit zwei anderen Männern zusammen.

Zwei oder zweitausend. Was spielte das für eine Rolle. Magie stellte sich nicht nach Fahrplan oder auf Wunsch ein. Hätte sie diese Magie herbeiwünschen können, hätte sie Conor schon vor langer Zeit gefunden.

Und woher willst du wissen, dass er zurückkommt?

Ihr Herz tat einen extra Schlag. Natürlich kam er zurück. Er war nur weg, um etwas zu essen zu holen. Er würde jeden Moment zurück sein. Sie vermied es bewusst, auf die Uhr auf dem Nachttisch zu schauen.

Kommt mir vor, als sei er schon ziemlich lange fort. Er hat bekommen, was er wollte, und jetzt ist er auf dem Weg zurück nach Atlantic City. Wäre ja nicht das erste Mal, dass ein Mann eine Frau sitzen lässt, wenn der Spaß vorbei ist.

Lächerlich. Völlig abwegig. Der Mann, den sie geliebt hatte, würde sie nicht hier in Cape May ihrem Schicksal überlassen, ohne Essen, ohne Auto und ohne eine Erklärung.

Sieht aus, als hättest du dich diesmal zum Narren machen lassen, Maggy. Wirfst dich einem Fremden an den Hals, nur weil es dein Geburtstag ist und du dich einsam fühlst.

So war es überhaupt nicht. Er war auf sie zugekommen.

Sie war glücklich und zufrieden gewesen, da zu sitzen und ihr Abendessen ohne männliche Gesellschaft zu beenden. Außerdem, wie konnte sie ihn als Fremden bezeichnen, nachdem sie ihm von Dingen erzählt hatte, von denen sie nicht einmal ihren eigenen Schwestern erzählte, von geheimen Ängsten und Sehnsüchten, von denen niemand sonst auf der Welt etwas wusste?

Und was weißt du über ihn?

Sie zögerte. Nicht allzu viel. Sie wusste, dass er seinen Sohn liebte und seine Familie, dass er seine Ex-Frau respektierte und in seinem Beruf hart arbeitete. Was gab es sonst noch zu wissen?

Du warst nicht gerade vorsichtig, Maggy. Du hast dich hinreißen lassen. Deinen Kindern predigst du Tag und Nacht, dass sie verantwortungsbewusst handeln sollen. Vielleicht solltest du besser aufpassen. Es ist nicht leicht, klar zu denken, wenn man lichterloh brennt, nicht wahr?

Darauf fiel ihr keine Antwort ein.

Es regnete so stark, dass man das Gefühl hatte, durch eine Waschanlage zu fahren. Conor war froh, dass der Samstagabendverkehr hier draußen nicht der Rede wert war, denn er hatte jede Menge Probleme, den Weg zurück zu der Pension zu finden, in der er Maggy zurückgelassen hatte. Er musste langsam fahren, um durch den Regen die Straßenschilder erkennen zu können, da die verdammten Wischerblätter nur dazu gut schienen, Wasser und Schmutz auf der Windschutzscheibe zu verteilen. Eine Peperoni-Pizza nahm den Ehrenplatz neben ihm ein. Auf dem Rücksitz lag ein riesiger Blumenstrauß, zusammen mit einer Flasche Champagner und Pralinen. Hätten noch mehr Geschäfte geöffnet gehabt, er hätte ihr eine seidene Stola gekauft, die sie sich über die Schultern hätte legen können, eine silberne Kette, die Sonne, den Mond und die Sterne und alles, dessen er hätte habhaft werden können. Der kleine Geschenkeladen neben dem Blumengeschäft wollte gerade seine Türen schließen, als er über die Schwelle trat. Der Besitzer hatte Mitleid mit ihm und zeigte ihm einen Kleiderständer mit weichen, seidigen Morgenmänteln in sanften Blau-und Grautönen, und er nahm einen in der Farbe von Maggys Augen.

Du hast sie nicht mehr alle, Junge. Das einzige, was du von ihr weißt, ist, wie sie sich in deinen Armen anfühlt.

Und das genügt auch, sagte er zu sich selbst, als sein Jeep in die überschwemmte Einfahrt der Frühstückspension einbog. Genau genommen, was war denn echter als das? Splitternackt, ungeschützt, nichts, wohinter man sich verstecken konnte. Man konnte jemanden zehn oder zwanzig Jahre kennen und dennoch keine Ahnung haben, was in ihm vorging. Manchmal musste man das Gehirn ausschalten und sich auf sein Bauchgefühl verlassen, das Gefühl, das sich nie irrte.

Ach ja, du kluges Kerlchen? Und was war, als Bobby die Kugel abbekam statt dir? Wo war da dein Bauchgefühl? Weißt du darauf auch eine Antwort?

Er fluchte laut. Es klang hässlich und beißend in der Stille des Wagens. Nicht heute Nacht. Heute Nacht würde er nicht mit Gespenstern ringen. Heute Nacht würde er am Feuer liegen, mit einer schönen und bereitwilligen Frau in seinen Armen, einer Frau, deren Leidenschaft der seinen mehr als ebenbürtig war. Und er würde so tun, als lebte er in einer Welt, in der die Guten siegten und Männer wie er immer die richtigen Entscheidungen trafen.

Er packte die Pizza, die Blumen und die glänzend weiße Schachtel mit dem Morgenmantel und lief den Hang zu dem Häuschen hinauf. Es war kalt und stürmisch hier draußen, doch drinnen würde es warm vom Feuer sein, und eine sogar noch wärmere Frau, nackt und herrlich, würde ihn im Bett, wo er sie verlassen hatte, erwarten. Falls man den Himmel mit einem Satz beschreiben wollte, das wäre es so ziemlich gewesen.

Er stieß die Tür des Häuschens auf und sah sie am Fuße

des Bettes sitzen. Sie hatte sich wieder angezogen. Ihr Makeup war einwandfrei. Strumpfhose, Rock, Bluse und Pullover, alles wieder in Ordnung. Ihre Locken umspielten sanft das Gesicht. Der Frau, die er noch vor kurzem in den Kissen hatte ruhen sehen, das Gesicht vor Leidenschaft leicht gerötet, die Brustwarzen rosig und hart, ähnelte sie nur noch entfernt.

»Draußen ist die Hölle los«, sagte er und stellte die Pizza auf dem kleinen runden Tisch neben dem Kamin ab. »Und zu allem Überfluss ist es auch noch neblig geworden. Man sieht keinen halben Meter weit.«

»Ich habe nachgedacht«, sagte sie, und am Klang ihrer Stimme erkannte er, dass ihm nicht gefallen würde, worüber sie auch immer nachgedacht hatte.

»Für einen Sinneswandel ist es jetzt zu spät«, erwiderte er, bemüht, heiter und unbeschwert zu klingen. »Ich hab doch gleich gesagt, Anchovis ist das richtige.«

Sie lächelte schwach. Gerade genug, um ihm zu zeigen, dass sie den Scherz verstanden hatte. »Vielleicht sollten wir zurück nach Atlantic City fahren.« Sie sagte irgendetwas wegen der Kinder, was wäre, wenn sie anriefen und sie sei nicht da, etwas, was unecht und fadenscheinig für ihn klang. Sie versuchte so zu tun, als hätte sie den riesigen Rosenstrauß nicht gesehen, der im Feuerschein des Kamins plötzlich aufdringlich wirkte.

Er sagte, sie hätten sie sowieso nicht erreichen können, wenn sie den ganzen Tag im Kasino gewesen wäre, doch auch das klang nicht echt. Es ging nicht um die Kinder. Es ging um das, was zwischen ihnen geschah.

»Wenn es das ist, was du willst, dann fahren wir eben nach A.C. zurück.«

Ihren großen blauen Augen schimmerten tränenfeucht. »Es ist ja nicht so, dass ich zurück will ...«

Er warf die Schachtel mit dem Morgenmantel auf den Stuhl. »Was ist es denn dann? Bereust du, dass wir hier sind?

Hast du ein schlechtes Gewissen wegen dem, was wir getan haben?«

»Ich tue nie solche Dinge«, sagte sie mit leiser Stimme. »So etwas habe ich in meinem ganzen Leben noch nicht gemacht. Ich habe zwei Kinder, einen Job, Unterricht ...« Sie sank auf das Bett zurück und barg ihr Gesicht in den Händen. »Ich glaube, ich habe den Verstand verloren.«

Das Bett gab nach, als er sich neben sie setzte. Er roch nach kaltem Regen und Meeresluft. Am liebsten hätte sie ihre Nase in der Vertiefung an seiner Kehle vergraben und wäre dort ein Leben lang, oder auch zwei, geblieben.

»Auch mir ist so etwas noch nie passiert.«

Sie sah ihn durch ihre Finger hindurch an. »Versuch nicht, mich für dumm zu verkaufen.«

»Ich stehe auf, gehe zur Arbeit, verhafte ein paar Verbrecher und gehe wieder nach Hause. Für Wunder bleibt da nicht viel Zeit.«

»Erzähl mir nicht, es hätte keine Frauen gegeben.«

»Eine ganze Weile schon nicht.« Er hatte es ihr mitten während des Liebesspiels gesagt, in dem kurzen Moment, als ihre Vernunft sich meldete und sie plötzlich versuchte, in die Realität zurückzukehren. »Und so etwas wie das hier überhaupt nicht.«

»Ich bin eine umsichtige Frau«, sagte sie. »Ich gehe mit allem sehr vorsichtig um. Wenn ich über die Straße gehe, schaue ich nach beiden Seiten. Ich habe im Winter immer einen Sack Halite im Kofferraum. Mein Handy ist immer aufgeladen.« Sie schaute ihm in die Augen. »Ich schlafe nicht mit Fremden.«

»Bis heute.«

»Grundsätzlich spreche ich nicht einmal mit Fremden.«

»Viel geredet haben wir ja nicht.«

Die Worte hingen einen Moment im Raum, und dann begann sie zu lachen. Er sah so groß aus, so männlich, so ernst, sie konnte einfach nicht anders.

Zuerst starrte er sie nur an, zu überrascht, um zu lachen. Doch dann sah er den Ausdruck in ihren Augen, diesen so offenen Ausdruck von Wunder und Schrecken, der seinen eigenen Gefühlen entsprach; er lachte mit ihr mit, denn im Ernst, was hätte er sonst tun können?

Sie blieben über Nacht. Sie redeten sich ein, es sei ungefährlicher so, mit dem Regen und dem Nebel und den verrückten Sonntagsfahrern da draußen, doch sie wussten beide, dass dies nicht die Wahrheit war. An dem, was sie taten, war nichts Ungefährliches. Hier alleine zu sein, in der kleinen Hütte mit Pizza, Champagner, Rosenblüten und dem seidenen Morgenmantel, der ihre nackten Körper umspielte, während das Kaminfeuer lange Schatten auf sie warf, war das Gefährlichste, das sie tun konnten.

Sie schlief in seinen Armen, und wenn sie träumte, dann träumte sie, dass es nie ein Ende fände.

Er wachte vor ihr auf, und als sie die Augen öffnete, sah sie, dass er sie betrachtete. Noch nie hatte sie jemand mit einer derartigen Mischung aus Zärtlichkeit, Verlangen und Staunen angesehen. Sie fragte sich, was er wohl in ihren Augen las, wenn sie ihn ansah, ob sie halb so viel von ihrem Herzen verriet, wie er es zu tun schien. Der Gedanke versetzte sie in Schrecken. Sie war immer eine Frau gewesen, die ihre Emotionen nicht zeigte, die sie für ihre Privatangelegenheit hielt. Es schien, als seien diese Zeiten vorbei.

»Wann holt dich der Wagen ab?«, fragte er mit vom Schlaf noch heiserer Stimme.

Sie stützte sich auf dem Ellbogen ab. »Mittag.«

»Es ist jetzt nach sieben. Der Regen hat aufgehört. Wir könnten zur Walking Mall gehen und im Pilot House frühstücken.«

»Das fände ich schön.«

Er schmiegte sich an ihren Hals. »Weißt du, was ich schön fände?« Er sagte es ihr, dann zeigte er es ihr, und dann war es nach acht, und sie standen zusammen in der Dusche, das heiße Wasser floss über ihre Schultern, und noch heißere Hände glitten überall sonst hin. Sie ging auf die Knie nieder und umschloss ihn mit der Hand, streifte mit ihrer nassen Wange über seine Erektion und nahm ihn dann vorsichtig in den Mund. Noch nie hatte es jemand so gemacht, so sinnlich bedächtig und mit so offenkundigem Vergnügen. Sie stöhnte, als sie ihn tiefer nahm, als täte sie es ebenso sich als auch ihm zu Gefallen. Diese Erkenntnis genügte beinahe schon, ihn kommen zu lassen. Finger, Hände, Lippen, Zähne, Zunge, strömendes Wasser, der wunderbare Geruch einer erregten Frau und dann dieses irrsinnig aufwallende Gefühl, das er gesucht hatte. Er ließ sich gegen die Wand der Dusche sinken, bar jeglicher Empfindung außer Freude. Sie sah zu ihm hinauf, mit leuchtenden Augen, ihr Mund rosig, und er wusste, an diesen Anblick würde er sich für den Rest seines Lebens erinnern. Er half ihr beim Aufstehen, schob ihren Körper an seinem hoch und dann berührte er mit der Hand die warme weiche Nässe zwischen ihren Schenkeln. Er streichelte sie langsam, es gab für ihn nichts Wichtigeres auf der Welt, liebkoste sie tief innen, bis sie zitternd gegen ihn sank, mit einem Seufzer, den er nie mehr vergessen würde.

Das Frühstück blieb unberührt. Sie saßen sich am Tisch gegenüber und hielten sich an den Händen. Sie konnte sich dumpf daran erinnern, Orangensaft getrunken zu haben. Er erinnerte sich schwach an einige Schlucke Kaffee. Keiner von ihnen war bereit, das Idyll enden zu lassen.

Sie sprachen nicht auf dem Weg zurück nach Atlantic City. Wenn man es recht bedachte, was gab es denn noch zu sagen? Gegen die Schwerkraft der wirklichen Welt kamen sie nicht an.

»Ich bereue nichts«, sagte er, als sie ins Hotel zurückgingen, vorbei an der Tempelimitation und den falschen Göttern und Göttinnen, die Mimosen und Tassen mit heißem

Kaffee trugen. Das Geräusch der Automaten übertönte beinahe die Berieselungsmusik.

»Ich bereue nichts«, sagte sie.

Sie blieben zwischen zwei Reihen von Aufzügen stehen.

»Ich bin im Centurion Tower«, erinnerte sie ihn.

»Genau«, antwortete er. Er war im Augustus Tower.

Sie schob seinen Ärmel zurück und sah auf seine Uhr. »Viertel vor zwölf. Ich sollte mich beeilen.«

»Die Limousine wird auf dich warten«, sagte er. »Dafür wird sie ja bezahlt.«

Doch sie wussten beide, das hieße nur, das Unvermeidliche hinauszuzögern. Sie kritzelte ihre Telefonnummer auf eine Serviette, die sie einer vorbeieilenden Cocktail-Göttin stibitzt hatte. Er schrieb seine auf ein Zündholzbriefchen. Sie meinte, sie sollten vielleicht eine Woche verstreichen lassen, bevor sie sich anriefen. Wenn das, was zwischen ihnen war, echt war, würde es danach noch immer lichterloh brennen; falls nicht, war es besser, das gleich zu merken, bevor es zu weit ging.

Er zog sie hinter eine Marmorsäule und küsste sie. Sie fühlte sich wie sechzehn, voller Hoffnung und Glück. Er fühlte sich wie der Herrscher der Welt.

»Eine Woche?«, fragte er und legte den Daumen an ihr Kinn.

Sie küsste seinen Finger. »Sie wird schneller vergehen als du denkst.«

»Den Teufel wird sie.« Dann küsste er sie noch einmal, und nun fragte sie sich, wie lange sieben Tage wohl sein mochten.

Das Lämpchen am Telefon blinkte, als er das Zimmer betrat. Sechs Nachrichten, alles die gleichen. Er nahm den Hörer und wählte die Privatnummer seines Bruders Matt.

»Wo zum Teufel warst du?«, schnauzte ihn Matt an. »Ich versuche seit gestern früh, dich zu erreichen.«

»Ich wusste nicht, dass ich mich bei dir an- und abmelden muss, kleiner Bruder. Das sollten doch Ferien werden.«

»Ich hatte Karten besorgt für die Show gestern Abend. Du hast die Gelegenheit verpasst, Barry Manilow zu sehen.«

Conor blinzelte verwundert. Das von dem Jungen, der für Duran Duran und U2 gestorben wäre?

»Ich werd's überleben«, antwortete Conor, nicht im Geringsten überrascht, dass Matt den Unterton in seinen Worten nicht bemerkte. »War's das?«

»Du hast mir noch immer nicht gesagt, wo du warst.«

»Weg«, erwiderte er.

»Wo weg?«

»Was zum Teufel geht dich das an?«

»Ich hab das mit der Reise für dich organisiert. Das Mindeste, was du dafür tun kannst, ist etwas Zeit beim Spielen zu verbringen.«

»Darum geht es also? Ich hab deiner Meinung nach nicht genug Zeit am Spieltisch verbracht?«

»Das hab ich nicht gesagt.«

»Es klang aber verdammt danach.«

Er konnte die Räder in Mattys Kopf fast rotieren hören. »Sie kontrollieren es«, sagte Matt. »Man muss um eine gewisse Summe spielen oder man verliert die Vergünstigungen.«

»Ich hab keine Vergünstigungen bekommen, was soll das also?«

»Du hast das Zimmer bekommen, oder? Das ist die Vergünstigung.«

»Aber ich bezahle es doch.« *Und nicht zu knapp.* »Was für eine Art von Vergünstigung soll das denn sein?«

Matt erklärte ihm eine ziemlich obskure Gepflogenheit, Spielquoten und die Anzahl der Stunden betreffend, die man im Kasino verbrachte und wie beliebt man bei dem Slot Host war.

»Mal sehen, ob ich es begriffen habe«, sagte er. »Weil ich einen Rabatt von 100 Dollar auf das Zimmer bekommen habe, muss ich jetzt für 500 Dollar spielen.«

»Genau.«

»Und wieso kann ich nicht die 100 Dollar Rabatt zurückzahlen?«

»So funktioniert das nicht.«

»Um mir das zu sagen, hast du mir sechs Nachrichten geschickt?«

Stille an Mattys Ende, dann: »Du warst mit der Frau aus dem Restaurant zusammen, stimmt's?«

Nun war Conor dran, den Schweigsamen zu spielen. »Geht dich gar nichts an, mein kleiner Bruder.«

»Sei vorsichtig«, sagte Matty und klang wie ihr Vater. »Die ist einige Nummern zu groß für dich.«

Er musste an ihr liebes Gesicht, ihr sanftes Lächeln, das wilde Verlangen, wenn sie sich liebten, und ihre unerschrockene Ehrlichkeit denken. »Du hast recht Matty«, sagte er. »Sie ist wirklich eine Nummer zu groß für mich.«

Mit etwas Glück würden sie zwanzig Jahre zusammen sein, bevor sie es merkte.

8

»Nicole!« Die Stimme von Tante Claire drang durch die geschlossene Badezimmertür. »Beeil dich da drin! Wir fahren in einer Viertelstunde.«

Nicole betrachtete sich im Make-up-Spiegel. Ihr rechtes Auge sah schon ganz gut aus, doch am linken musste noch etwas getan werden. Claire hatte ihr gezeigt, wie man mit den beiden braunen Lidschatten dem Auge Tiefe verlieh, doch mit dem Verwischen kam sie noch nicht so ganz zurecht. Wozu es so lange verwischen, bis keiner mehr sah, dass man überhaupt Augen-Make-up trug? Tante Claire behauptete, genau darum ginge es, doch das ergab keinen Sinn. Warum sich die Mühe machen, wenn es nachher niemand bemerkte?

Sie beugte sich vor, legte eine weitere Schicht braungrau auf und begutachtete das Resultat im Spiegel. Besser, dachte sie sich. Jetzt sah man wenigstens etwas.

»Nicole! Hast du mich gehört?«

»Viertelstunde!«, rief sie zurück. »Dann bin ich fertig.«

Man erkannte sofort, dass Claire ein Halloran-Mädchen war. Sie kommandierten alle gern herum, obwohl Claire es mit Nicole nur hin und wieder tat. Trotzdem, es nervte sie. Dieses ganze Auf-die-Uhr-Schauen kam ihr dämlich vor. Sie mussten ja kein Flugzeug oder so etwas erreichen. Claire brachte sie ja nur nach Hause, was nun wirklich nichts Großartiges war.

Bei dem Gedanken, nach Hause zu kommen, musste sie seufzen. Sie hatte hier so viel Spaß. Bei Tante Claire zu sein, war wie als kleines Mädchen mit der Barbiepuppe zu spielen. Mit dem einzigen Unterschied, dass man nun selbst Barbie war, und Tante Claires Wohnung war das Traumhaus, in dem es einen Schrank gab, voll mit den schönsten Kleidern, die man sich vorstellen konnte, und man konnte sie anprobieren und sich einbilden, man wäre selbst ein schönes Model.

Melissa und Stacey waren grün vor Neid. »»Frag sie doch, ob wir nächstes Mal mitkommen können«, hatte Melissa sie gebeten. Nicole wusste, dass sie ein Sammelalbum von Claires Titelbildern hatte, auch wenn sie glaubte, keiner wüsste es. Nicole hatte nur gelächelt und gesagt, ihre Tante sei unheimlich beschäftigt, und irgendwann würde es sicher gehen, diesmal aber nicht. Die Wahrheit war, Claire hätte Nicole und ihre Freundinnen gerne in ihre sonnige und geräumige Eigentumswohnung eingeladen, doch Nicole wollte Claire mit niemandem teilen. Es gefiel ihr, dass sie für ihre Tante schwärmten und an deren Leben teilhaben wollten. Nicole fühlte sich dann als etwas ganz Besonderes.

Warum musste sie denn überhaupt nach Hause? Ihre Mutter würde sowieso nicht merken, dass sie nicht da war. Immer rannte sie zu diesem dummen Job im Pfarrhaus oder ging in die Schule, was dussliger war, als man sich vorstellen konnte. Der Gedanke allein, in die Schule zu gehen, obwohl man nicht musste! Man sollte meinen, ihre Mutter genierte sich, zwischen all den jungen Leuten zu sitzen. Manchmal, wenn Stacey und Melissa sie besuchten, wäre Nicole am liebsten gestorben, wenn ihre Mutter wieder mal so einen faden Witz machte, wie: Lasst uns doch alle zusammen am Küchentisch Hausaufgaben machen.

Wenn sie nur nie wieder solche dummen Bemerkungen hören müsste. Tante Claire wenigstens erinnerte sich, wie man sich mit noch nicht ganz fünfzehn fühlte. Was vielleicht daher kam, dass Claire fast zehn Jahre jünger als Nicoles Mutter war. Oma Halloran behauptete, ein paar Kinder wären gut für Claires Entwicklung, doch Nicole verstand nicht, was das eine mit dem anderen zu tun haben sollte. Sie konnte sich ihre Tante Claire nicht anders vorstellen, als so zauberhaft und aufregend, wie sie war.

Zu Hause musste sie sich das Bad mit ihrem idiotischen Bruder teilen und sich das endlose Gerede ihrer Mutter über Hausaufgaben, College und Verantwortung anhören. Tante Claire sprach nie über so etwas. Ihre Tante redete über Make-up und Mode und erzählte Geschichten wie die über den letzten Fototermin, als der Stylist die falschen Schuhe brachte und der Designer einen Anfall bekam und die Kleider mit einem Schweizer Messer in Streifen schnitt.

Sie beugte sich näher zum Spiegel, um sich besser betrachten zu können. Tante Claire sagte, sie hätte das Zeug zum Model, doch sie war sich da nicht sicher. Wenn sie sich ansah, dann sah sie nur ein Mädchen mit großen Augen, das zu groß und zu dünn war, als dass sich die Jungs in der Schule nach ihr umgedreht hätten. Sie bestand nur aus Armen und Beinen und stolperte herum wie ein dummes Hündchen, das sich überschlägt, um sich bei allen beliebt zu machen.

»Du musst nur ein paar Kleinigkeiten ändern«, hatte ihr Claire gestern Abend gesagt, als sie, jede in eine Ecke der Couch gekuschelt, zum tausendsten Mal *Titanic* angeschaut hatten. Claire nahm ein Stück trockenes Popcorn aus der kleinen Schale auf ihrem Schoss und vertilgte es. Das Popcorn in Nicoles Schüssel glänzte vor geschmolzener Butter. Ihre Finger auch. »Einige Dinge weglassen.«

»Wie die Butter?«, fragte Nicole grinsend.

Claire warf ein aufgeplustertes Maiskorn in Nicoles Richtung und grinste zurück. »Ich dachte mehr an so etwas wie lilafarbene Haare.«

Nicole runzelte die Stirn. »Ich mag meine Haare.«

»Du siehst wie eine Aubergine aus.«

»Du klingst wie meine Mutter.«

Claire verzog das Gesicht und tat, als erschauderte sie. »Wie kannst du so etwas Schreckliches sagen! Ich liebe deine Mutter, aber wir beide wissen, dass sie nicht gerade die abenteuerlustigste Frau der Welt ist.«

Nicole mochte es nicht, wenn Claire solche Dinge sagte.

Sie hatte immer das Gefühl, ein Ekel zu sein, wenn sie mit ihrer Tante über so etwas lachte, und eine Schwindlerin, wenn sie es nicht tat. Ihre Mom war irgendwie von gestern, ganz und gar nicht wie Claire, die aus Flugzeugen sprang, rückenfreie Abendkleider und Schuhe mit zwölf Zentimeter hohen Absätzen trug. Ihrer anderen Schwester glich sie übrigens auch nicht. Ellie zog sich an wie Ally McBeal und stolzierte durch den Gerichtssaal wie Johnny Cochran oder ein anderer dieser Anwälte, die wussten, wie man die Jury bezirzt, um das gewünschte Urteil zu erhalten. »Es ist ganz in Ordnung, zu flirten, wenn es einen dahin bringt, wo man hin will«, hatte Ellie einmal in einer Diskussion mit Nicoles Mom gesagt. »Worauf es ankommt, ist, den Fall für meinen Klienten zu gewinnen. Ich tue, was auch immer nötig ist.«

Nicole musste danach eine lange Predigt über sich ergehen lassen, eine von der Sorte: »Ich freue mich, dass du deine Tante Ellie magst, doch auf manche Dinge, die sie sagt, solltest du nicht hören.« Predigten, bei denen sie sich ähnlich fühlte, als wäre sie in einem Raum mit ihrem kleinen Bruder und dessen übel riechenden Freunden eingesperrt. Ihre Mom hatte in vielen Dingen eher konservative Ansichten. Soweit Nicole wusste, war sie seit ihrer Scheidung von Daddy nur mit einem Mann ausgegangen, und das ging auch nicht lange gut. Wer hätte das gedacht. Ihre Mutter war nicht unbedingt fürs Ausgehen geschaffen, so, wie sie immer in Jeans und Sweatshirt herumlief und mit dem lächerlichen Pferdeschwanz, mit dem sie aussah wie fünfzehn, genau wie ihre Tochter. Manchmal hätte sie sich lieber vor ein Auto geschmissen, als zuzugeben, dass das ihre Mutter war. Wenn Eltern eine Ahnung hätten, wie sehr sie ihre Kinder in Verlegenheit brachten, würden sie vielleicht nachdenken, bevor sie sich so dumm benahmen.

»Nicole!« Claire klopfte erneut an die Tür. »Fünf Minuten!«

»Ich bin gleich da!«

Sie glich das Make-up ihrer Augen an, indem sie auf beide noch mehr Lidschatten gab, noch mehr Mascara auflegte und die Lidränder mit etwas Kajal betonte. Es gefiel ihr, wie die rauchigen Schatten ihre blauen Augen zur Geltung brachten. Nur ihre Haare sahen nicht gut aus, so schlapp, wie sie dank des Regens herunterhingen. Sie holte einen von Claires Lockenstäben unter dem Frisiertisch hervor und steckte ihn ein. Er brauchte ewig zum Aufheizen. Draußen hörte sie ihre Tanten reden. Wahrscheinlich starrten sie auf die Uhr und überlegten, ob sie einen Rettungstrupp losschicken sollten, um sie zu holen. Endlich! Die Kontrollleuchte erlosch. Sie wickelte eine Haarsträhne um den Stab, drückte ihn ein paar Sekunden lang fest zusammen und behandelte so Strähne um Strähne. Für ein Meisterstück würde es zwar niemand halten, aber besser als vorher sah es allemal aus. Sie steckte den Stab aus und legte ihn auf die Keramikablage. Dann plusterte sie die Haare mit den Fingern auf, bis sie fand, sie sähe fast so toll aus wie ihre Tanten.

Hervorragend, dachte sie, als sie das Bad verließ. Sie sah mindestens aus wie achtzehn.

Du warst auch einmal fünfzehn, rief sich Claire ins Gedächtnis, als sie im Rückspiegel ihres Porsches einen Blick auf ihre Nichte warf. Zurückhaltung gehörte nicht zum Wortschatz eines fünfzehnjährigen Mädchens. Übertreibung schon. Nic würde wahrscheinlich strahlen, wenn Claire ihr sagen würde, sie sähe aus wie für den Babystrich hergerichtet, mit dem ganzen klumpigen Augen-Make-up, der riesigen Frisur und dem kurzen Rock. Sie war eine schöne junge Frau mit echtem Potenzial, und am liebsten hätte Claire ihr das Gesicht gewaschen und die Haare ausgebürstet.

Was bin ich froh, dass ich nicht deine Mutter bin, dachte sie, während Ellie und sie sich bedeutungsvoll ansahen. Eine Tante konnte mit den Schultern zucken und abwarten, bis sich der Sturm gelegt hatte; eine Mutter musste mitten hinein und Wasser schöpfen. Keine von beiden konnte sich auch nur im Entferntesten vorstellen, wie Maggy es schaffte, das sensible junge Mädchen auf Spur zu halten, ohne völlig wahnsinnig zu werden. Nic war ein gutes Kind, doch seit der Scheidung war sie launisch und streitsüchtig und davon überzeugt, ihre Mutter sei die hinterwäldlerischste Frau auf dem ganzen Planeten. Claire hatte zwar ihre Schwierigkeiten mit Maggys Sinn für Mode, doch an ihren Fähigkeiten als Mutter hatte sie nichts auszusetzen, vor allem daran nicht, wie sie mit Nicole umging. Nic war Papas Liebling. Das wusste jeder. Auch wenn sie kaum darüber sprach, es war klar, dass sie ihren Vater vermisste. Die letzten zwei Jahre waren schwer für sie gewesen und folglich sehr schwer für ihre Mutter.

Claire verstand die ganze Papas-Liebling-Geschichte nicht. Ihr eigener Vater war gestorben, als sie noch ein Kleinkind war, und sie hatte keine ausgeprägte Erinnerung an ihn. Leider hatte sie aber die Erinnerung an den Mann, mit dem ihre Mutter eine Weile, kurz nach dem Tod ihres Vaters, verheiratet gewesen war. Und gerade diese Erinnerungen erschwerten es ihr, zu verstehen, was der ganze Zirkus sollte. Es ging ihnen viel besser ohne diesen Versager. Einen Vater hatte sie nie vermisst. Durch ihre Mutter und Maggy hatte sie mehr Liebe und Unterstützung erfahren, als irgendwelche Papas Lieblinge in ihrem Bekanntenkreis. Ein Vater wäre so unnötig gewesen wie eine Klimaanlage im Winter.

Manchmal fragte sie sich, ob es mit einem Vater, einem echten Vater, anders gewesen wäre, aber so recht konnte sie sich mit dem Gedanken nicht anfreunden. Ein Vater hätte sie auch nicht daran hindern können, ihr Leben auf ihre Art zu gestalten. Er hätte sie nicht davon abhalten können, Fehler zu machen. Das hätte niemand gekonnt. Fehler machen konnte sie am allerbesten.

Sie sah erneut in den Rückspiegel. Nic hörte Musik auf ihrem tragbaren CD-Spieler. Ihr Kopf wippte im Takt mit. An der nächsten Ampel wandte sich Claire an ihre Schwester.

»Ich wünschte, Maggy hätte das mit Charles nicht vor ihrer Abreise erfahren.«

»Irgendwann musste sie es aber erfahren«, sagte Ellie. »Außerdem, was macht das aus? Sie sind geschieden. Über kurz oder lang hätte sowieso einer von beiden wieder geheiratet. Er war eben schneller.«

»Wie logisch«, entgegnete Claire. »Ich bin beeindruckt. Vergiss doch mal für zehn Sekunden, dass du Anwalt bist, und denk wie eine Frau.«

Ellie grinste. »Beides schließt sich ja nicht gegenseitig aus.«

»Wäre schön, wenn du das nicht vergessen würdest«, erwiderte Claire. »Nic leidet darunter, dass ihr Vater sich verlobt hat, und ich wette, Maggy heult sich deshalb die Augen aus, allein in ihrem Hotelzimmer.«

»Was hast du denn in letzter Zeit gelesen? Du klingst wie aus einem dieser romantischen Schmöker, die wir als Jugendliche unter der Bettdecke gelesen haben. Maggy hat mit Charles kein Problem. Nic ist es, um die wir uns Sorgen machen müssen.«

»Wahrscheinlich hast du recht«, räumte Claire widerstreben ein.

»Selbstverständlich habe ich recht. Bloß weil du deine Gefühle wie eine Fahne jedem Sturm aussetzt, heißt das noch lange nicht, dass das jeder tut. Einige Leute kommen eben selbst damit klar.«

Ellies Bemerkung schmerzte, obwohl sie es wahrscheinlich gar nicht beabsichtigt hatte. Claires Leben war wie eine Achterbahn verlaufen, einschließlich Weglaufens von zu Hause, Erfolg, zu früh und zu wenig, und einer Drogengeschichte, die die Familie beinahe zerstört hätte. Oft hatte sie das Gefühl, der Rest ihres Lebens sei eine Aufholjagd im Bemühen, alles wieder gut zu machen.

»Tut mir leid, wenn ich wie im Gerichtssaal geklungen habe«, entschuldigte sich Ellie. Sie besaß die Fähigkeit zur Objektivität, sogar wenn es sich dabei um ihre eigenen Fehler handelte. Das war ein Charakterzug, den Claire mehr bewunderte, als sie ihrer Schwester je eingestehen würde. »In dieser Familie sind Gerichtssaalmanieren manchmal ganz nützlich.« Sie lehnte sich in ihrem Sitz zurück und streifte ihren rechten Manolo-Blahnik-Pumps mit der Spitze ihres linken ab. »Und übrigens glaube ich tatsächlich nicht, dass sie es so ernst nimmt. Für Nic und Charlie ist es viel wichtiger als für Maggy.«

Ellie hatte die Gabe, durch Schichten von Gefühlen, die einen Tatbestand verschleierten, zu dessen Kern vorzudringen. Diese Methode funktionierte bei Gericht hervorragend, doch sie übersah oft wichtige emotionale Nuancen, die sie im richtigen Leben stolpern ließen.

Claires gesamtes Leben war auf emotionale Nuancen gegründet. Wahrscheinlich sollte sie dankbar sein, dass dies bei Ellie nicht so war, denn eine in der Beziehung scharfsichtigere Schwester hätte vielleicht bemerkt, dass Claire ein Geheimnis hütete. Im Kofferraum ihres Wagens versteckt befand sich eine Mappe mit einer Reihe von Fotos, die ein befreundeter Fotograf vergangenen Monat von Nicole gemacht hatte. Erstaunliche Großaufnahmen, hervorragende Bewegungsstudien, stimmungsvolle Porträts, die einen etwas ahnen ließen von der Frau, die sie einmal werden würde.

Es bestand kein Zweifel, ihre Nichte hatte das gewisse Etwas. Die Begabung von Claire verblasste neben ihrer Nichte völlig. Die Kamera liebte Claire, doch Nic betete sie an. Die Linse schliff Kanten, schattierte Rundungen und verlieh ihr ein Maß an Differenziertheit und Reife, das in ihrem wirklichen Leben noch gar nicht vorhanden war.

Claire würde immer ein Mittelklassemodel bleiben, doch Nic könnte etwas wirklich Besonderes werden. Sie hatte die Fotos ihrer Agentin gezeigt, und Leah wollte sie sofort exklusiv verpflichten, was Claire nur noch mehr in der Annahme bestätigte, ihre Nichte könnte eines Tages groß herauskommen. Leah war allerdings nicht die Richtige dafür.

Sie war zu ungestüm, zu hitzig und zu gewinnorientiert. Was für Claire hervorragend war, für ein empfindsames junges Mädchen aber verheerend. Hätte das nur schon vor fünfzehn Jahren jemand erkannt, als für sie noch Zeit gewesen war, einen anderen Weg einzuschlagen.

Nicole hatte sie die Fotos noch nicht gezeigt. Ihr war klar, dass das Mädchen völlig überschnappen, die Schule hinschmeißen und nach New York ziehen wollen würde, um eine zweite Cindy Crawford zu werden. Als hätte Maggy nicht sowieso schon genug am Hals. Daher waren die Fotos geblieben, wo sie waren, gut verwahrt im Kofferraum, solange Claire noch nicht wusste, was sie tun sollte. Gewiss, die Welt würde auch weiter ohne ein neues Teenagermodel auskommen, doch wäre das Nicole gegenüber fair? Es war schließlich ihr Leben. Ein oder zwei Jahre ein Halbtagsjob könnte die Sorge, wie man das College finanzieren sollte, überflüssig machen. Ein oder zwei Jahre als Superstar könnte ihr Leben auf ein finanzielles Fundament stellen und vielleicht, wenn sie sehr viel Glück hatte, Claire auch nützen.

Sie vermisste ihn. Es war so lächerlich, dass es sogar Maggy schwer fiel, es für möglich zu halten. Sie kannte ihn erst seit achtundvierzig Stunden, und sie vermisste ihn so, dass es wehtat. Ein dumpfer Schmerz hatte sich in der Nähe ihres Herzens eingenistet und wurde stärker, je näher sie ihrem Zuhause kam. Was in aller Welt hatte sie sich nur dabei gedacht, als sie vorschlug, eine Woche zu warten, bevor sie wieder voneinander hörten? Sie musste nicht ganz bei Trost gewesen sein, den Verstand verloren haben, um anzunehmen, sie würde es sieben Tage aushalten, ohne seine Stimme zu hören.

Gerade deswegen musst du es ja machen, Maggy. Lass die Sache etwas abkühlen, und schau dir an, was übrig bleibt, wenn sich der Nebel gelichtet hat.

Ein guter Rat. Sie wusste, dass es ein guter Rat war, doch

sie hätte nicht gedacht, dass sie seine Abwesenheit so schmerzlich empfinden würde. Konnte man so schnell sein Herz verlieren? Konnte man sich so unsterblich verlieben? So etwas passierte ihren Schwestern, doch nicht einer bodenständigen, zuverlässigen Maggy.

Doch es war geschehen. Es ließ sich nicht abstreiten. Wer auch immer sie gewesen war, wer auch immer diese Maggy O'Brien gewesen war, diese Frau gab es nicht mehr. Eine neue war an ihre Stelle getreten, weniger selbstsicher vielleicht und auf jeden Fall verwundbarer, doch glücklicher als seit langer, langer Zeit. Jetzt musste sie ihr herrliches Geheimnis nur in ihrem Herzen bewahren, bis sie herausfand, ob er noch genauso empfand, wenn die Woche vergangen war. Sobald sie die Antwort auf diese Frage kannte, würde sie sich darüber Gedanken machen, wie sie es ihrer Familie beibringen würde. Bis dahin würde sie ihren Mund halten und ihre Geheimnisse bewahren.

Nicole stieß einen Schrei aus, als sie sie sah. Maggy hatte den Wagen kaum verlassen, als ihre Tochter einen schrillen Heulton von sich gab und schrie: »Du hast dir die Haaaaaare abschneiden lassen!« Genau so hätte jemand geklungen, der das Eintreffen der vier apokalyptischen Reiter ankündigte.

Maggy zählte leise bis zehn und breitete dann die Arme weit aus. »Komm her und gib mir einen Kuss«, sagte sie und rang sich ein strahlendes Lächeln ab. »Über meine Haare reden wir später.« *Ganz zu schweigen von diesem grässlichen Make-up, das du trägst.* Sie warf ihrer Schwester Claire einen langen und tödlichen Blick zu. Claire schickte einen zurück mit der Botschaft: *Ich kann nichts dafür. Ich habe gesagt, sie soll es verwischen.*

»Perlen?« Nicole verdrehte die Augen. »Mutter, wirklich ...«

Drei Worte, sechs Silben, und der Tag war für Maggy ruiniert.

»Lilafarbene Haare?«, schoss Maggy dagegen. »Dreifach gepiercte Ohren?« Nicole erstarrte in ihren Armen. Maggy konnte es ihr keineswegs verdenken. Sie waren noch keine dreißig Sekunden zusammen und hatten bereits wieder ihre Mutter-Tochter-Kampfaufstellung eingenommen.

Gott sei Dank fragte der Fahrer sie etwas wegen des Gepäcks, und dann kam auch noch Ellie die Einfahrt heruntergelaufen, um sie zu begrüßen, und bombardierte sie mit Fragen über Fragen, als seien es Tennisbälle, ohne ihr Zeit zu lassen, auch nur eine davon zu beantworten.

»Ich wusste, dass dir der Rock hervorragend stehen würde«, sagte Ellie, als sie Arm in Arm zum Haus hinauf gingen. »Du siehst umwerfend gut aus.«

»Ich fühle mich auch umwerfend gut«, erwiderte Maggy.

»Hat es dir dort gut gefallen?«, wollte Claire wissen. Sie und Nicole bildeten die Nachhut.

»Besser als gut«, antwortete Maggy. »Einfach hervorragend.«

Sie versuchte das verächtliche Schnauben ihrer Tochter zu überhören. Kinder mochten es nicht, wenn sich ihre Eltern amüsierten. Das war eine Tatsache. Eltern, insbesondere Mütter, hatten zu Hause zu bleiben und sich zu benehmen. Sich darüber aufzuregen, wäre gleichbedeutend, wie einem Vogel das Fliegen zu verbieten. Sie führte sich vor Augen, dass dies in zehn Jahren eine nette Anekdote sein würde, über die sie und Nicole beim Mittagessen lachen würden.

Es sei denn, sie würden sich vorher gegenseitig umbringen.

»Ich hab versucht, dich anzurufen, gestern Nacht«, sagte Nicole, »aber du warst nicht auf deinem Zimmer.«

Schuldgefühle durchzuckten Maggy, doch sie weigerte sich, sie die Oberhand gewinnen zu lassen. »Natürlich war ich nicht in meinem Zimmer«, antwortete sie. »Das würde doch keinen Spaß machen in Atlantic City.«

Nicole streckte die Hand aus, berührte Maggys Haar und verzog dann das Gesicht.

»Es ist zu kurz«, erklärte sie mit in diesem verdrießlichen Teenagerton, der Maggy durch und durch ging. »Lässt deine Ohren groß aussehen.«

»Mir gefällt es«, entgegnete Maggy ruhig und sah sich über die Schulter nach ihrer Tochter um. »Es war Zeit für etwas Neues.«

»Kein Mensch trägt dieses Jahr Strumpfhosen«, nörgelte das Mädchen weiter.

Claire griff ein, bevor die Unterhaltung ganz den Bach hinunter ging. »In New York tragen sie alle Strumpfhosen. Und kurze Haare auch. Ich würde mir die Haare sofort abschneiden lassen, wenn das nicht ein Vertragsbruch wäre.«

Ellie, die ihre langen Haare als Knoten im Nacken trug, nickte. »Ich denke, ich werde es Maggy nachmachen, noch bevor ich in die Ferien fahre.«

Dies führte zu einer angeregten Diskussion über die Vor- und Nachteile langer oder kurzer Haare, sowohl körperlich als auch emotional, bis Nicole laut seufzte und mit ihrer Reisetasche auf ihr Zimmer ging.

Maggy schüttelte traurig den Kopf. »Falls es nicht schon einen Schutzpatron für Mütter von Teenagern gibt, müsste man einen einsetzen.«

»Ich schlage dich vor«, sagte Ellie und klopfte ihr auf die Schulter. »Sag, dass wir nicht so waren, als wir erwachsen wurden.«

»Wir waren schlimmer«, erwiderte Maggy, als sie den Koffer öffnete, um ihre Wäsche in die Maschine neben der Küche zu stecken. »Ich erinnere mich noch, wie Mutter gedroht hat, uns alle miteinander im Kloster abzugeben, damit sich die Nonnen um uns kümmern sollen.«

»Das hätte ich beinahe vergessen«, sagte Claire, die Maggy zusah, wie sie den kleinen Wäschesack des Hotels aus dem Koffer nahm. »Joanne hat angerufen. Sie sagte, sie würde Charlie noch bis nach dem Essen behalten und so um acht zurückbringen.«

»Klingt hervorragend«, erwiderte Maggy und fragte sich, ob wohl alle kleinen Jungen so unkompliziert waren wie ihrer oder ob ihr das nur so vorkam im Vergleich mit seiner halbwüchsigen Schwester. »Wir könnten uns Pizza bestellen.«

»Oh!« Ellie zog den schieferblauen Morgenmantel aus dem Koffer und hielt ihn in die Höhe. »Der ist ja fantastisch, Claire. Wo hast du den gefunden?«

»Hab ich nicht.«

Claire wandte sich mit einem argwöhnischen Blick Maggy zu. »Den hast du dir gekauft?«

»Du brauchst gar nicht so entsetzt zu klingen«, sagte Maggy, während sich eine verräterische Röte von ihrer Kehle aufwärts ausbreitete.

»Weißt du, wie viel so etwas in einer der Hotelboutiquen kosten würde?«, fuhr Claire fort. »So viel würdest du nicht einmal für einen Gebrauchtwagen ausgeben.«

Maggy riss Ellie den Morgenmantel aus der Hand und wechselte blitzschnell das Thema. »Soll ich nicht schnell nach oben gehen und mich umziehen, während ihr bei Domino anruft?« Sie klemmte sich den Mantel unter den Arm und rannte in die Diele. »Nehmt eine mit Peperoni und eine mit Pilzen. Und vergesst das Mineralwasser nicht.«

»Maggy!« Es war Claire mit ihrem Gefängniswärterinnenton, den sie im Schauspielunterricht aufgeschnappt hatte und dazu verwendete, ihre Schwestern zu ärgern. »Du hast einen Mann kennengelernt!«

Nicole hatte nicht vorgehabt, die Unterhaltung ihrer Mutter und ihrer Tanten zu belauschen. Es war einfach passiert. Sie war auf dem Weg vom Bad zurück in ihr Zimmer gewesen, als die Worte von Tante Claire irgendwie die Treppe heraufgeflogen kamen und sie an den Knöcheln festhielten. Ihr war, als könnte sie sich nicht bewegen, so gern sie auch wollte.

»*Du hast einen Mann kennengelernt.*«

Bei diesem Gedanken musste sie beinahe kotzen.

Niemals. Ihre Mutter doch nicht. Claire musste voll auf Drogen oder sonst was sein. Ihre Mutter dachte an so etwas nicht einmal im Traum, was Nicole ganz recht war. Es war schon schlimm genug, dass ihr Vater sich jemand neuen gesucht hatte. Sally war ja ganz nett, aber es war wirklich seltsam, ihren Vater mit jemand anderem zu sehen. Vielleicht bekämen sie sogar noch ein Baby, falls Sally nicht schon zu alt dafür war.

Nicole wusste genau, was das bedeutete. Die Männer gingen weg und gründeten neue Familien, und wenn das geschah, war die alte Familie vergessen. Sie hatte es bei ihrer Freundin Stacey erlebt. Staceys Vater hatte mit seiner dritten Frau Zwillingstöchter, und man hätte meinen können, Stacey sei irgendeine Fremde, die an seine Tür klopft, um Pfadfinderkekse zu verkaufen. Letztes Jahr vergaß er sogar ihren Geburtstag. Er schrieb Stacey einen Brief, in dem er erklärte, es sei nur passiert, weil Margot verfrüht Wehen bekommen und er deswegen das Datum übersehen hatte. Stacey schrieb zurück, dass es schon in Ordnung wäre, doch das war es nicht. Wie konnte es für den eigenen Vater in Ordnung sein, den Tag, an dem man geboren war, zu vergessen?

Es machte alles keinen Sinn mehr. Manchmal träumte sie, es sei alles gar nicht wahr, und sie würde eines Morgens aufwachen und zum Frühstück nach unten gehen, und Daddy säße am Küchentisch, die Zeitung gegen die Zuckerdose gelehnt, die Kaffeetasse auf dem Knie, und alles wäre wie zuvor.

Maggy blieb wie angewurzelt stehen, das Beweisstück in den verkrampften Händen. Sie scheute sich, sich umzudrehen, denn ihr war klar, sobald Claire ihr Gesicht sähe, wäre es um sie geschehen.

»Oh, mein Gott!« Claires Aufschrei konnte man noch in Trenton hören. »Du hast tatsächlich!«

Ellie, die gerade dabei war, die Nummer von Domino zu

wählen, ließ ihr Handy zu Boden krachen und kam in die Diele gerannt. Wie sie es fertig brachte, auf diesen schwankenden Absätzen den Weltrekord im Sprint zu brechen, blieb eines der Geheimnisse des Universums. »Du hast einen Mann kennengelernt?«

»Du brauchst gar nicht so überrascht zu tun«, verwahrte sich Maggy leicht verärgert gegen diesen Anklang von Entsetzen in Ellies Stimme. »So etwas soll schon vorgekommen sein.«

»Ja«, erwiderte Ellie mit großen Augen, »aber nicht bei dir.«

»Sprich etwas leiser«, sagte Maggy und bedeutete ihnen, zurück ins Wohnzimmer zu gehen. »Ich möchte nicht, dass Nic das mitkriegt.«

»Du hast ihn am Roulettetisch kennengelernt«, vermutete Claire, die ewig romantische. »Du hast dein Geld auf Schwarz gesetzt, er seins auf Rot und ...«

»Tatsächlich haben wir uns zuerst auf dem Parkplatz gesehen und sind uns dann beim Abendessen wieder über den Weg gelaufen.«

Claire machte einen Schmollmund. »Meine Geschichte gefällt mir besser.«

»Und?«, drängte Ellie. Sie streckte die Hand aus und ließ prüfend die Finger über die seidene Pracht gleiten. »Er hat dir das gekauft, nicht wahr?«

»Geht euch gar nichts an.« Irgendwie hätte sie ihnen ja am liebsten alles erzählt, wenn auch nur der Genugtuung halber, den Schock in ihren Gesichtern zu sehen. Das wäre den Verlust dieses winzigen Stückchens Privatsphäre fast wert gewesen, das sie vor ihrem Zugriff hatte bewahren können.

»Am besten, du erzählst es uns gleich«, sagte Ellie, »denn früher oder später kriegen wir es doch aus dir heraus.«

»Ich werde es euch erzählen«, erwiderte Maggy, »doch nicht jetzt.« Ihr war nicht danach, sich den unvermeidlichen Fragen und Ansichten auszusetzen, die ihr Erlebnis banal und lächerlich erscheinen lassen würden. Ihre Schwestern waren jung und alleinstehend. Sie hatten keine Ahnung von ihrem wirklichen Leben, davon, wie es war, Ehefrau, Mutter, Ex-Frau und Studentin zu sein und so einsam, dass man schon glaubte, das Herz würde aufhören zu schlagen. Ihrer beider Leben war vollgestopft mit Freunden und Reisen und wichtigen, die Karriere betreffenden Entscheidungen und mit Überlegungen, wie man das hereinströmende Geld am sichersten anlegte.

»Du warst doch vorsichtig, ja?«, fragte Claire. »Ich wollte schon beinahe ein paar Kondome mit in deine Reisetasche packen, aber ich konnte mir einfach nicht vorstellen, dass du ...«

»Claire!« Maggy war entsetzt. Die Sache ging zu weit. »Ich werde mit euch nicht darüber reden.«

Claires Kinn klappte nach unten. »Bitte sag, dass du nicht mit ihm geschlafen hast.«

Ellie schnappte nach Luft. »Es steht dir ins Gesicht geschrieben! Maggy, hast du denn den Verstand verloren? Man liest keine wildfremden Männer auf, in Atlantic City, und schläft mit ihnen.«

Irgendetwas hakte bei Maggy aus, und sie ging wie eine Furie auf ihre Schwestern los. »Ich habe nicht in Atlantic City mit ihm geschlafen. Ich habe in Cape May mit ihm geschlafen, und wenn ihr noch Einzelheiten wissen wollt, dann geht nach Hause und lest im Kamasutra nach, denn ich glaube, wir haben nichts davon ausgelassen.«

9

Eine Sekunde lang herrschte Totenstille im Raum, doch dann begannen sie zu lachen, beide, sie schüttelten sich geradezu aus vor Lachen, sodass Maggy ihnen am liebsten mit einer zusammengerollten Zeitung über den Kopf geschlagen hätte.

»Ist der Gedanke, ich könnte eine Affäre haben, denn so lächerlich?«, wollte sie wissen.

»J-ja«, gestand Claire und trocknete sich die Augen. »Ich weiß gar nicht, wie ich auf so etwas ka-am! Es tut mir leid, Maggy!« Sie überschlug sich wieder fast vor Lachen und musste sich an der Lehne eines Stuhles festhalten.

Ellie war kein bisschen besser. Ihre ernsthafte Schwester krümmte sich vor Lachen. »Danke für den Kamasutra-Hinweis«, sagte sie. »Der hat mich auf den Boden der Tatsachen zurückgebracht.«

»Du hast mich für eine Minute wirklich in die Irre geführt«, gab Claire zu, bemüht, ihre Fassung wieder zu erlangen. »Du sahst so aus, als würdest du es ernst meinen.«

»Ich meine es auch ernst.«

Erneut trat Stille ein im Raum. Sie konnte Nicole oben telefonieren hören und auch das Schnarchen einer der Katzen im Zimmer nebenan.

»Hört auf, mich so anzustarren!« Sie strich mit nervösen, schuldigen Fingern über den Morgenmantel. »Ich habe schließlich kein Verbrechen begangen.«

»Tut mir leid«, sagte Claire, »aber ich kann es einfach nicht glauben. Du würdest dich doch nie für eine Nacht hergeben.«

»Es ist ja nicht gesetzwidrig, oder?«, hielt ihr Maggy entgegen. Plötzlich war ihr ganz nach einer Auseinandersetzung zumute. Von dem Moment an, in dem sie die Limousine verlassen hatte, schien es ihr, als habe sich ihre gesamte Familie verschworen, auch noch den letzten Rest von Glück aus ihrem Körper tilgen zu wollen.

»Sie macht Witze«, sagte Ellie höchst erleichtert. »Maggy ist viel zu vernünftig, um so etwas zu tun. Kannst du dir tatsächlich vorstellen, dass sie mit einem Fremden mitgeht?« Sie sah aus, als wollte sie schon wieder lachen, was Maggy auf die Palme brachte.

»Sieh dir ihr Gesicht an«, erwiderte Claire. »Ich glaube nicht, dass sie Spaß macht. Man sieht ihr an, dass sie etwas verheimlicht. Schau dir doch ihre Augen an!«

»Ich habe dir ja gesagt, diese Idee mit Atlantic City war ein Fehler«, sagte Ellie.

»Also bitte«, erwiderte Claire, als sei Maggy gar nicht vorhanden. »Du wolltest sie zu den Amish People schicken. Na, das wäre vielleicht aufregend gewesen.«

»Ich denke doch, dass ich meine eigene Schwester kenne«, verwahrte sich Ellie. »Sie ...«

»Keiner von euch beiden weiß auch nur das Geringste über mich«, unterbrach sie Maggy. »Ihr habt keine Ahnung, was ich tun oder lassen würde, und wenn ihr nicht aufhört, über mich zu reden, als sei ich gar nicht da, dann fange ich zu schreien an.«

»Hör dir das an!«, sagte Claire. »Sie hat den Verstand verloren.«

»Ich habe nicht den Verstand verloren«, erwiderte Maggy, den seidenen Morgenrock fast schon verzweifelt an die Brust gedrückt. *Aber ich glaube, ich habe mein Herz gefunden.* »Ich bin es nur langsam leid, als armer kleiner Unschuldsengel betrachtet zu werden, draußen in der Wildnis, unter lauter Wölfen.«

»Hast du auch nur die leiseste Vorstellung, wie es da draußen zugeht?«, fuhr Claire fort. »Versprich mir, wenn du je so etwas tust, dann benutze Kondome.«

Maggy wurde rot von Kopf bis Fuß. »Was macht euch so sicher, dass ich so etwas nicht bereits getan habe?«

»Du bist eine miserable Lügnerin«, stellte Ellie fest. »Wir brauchten dich nur anzusehen und wussten, dass du etwas ausgeheckt hast.«

Maggy musste laut lachen. »Ihr wusstet gar nichts, bis ihr den Morgenrock saht. Und im Übrigen wisst ihr auch jetzt noch nichts. Ihr ratet nur. Entscheidet euch, meine Damen. Hatte ich nun ein Wochenend-Abenteuer oder nicht?«

»Das ist überhaupt nicht lustig«, rügte Claire sie. »Wir machen uns eben Sorgen um dich. Schließlich waren wir es, die dich nach Atlantic City geschickt haben.«

»Du brauchst uns nur zu sagen, wer dir den Mantel geschenkt hat«, säuselte Ellie mit trügerischer Freundlichkeit, womit sie schon manchen Kläger zur vorzeitigen Aufgabe verleitet hatte, »dann lassen wir dich in Ruhe.«

Maggy ließ sich nicht so leicht umstimmen. »Vielleicht habe ich ja einfach beschlossen, mir etwas Seidenes und Schönes zu leisten. Habt ihr daran schon gedacht?«

»Nein«, kam es wie aus einem Mund von ihren Schwestern.

»Nimm es mir nicht übel, Mags«, sagte Ellie, »aber du bist ein bisschen sparsam.«

»Geizig«, sagte Claire.

»Ihr beide seid unmöglich«, sagte Maggy kopfschüttelnd. »Ich kann nicht glauben, dass ihr das von mir denkt.« *Geizig, langweilig, geschlechtslos.*

»Dann erzähl uns, was passiert ist«, verlangte Claire. »Wir fühlen uns verantwortlich. Du liebe Güte, wenn du an so einen Wahnsinnigen geraten wärst und die Polizei deine Leiche tief unten in irgendeinem Morast gefunden hätte? Was meinst du, wie wir uns gefühlt hätten, da wir ja schuld daran gewesen wären?« Claire hatte schon immer einen Hang zum Melodramatischen gehabt.

»Ich bin fünfunddreißig Jahre alt. Ich entbinde euch von

jeglicher Verantwortung. Ich denke, ich bin in der Lage, meine Entscheidungen selbst zu treffen.

Claire und Ellie tauschten Blicke aus.

»Das habe ich gesehen«, sagte Maggy. »Glaubt ihr, ich bin blind?«

»Nein«, erwiderte Ellie, »aber du warst die meiste Zeit deines Lebens verheiratet. Wir haben jetzt Jahrhundertwende, Schätzchen. Die Zeiten ändern sich.«

»Ich denke, das weiß ich.«

»Also woher ist jetzt der Morgenmantel?«, wollte Claire wissen. »Sag uns das, und ich verspreche, wir lassen dich in Ruhe.«

Ihre Schwestern sahen ihr mit offenen Mündern zu, wie sie sich das prächtige Stück um die Schultern legte. Es reichte ihr bis an die Knöchel. Dann wickelte sie es sich um den Körper und atmete die Erinnerung an seine Haut ein.

»*Kmart*«, sagte sie lächelnd. »Er ist vom *Kmart*.«

»Sie lügt bestimmt«, sagte Claire zu Ellie, als sie ihre Schwester nach Hause fuhr.

»Natürlich lügt sie«, pflichtete ihr Ellie bei. »Solche Morgenmäntel gibt es nicht im *Kmart*.«

Claire stöhnte leicht verzweifelt.

»Ich meine ja nicht nur den Mantel. Ich glaube, sie verheimlicht uns etwas. Du hast doch auch gesehen, dass sie ihre Pizza nicht angerührt hat, und Peperonipizza mag sie am liebsten.«

»Sie wirkte etwas abwesend«, räumte Ellie ein, »aber ich kann mir nicht vorstellen, dass Maggy in der Lage ist, so ein Geheimnis für sich zu behalten.«

Claire warf ihrer Schwester einen vernichtenden Blick zu. »Du wärst überrascht, wie gut man lügen kann, wenn man in Verlegenheit gebracht wird.«

»Mir kam sie nicht verlegen vor.«

»Natürlich war sie verlegen«, widersprach Claire. »Hast

du denn nicht gesehen, wie rot sie wurde, als wir den neuen seidenen Morgenmantel entdeckten?«

Ellie seufzte aus tiefstem Herzen. Sie unterhielt eine lebenslange Liebesbeziehung zu schönen Kleidern. »Das war aber auch wirklich ein herrliches Stück, nicht?«

»*Kmart*«, sagte Claire kopfschüttelnd. »Glaubt sie denn, wir sind von gestern? Solche Morgenröcke findet man nicht bei *Kmart*. Und übrigens in keinem Geschäft mit dem Wort *mart* im Namen«.

»Sie wollte uns doch alles erzählen«, beklagte sich Ellie. »Ich weiß nicht, was sie davon abgehalten hat.«

»Denk doch nach«, sagte Claire, als sie an der Kreuzung in der Nähe von Ellies Haus hielten. »Wir trafen sie am Morgen noch in einem verlotterten Bademantel und im Pyjama an. Und jetzt kreuzt sie mit diesem Wunder aus Seide auf. Das sagt doch schon alles, findest du nicht?«

Ellie fing zu lachen an. »Vielleicht hat sie es für den Fahrdienst gekauft.«

Nun musste Claire auch lachen. »Das sähe Mags ähnlich, nicht?«

»So traurig es ist«, sagte Ellie, »unsere große Schwester ist nun mal nicht der Typ für eine heimliche Liebe. Ich denke, da sind wir auf dem Holzweg.«

»Das erklärt aber noch immer nicht den Morgenmantel, finde ich.«

Ellie überlegte eine Weile. »Sie war doch in A.C. Wahrscheinlich hat sie an einem Automaten ein paar Kröten gewonnen und beschlossen, sie auf den Kopf zu hauen.«

»Und den Morgenrock mit dem Gewinn bezahlt?«, fragte Claire.

»Genau. Du weißt doch, dass Maggy die Münzen niemals wieder in die Maschine gesteckt hätte. Sie würde sie verwenden, um etwas zu kaufen, wovon sie länger etwas hätte.«

Claire musste zugeben, dass der Gedanke einleuchtend klang, doch sie war irgendwie enttäuscht. Sie glaubte zwar schon lange nicht mehr an Märchen, aber es wäre nett gewesen, eines aus der Nähe zu erleben.

Charlie stürmte Punkt acht zur Tür herein. Maggy verpackte gerade die Überreste der Pizza zum Einfrieren, als die Hunde mit dem Freudengeheul anfingen, das sie immer anstimmten, wenn ihr Sohn nach Hause kam. Sie wischte sich die Hände an einem Geschirrtuch ab und rief: »Hier bin ich, Schatz!«

Er kam ins Zimmer gerannt und stürzte sich wie eine menschliche Kanonenkugel auf sie. Er war neun Jahre alt, doch manchmal auch viel älter, und sie wusste nie, ob er sie in einer ungestümen Umarmung erdrosseln oder sie mit einem verlegenen »Ach, Ma...« wegschieben würde.

»Hab dich vermisst«, sagte sie und zerwühlte sein dichtes blondes Haar mit den Fingern. »Sieht so aus, als seist du gewachsen, während ich weg war.«

»Mrs G. hat Lasagne zum Abendessen gemacht«, sagte er und hielt schnuppernd die Nase in die Luft. »Hast du Pizza mitgebracht?«

»Ich weiß, wie gern du die Lasagne von Mrs G. isst«, erwiderte Maggy. »Behaupte bloß nicht, dass du noch Platz für Pizza hast!«

»Ein Stück nur«, bettelte er und hüpfte vor ihr auf und nieder, wie er es als ganz kleiner Junge gemacht hatte. »Peperoni, stimmt's?«

»Natürlich Peperoni«, erwiderte sie. »Gibt es überhaupt andere?«

Sie machte ihm ein Stück in der Mikrowelle heiß, goss ihm ein kleines Glas Milch ein und setzte sich dann ihm gegenüber an den Küchentisch. Sie liebte ihren süßen, unkomplizierten kleinen Jungen über alles. Und ihr war klar, dass er sich in ein paar Jahren in einen mürrischen Fremden verwandeln würde, der gezwungen war, unter ihrem Dach zu leben und die Regeln zu befolgen, die sie nur aufgestellt hatte, um ihn zu quälen, aber im Augenblick war er die Sonne ihres Lebens. »War es lustig mit Kyle und Jeremy?«

Er zuckte mit den Schultern. »Ja, schon.« Sie versagte es sich, die Hand auszustrecken und seinen Milchschnurrbart mit der Serviette abzuwischen. »Wir haben mit Kyles Zügen gespielt, aber meistens haben wir Videos angeschaut.«

»Irgendwelche tollen?«

»*Jurassic Park, Lost World* und *Godzilla*«, antwortete er mit leuchtenden Augen. »Kyle hat sie alle drei!«

»Super«, sagte Maggy. »Der ist aber ein Glückspilz.« Charlie besaß nur *Jurassic Park* und *Godzilla, Lost World* hatte sie ihm noch nicht gekauft. Doch der Ausdruck in seinem Gesicht ließ sie beschließen, es auf die Einkaufsliste für Weihnachten zu setzen.

Er verschlang die Pizza und trank etwas Milch. Sie stellte einen Teller mit Schokoladenkeksen für sie beide hin. Sie knabberte an einem herum, während er ihr alles über die elektrische Eisenbahnanlage in Kyles Keller erzählte. Sie hatte zwar den Verdacht, dass Kyles Vater derjenige war, der von der kunstvollen und ausgeklügelten Anlage am meisten hatte, doch sie behielt diesen Gedanken für sich.

»Also«, sagte sie und strich sich über die Haare, »fällt dir nichts auf?«

Er warf einen kurzen Blick auf sie, über den Rand seines roten Milchglases. »Schon«, sagte er. »Du hast dir die Haare abgeschnitten. Kann ich noch etwas Milch haben, Ma?«

Maggy ging so um neun mit den Hunden nach draußen. Der Regen hatte endlich aufgehört, und das Pflaster glitzerte im Schein der Straßenlaternen. Hier und dort stiegen Rauchfahnen von Kaminfeuern in den dunstigen Nachthimmel, ein Zeichen, dass der Winter vor der Tür stand. Tigger und Data hatten wenig Lust, sich die Pfoten nass zu machen. Sie gingen wie auf Eiern und schickten ab und zu einen bekümmerten Blick zurück zu Maggy, die darüber nur lachen konnte.

»Ihr wiegt mehr als ich«, sagte sie, als sie um die Ecke bogen. »Das bisschen Regen wird euch schon nicht schaden.«

Sie genoss diese Abendspaziergänge. Manchmal dachte sie, dass sie deshalb immer schon Hunde geliebt hatte, weil sie ihr den Vorwand lieferten, nach dem Abendessen nach draußen gehen zu können und die Gedanken schweifen zu lassen. Charles hatte Abendspaziergänge nicht so gemocht. Ihre Kinder auch nicht. So war es zu einem einsamen Vergnügen für Maggy geworden, zu einer Gelegenheit, über ihren Tag nachdenken zu können. Dienstags und donnerstags, wenn sie ihren Kurs besuchte und die Kinder sich um Tigger und Data kümmerten, fehlten ihr diese Spaziergänge sehr; manchmal waren es nur sie, die sie davor bewahrten, überzuschnappen.

Heute Abend jedoch reichte nicht einmal ihr Spaziergang aus, um sie zu beruhigen. Sie fühlte sich aus dem Gleichgewicht gebracht, innerlich rastlos, als wäre sie jahrelang weg gewesen und nicht nur ein Wochenende. Die Bemerkungen ihrer Schwestern hatten sie geärgert, und sie fragte sich, ob irgendjemand auch nur die leiseste Ahnung hatte, was in ihr vorging. Nach heute Abend zu schließen, schien es nicht so. Beide hatten ihre romantischen Affären gehabt. Sie hatten sich verliebt, hatten Fehler gemacht, jede Menge geweint und waren darüber hinweggekommen. Wieso sollte ihr nicht das Gleiche zustehen?

Maggy war die Einzige, die es vorgezogen hatte, zu heiraten und Kinder großzuziehen, und als sie nach ihrer Scheidung nach Hause zurückkam, hatten sie sie wie einen heimkehrenden Krieger behandelt, erschöpft aber siegreich. Wie in alten Zeiten, hatten sie gesagt, hatten sich um Maggys Küchentisch versammelt zu billigem Wein und guter Unterhaltung. War dann der Wein leer und die Unterhaltung vorbei, tänzelten Claire und Ellie in ihr aufregendes Leben zurück, in der frohen Gewissheit, dass Maggy genau da wieder zu finden sei, wo sie sie verlassen hatten.

Sie hatte ihnen ja von Conor erzählen wollen, doch sie hörten nicht zu. Eigentlich hatte sie nicht vorgehabt, die Katze aus dem Sack zu lassen, doch als sie so entsetzt auf ihren schönen seidenen Morgenmantel reagierten, konnte sie nicht an sich halten. Sie war mit der Wahrheit herausgeplatzt – die Bemerkung über das Kamasutra ließ sie noch immer erröten – und, wie hätte es auch anders sein können? Sie hatten ihr kein Wort geglaubt. Sie dachten, sie erfinde das alles nur, um sie zu ärgern. Einen Moment lang hatte sie zwar gedacht, Claire würde ihr glauben. Wie sie da über Kondome sprach, das war sowohl nett als auch etwas nervend gewesen. Doch *puff!* Schon war sie in ihren Augen wieder die langweilige Maggy, die einzige lebende jungfräuliche Mutter von zwei Kindern im Staate New Jersey.

Sie dachte an Conor, und dass er in nur zwei Tagen mehr von ihrem wahren Ich erkannt hatte, als ihre Schwestern im ganzen Leben. Oh, sie wusste, dass Claire und Ellie sie liebten. Ihre Liebe hatte nie in Frage gestanden. Es gab nur eben Menschen auf der Welt, die die Aufmerksamkeit auf sich zogen, und andere, die hart an der Grenze zur Unsichtbarkeit waren, und ihr war klar, sie gehörte zu Letzteren, nicht willentlich, aber umständehalber. Sie war immer bereit gewesen, einen Schritt zur Seite zu gehen, damit ihre Schwestern ins Rampenlicht treten konnten; diese Fähigkeit war gut übertragbar auf Ehe und Mutterschaft. Nach gewisser Zeit vergaß man völlig, dass es auch eine andere Art zu leben gab.

Als sie und Charles sich scheiden ließen, konnte sie nicht länger so tun, als träfe das zu. Ihr Leben würde nun ganz anders verlaufen, und wenn sie wollte, dass es ein gutes neues Leben würde, musste sie es sich selbst erschaffen. Zurück nach Montgomery zu ziehen war der erste Schritt. Dann folgten der Kauf des Hauses, die Jobsuche und der Entschluss, wieder die Schulbank zu drücken.

Einen Liebhaber zu finden.

Bei diesen Worten wurde ihr schlagartig heiß. Sie war zufrieden gewesen, ganz zufrieden, so wie sie war. So wie die Dinge lagen. Ihre Tage waren ausgefüllt gewesen und ihre Nächte auch. Vielleicht nicht gerade mit Glanz und Gloria, doch mit Büchern, mit Lernen und mit der ständigen Betätigung als Mutter. Sie war von Natur aus eine warmherzige und leidenschaftliche Frau, doch sie hatte gelernt, darauf zu verzichten. Nach einiger Zeit war es ihr sogar gelungen, sich einzureden, dass dies gar nicht so schlecht war, dass man sich viel besser auf die wirklich wichtigen Dinge konzentrieren konnte, wenn man diese widerstrebenden Gefühle, die mit Sex und Liebe einhergingen, vermied.

Nun, nachdem sie Conor kennengelernt hatte, fiel ihr nicht mehr ein, was diese wichtigen Dinge überhaupt gewesen sein sollten.

Sie fühlte sich eins mit ihrem Körper wie schon lange nicht mehr. Wie aus einem Guss. Sinnlichkeit, Verstand und Seele arbeiteten zusammen und gaben ihr das Gefühl, die Welt erobern zu können. Sie hatte keine Ahnung gehabt, was ihr entging, bevor sie ihn traf, und nun fragte sie sich, wieso in aller Welt sie vorgeschlagen hatte, sieben Tage zu warten, bis sie sich wieder sprachen oder sahen. Sie musste unter einer vorübergehenden Geistesverwirrung gelitten haben, um so etwas Unsinniges vorzuschlagen.

Dir fehlt der Durchblick, Maggy. Du brauchst Zeit, um wieder sachlich urteilen zu können.

Die Zeit würde nichts an ihren Gefühlen für ihn ändern. Sie würde sich nur umso mehr nach ihm sehnen.

Übrigens, so wenig, wie du über ihn weißt, könnte es durchaus sein, dass er dich längst vergessen hat.

Völlig unmöglich. Sie hatte den Blick in seinen Augen gesehen, als sie sich verabschiedeten, sie wusste, er fühlte wie sie.

Das kannst du nicht genau wissen. Wochenenden in Cape May sind nicht das wirkliche Leben.

Tigger nieste. Data kratzte sich. Maggy seufzte. *Das wirk-*

liche Leben. Es hatte sie wieder. Sie machte kehrt und ging zurück nach Hause.

»Raus hier!«, schrie Nicole ihrem kleinen Bruder nach, als er aus dem Zimmer rannte. »Wenn du mir noch einmal auf die Pelle rückst, bring ich dich um!«

Sie wollte ihm schon fast das schnurlose Telefon nachwerfen, doch das hätte zu Bruch gehen können und dann könnte sie Melissa nicht von ihrem Wochenende bei Tante Claire fertig erzählen, womit sie gerade beschäftigt war, als sich der Idiot, mit dem sie verwandt war, hereinschlich, um ihr Tagebuch zu klauen.

»Also, wie gesagt«, – sie ließ sich aufs Bett fallen und stemmte die Füße gegen das Kopfende – »Tante Claire meint, ich sollte mich vielleicht von den lilafarbenen Haaren verabschieden und rotbraun werden.«

»Neiiiiin!« Melissa klang fassungslos. »Ich finde deine lilafarbenen Haare wunderschön.«

»Ich auch«, sagte Nicole und zog sich eine Strähne vors Gesicht, um die Spitzen nach Spliss zu untersuchen, »aber Tante Claire sagt, Lila hat schon seit letztem Winter keine Aussagekraft mehr.«

»Häh?« Sie sah richtig, wie sich Melissas kleines Gesicht fragend runzelte. »Das verstehe ich nicht.«

Melissa las die Modehefte nicht so genau wie Nicole und wusste daher nicht, dass alles, was man anzog, jede Wahl, die man traf, etwas darüber aussagte, wer man war und woran man glaubte. Lilafarbene Haare mochten im verschlafenen Niemandsland von New Jersey noch etwas bedeuten, in New York gähnte man nur noch darüber.

»Tante Claire kennt sich damit aus«, erklärte sie. »Sie – oh, warte eine Sekunde, Missy. Da ist ein anderer Anruf!« Ihr Herz begann wie wild zu schlagen. Vielleicht war es Steve De Vito. Ihre Mom hatte vergessen, am Wochenende den Anrufbeantworter laufen zu lassen, und er hatte möglicherweise immer wieder angerufen und keiner war zu Hause. Und nun rief er vielleicht das letzte Mal an. Das durfte sie auf keinen Fall verpassen, nicht einmal wegen Melissa, die ihre allerbeste Freundin war im ganzen Universum. Sie holte tief Luft und sagte dann »Hallo?«, mit der sexysten Stimme, die sie zustande brachte.

»Ich konnte nicht warten, Maggy.« Es war ein Mann, und er war nicht Daddy. »Sieben Tage sind sechseinhalb zu viel.«

»Wer ist am Apparat?«, fragte sie und setzte sich auf. Und was meinte er mit diesem Siebentagezeugs?

Es dauerte eine Sekunde, bis er antwortete. »Entschuldigung«, sagte er. Er klang, als zwänge er sich zu lächeln. »Hier ist Conor Riley. Ich wollte Maggy sprechen. Ist sie da?«

»Nein, ist sie nicht«, sagte Nicole mit dieser schnippischen Stimme, die ihre Mutter so hasste. Conor Riley. Was war das denn für ein dämlicher Name? Also bitte. Noch irischer ging es wohl nicht.

»Weißt du, wann sie zurück sein wird?«

»Sie geht mit den Hunden.« *Als ob dich das was anginge.*

Nun sagte er gar nichts mehr. *Auch gut,* dachte sie, *ich will auch nicht mit dir reden.*

»Okay«, sagte er schließlich. »Sag ihr, ich hätte angerufen und dass ich es wieder versuchen werde.«

Sie murmelte etwas, er bedankte sich, dann schaltete sie zu Melissa um.

»Wo bist du denn hin?«, wollte Missy wissen. »Ich bin beim Warten auf dich eingeschlafen.«

»Irgendein Kerl, der meine Mom sprechen wollte«, sagte sie.

»Ein Kerl!« Sie konnte sich ausmalen, wie Missy die braunen Augen aufriss. »Deine Mom hat einen Freund?«

Der Gedanke ließ Nicole erschaudern. »Igitt. Wahrscheinlich irgend so ein Penner aus ihrem Kurs, der die Hausaufgaben abschreiben wollte.« Allerdings klang das Siebentagezeugs nicht nach Hausaufgaben. Ihr fiel wieder ein, was Tante Claire unten gesagt hatte, etwas darüber, dass ihre

Mom einen Mann kennengelernt haben sollte. Aber sie zogen ihre Mom ständig damit auf, vor allem, weil weit und breit kein Mann in Sicht war. Als würde ihre Mutter sich mit einem Mann treffen und es vor ihnen allen verheimlichen. Das würde nie geschehen. Wahrscheinlich würde ihre Mom zuerst den Familienrat einberufen, bevor sie mit ihm Händchen hielt.

»Also, was ist jetzt mit deinem lilafarbenen Haar? Ich verstehe das nicht. Wieso kannst du keine lila Aussage machen?«

Nicole streckte sich wieder auf dem Bett aus und begann, ihrer naiven besten Freundin die Grundprinzipien der Modewelt zu erläutern. Das machte jedenfalls wesentlich mehr Spaß, als über ihre Mutter nachzudenken.

10

»Nicht auf die Sofas«, ermahnte Maggy Data und Tigger, als sie sie von der Leine ließ. »Wenigstens bis eure Pfoten trocken sind.«

Sie wusste, dass es reichlich hirnrissig war, so mit Hunden zu reden, doch sie dachte sich, die Chancen, dass Tigger und Data ihr gehorchen würden, seien genauso groß, wie eine derartige Reaktion von ihren Kindern zu bekommen. Jedenfalls sah es ganz danach aus.

Die jungen Hunde zeigten kein Interesse an den Sofas. Sie rempelten sie spielerisch an und stupsten sie mit kalten Nasen an Händen und Armen, bis sie beide umarmt hatte. Es waren Riesenbabys, und manchmal vergaß sie, dass in ihren mächtigen Körpern ein Herz schlug, das gerade erst dem Welpenalter entwachsen war.

»Wenigstens ihr freut euch, dass ich wieder zu Hause bin«, sagte sie, als sie ihre Schuhe abstreifte und zur Treppe ging. Der kühle Empfang von Nicole tat ihr noch immer weh. Sie redete sich ein, es sei nicht wichtig und dass ihre Tochter erst fünfzehn sei, und fünfzehn sei eben ein unberechenbares Alter. Was die Sache aber auch nicht besser machte. Sie liebte ihre Tochter vorbehaltlos, doch ihre Beziehung war reichlich schwierig. Ganz und gar nicht so wie zwischen Maggy und ihrem Sohn. Charlie war fröhlich, heiter und unkompliziert, all das, was seine Schwester nicht war.

»Was zu erwarten war«, stellte ihre Mutter jedes Mal fest, wenn sie dieses Thema anschnitt. »Kleine Jungen lieben ihre Mütter. Die Herzen kleiner Mädchen gehören nun mal ihren Daddys.«

Sie schloss einen Moment die Augen, um das Bild ihres Vaters heraufzubeschwören. Don Halloran war seit fünfundzwanzig Jahren tot, doch sie konnte sich noch immer an seinen Geruch nach Zigarrenrauch und sein Rasierwasser mit Zitronenduft erinnern und daran, wie in seinem dunkelbraunen Haar in der Sonne rotbraune Spitzen leuchteten. Genau wie bei ihrer Nicole.

Mit jedem Jahr fiel es ihr schwerer, sich an sein Gesicht zu erinnern, und ihr war klar, dass früher oder später der Tag kommen würde, an dem sie ihn sich nur noch anhand von Fotografien, und auch da nur mühsam, würde vorstellen können.

Doch ach, wie gut konnte sie sich an den Tag erinnern, an dem er starb. Sie war die Woche zuvor zehn geworden, und es stach sie der Hafer. Sie hatte sich an diesem Morgen in der Mitte der Küche aufgebaut und in unmissverständlichem Ton erklärt, dass es nun in diesem Haus genügend Babys gab und sie keine neuen mehr kommen sehen wollte. Ihre Schwestern waren damals zwei und drei Jahre alt, und Maggy hatte erkannt, woher der Wind wehte. Die Kleinen beherrschten das Feld, und es war höchste Zeit, ihren Standpunkt kundzutun, bevor es zu spät war. Ihr Vater hatte am Küchentisch gesessen bei seiner zweiten Tasse Kaffee und zu ihrer Mutter hinübergesehen. Sie sah diesen Blick noch immer vor sich. Kleine Fältchen entstanden rund um seine Augen, wenn er lachte, und seine hageren Wangen wurden plötzlich ganz rund. Der Blick, den er auf ihre Mutter richtete, war so voller Liebe und Freude, dass Maggy ihn noch heute vor sich sah, als sei es gestern gewesen.

Es war aber nicht gestern gewesen. Es war schon sehr lange her, dass Maggy ihren Vater lebend gesehen hatte. Schwester Mary Aloysius war an diesem Nachmittag in den Geschichtsunterricht gekommen und hatte Schwester Mary Benedetta etwas zugeflüstert. Sie drehten sich zu Maggy um, und sie begann zu weinen. Die anderen kleinen Mädchen fingen auch an zu weinen, obwohl sie nicht wussten, was los war.

»Dein lieber Vater hatte einen Unfall«, sagte Schwester Benedetta, als die beiden Nonnen eine weinende Maggy aus dem Klassenzimmer führten. »Wir bringen dich nach Hause, damit du deiner Momma und deinen Schwestern beistehen kannst.«

Maggy hatte zwar keine Ahnung, wie sie das machen sollte, doch sie wollte ihr Bestes versuchen, wenn sie meinten, dass es sich so gehöre. Fünfundzwanzig Jahre später versuchte sie das noch immer.

Sie blieb im Flur vor Nicoles geschlossener Schlafzimmertür stehen. Keine besonders schöne Erinnerung. Sie war Papas Liebling gewesen, so wie Nicole, und sie hatte ihn so vermisst, dass sie glaubte, ihr Herz würde zerspringen. Nicoles Vater lebte gottseidank noch, doch sie waren getrennt, und sie fragte sich, ob das Herz ihres kleinen Mädchens auch am Zerspringen war.

»Nic?« Sie klopfte sacht an die Tür. »Kann ich hereinkommen?« Keine Antwort.

»Nic?«

»Komm rein, wenn du willst.«

Das war nicht gerade eine formelle Einladung, doch Maggy wusste, dass es das Beste war, was sie im Moment bekommen würde. Nicole saß im Schneidersitz mitten auf ihrem Bett. Um sie herum, auf der mintgrün und weiß gemusterten Steppdecke, lag ein halbes Dutzend Modezeitschriften verteilt, sowie eine Tube Maskara, eine Handvoll Lidschatten und ein Wimpernformer. Nicole kritzelte etwas in ein Ringbuch.

»Stört es dich, wenn ich mich setze?«

Nicole zuckte mit den Schultern. »Es ist ein freies Land.«

Wie oft hatte sie das Gleiche zu ihrer eigenen Mutter gesagt? Sie setzte sich ans Fußende des Bettes neben eine Ausgabe von *Elle*. Eine schöne junge Frau lächelte ihr entgegen. »Weißt du«, sagte Maggy, »sie sieht ein bisschen aus wie du.«

Nicole riss den Kopf hoch. »Findest du?«

»Ja«, bekräftigte Maggy. »Die Augen und die Nase. Sehr ähnlich.«

Nicole senkte den Kopf, und ein purpurner Vorhang schob sich über ihre Wange. *Halt den Mund, Maggy. Sag wenigstens dieses eine Mal nichts über ihre lilafarbenen Haare.*

»Im Kühlschrank ist noch übrig gebliebene Pizza«, sagte sie und hätte zu gerne ihrer Tochter das Haar aus der Stirne gestrichen, so wie sie es gemacht hatte, als sie noch ein Baby gewesen war.

»Was für eine?«

»Peperoni und Pilze.«

Nicole rümpfte die Nase. »Zusammen?«

Maggy lachte. »Getrennt. Ich weiß doch, dass du nicht willst, dass etwas anderes an deine Peperoni kommt.« Sie erwartete, dass ihre Tochter auch lachte. Es war ein alter Familienscherz, der aber anscheinend nicht mehr zog. »Hat dein Daddy am Wochenende angerufen?«

»Wie soll ich das wissen?«, gab Nicole zurück. »Ich war nicht hier, und du hast vergessen, den Anrufbeantworter einzuschalten.«

»Tut mir leid, Schatz. Wenn du möchtest, kannst du ihn morgen nach der Schule anrufen.« *Ich weiß, wie sehr du ihn vermisst. Ich habe meinen Vater auch sehr vermisst.*

Nicole zuckte mit den Schultern. Maggy hatte nicht die leiseste Idee, was das Schulterzucken heißen sollte. Sie stand auf. »Tja«, sagte sie, »ich glaube, für mich ist es Zeit, schlafen zu gehen.« Sie strich ihrer Tochter übers Haar. So weich. So seidig. So entsetzlich lila. »Vergiss nicht, den Wecker zu stellen.«

»Werd ich schon nicht.«

Das war wahrscheinlich die längste Unterhaltung, die sie in den letzten sechs Monaten hatten. Maggy hätte sie am liebsten noch nicht beendet, doch sie wusste, wie gefährlich es war, das Gespräch mit einem unberechenbaren Teenager auszudehnen. Sie machte gerade den Mund auf, um gute

Nacht zu sagen, da läutete das Telefon. Sie runzelte die Stirn. »Du weißt was ich dir zu Anrufen nach neun Uhr gesagt habe.« Manche Regeln klangen zwar willkürlich, doch Richtlinien und Grenzen waren wichtig. Aber sie hasste es, immer die Böse zu sein, was sich als alleinerziehendes Elternteil nicht vermeiden ließ.

Nicole verdrehte die Augen und griff nach dem schnurlosen Telefon. »Ist für dich«, sagte sie und hielt es Maggy hin. »Einer, der schon mal angerufen hat.«

»Es hat schon vorher jemand angerufen?« *Ruhig Blut, Maggy. Er ist es bestimmt nicht.*

»Tja«, sagte Nicole. »Tut mir leid. Hab vergessen, es dir zu sagen.«

Maggys Herz schlug so schnell, dass ihr fast schwindlig wurde. Albern. Kindisch. Sie benahm sich wie eine von Nicoles Freundinnen. Plötzlich wurde sie sich der Neugierde ihrer Tochter bewusst, sie riss sich zusammen und nahm das Telefon.

»Ich konnte nicht warten.« Conors Stimme, dunkel und erregend, drang an ihr Ohr.

»Das scheint mir auch so.« Sie gab sich die größte Mühe, freundlich, aber beiläufig zu klingen.

»Ich nehme an, das war deine Tochter, die dran war.«

»Ja, war es.«

»Und sie steht neben dir und hört zu.«

»Genau. Warte einen Moment, ich gehe nach nebenan.« Sie drückte auf ›halten‹ und stand auf. »Geh nicht zu spät ins Bett, Schatz«, sagte sie und beugte sich über sie, um einen Kuss auf den auberginefarbenen Kopf ihrer Tochter zu drücken.

Nicole deutete auf das Telefon, das Maggy an ihre Brust gedrückt hielt. »Kennst du ihn von der Schule her?«

»Nein«, erwiderte Maggy. »Es ist ein neuer Freund.« Sie wollte ihre Tochter nicht belügen, doch dazu, alles preiszugeben, war sie noch nicht bereit. Nicole sagte nichts.

»Licht aus um Mitternacht, okay?« Sie gab sich ruhig und gelassen und wunderte sich innerlich, dass das Feuerwerk und die Sternschnuppen, die in ihrem Herzen tobten, nicht schon mit bloßem Auge zu erkennen waren.

»Entschuldige, dass es so lange gedauert hat«, sagte sie zu Conor, als sie es sich auf der Sitzbank unter dem Eckfenster ihres Schlafzimmers gemütlich machte.

»Kein Problem«, erwiderte Conor. »Wenn es jetzt ungünstig ist, dann ...«

»Nein!« Sie fing sich, lachte und senkte die Stimme. »Ich meine, ich freue mich so, dass du angerufen hast.«

»Ich habe die sieben Tage nicht abgewartet.«

»Ich wäre auch ziemlich enttäuscht gewesen, wenn du es getan hättest.«

Sie lehnte sich gemütlich gegen die Kissen zurück und grinste, ganz der alberne, romantische Trottel, der sie offenbar war.

»Ich musste einfach anrufen, um herauszufinden, ob es dich auch wirklich gibt.«

»Oh, es gibt mich wirklich genug«, erwiderte sie und drückte das Telefon fester an sich. »Du hättest den Blick in Nicoles Gesicht sehen sollen, als sie mir das Telefon gab.«

»Ich hoffe, ich bereite dir keine Unannehmlichkeiten mit meinem Anruf.«

»Nein, ganz und gar nicht. Sie ist in einem Alter, in dem alles, was ich mache, entweder nicht cool oder peinlich oder ausgesprochen dämlich ist.«

»Und wo gehört das jetzt hin?«

»Das steht vielleicht noch nicht auf der Liste.«

»Du fehlst mir«, sagte er.

Ihr stockte der Atem. »Du fehlst mir auch.«

»Ich hätte dich nicht gehen lassen sollen.«

Seine Worte hatten die Wirkung von Champagner auf sie, sie blubberten und tanzten durch ihre Adern. »Ich musste gehen«, erklärte sie ihm. »Ich habe doch noch dieses andere Leben ...« Er ebenso, auch wenn sie wenig wusste über sein tägliches Leben als Polizist.

»Ich möchte dich wiedersehen.«

Sie lachte leise. Einwandfrei Champagner. »Mir geht es genauso.« Sie teilte ihm ihren Stundenplan mit, und er gab einen leisen Pfiff von sich. Er spielte seine eigenen Verpflichtungen etwas herunter und erklärte, er könne sie überall, zu jeder Zeit, die ihr passte, treffen.

»Wie wär's, wenn ich dich morgen früh abholen würde, und wir frühstücken zusammen, bevor du zur Arbeit gehst?«

»Nein!« *Um Himmels willen, Maggy, du klingst ja völlig hysterisch.* »Ich wollte sagen, ich habe nicht viel Zeit morgens, und diese Woche bin ich mit dem Fahrdienst dran und all das ...« Sie ließ die Worte in der Luft hängen, in der Hoffnung, er verstand sie.

»Zu sehr in deiner nächsten Umgebung.«

Sie seufzte erleichtert. »Ja, ich will dich noch nicht mit den anderen teilen.« *Hör dir das an. Du klingst, als glaubtest du, es gäbe da eine Zukunft.*

»Ich bin mit allem einverstanden, wenn ich dich nur sehen kann.«

»Ich auch«, flüsterte sie. »Mir geht es genauso.«

»Es gibt so vieles, was ich dir sagen möchte, Maggy.«

Sie schloss die Augen und sah das Häuschen in Cape May vor sich, mit dem prasselnden Feuer im Kamin und dem verzauberten Bett. Sie spürte seine Hände auf ihrem Körper und seinen Atem, heiß und feucht an der Innenseite ihrer Schenkel, und hörte den Laut zutiefst empfundenen Vergnügens, den er von sich gab, als er in sie eindrang, und der sie nahezu sofort in Ekstase geraten ließ.

»Morgen«, sagte sie, noch schwindlig von der Erinnerung an dieses Lustgefühl. »Ich habe zwei Stunden frei zwischen meiner Arbeit und dem Fahrdienst.«

Es gab einen Diner auf der Route 18, den sie beide kannten und mochten.

»Der *Cadillac*«, sagte er. Sie konnte ihn beinahe grinsen sehen.

»Der einzige Diner in New Jersey, an dem große, pinkfarbene Heckflossen über dem Eingang hängen.« Sie grinste auch.

»Zwölf Uhr dreißig?«, fragte er.

»Mittag«, antwortete sie. Sie bezweifelte, dass sie noch länger auf das Wiedersehen warten konnte.

»Eine Nische«, bat Conor die Kellnerin im *Cadillac Diner* am nächsten Vormittag, »Nichtraucher, ziemlich weit hinten und am Fenster.« Er wollte Maggy sehen können, schon wenn sie auf den Parkplatz fuhr, und ihr zuschauen, wie sie ins Lokal kam. Sie hatten einhundertzwanzig Minuten, die sie miteinander verbringen konnten, und er wollte nicht eine Sekunde davon vergeuden.

»Wie viele?« Der Berg platinblonder Haare der Kellnerin erinnerte Conor an Zuckerwatte, wie es sie im Zirkus gab, doch ohne die rosa Farbe. Er aß mindestens einmal pro Woche im *Cadillac*, und er hatte noch nie erlebt, dass sich ihre Haare bewegten.

»Zwei«, sagte er.

Sie nahm zwei riesige Speisekarten von dem Stapel neben der Garderobe. »Kommen Sie.«

Ihr Haar bewegte sich nie, und sie lächelte nie. Eigentlich hatten Kellnerinnen zu lächeln und freundlich zu sein. So sah es die Arbeitsbeschreibung einer jeden anderen Diner-Kellnerin im ganzen Staat vor. Wahrscheinlich war sie Miteigentümerin, anders konnte man sich ihre Dauerstellung nicht erklären.

Sie blieb vor einer Nische auf der Hälfte des Ganges stehen. »Wie wär's damit?«

Er zeigte auf die letzte in der Reihe. »Diese wäre mir lieber.«

Keinerlei Reaktion ihrerseits. Sie trabte zu der gewünschten Nische und ließ die gewichtigen Speisekarten auf den Tisch fallen. »Guten Appetit.« All dies, ohne ihn je angesehen zu haben.

Er schlüpfte aus seiner Lederjacke und hängte sie an den Haken hinter seinem Platz. Er verstand nur zu gut, was sie tat. Verdammt, er machte es dauernd genauso. In manchen Jobs musste man das, sonst verlor man noch den letzten Rest an Verstand. Es gab eine Methode, da zu sein, ohne es wirklich zu sein, und die Kellnerin mit den Zuckerwatte-Haaren beherrschte diese Technik. Auf diese Art und Weise konnte man tun, was man tun musste, ohne mehr von sich preiszugeben als nötig.

Manchmal fragte er sich, ob er nicht im Lauf der Zeit darin zu verdammt gut geworden war, und ob das nicht Bobby das Leben gekostet hatte. Sein Anwalt hatte ihm heute Morgen bei der Besprechung gesagt, diese Art zu denken sei kontraproduktiv. »Niemand beschuldigt dich«, hatte Glenn gesagt und sich dabei den Nasenrücken mit Daumen und Zeigefinger massiert. »Alles, was die Anklage von dir erwartet, ist eine Darstellung der Ereignisse, so, wie du sie wahrgenommen hast. Die Verurteilung von diesem Walker ist so gut wie sicher.«

Jeder sagte ihm das. Andere Polizisten, der Besitzer des Schuhgeschäftes, der dabei gewesen war. Verdammt, sogar Walker selbst hatte es den EMS-Angestellten gestanden, um es allerdings zu widerrufen, nachdem er an einen guten Anwalt geraten war. Keine Menschenseele zweifelte daran, dass Allen Walker den Kriminalbeamten Bobby DiCarlo vor einem Jahr am Abend des 15. Oktobers erschossen hatte.

Warum aber konnte er es nicht dabei bewenden lassen? Warum konnte er die verdammte Geschichte nicht ad acta legen und aufhören, sich selbst zu quälen? »Sie haben getan, was Sie konnten«, hatte ihm der Schuhgeschäftsbesitzer immer wieder versichert. »Ich habe Sie doch gesehen. Ich weiß, was passiert ist.«

Alles Quatsch, dachte er sich, während er aus dem Fenster sah. Sie alle hatten einen Fehler in ihrer Gleichung. Man lässt nicht zu, dass den Partner die Kugel trifft, die für einen selbst bestimmt war.

Maggy blinzelte, als sie merkte, dass Vater Roarke mit ihr sprach. »Entschuldigung, Vater, was sagten Sie gerade?«

»Stimmt irgendetwas nicht, Maggy?«, fragte er. »Mrs Martinez und ich hätten gern Ihre Meinung gehört zum Menü für das Abendessen anlässlich des goldenen Jahrestages von St. Jude, und Sie schienen uns gar nicht zu hören.«

»Sieh sich einer das an«, sagte Eileen Martinez mit einem verschmitzten Lächeln. »Unsere Maggy wird ja rot.«

»Werde ich nicht«, protestierte Maggy. »Ich war abgelenkt durch …« Abgelenkt wodurch? Im Pfarrhaus herrschte Grabesstille. Und draußen zwitscherte nicht einmal ein Vogel. *Oh, Moment! Was war das für ein Heidenradau?* »Dieser Lärm!« Gott segne dich, dachte sie sich, als der Ofen, der selbst einem goldenen Jahrestag ziemlich nahe war, zischte und stotterte und drunten im Keller ein Höllenspektakel veranstaltete. »Ich fürchte, der Ofen liegt in den letzten Zügen.«

»Ein weiterer Grund dafür, nächstes Jahr eine Spendensammlung in die Wege zu leiten«, sagte Vater Roarke. »Wir werden einen zugkräftigen Vorschlag brauchen, um den Bischof zur Zustimmung zu bewegen.« Er sah Maggy an, die sich noch immer bemühte, ihre Gedanken zu ordnen. »Ich glaube, Sie wären die Richtige, um das in Angriff zu nehmen, Maggy.«

Sie hätte heulen können. Das Letzte, das sie auf ihrem Stundenplan noch brauchte, war eines dieser langfristigen, vagen Projekte, die allein von ihrem Geschick beim geschriebenen Wort abhingen. Ihr Hauptfach war zwar Journalismus, doch das hieß noch lange nicht, dass sie wusste, wie man die Art von Vorschlag verfasst, die Vater Roarke erwartete. Sie hatte gute Lust, ihm zu sagen, er müsse sich diesmal vielleicht anderswo nach Unterstützung umsehen. Und ihn daran zu erinnern, dass sie nur in Teilzeit beschäftigt und obendrein unterbezahlt war und einfach nicht die Zeit hatte, die ein so anspruchsvolles Vorhaben erforderte. Wenn sie das täte, würde Vater Roarke allerdings seinen Charme anschalten – und dieser war nach achtzig Jahren Übung beträchtlich –, und dann würde sie sowieso klein beigeben. Warum also nicht ihnen beiden die Mühe ersparen und sofort nachgeben?

»Sie können sich darauf verlassen, dass ich mein Bestes tun werde«, sagte sie, schob ihren Stuhl zurück und stand auf. »Ich weiß, es ist ein paar Minuten zu früh, doch würde es Ihnen etwas ausmachen, wenn ich gehen würde? Ich komme dafür auch gerne morgen schon um acht.«

»Hoffentlich handelt es sich nicht um ein häusliches Problem«, sagte Vater Roarke. Er war ein so freundlicher, strahlender Mensch, dass es ihm sehr schwer fiel, ernst zu wirken. Seine gelegentlich etwas kantigen Predigten passten manchmal nicht so recht zu seinem rosigen Gesichtsausdruck.

»Nein, kein Problem«, sagte sie, »nur eine Verabredung auf der Route 18, und bei dem Verkehr und so ...« Sie redete sich ein, dass sie nicht log; sie rückte nur einfach keine Informationen heraus, und das schien in letzter Zeit häufig zu geschehen.

Das Lächeln kehrte auf das Gesicht des Priesters zurück. »Wir wünschen uns nur das Beste für Sie, Margaret«, sagte er, und sie zuckte bei ihrem Vornamen zusammen. »Wir möchten, dass Sie glücklich sind.«

Sie fühlte sich ein bisschen schuldig, als sie zu ihrem Wagen eilte. Vater Roarke war, solange sie sich zurückerinnern konnte, ein Teil ihres Lebens gewesen. Da beklagten sich die Leute über die Unpersönlichkeit der meisten etablierten Religionen, darüber, dass die Männer und Frauen in den Machtpositionen nur am Geld interessiert seien. An St. Jude konnte man das nicht festmachen. Als ihr Vater gestorben war, hatte sich die ganze Gemeinde zusammengetan, um ihrer Mutter zu helfen. Vater Roarke wurde zu einem Mitglied der Familie, das diesem reinen Frauenhaushalt die männliche Sichtweise des Lebens vermittelte, die so schmerzlich vermisst wurde. Er war ein herzensguter Mann, und sie liebte ihn. Sobald sie jemand fragte, wieso sie für so wenig Geld so hart arbeitete, erklärte sie, dass es ein Privileg sei, für Vater Roarke zu arbeiten, und wenn sie nicht ihre Kinder versorgen müsste, würde sie umsonst dort arbeiten. Bei Äußerungen wie diesen verdrehte Ellie immer die Augen. »Schreib dich lieber in ein paar Wirtschaftskurse ein«, hatte sie letztes Mal gesagt, als sie diese Bemerkung gehört hatte.

Sie schob die Tür ihres Minivans auf und stieg ein. Ihr blieb eine ganze Stunde für die halbe Stunde Fahrt, was bedeutete, sie konnte sich einige Minuten Zeit nehmen, um ihr Make-up aufzufrischen, ihre Haare zu bürsten und Gott dafür zu danken, dass Claire zu ihrem Geburtstag einige Kleider ausgesucht hatte. Sie hatte wieder auf das eisblaue Twinset zurückgegriffen, doch diesmal mit dem marineblauen Faltenrock und einer dünnen Strumpfhose. Sie betrachtete sich im Rückspiegel.

O nein. Nicole hatte recht. Ihre Ohren sahen ohne all die Haare riesig aus. Was war nur in sie gefahren, sie sich von André alle abschneiden zu lassen? Sie sah aus wie ein Wombat. Sie fragte sich, ob noch Zeit wäre, am Einkaufszentrum zu halten und eine Perücke zu kaufen. Der Gedanke war so absurd, dass sie in Gelächter ausbrach, als sie den Wagen anließ. Es war ja kein Rendezvous mit einem Unbekannten. Er wusste, wie sie aussah. Er wusste übrigens, wie jeder Zentimeter von ihr aussah. Er hatte sie nie anders gesehen als mit diesen ultrakurzen Haaren. Es gab keinen Grund, sich verrückt zu machen.

Trotzdem, ihr Augen-Make-up könnte etwas lebhafter sein. Ihr Teint war nicht so ebenmäßig, wie ihr lieb gewesen wäre. Ein Besuch beim Zahnarzt zum Bleichen und Reinigen hätte auch nicht schaden können, und wo sie nun schon dabei war, ein Peeling, eine Gesichtsbehandlung, eine Enthaarung der Bikinizone und Brustimplantate auch nicht. »Warum schickst du nicht statt dir Winona Ryder hin?«, fragte sie die Frau, die ihr aus dem Spiegel entgegenblickte.

Sie sagte sich, es gäbe keinen Grund, so nervös zu sein, doch sie konnte das Zittern ihrer Hände auf dem Weg zum *Caddy Diner* nicht verhindern. Und wenn nun der Zauber verpufft war? So etwas geschah ständig. Ein Mann und eine Frau begegnen sich, sie fühlen sich sofort voneinander angezogen, sie verbringen ein paar Tage voller Leidenschaft, und dann *puff!* Es ist vorbei, so schnell, wie es begonnen hatte. Vielleicht würden sie sich im harten fluoreszierenden Licht des Diners ansehen und sich fragen, was in aller Welt sie sich dabei gedacht hatten.

Als sie schließlich vor dem Lokal parkte, hatte sie sich eingeredet, dieses Wochenende sei ein Irrtum und das Ergebnis von mangelndem Urteilsvermögen und unzureichender Beleuchtung gewesen. Ihre Schwestern hatten recht. Sie war nicht die Art Frau, die nach Atlantic City fuhr und eine Affäre mit einem Fremden hatte. Ihre Schwestern wussten das. Ihre Mutter wusste das. Jeder, der sie kannte, wusste das.

Jeder außer Conor. O Gott. Und wenn er nun glaubte, es sei ihre Art, Männer in Hotels aufzugabeln und mit ihnen das Wochenende zu verbringen? Sie war sich nicht sicher, ob sie bei diesem Gedanken lieber lachen oder weinen wollte. Das Ganze lag ihrer eigenen Realität so fern, dass es ihr schwer fiel, damit umzugehen.

So weit von deiner Realität entfernt kann es auch nicht sein, Maggy, denn sonst hätte das Wochenende in Cape May nicht stattgefunden.

Sie hasste diese kleine Stimme. Sie meldete sich immer dann zu Wort, wenn sie versuchte, sich vor sich selbst aus einer heiklen Situation herauszureden. Was sie tat, war nicht falsch; es war nur ungewöhnlich für sie. So ungewöhnlich, dass es nachgerade unwirklich schien.

Vielleicht ist es doch nicht so ungewöhnlich für dich. Vielleicht ist es ein Teil von dir, dem du nie gestattet hast, zum Vorschein zu treten.

Der Sex mit Charles war immer gut gewesen. In der Beziehung hatte sie nicht den leisesten Grund zur Klage. Als sie frisch geschieden waren, war es zuerst nicht so einfach gewesen, sich an dieses eher klösterliche Leben zu gewöhnen. Sie stürzte sich in die Arbeit, auf die Schule und darauf, die weltbeste Mutter ihrer Kinder zu sein, und nach geraumer Zeit war sie viel zu beschäftigt und zu müde, um daran zu denken, wie es einmal gewesen war. Aber sie war sich ziemlich sicher, dass ihr früheres Liebesleben dem mit Conor nicht nahe kam. Explosiv, vulkanisch – jedes feurige Adjektiv passte – und all das wurde verstärkt von einer Zärtlichkeit, die ihre Abwehr einriss, noch ehe sie Gelegenheit hatte, Atem zu holen.

Sie bildete sich das nicht ein. Konnte sie gar nicht, da in ihrem emotionalen Vokabular nichts auch nur entfernt Ähnliches vorhanden war. Dies war unerforschtes Terrain, und sie war erregt und erschreckt und alles, was dazwischen lag.

Der Verkehr auf der Route 18 war dicht, aber nicht stehend. Sie kam an einem riesigen Bücherladen vorbei, an drei mexikanischen Restaurants, mindestens sechs Schnellimbissbuden, einer Ansammlung von Kinos und mehr Ladenzeilen, als man auf einem Abakus zählen kann. Sie fuhr an der Welt größtem chinesischen Restaurant vorbei, an dem, das wie eine umgebaute Kegelbahn aussah, und spürte dann ein leichtes Schwindelgefühl in sich aufsteigen. Der Diner lag kurz vor ihr, dort, wo die Straße sich weitete und die Geschäfte den Bäumen wichen. Bei dem Gedanken, ihn wiederzusehen, lief ihr das Wasser im Mund zusammen.

Noch nie hatte sie den Parkplatz anders als überfüllt erlebt, doch die Göttin mit Liebe geschlagener Frauen hielt ihre schützende Hand über sie, und als sie in die Einfahrt einbog, wurde ein Platz vor dem Fenster frei. Sie konnte sich ein Lächeln nicht verkneifen, als sie direkt neben einem Mazda in der Farbe der Haare ihrer Tochter einparkte. Die Uhr am Armaturenbrett zeigte 11:50 an. Sollte sie hier im Wagen sitzen bleiben und warten, bis es Punkt zwölf war, ehe sie hineinging, damit er nicht merke, dass sie zu früh kam, oder sollte sie einfach ins Lokal gehen und einen Tisch für zwei verlangen?

Er konnte aber genauso gut schon drinnen sein, sie von einem Tisch am Fenster aus beobachten und sich fragen, wieso sie noch immer im Wagen saß und ihre zitternden Hände auf dem Lenkrad betrachtete.

Es geht ja nicht um lebenslänglich, sagte sie sich, als sie durch die Lobby ging, vorbei an Telefonen, Spielautomaten und Immobilienangeboten. *Wenn du merkst, es läuft nicht gut, kannst du ja eine Ausrede erfinden und gehen.*

Sie wurde von der Kellnerin mit der unbeweglichen Miene und der Schaumkrone meringueweißer Haare, die in Marie-Antoinette-Manier auf ihrem Kopf aufgetürmt waren, in Empfang genommen. Sie versuchte, über die mit Kajal umrandeten Augen und den Kaugummi hinwegzusehen. Es war wie immer ein aussichtsloser Kampf.

»Eine Person?«

»Zwei«, sagte Maggy und bemühte sich, sich nicht allzu unverhohlen zu freuen. »Ich weiß nicht, ob er schon hier ist.«

»Im Nichtraucher sitzt einer allein. Groß, jede Menge Haare, Lederjacke.«

Maggy nickte. »Klingt ganz nach ihm.«

»Er wartet da hinten schon über eine Stunde.« Die Kellnerin musterte sie kurz und sagte dann: »Hier entlang.«

Er wartete schon seit vor elf Uhr auf sie. Das war doch nicht möglich. Auf sie wartete nie jemand. Das brauchte auch niemand. Sie war doch diejenige, die eher zu früh zu Verabredungen kam, die auch im Bad eine Uhr stehen hatte, damit sie in der Badewanne nicht die Zeit übersah und zu spät zu ihren Kursen kam.

Denk da bloß nicht zu viel hinein, Maggy. Vielleicht musste er nur die Zeit zwischen zwei Verabredungen totschlagen.
Vielleicht, vielleicht auch nicht. Alles, was sie wusste, war, dass er irgendwo hier in diesem Raum war und dass sie ihn in der nächsten Sekunde, im nächsten Moment, nach dem nächsten Lidschlag vor sich sehen würde.

Ihr Weg führte sie an einem älteren Paar vorbei, das sich eine halbherzige Diskussion über pochierte Eier lieferte, an einem Mann und einer Frau mittleren Alters, die sich offensichtlich nichts zu sagen hatten, und einer jungen Mutter mit drei Kindern, von denen jedes darauf aus war, dem Geschwisterchen neben sich eins draufzuhauen. Die Frau sah zu ihr auf, und Maggy lächelte ihr verständnisvoll zu. Sie kannte das Gefühl, wenn man am Ende seiner Nerven und den Tränen nahe war und sich schämte, dass die, die man am meisten auf der Welt liebte, einen völlig wahnsinnig machen konnten, und das im Handumdrehen.

Dann sah sie ihn, und alles andere wich zurück.

Er sah sie in dem Moment, als sie in den Parkplatz einbog. Der Minivan überraschte ihn. Dass sie genauso wunderschön war, wie er sie in Erinnerung hatte, nicht.

Sie blieb fast eine Ewigkeit hinter dem Lenkrad sitzen, und er durchlebte ein paar schlimme Minuten, da er befürchtete, sie könnte ihre Meinung ändern und wieder wegfahren. Am liebsten hätte er, wie Dustin Hoffman in *Die Reifeprüfung*, gegen das Fenster geschlagen und ihren Namen gerufen, doch bevor er in die Verlegenheit kam, sich lächerlich zu machen, stieg sie aus dem Wagen und ging auf die Tür zu. Sie trug Blau, und ihr Gang glich dem einer Königin. Das waren die beiden Dinge, die ihm trotz seiner ungeheuren Erleichterung auffielen.

Hinter der Kellnerin mit dem riesigen weißen Haarhelm, die sie zu seiner Nische führte, wirkte Maggy geradezu winzig. Alles, was er zu Gesicht bekam, war ein Stückchen Arm, eine elegante Hand, das kurze Aufscheinen rotbrauner und goldener Lichter auf ihrem glänzenden dunkelbraunen Haar. Maggy hielt einen Moment lang inne, und er sah sie lächeln. Er wusste nicht, wen sie anlächelte und warum, und das Gefühl der Eifersucht, das ihm wie ein glühender Dolch in die Brust fuhr, erschütterte ihn zutiefst. Er war nicht der eifersüchtige Typ. War er nie gewesen. Das war etwas völlig Neues.

Sie bemerkte nicht, dass er sie beobachtete. Sie wirkte etwas nervös, ein bisschen ängstlich, zu jung, um die Mutter einer Tochter im Teenageralter zu sein. Ihr Blick sprang von der Küche zum Speiseraum, zu den Teenagern in der Nische auf der anderen Seite des Ganges, zum Parkplatz und fiel dann geradewegs auf ihn.

Die Welt stand plötzlich still. Die Geräusche im Lokal verstummten. Der Geruch von gebratenem Speck und heißem Kaffee verflog. Der ganze Raum schien sich zu verdunkeln und ihn in eine schwarze Leere zu stoßen, und dann, in dem Bruchteil einer Sekunde, bevor er fiel, lächelte sie, und es kam ihm vor wie der Sonnenaufgang am ersten aller Tage, und ihm wäre vergönnt, dies zu sehen.

11

Ihr ganzes Gesicht lächelte. Mund, Augen, Wangenknochen, Wimpern, alles. Conor fiel nicht ein, wie er es anders hätte beschreiben können. Sie strahlte Freude aus, und er glaubte sogar, dass einiges dieser Freude mit ihm zu tun haben könnte.

Er sprang auf und hätte beinahe die Kellnerin umgeworfen.

»Da bist du ja!«, sagte Maggy und klang dabei so glücklich, dass er am liebsten aus vollem Hals gelacht hätte. Eine andere Frau hätte Gleichgültigkeit gemimt, darauf gewartet, dass er den Umgangston bestimmte, doch nicht sie. Sie war grade heraus und sagte, was sie dachte.

»Ich war etwas zu früh dran«, sagte er. Er kam sich mehr wie ein Teenager vor als damals.

»Ich weiß«, erwiderte sie. »Eine ganze Stunde zu früh.« Sie sah so verwirrt und so erfreut aus, dass er wünschte, er hätte die Nacht damit verbracht, hier auf sie zu warten. Er würde alles tun, wenn es bedeutete, sie so glücklich zu sehen.

Sie standen sich mitten im Gang gegenüber und strahlten sich an. Und plötzlich, er hatte keine Ahnung, wie es passierte, lag sie in seinen Armen. Er schaffte es einfach nicht, ihr nahe zu sein und sie nicht zu küssen. Ihre Lippen berührten sich kurz, sanft, und der zarte Duft ihres Haares und ihrer Haut raubte ihm beinahe die Sinne. Er hätte zu gerne seine Hand unter ihren Rock geschoben und sie in seiner Handfläche gespürt und den großen blauen Augen zugesehen, wie sie vor Vergnügen und Genuss noch größer wurden.

Sie errötete leicht, und er fragte sich, ob er etwas gesagt hatte oder ob sie einfach seine Gedanken gelesen hatte. Er wäre nicht überrascht gewesen. Die Verbindung, die zwischen ihnen bestand, war mit keiner, die er vorher gehabt hatte, zu vergleichen.

Sie setzten sich einander gegenüber. Er überlegte, wie es wohl sein würde, ihr jeden Tag gegenüberzusitzen. Würde er sich je an diesen lieben Anblick gewöhnen oder käme ihm jeder Morgen wie Weihnachten vor?

»Mir gefällt es nicht, wenn sich Paare auf der gleichen Seite des Tisches zusammenquetschen«, sagte sie und rümpfte abfällig die Nase. Ihr Nasenrücken war von einem Hauch von Sommersprossen überzogen. Es war ihm zuvor noch nie aufgefallen. »Ich finde es viel schöner, dein Gesicht sehen zu können.«

Er ergriff ihre Hände. »Ich bin so froh, dass du hier bist.«

Ihr Weltklasselächeln kehrte zurück. »Ich auch.«

»Ich sah dich einparken«, sagte er. »Eine Sekunde lang fürchtete ich, du würdest wieder wegfahren.«

»Ich hab darüber nachgedacht. Ich hatte Angst, feststellen zu müssen, alles sei nur ein Traum gewesen und zwischen uns sei doch nichts.«

»Ich weiß zwar nicht, was es ist, aber ein Traum ist es nicht.«

Sie sah ihm offen in die Augen. »Darüber bin ich froh.«

»Ich habe dich vermisst«, sagte er.

»Ich habe dich auch vermisst. Ist das nicht zu komisch? Heute vor einer Woche waren wir noch Fremde und jetzt …« Sie ließ die Worte in der Luft hängen.

»Sind wir ein Liebespaar.« Er beendete den Satz an ihrer statt.

»Ja«, sagte sie. »Ein Liebespaar.« Beide lachten leise.

»Ich sah dich am Sonntag abreisen«, erzählte er ihr. »Beinahe wäre ich dir nachgefahren.«

»Wärst du doch. Du hättest die Limousine zum Anhalten auffordern können.«

»Und wäre wahrscheinlich im Kittchen gelandet«, ergänzte er grinsend.«

»Du hast einflussreiche Freunde«, wandte sie ein. »Die hätten bestimmt Verständnis dafür gehabt.«

»Einhundertundelf«, sagte er mit einem Blick auf seine Uhr.

»Einhundertundelf was?«

»Minuten, bis wir uns auf Wiedersehen sagen müssen.«

Sie schluckte. »Mir wäre lieber gewesen, du hättest das nicht gesagt. Ich möchte mir gerne einbilden, wir hätten den ganzen Tag und die ganze Nacht für uns.«

Das wollte er auch. Zu gerne hätte er wieder eine nicht gegessene Mahlzeit stehen gelassen und sie mit zu sich nach Hause genommen. Er hätte gerne die Tür hinter sich zugesperrt, ein Feuer im Kamin gemacht, Wein eingeschenkt, sie umarmt, sie geliebt, neben ihr geschlafen, ihren Geschichten gelauscht, ihr einige von sich erzählt und dann mit allem wieder von vorne angefangen. Vielleicht würde er nach einem Jahr oder zwei tatsächlich glauben, dass es wahr war, dass sie wahr war, denn im Moment hätte er sich nicht gewundert, wenn er aufgewacht wäre und festgestellt hätte, dass er alles nur geträumt hätte.

Maggy ging es genauso. Sie war aufgewühlt, erregt und erschreckt, weil alles so überraschend, so schnell passierte und so wirklich war. Es kam ihr zwar vor wie ein Traumgebilde, doch es war keines. Es war sowohl die aufregende Entdeckung von Neuland, die sie für ihn entflammt hatte, als auch das Gefühl, bei ihm zu Hause zu sein. Das war das Seltsamste von allem. Mit ihm zusammen zu sein war ein im besten Sinne vertrautes Gefühl, als seien sie endlich da angelangt, wo sie hingehörten.

Sie bestellten beide Eiersandwiches und Kaffee. Bestimmung, kamen sie überein. Das Schicksal schwang den Zauberstab. Falls sie noch weitere Beweise dafür gebraucht hatte, dass sie füreinander bestimmt waren, dann fand sie sie im *Cadillac Diner*.

Sie erzählte ihm von St. Jude, während sie ihren Kaffee tranken und auf das Essen warteten. »Ich dachte, es ginge nur darum, Briefe zu schreiben und die Ablage von Vater Roarke in Ordnung zu halten«, erklärte sie ihm, während er mit der rauen Fingerspitze seines rechten Zeigefingers über ihr Handgelenk strich, »aber es hat sich rasch zu wesentlich mehr entwickelt.« Die Schwestergemeinde von St. Jude in Honduras war 1998 von Hurrikan Mitch verwüstet worden, und die Gemeindemitglieder von St. Jude hatten ihr Bestes getan, um für Nahrung, Medikamente, Geld und, was am wichtigsten war, menschliche Hilfskräfte zu sorgen und den langwierigen Wiederaufbau der dortigen Infrastruktur in Gang zu bringen. »Wenn man das Leiden nicht in den täglichen Nachrichten ständig vor sich sieht, dann vergisst man es.«

»Das liegt in der Natur des Menschen«, sagte er. »Wir sind nicht dafür veranlagt, uns mit dem Schmerz aufzuhalten.«

»Genau. Und deshalb bemühen wir uns so sehr, das Interesse an diesem Vorhaben aufrecht zu erhalten.« Dreißig Jahre, erklärte sie ihm. So lange würde es dauern, diese Gebiete wieder auf den Stand vor Hurrikan Mitch zu bringen.

»Und du wirst in dreißig Jahren immer noch dabei sein?«, fragte er sie.

»Das hoffe ich«, erwiderte sie. »Ich habe mein gesamtes Leben als Erwachsene mit Ein- und Auspacken verbracht. Mir ist danach, wieder Wurzeln zu schlagen und sesshaft zu werden.«

Sie schwiegen einen Augenblick lang, während die Kellnerin ihre Sandwiches servierte.

»Sie haben deine Essiggurken vergessen«, stellte Maggy fest. »Hier. Nimm eine von meinen.« Er sah sie komisch an, und sie stöhnte. »Tut mir leid. Ich bin es so sehr gewohnt, bei Essensproblemen der Kinder zu vermitteln, dass ...«

Er streckte die Hand aus und nahm sich eine der beiden Gurkenscheiben. »Hallo«, sagte er. »Ich hab mich nicht beklagt, oder?«

Sie kam sich noch immer dämlich vor. »Es ist nicht leicht, sich von dem Trott zu lösen«, erklärte sie ihm. »Damals, als die Kinder noch klein waren, waren wir in Washington D.C. stationiert, und es fanden ständig schicke Abendessen statt. Einmal machten sie den Fehler, mich neben Charles kommandierenden Offizier zu setzen, und ich beugte mich zu ihm hinüber und schnitt ihm sein Filet auf.«

»Wie hat er reagiert?«

»Er war ein ganz reizender Mann. Als ich mit dem Schneiden fertig war, nahm er seine Gabel und sagte ganz freundlich, ›jetzt komme ich alleine weiter‹.« Sie schüttelte bei dieser Erinnerung den Kopf. »Am liebsten wäre ich unter die Sitzbank gekrochen und nie wieder aufgetaucht.«

»Meine Schwester Siobhan war vor einigen Jahren beim Thanksgiving-Essen so damit beschäftigt, über Politik zu reden, dass sie mir den Truthahn klein schnitt und versuchte, damit mein Ohr zu füttern, bis sie merkte was sie tat.

Diese Vorstellung gefiel Maggy, und sie lachte. »Wie viele Kinder hat Siobhan?«

»Sechs. Das Baby, Caitlin, war eine Geburtstagsüberraschung zu ihrem Vierzigsten.«

Maggy machte große Augen, doch dann wurde ihr bewusst, dass sie selbst nicht so weit davon entfernt war, vierzig zu werden. »Ich wollte eigentlich eine große Familie«, sagte sie, während sie an einem Zuckerbriefchen herumspielte. »Doch mit den vielen Ortswechseln waren zwei für uns gerade so zu bewältigen.«

»Ich wollte immer mein eigenes Basketballteam«, sagte er. »Egal, ob es Jungen oder Mädchen wären, Hauptsache, sie hätten einen super Sprungwurf.«

Sie bildete mit den Fingern einen Rahmen. »Ich sehe dich da draußen in der Einfahrt mit deiner Mannschaft. Du wärst ein harter Trainer.«

»Der härteste.«

»Doch mit einem Herzen aus Gold.«

Er grinste sie an. »Verrate das bloß keinem. Es würde meinen Ruf ruinieren.«

»Dein Geheimnis ist bei mir sicher.« Ein wunderbarer, sexy Mann, der nicht überspannt war und eine große Familie wollte. Sie flüsterte ein Dankgebet an St. Jude, den Schutzpatron für das Unmögliche. »Meine Schwestern behaupteten immer, ich sei in der falschen Epoche geboren. Sie finden, ich hätte die Frau eines Viehzüchters werden und für eine große Schar strammer Söhne kochen und für meine schönen Töchter Tanzkleider nähen sollen.«

»Und wie siehst du das?«

Sie holte tief Luft und sah ihn an. »Ich glaube, ich bin dafür geschaffen, Teil einer Familie zu sein. Ich bin in Hochform, wenn ich bei den Menschen bin, die ich am liebsten auf der Welt habe.« *Das ist das, was ich bin. Das ist es, was mir wichtig ist.*

Er sagte nichts, und Maggy empfand es als das längste Schweigen seit Anbeginn der Geschichtsschreibung. Sie sagte sich, es sei besser, diese Dinge jetzt auszusprechen, bevor ihre Beziehung weiter fortschritt, denn das war für sie ein Knackpunkt. »Wir sind auch alle ziemlich nahe beieinander in der alten Gegend geblieben«, sagte er schließlich, und Maggy wurde es ganz schwach vor Erleichterung.

»Meine beiden Schwestern leben fünf Minuten von den Eltern entfernt, und der Rest von uns ist auch nicht sehr weit weg.«

»Wir gehören einer aussterbenden Rasse an. Die meisten Familien sind von einem Ende des Landes bis zum anderen verstreut.« Sein Gesicht verfinsterte sich, und sie war sofort ganz zerknirscht. »Ach je«, sagte sie. »Es tut mir leid. Dein Sohn ist ja in Kalifornien.«

»Vielleicht ist das ja der Grund, warum ich so nahe bei den anderen bleibe«, erwiderte er.

»Mein Ex hat das nicht verstanden.«

»Meine auch nicht.«

Sie vergaßen Sandwiches und Kaffee. Sie vergaßen die Zeit. Sie vergaßen alles andere außer einander. Sie hielten sich auf dem Tisch an den Händen und flüsterten, damit die anderen Gäste sie nicht hörten. Zweimal ging die Kellnerin vorbei und starrte ostentativ auf die noch nicht bezahlte Rechnung, doch sie beachteten sie nicht. Sie würden sich mit einem großen Trinkgeld bei ihr revanchieren.

Schließlich zwang sich Maggy, seinen Ärmel zurückzuschieben und auf seine Uhr zu schauen.

»O Gott! Es ist schon nach zwei. Ich habe um drei eine Verabredung in der Schule, und die werde ich nie schaffen.« Ihre Schultage waren normalerweise dienstags und donnerstags abends, doch sie hatte einige Klassenkameraden um eine zusätzliche Übungsstunde gebeten, und sie war es ihnen schuldig, einigermaßen pünktlich zu sein.

Er bezahlte die Rechnung und hinterließ ein haarsträubend hohes Trinkgeld, zu dem Maggy noch etwas hinzufügte, und brachte sie zu ihrem Wagen.

»Ich möchte nicht, dass du gehst«, erklärte er.

Sie steckte den Schlüssel ins Schloss. »Glaub mir, ich will nicht gehen, aber ich muss.«

Er legte seine Hände auf ihre Schultern und drehte sie zu sich um. »Geh mit mir am Freitagabend zum Essen.«

Sie zögerte. »Ich weiß nicht recht. Ich meine, ich war gerade erst das Wochenende weg und ...« *Nicole ist fünfzehn, Maggy, und Charlie ist so viel jünger auch nicht. Du hast Freunde und Familie, die einen Abend lang auf sie aufpassen werden.* »Ja«, sagte sie, und dann noch mal »Ja.« Sie warf den Kopf zurück und sagte: »Jajajajaja!«, bis sie beide vor Lachen nicht mehr reden konnten.

»Wir kriegen das schon hin«, sagte er, als er sie in die Arme nahm. »Wir finden einen Weg.«

»Du redest zu viel«, wandte sie ein. »Küss mich lieber.«

Er machte aus dem Küssen einen Event, einen Vier-Sterne-, Weltklasse-, olympische Goldmedaillen-Event. Für manche

Männer schien Küssen etwas zu sein, das man eben tun musste. Nicht so für Conor. Mit ihm verlief das Küssen genauso bedächtig, genüsslich, sinnlich und aufregend wie alle anderen Vergnügungen, die sie miteinander teilten. Seine Lippen waren voll und herrlich weich. Sie nahm die untere sacht zwischen die Zähne und musste lachen, als er erstaunt die Augen aufriss. Sie waren sich so nahe, dass sich ihre Wimpern verhakten. So nahe, dass sie den gleichen Atem atmeten.

Wie nahezu unerträglich aufregend war es doch, seinen Geliebten anzusehen, wenn man ihn küsste, zu sehen, wie der Schleier der Erotik seine Züge verwischte und seine Augen wie Kohlen glühen ließ. Sie begehrte ihn so sehr, dass sie versucht war, zu sagen ›zur Hölle mit der Besprechung‹, ihn hinten in ihren Minivan zu zerren und sich an ihm gütlich zu tun – wenn es sein musste, auch auf einem Bett aus Hamburgerschachteln und Psychologiearbeiten.

»Dein Treffen«, sagte er mit seinen Lippen auf den ihren, was es ihr fast unmöglich machte, klar zu denken. »Du wirst zu spät kommen.«

»Ist mir egal«, erwiderte sie und zog ihn an sich für einen weiteren köstlichen Kuss, der leider ein Ende finden musste, da sie im Grunde ihres Herzens die zuverlässigste Frau der Welt war.

»Ich ruf dich heute Abend an«, sagte er, als sie sich hinters Steuer setzte und anschnallte. »Welche Uhrzeit würde dir passen?«

Sie dachte eine Sekunde lang nach. Charlie surfte nach dem Abendessen immer eine Weile im Internet, und Nicole tätigte gewöhnlich ein halbes Dutzend Anrufe vor dem Zapfenstreich.

»Zehn Uhr dreißig«, antwortete sie. »Bis dahin hat jeder genügend Gelegenheit zum Telefonieren gehabt, und ich kann auf einigen elterlichen Vorrechten bestehen, ohne eine Meuterei zu riskieren.«

»Zehn Uhr dreißig«, bestätigte er und küsste sie ein letztes Mal; dann trat er zurück, und sie ließ den Motor an.

Er sah ihr nach, als sie den Parkplatz verließ und bis sie hinter der nächsten Biegung der Route 18 verschwand.

Sie wusste es, weil sie ihm im Rückspiegel zusah.

»Was machst du denn hier?«, fragte Joe Wojtowicz, als Conor eine Stunde später durch die Eingangstür des Polizeireviers trat. »Ich dachte, du seist in irgendwelche superschicken Ferien gefahren.«

»Nee«, erwiderte Conor und schüttelte dem alten Polizisten, den er seit seinem ersten Tag bei diesem Dezernat kannte, die Hand. »Ein paar Tage in A.C., das war alles.« Ein paar Tage, die sein Leben verändert hatten, doch das ging niemand was an, nicht einmal seinen alten Kumpel.

»Und wie lief's so?«, wollte Joe wissen.

Conor machte eine ›Mal besser, mal schlechter‹-Handbewegung mit der rechten Hand.

»Immer noch besser, als es die Glücksfee dort unten mit mir meint«, sagte Joe lachend. »Ich hab schon zu Patty gesagt, es käme auf das Gleiche heraus, wenn ich meine Brieftasche dort schon am Empfang abgeben würde. Ich hab einfach kein Glück.«

Conor murmelte Verständnis, sagte aber nicht viel. Er hatte da unten Maggy kennengelernt. Viel besser hätte es die Glücksfee kaum einrichten können.

»Und was treibt dich heute hierher?«, fragte Joe, als das A.C.-Thema erschöpft war.

Ich musste einfach vorbeischauen. Ich bekomme langsam das Gefühl, die Türen verschließen sich vor mir. »Ich war gerade in der Gegend, und da dachte ich mir, ich könnte meine Post holen und vielleicht ein paar Anrufe erledigen, wenn ich schon hier bin.«

»Mich würdest du nicht hier antreffen, wenn ich Urlaub hätte.«

»Ich bin nicht im Urlaub, Joe. Das weißt du.« Diese Beurlaubung war die Idee des Polizeichefs gewesen, und er hatte sie zeitlich auf den Beginn des Mordprozesses gelegt.

»Hör zu«, sagte Joe, »ich weiß nicht, ob das eine so prima Idee ist. Vielleicht solltest du diese Anrufe noch ein paar Wochen aufschieben.«

»Willst du mir etwa sagen, dass ich hier nicht gern gesehen bin?« Er versuchte, seinen Ärger etwas herunterzuschrauben. Es hatte ja auch nichts mit Joe zu tun. Joe wollte ihm nur helfen.

»Das hab ich nicht gesagt.« Joe schaute so unglücklich drein, dass er Conor fast leid tat. »Ich sag ja nur, dass der Wind im Moment für dich nicht allzu gut steht. Denise war am Freitag hier. Sie hatten eine kleine Feier im Büro von Guttman. Er hat ihr eine Tafel überreicht zur Erinnerung an Bobbys ...«

»Tod«, ergänzte Conor. »Sag's ruhig. Ich war dabei. Ich weiß, was passiert ist.«

Joes trübsinnige Miene verdüsterte sich noch mehr. »Nicht nur du vermisst Bobby, mein Junge«, sagte er. »Wir hatten ihn auch sehr gern.«

Joe's Worte schnitten ihm ins Herz. Manchmal vergaß er, dass andere auch litten und er nicht der Einzige war, dessen Welt zusammengebrochen war, als Bobby DiCarlo seinen letzten Atemzug tat.

»Und wie geht es Denise?«, fragte er. Das war für beide Männer Entschuldigung genug. »Waren die Kinder dabei?«

»Die Kinder waren bei ihrer Mutter«, sagte Joe, »aber sie sah ganz gut aus. Hat sogar ein bisschen gelächelt.« *Nicht wie bei der Beerdigung*, sollte das heißen. *Nicht wie damals, als sie schrie und heulte und dich einen Feigling und Mörder nannte.*

»Deshalb also hat der Chef mich für ein paar Wochen auf die Ersatzbank geschickt«, sagte er. »Er wollte nicht, dass ich auf Denise treffe.«

»Das musst du schon ihn fragen, Mann. Ich zerbreche mir bestimmt nicht den Kopf darüber, was sich der Chef gedacht hat.«

Als Bobby noch lebte, hatte Denise ihn zu allen Familienfesten, von Geburtstagen bis Weihnachten, eingeladen. Er war sogar Pate ihres zweiten Kindes, Jennifer Marie. Er hatte Jenny seit acht Monaten nicht mehr gesehen.

»Es tut ihr zu weh«, hatte ihm die Mutter von Denise erklärt, als er sie fragte. »Wenn sie dich sieht, muss sie immer an Bobby denken. Sie erwartet jedes Mal, dass Bobby, so wie sonst, hinter dir auftaucht. Das ist einfach noch zu viel für sie, Conor.«

Also zog er sich zurück. Was hätte er sonst auch tun sollen? Sie hatte ihren Standpunkt klar gemacht, und er respektierte sowohl ihre Einstellung als auch das Gedenken an Bobby, um ihrem Wunsch zu entsprechen. Durch Denise und die Kinder war er mit Bobby verbunden gewesen, und ohne sie fühlte er sich schuldiger und einsamer denn je.

Alle sagten, sie würden ihm nicht die Schuld an Bobbys Tod geben. Alle behaupteten, sie würden den Berichten glauben, die darlegten, dass Conor nicht den Hauch einer Chance gehabt hatte, zu Bobby zu gelangen, bevor die Kugel ihn traf. Du hättest Bobby nicht retten können, hatten sie ihm versichert. Nicht während der Bursche aus nächster Nähe die Waffe auf sie gerichtet hielt. Doch als Conor zu seinem Büro zurückging, wurde ihm klar, wovon Joe sprach. Etwas war anders. Alte Freunde wandten sich ab, als er vorbeiging. Die Begrüßungen fielen beiläufig aus. Eine Stimmung von Zorn und Verrat war überall zu spüren. Sie hatte zuerst dem Kerl mit der Waffe gegolten, doch jetzt schien sie ihm zu gelten.

Das überraschte ihn. Sollte es zwar nicht, tat es aber. Er hatte im entscheidenden Moment versagt, und dies hatte seinen Partner das Leben gekostet. Dafür gab es keine Buße, keine andere Strafe, als mit diesem Gefühl Tag für Tag, den Rest seines Lebens, zu leben.

Der Tod von Detektiv Bobby DiCarlo hatte die Gemeinde schwer getroffen. Er war der erste Kriminalbeamte in der hundertzehnjährigen Geschichte der Stadt, der im Dienst gestorben war. Es herrschte allgemeine Empörung, dass so etwas in ihrer kleinen, sicheren Stadt geschehen konnte, gefolgt von einem tiefen Gefühl der Trauer darüber, dass sie sich nun von allen anderen auch nicht mehr unterschieden. Die Gefahr kannte nun ihre Postleitzahl und die Landkarte, und nichts würde je wieder so sein wie früher.

Reporter hatten die Geschichte das ganze letzte Jahr über verfolgt, und er wusste, dass sich das ganze Land für diesen Fall interessierte. Bobbys Gesicht würde in allen Sechs-Uhr-Nachrichten wieder auftauchen, zusammen mit den hässlichen Details des Nachmittags, an dem er getötet wurde. Conor graute es vor den zudringlichen Kameras, den Fragen, mit denen ehrgeizige Reporter auf ihn einbrüllen würden, seinem eigenen Gesicht, das auf den Titelseiten der Lokalpresse prangen würde, damit jeder es sehen konnte.

Maggy. Kalter Schweiß stand ihm im Nacken. Sie hatte von alledem keine Ahnung. Und falls doch, so hatte sie davon noch nichts mit ihm in Verbindung gebracht. Sie hatte seine Niedergeschlagenheit gespürt. Sie hatte ihm am ersten Tag diese verblüffende Frage gestellt, und er war nahe daran gewesen, ihr alles zu erzählen, doch er brachte es nicht fertig, ihr zu sagen, dass er seinen Partner hatte sterben lassen.

»Maggy!« Die Stimme von Janine klang schroff. »Wenn du nicht vorhast aufzupassen, was soll dann das Ganze?«

Maggy blinzelte und versuchte, sich wieder auf das Thema zu konzentrieren. »Es tut mir leid«, erklärte sie, obwohl es nicht stimmte. »Ich bin heute anscheinend etwas zerstreut.« Sie hatte in Gedanken den Kuss von Conor nochmal durchlebt, in jeder lustvollen erotischen Einzelheit, was wesentlich faszinierender war als die Grundprinzipien des Krisenmanagements.

»Wenn du so zerstreut bist, dann lassen wir es eben«, schlug Janine vor. »Ich weiß ja nicht, wie es dir geht, aber es gibt allerhand, was ich stattdessen tun könnte.«

»Nein«, erwiderte Maggy, »ich bin froh über deinen Nachhilfeunterricht, Janine. Ich werde mich konzentrieren. Ich verspreche es.«

Janine sah äußerst skeptisch drein, und das mit gutem Grund, erklärte aber, Maggy noch eine halbe Stunde geben zu wollen, bevor sie gehen müsse.

Maggy schwor, sie würde die Zeit gut nutzen, und zwang sich, nicht nur aufzupassen, sondern auch noch intelligente Fragen zu stellen. Wie sich herausstellte, war das an diesem Tag ziemlich viel von ihr verlangt, denn ihr normalerweise reger Verstand hatte sich stillvergnügt in eine Ecke verzogen und spielte mit einer Handvoll Margeriten »Er liebt mich, er liebt mich nicht«. Janine musste sie für völlig schwachsinnig halten, eine Nachhilfestunde anzuberaumen und dann geistig wegzutreten. Sie konnte es dem Mädchen nicht verdenken, verärgert zu sein. Wer wäre das nicht? Dennoch fragte sie sich, wie Janine reagieren würde, wenn sie ihr sagen würde: »Ich habe am Wochenende einen Mann kennengelernt, und wir haben uns die ganze Nacht lang geliebt, während der Regen ans Fenster klopfte und im Kamin ein Feuer prasselte. Ich kann nicht essen, ich kann nicht schlafen, ich kann nicht aufhören, an ihn zu denken.«

»Das genügt!« Janine schlug ihr Lehrbuch zu und stand auf. »Das ist ein Witz, Maggy. Du hast nicht ein Wort von dem verstanden, was ich gesagt habe.«

»Du hast ja recht«, erwiderte sie, zu bestürzt, um eine Ausrede zu suchen. »Ich habe wirklich nicht zugehört.«

»Stimmt etwas nicht?« Janine wurde ein klein wenig sanfter. »Das passt so gar nicht zu dir.«

»Ich weiß«, antwortete Maggy. »Ist es nicht wundervoll? Und alles, weil ich einen Mann kennengelernt habe.«

Die Miene von Janine wandelte sich von Düsterkeit in absolute Verzückung. »Oh, Maggy!« Sie schlang die Arme um sie. »Wer? Wo? Wann ist es geschehen? Heraus mit der Sprache, Mädchen!«

»An diesem Wochenende«, sagte sie. »Er ist Polizist. Wir sahen uns auf dem Parkplatz, und dann in der Lobby und schließlich im Restaurant. Er kam zu mir und bat mich um einen Tanz und ...« Sie seufzte glücklich. »Was soll ich sagen? Wir passen zusammen.«

»Er ist nicht verheiratet, oder? Bitte sag, dass er nicht verheiratet ist!«

Maggy grinste. »Er ist nicht verheiratet.«

Janine umarmte sie erneut. »Ich freue mich ja so für dich! Eine Affäre ist genau das, was du brauchst, um dich zu beflügeln.«

Ich glaube, es ist mehr als eine Affäre, Janine, dachte sie während sie wenig später zu ihrem Wagen ging. *Ich denke, ich habe mich verliebt.*

Wie gerne hätte sie es jemandem erzählt, doch ihre Mutter und ihre Schwestern hatten für Romantik kein Verständnis.

Es war nicht so, dass die Halloran-Frauen nicht an die Liebe glaubten. Sie taten es schon. Sie glaubten nur nicht, dass sie länger als fünfundvierzig Minuten dauern würde.

Rita, Maggys Mutter, hatte eine gute und eine miserable Ehe hinter sich, und das genügte ihr vollauf. Ihre zweite Ehe war kurz und schrecklich gewesen, und diese Erfahrung hatte ihr den Geschmack an dieser Institution für immer vermiest. Sie mochte die Männer schon, doch nur vorübergehend. Männer, sagte sie, sind wie Bücher aus einer Bibliothek: Sie müssen einem nicht gehören, um sich an ihnen zu erfreuen.

Claire und Eleanor waren ganz die Töchter ihrer Mutter. Ellie benutzte ihr juristisches Wissen, um ihre Beziehung nicht zu weit fortschreiten zu lassen, indem sie sich hinter nicht enden wollenden Ehevertragsdebatten verschanzte.

Claire benutzte ihre Schönheit sowohl als Schutzschild als auch als Waffe. Keine von beiden glaubte, dass glückliche Ehen möglich waren. Zumindest nicht für Frauen. Sie hatten ihre Mutter und ihre große Schwester genau beobachtet und waren übereinstimmend zu dem Schluss gekommen, niemals deren Fehler zu machen. Maggy gab sich die größte Mühe, ihnen zu erklären, dass ihre Ehe mit Charles eine gute Ehe gewesen sei, die in Freundschaft geführt wurde, doch sie konnte ihnen den Unterschied zwischen einem guten Ehemann und einem Seelenfreund nicht begreiflich machen.

Und sie wollte einen Seelenfreund.

Sie glaubte an die Ehe und die Familie und ein Happyend, und vielleicht, nur vielleicht, hatte sie einen Mann gefunden, der an all diese Dinge auch glaubte.

Vielleicht hatte sie ihren Seelenfreund gefunden.

12

»Ein eigenes Telefon?« Nicole starrte ihre Mutter an, als hätte diese zwei Piercings in der Nase und sich obendrein noch den Kopf geschoren. »Ist das dein Ernst?«

Ihre Mutter streckte die Hand aus und zerzauste ihren Pony, etwas, was Nicole normalerweise hasste. Diesmal ließ sie es sich gefallen. »Sicher ist das mein Ernst. Du und Charlie, ihr müsst es euch teilen, aber ich glaube, es ist Zeit, dass wir ein Haushalt mit zwei Telefonen werden.« Sie erzählte noch etwas von speziellen Telefongebühren für Teenager, doch Nicole hatte schon nach den ersten paar Worten nicht mehr zugehört. Ihr eigenes Telefon! Jetzt konnte sie mit Missy und Stacey stundenlang reden, und keiner konnte ihr sagen, es sei Zeit, aufzulegen.

Sie schlang die Arme um ihre Mom, was gar nicht so einfach war, da sie 1,77 groß war und ihre Mom gerade mal 1,52 maß.

»Das ist ja noch besser als Weihnachten«, rief sie aus. »Ich kann es kaum glauben, dass ich ein eigenes Telefon bekomme!«

Ihre Mutter umarmte sie auch, und eine Sekunde lang erinnerte sich Nicole daran, wie sehr sie, als sie klein war, das Gefühl geliebt hatte, zu wissen, dass ihr nichts Schlimmes widerfahren konnte, solange ihre Mom in ihrer Nähe war. Seit der Scheidung kannte sie dieses Gefühl kaum noch. Meistens fühlte sie sich einfach verunsichert, so wie jedes Mal am ersten Schultag in einer neuen Schule.

»Denk daran, du musst dir das Telefon mit deinem Bruder teilen. Ich bin sicher, ihr beide könnt das allein untereinander ausmachen, ohne meine Hilfe.« Ihre Mutter sah glücklich und irgendwie albern aus, mehr wie eine von Nicoles Freundinnen statt wie eine Frau mittleren Alters.

»Das ist ja so aufregend! Ich muss sofort Missy anrufen und es ihr erzählen.«

Ihre Mom warf einen Blick auf die Nachttischuhr. »Es ist schon fast halb elf. Du kannst es ihr Morgen in der Schule erzählen.«

»Es ist nicht zu spät. Missy ist noch stundenlang auf.« Ihre Mutter hatte so einen seltsamen Ausdruck im Gesicht, irgendwie glücklich und schuldbewusst zugleich. Nicole hatte sie noch nie so gesehen, und es erschreckte sie etwas, auch wenn sie nicht so recht wusste, wieso.

»Heute Abend nicht, Schatz. Das Telefon brauche ich jetzt.«

Schlagartig war Nicole alles sonnenklar. »Das ist nur wegen dem Kerl, der Sonntagnacht angerufen hat, oder?« Das war also die Erklärung für das neue Telefon. Es ging ihr gar nicht darum, ihrer Tochter eine Freude zu machen. Sie wollte nur ein Telefon für sich alleine, damit sie mit so einem alten Knacker telefonieren konnte.

»Ja, so ist es, Schatz.«

»Wer ist es?«

»Er heißt Conor.«

»Geht er mit dir in die Schule?« Dumme Frage. Sie hing ja schließlich nicht in Single-Bars herum oder suchte stundenlang Internetcafés heim.

»Nein, tut er nicht.«

Nicole versuchte, nicht überrascht zu wirken, doch sie war es.

»Wo hast du ihn denn dann kennengelernt?« Die Frau arbeitete in einem Pfarrhaus, also war es unwahrscheinlich, dass sie während der Arbeit einen Mann aufgetan hatte.

Ihre Mutter antwortete nicht sofort. Sie wandte den Blick etwas zur Seite, als dächte sie darüber nach, was sie sagen sollte, und tat dann einen dieser tiefen Atemzüge, bei denen einem das Hemd flattert. »Ich habe ihn letztes Wochenende kennengelernt.«

Zuerst verstand Nicole überhaupt nicht, wovon ihre Mutter sprach, doch dann erinnerte sie sich. »Du hast in Atlantic City einen wildfremden Mann aufgegabelt?« Ihre Stimme erklomm derartige Höhen, dass sie klang wie eine der Figuren aus dem *Nickolodeon*.

»Ja, ich habe ihn in Atlantic City kennengelernt«, erwiderte ihre Mom leicht verärgert. »Ist irgendetwas dagegen einzuwenden?«

»Ich glaub es nicht! Du kennst den Mann gar nicht und gibst ihm unsere Privatnummer. Mich würdest du umbringen, wenn ich so etwas machen würde.«

»Dein Ton gefällt mir nicht, Nicole.«

»Das ist mir egal! Daddy wäre es auch nicht recht, dass du unsere Nummer Fremden gibst.«

»Das ist nicht die Angelegenheit deines Vaters, sondern meine. Ich denke doch, du kannst dich darauf verlassen, dass ich keinen von uns in Gefahr bringen würde.«

Die Stimme ihrer Mutter zitterte, ein sicheres Zeichen, dass Nicole sie schwer verärgert hatte. Sie sah verletzt aus, doch das war nicht zu ändern. Nicole war auch verletzt, auch wenn sich wohl niemand dafür interessierte. Nie fragte sie einer, wie sie sich wegen der Scheidung fühlte, oder wegen des Umzugs nach New Jersey, oder weil Daddy Sally heiratete oder wegen egal was ihr sonst noch einfiel. Die Dinge um sie herum nahmen ihren Lauf, und sie schien keine Möglichkeit zu haben, sie aufzuhalten.

Conor und Maggy verbrachten Montagnacht vier Stunden am Telefon und am Dienstag sieben. Maggys Idee, Geld für eine zweite Leitung auszugeben, war ein Geniestreich gewesen. Diese Telefonate waren ihre Brautwerbung. Sie erzählten sich von ihrer Kindheit, ihren Erfolgen und ihren Niederlagen. Conor erzählte ihr von damals, als er die Schönste der

Klasse zum Oberstufenball einlud und sein Glück kaum fassen konnte, als sie ohne Zögern zusagte. Zwei Wochen später konnte er sein Pech nicht fassen, als sie ihm wegen des Quarterbacks absagte. Maggy erzählte ihm, dass sie das letzte Mädchen war, das bei den Veranstaltungen der Kirchenjugend zum Tanz aufgefordert wurde, und dass sie sich am liebsten in der Garderobe versteckt hätte, bis alles vorbei war.

Er sagte, er hätte sie in der Sekunde, in der er sie gesehen hätte, zum Tanzen aufgefordert. Sie sagte, sie hätte ihn beim Oberstufenball niemals abblitzen lassen. Kleine, unwichtige Dinge im großen Rahmen zweier Leben, alberne Versprechungen, doch mit jeder geteilten Erinnerung wuchsen ihre Herzen enger zusammen.

»Komm mit mir Kaffee trinken«, schlug er vor, als am Mittwochmorgen die ersten Sonnenstrahlen die Bäume vor ihrem Haus vergoldeten.

»Ich kann nicht«, antwortete sie, das Telefon an sich gedrückt. »Fahrdiensttag.«

»Dann treffen wir uns jetzt«, erwiderte er. Es gefiel ihr, dass er ein Nein als Antwort nicht akzeptierte. Noch nie hatte jemand sie so bedrängt, und seine urwüchsige Leidenschaft gefiel ihr.

»Ich sollte eigentlich nicht.«

»Wieso nicht?«

»Meine Mom kam gestern Nacht von ihrer Karibikkreuzfahrt zurück. Es ist ihr erster Morgen hier, und ich bin sicher, sie möchte mir beim Frühstück alle ihre Fotos zeigen. Ich muss doch wenigstens da sein, wenn sie aufsteht.«

»Dann komm jetzt«, sagte er. »Wir trinken Kaffee, essen Doughnuts, schmusen ein bisschen, und du bist wieder zu Hause, noch ehe jemand merkt, dass du überhaupt weg warst.«

So etwas zu tun war verrückt, fast so verrückt, wie um fünf Uhr morgens hellwach zu sein und mit einem Mann zu telefonieren, der sie von Kopf bis Fuß in allen Schattierungen erotischer Erregung erbeben ließ.

Es war so verrückt, dass es einfach absolut unwiderstehlich war.

Sie trafen sich bei Sonnenaufgang im *Dunkin's Donut* nahe des Einkaufszentrums. Als sie ihn so gegen den Jeep gelehnt stehen sah, bekam sie Lust zu tanzen. Sie machte einen etwas unbeholfenen, doch übermütigen Soft-Shoe-Tanzschritt dort auf dem Parkplatz, und er riss sie in die Arme und führte sie in einem übertriebenen, improvisierten Tangotanz zur Tür, bei dem ihr, dank einer gefährlichen Mischung aus Verlangen und Lachen, ganz schwach wurde.

Das Lokal war leer. Maggy setzte sich an einen kleinen runden Tisch am Fenster, während Conor ihre Bestellung aufgab. Er hatte sie zwar nicht gefragt, was sie wollte, doch sie war felsenfest davon überzeugt, dass er irgendwie ahnte, dass sie Himbeerdoughnuts mochte.

»Mit Himbeeren«, sagte er, als er einen Teller mit drei Doughnuts vor sie hinstellte. Sie war keineswegs überrascht. Die Götter hatten schließlich von Anfang an über sie gewacht.

Sie fütterten sich gegenseitig mit Doughnutstückchen und sahen sich tief in die Augen, und keiner von beiden merkte, wie sich die Tür öffnete und eine große, schlanke, blonde Frau hereinkam.

»Maggy O'Brien?« Die Stimme der Frau klang ungläubig, als sie ihren Namen aussprach. »Sind Sie das?«

O Gott. Amy Weintraub, die größte Plaudertasche im Dreiländereck. Maggy wäre am liebsten unter den glänzenden Fliesen verschwunden und nie wieder aufgetaucht.

Stattdessen lachte sie verlegen und strich sich mit der Hand über ihre kurzen Haare. »Ja, ich bin es, allerdings ohne einen guten halben Meter Haare.«

»O Mann!« Amy begutachtete theatralisch Maggys neue

Frisur, doch eigentlich betrachtete sie Conor. »Ich finde es toll, doch was in aller Welt hat Sie auf diese Idee gebracht?«

Maggy erläuterte ihr kurz die Geburtstagsüberraschung ihrer Schwestern, und Amy bekundete gebührendes Erstaunen über ihr neues Aussehen. Ganz zu schweigen über den neuen Mann neben ihr.

»Sie sehen großartig aus.« Amy wandte sich Conor zu, der dem Ganzen nur zugesehen hatte. Sie streckte die rechte Hand aus, und Maggy zuckte zusammen. Sie hatte überhaupt nicht daran gedacht, die beiden einander vorzustellen. »Amy Weintraub.«

Er ergriff ihre Hand.

»Conor Riley.«

Riley, dachte sich Maggy. Da hatten sie die letzten drei Nächte bis zwei Uhr morgens am Telefon verbracht, und nun hörte sie zum ersten Mal seinen Nachnamen. Sie streckte ihre eigene Rechte aus und grinste ihn an. »Maggy O'Brien«, stellte sie sich vor. »Sehr erfreut.«

Er fing zu lachen an. »O'Brien, ja?«

»Riley, nicht wahr?«, erwiderte sie und lachte auch.

»Weintraub«, sagte Amy und blickte von einem zum anderen, »auch auf den Verdacht hin, dass es sich hier um einen irischen Witz handeln könnte.«

Maggy kramte verzweifelt nach einer plausiblen Erklärung für ihr Gelächter, vor allem einer, die der Wahrheit am wenigsten nahe kam. Amy nickte gutmütig. Sie schien über ihre Albernheit gar nicht verärgert zu sein, doch Maggy war klar, dass hinter diesen großen braunen Augen die Klatschpresse wie wild rotierte.

»O je«, sagte Maggy, als Amy mit ihrem Mazda vom Parkplatz brauste. »Jetzt wird jeder in der Stadt über uns Bescheid wissen.«

»Mich stört das nicht, falls es dich nicht stört«, erklärte Conor.

»Du hast leicht reden. Du bist nicht hier groß geworden.«

»Genau darum geht es, Maggy. Du bist groß geworden. Es spielt keine Rolle, was irgendeiner von ihnen denkt.«

Doch es machte etwas aus, und es nagte an Maggy. Die ganze Angelegenheit entwickelte sich mit Überschallgeschwindigkeit, und sie war noch nicht so weit, ihre Familie mit ins Spiel bringen zu wollen. Bei dem Gedanken, Conor den prüfenden Blicken ihrer Mutter, ihrer Schwestern und ihrer Kinder auszusetzen, wurde ihr schwindlig. Da war es schon besser, wenn einem so lange wie möglich von Champagner, Blumen und der aufregenden Spannung, entdeckt zu werden, schwindlig wurde.

»Ich wünschte, wir könnten uns noch ein bisschen länger verstecken«, sagte sie, als sie mit dem Kaffee fertig waren. »Ich hatte noch nie eine heimliche Liebesaffäre. Ich möchte sie ein wenig länger genießen, bevor wir sie anderen mitteilen müssen.«

»Du kannst nichts dagegen machen, dass die Leute es herausfinden, Maggy«, sagte er und berührte mit der Spitze seines Zeigefingers einen der goldenen Creolen, die an ihren Ohren baumelten.

»Sicher können wir das«, entgegnete sie und küsste, als niemand hersah, seine Fingerspitze. »Wir können eine geheime Welt erschaffen, die nur uns gehört.«

Er hatte natürlich recht, auch wenn sie es ungern zugab. Sie war von Natur aus keine Frau, die zu Geheimnistuerei neigte. Eine Frau, die die Chemie heimlicher Liaisons und Rendezvous verstand und auch all diese wohllautenden französischen Bezeichnungen für die Magie, die den richtigen Mann und die richtige Frau verband, würde nicht mit ihrem Geliebten hier im heimischen Doughnutladen sitzen, Händchen halten und ihm in die Augen sehen. Der Gedanke, sich zu verstecken, war ihr fremd. Die Kinder, vor allem Nicole, ahnten bereits etwas, und früher oder später würde sie mit der Sprache herausrücken müssen.

Doch nicht schon jetzt.

Ihre Mutter war auf und saß am Küchentisch, als Maggy die hintere Türe aufsperrte. Es roch nach frisch aufgebrühtem Kaffee und einem Hauch von Zigaretten. Unter normalen Umständen hätte Maggy den Rauch moniert, doch sie fühlte sich selbst ein bisschen wie ein schuldbewusster Teenager und beschloss daher, ihre Kritik auf das Hochziehen einer Augenbraue zu beschränken.

»Sag nichts«, sagte ihre Mutter und hob beschwichtigend die rechte Hand. »Ich vergaß dein Rauchverbot.« Sie zeigte auf das geöffnete Fenster über der Spüle. »Siehst du? Fünf Minuten, und du merkst nicht mehr, dass ich gesündigt habe.«

Rita war eine große, schöne Frau von sechzig Jahren mit perfekt gefärbten roten Haaren, riesigen blauen Augen und mehr Energie als ihre drei Töchter zusammen. Sie war schon fast so lange rothaarig, wie Maggy zurückdenken konnte, und sie hatte sich viele der typischen Wesenszüge einer Rothaarigen zu eigen gemacht. Dass sie früher das Leben einer sittsamen Blondine geführt haben sollte, gehörte für Maggy eher ins Reich der Märchen. Die Rita, die sie kannte, war eine Kämpferin, eine Frau mit dem Mut, sowohl die Witwenschaft als auch eine katastrophale zweite Ehe zu überleben und die Familie zusammenzuhalten. Ein Schlaganfall hatte Rita letztes Jahr zurückgeworfen, doch nach einer langen Erholungsphase und einem guten Stück harter Arbeit von ihrer als auch Maggys Seite war nur bei bestimmten Wörtern noch ein kleines Zögern geblieben, das an den schrecklichen Vorfall erinnerte.

»Also, wo warst du heute früh?«, fragte Rita, während Maggy den Mantel auszog und über die Lehne eines Stuhles hängte. »Ich habe den Wagen so um halb sechs gehört, ganz schön zeitig.«

Maggy stellte eine Tüte Doughnuts auf den Tisch. »Würdest du mir glauben, wenn ich sagte, ich hätte einige Besorgungen zu machen gehabt?«

Rita rührte den Zucker in ihrem Kaffee um und sah ihre Tochter an. »Würdest du das denn wollen?«

Maggy setzte sich und goss sich eine halbe Tasse Kaffee ein. »Würde ich, wenn das heißen würde, dass du mich nicht fragst, wo ich war.«

Rita legte ihre Hand sacht auf Maggys Unterarm. »Schatz, wenn du irgendwelche Probleme hast ...«

Was sie auf keinen Fall zulassen konnte, war, dass sich ihre Mutter grundlos Sorgen machte. Sie nahm einen stärkenden Schluck Kaffee – der ihren Koffeinspiegel wahrscheinlich in ungeahnte Höhen schnellen ließ – und platzte damit heraus. »Ich habe jemanden kennengelernt, Ma. Er heißt Conor, und ich denke, es ist etwas Ernstes.«

Rita schwieg geraume Zeit. Maggy war sich ziemlich klar, worüber ihre Mutter nachdachte und wieso.

»Von meinen drei Mädchen«, sagte Rita schließlich, »bist du diejenige, um die ich mir die meisten Sorgen mache.«

»Um mich?« Maggy war verblüfft. »Ich bin die, die nie irgendwelche Probleme machte, hast du das vergessen?« Sie war diejenige der Schwestern, die immer pünktlich nach Hause gekommen war, ihr Zimmer in Ordnung gehalten und für Enkelkinder gesorgt hatte. Ellie war die dickköpfige, ehrgeizige; Claire, das selbstzerstörerische, wilde Kind.

»Du warst die mit den größten Träumen«, sagte ihre Mutter.

Maggy musste lachen. »Ich glaube, du verwechselst mich mit meinen leistungsorientierten kleinen Schwestern, Ma. Ich bin das Hausmütterchen. Sie träumen vom Obersten Gerichtshof und dem Titelblatt der *Vogue*. Alles, was ich je wollte, war eine gute Ehe und eine glückliche Familie.«

»Eben«, sagte ihre Mutter. »Der Oberste Gerichtshof kann dir nicht das Herz brechen, aber eine schlechte Ehe schon.«

Maggy rutschte auf ihrem Stuhl herum. Sie hatte plötzlich das Gefühl, ihre Kleider wären um eine Nummer eingegangen. »Ich habe nicht den Eindruck, ich laufe Gefahr, mir das Herz brechen zu lassen.«

»Ellie und Claire haben mir von deiner Reise nach Atlantic City berichtet, Schatz. Ich weiß, wie aufregend eine Hals-über-Kopf Romanze sein kann.« Maggy öffnete den Mund, um zu widersprechen, doch ihre Mutter ließ es nicht zu. »Aber ich weiß auch, wie leicht man einen furchtbaren Fehler begehen kann.«

»Ich weiß ja nicht, was Ellie und Claire erzählt haben, doch ich bin der Meinung, ihr zieht alle voreilige Schlüsse.«

»Du magst deine Schwestern mit der Geschichte über den Morgenmantel in die Irre geführt haben, doch mir machst du nichts vor.« Rita deutete auf die glänzende Oberfläche des Toasters auf der Arbeitsplatte. »Sieh dir dein Gesicht an«, sagte sie, »und behaupte, dass ich voreilige Schlüsse ziehe.«

Maggy wandte die Augen ab. Sie wusste genau, was sie zu sehen bekommen würde: den leicht verträumten Blick einer Frau, die im Begriff war, sich zu verlieben. »Ich weiß, was ich tue«, sagte sie. »Du brauchst dir keine Sorgen zu machen.«

»Ich dachte auch, ich wüsste, was ich tat, als ich Cal heiratete, und sieh doch, wohin das geführt hat.«

»Das kann man nicht vergleichen«, erklärte Maggy. »Du bliebst allein mit drei kleinen Mädchen zurück, als Daddy starb. Cal schien ein Geschenk des Himmels.«

»Und was hast du?«, gab ihre Mutter zurück. »Zwei Kinder, die, ehe du dich versiehst, im College sind, einen Halbtagsjob, keinerlei Aussichten ...«

»Mutter.« Maggys Stimme hatte plötzlich einen ärgerlichen Ton bekommen. »Unsere Situationen lassen sich nicht vergleichen«, sagte sie erneut. »Charles ist noch immer der Vater der Kinder. Er hat sich nie vor seiner Verantwortung gedrückt, weder finanziell, noch anderweitig. Vielleicht kann ich es mir nicht leisten, die Kinder bei Gap einzukleiden, doch das macht nichts.« Außerdem drückte sie wieder die Schulbank, und das würde sich über kurz oder lang in Form einer Gehaltserhöhung niederschlagen. Es tat ihr weh, dass sie dies alles ihrer eigenen Mutter erklären musste.

»Man weiß nichts über einen Mann, solange man nicht mit ihm verheiratet ist«, sagte Rita. »Alles, was vorher ist, ist nur eine Kostümprobe.«

»Viele Frauen machen Fehler«, stellte Maggy fest. »Cal war ein Mistkerl, doch du hast ihn wieder aus unserem Leben entfernt.«

»Nicht früh genug.«

»Du bist ihn rechtzeitig losgeworden«, wiederholte Maggy. »Darauf kommt es an.«

Einiges an Ritas angeborenem Überschwang verflog bei dieser Erinnerung. »Ich würde alles für euch Mädchen tun«, sagte sie. »Mein Leben würde ich geben, um euch zu beschützen.«

»Das weiß ich doch«, sagte Maggy, und Tränen traten ihr in die Augen. »Wir alle wissen das.«

»Jedes Mal, wenn ich daran denke, dass mein Fehler euch in Gefahr gebracht hat ...«

Sie nahm die Hand ihrer Mutter und drückte sie sanft. »Du hast nie etwas anderes getan, als uns zu lieben und dich um uns zu kümmern. Wenn ich es schaffe, eine halb so gute Mutter zu sein wie du, kann ich stolz sein.«

In Ritas Augen standen Tränen, doch es gelang ihr, zu lächeln und Maggys Hand wieder zu drücken. »Niemand wird deine Kinder jemals so lieben wie du, Maggy. Das könnte niemand.«

Spätabends am Dienstag rief Matt an, um ihn einzuladen. »Hör mal«, sagte er zu Conor, »ich hab vier Karten ergattert für den Holyfieldkampf morgen Nacht. Pop und Eddie kommen bei dir vorbei und holen dich so um halb sieben ab und ...«

»Klingt gut«, erwiderte Conor, wobei er in seinen leeren Kühlschrank starrte, »aber ich hab morgen schon was vor.«

Maggy kam zum Abendessen, und er war auf der Suche nach einem kulinarischen Wunder.

»Dann musst du es absagen«, verlangte Matt. »Wir sprechen hier von Holyfield, Mann. Weltmeister im Schwergewicht! Das willst du doch nicht verpassen.«

»Vielen Dank für die Einladung, aber das werde ich wohl müssen.«

Matt antwortete nicht gleich. »Was ist los – musst du morgen arbeiten oder so?«

»Oder so«, erwiderte Conor.

»Du lässt Karten für Holyfield verfallen? Für Evander Holyfield?«

»Hast du ja gehört.«

Matt klopfte mit den Knöcheln auf den Hörer. Conor zuckte bei dem kratzenden Getrommel zusammen. »Mit diesem Telefon muss etwas nicht in Ordnung sein. Mein Bruder würde niemals Karten für einen Ringplatz verfallen lassen.«

»Ich lasse sie aber verfallen.«

»Und verrätst du mir auch, wieso?«

»Das hatte ich nicht vor.«

»Wegen einer Frau?«

Plötzlich begriff Conor, wieso Maggy ihre Beziehung noch ein bisschen länger geheim halten wollte. Verwandte waren wirklich etwas Lästiges. »Ja«, sagte er, während er nach der Büchse Bier suchte, die er hinter einer gefährlich alten Milchtüte entdeckt zu haben glaubte. »Wegen einer Frau.« Zum Lügen gab es keinen Grund, doch dafür, nicht mehr als unbedingt nötig zu erzählen, schon.

»Jemand den ich kenne?«

»Nein.« *Und auch niemand, den du kennenlernen wirst.* Zumindest jetzt noch nicht.

Matt war der Jüngste im Wurf und verdammt nervig. Als Nesthäkchen einer großen Familie war er von Kindesbeinen an total verwöhnt worden und erwartete von ihnen allen, dass sie sich förmlich überschlugen, um ihm jeden Wunsch von den Augen abzulesen. Über diese kleine Dosis Realität würde der Junge noch eine Woche lang meckern. Dummerweise würde es ihn auch veranlassen, zu Hause anzurufen und die Neuigkeit zu verbreiten, dass sich Conor mit jemand so Besonderem traf, dass er dafür Karten für Holyfield ausschlug.

Vielleicht waren er und Maggy doch nicht zu einem heimlichen Liebespaar bestimmt. Vielleicht sollten sie strampelnd und schreiend mitten ins Familienleben gestoßen werden, um festzustellen, ob das, was sie gefunden hatten, auch echt war. Jedes Mal, wenn er sie sah, wenn er ihre Stimme hörte, hatte er den Eindruck, mehr und mehr ein Gefühl zu empfinden, das verdammt nach Liebe aussah. Hätte man ihn vor einer Woche gefragt, er hätte demjenigen ins Gesicht gelacht. Er hätte erklärt, er glaube nicht an Liebe auf den ersten Blick oder an Augen, die sich in einem überfüllten Raum treffen, oder an irgendeines der hundert romantischen Klischees, die die Leute sich nur ausgedacht hatten, um damit schiere Begierde zu bemänteln.

An Begierde war nichts auszusetzen. Nur sollte man sie nicht mit Blumen schmücken und ihr einen Namen anheften, der nicht stimmte, um sie annehmbar zu machen. Es war schon ganz in Ordnung, so wie es war.

Nur wenn es um das ging, was er für Maggy empfand, dann traf Begierde weit daneben. Begierde war der arme Verwandte, der verwässerte Abklatsch der mächtigen, überwältigenden Empfindungen, die sie in ihm zum Leben erweckte. Jedes Mal, wenn er glaubte, es sei ihm gelungen, den Ausdruck zu finden, der genau beschrieb, welche Art von Gefühlen sie in ihm hervorrief, waren es wieder andere, neuere und tiefere, und all das machte es ihm unmöglich, sich eine Zukunft ohne sie im Mittelpunkt vorzustellen.

Sie ließ ihn alle seine Fehler vergessen. Wenn er sie in der Armen hielt, konnte er sogar Bobby und Deni und die beiden kleinen Mädchen vergessen. Wenn er sie liebte, fand er

Frieden, was seit dem Abend, als alles so fürchterlich schief gegangen war, nicht mehr der Fall gewesen war.

Ginge es nach ihm, er würde ihr sofort einen Antrag machen. Heute Abend. Er würde das verdammte Telefon nehmen und ihr sagen, wie es in seinem Herzen aussah, ihr alles sagen und das Risiko eingehen. Das Leben funktionierte nicht nach Stundenplan. Das hatte er aus erster Hand erlebt, als Bobby umkam. In der einen Minute lebst du noch dein Leben, schmiedest Pläne, träumst von Dingen, die du eines Tages tun möchtest, und in der nächsten liegst du aufgebahrt im Sarg. Im Nu. Schneller, als man mit den Fingern schnippen kann. Und alles ist vorbei, noch ehe es begonnen hat.

Der letzte Tag in Bobbys Leben hatte ausgesehen wie jeder andere. Ihre Arbeit als Kriminalbeamte war nicht sehr aufregend. Sie hatten den Nachmittag auf einer Pferdefarm an der River Road verbracht, um die Besitzerin wegen des Diebstahls eines Araberhengstes zu befragen. Die Besitzerin war verzweifelt. Sie betrieb das Geschäft nicht nur des Geldes willen. Sie liebte die Tiere tatsächlich, und der Verlust des Pferdes hatte sie tief getroffen.

»Was hältst du davon?«, fragte Conor seinen Partner, als sie wieder in ihre Zivilstreifen-Limousine stiegen.

»Ich fühle mich wie Columbo«, erwiderte Bobby. »Das ist der beste Einsatz, den wir seit Langem hatten.«

Keiner von beiden verstand auch nur das Geringste von der Welt der Rennpferde, doch der Fall bot eine willkommene Abwechslung zu der Abfolge von Einbrüchen und Körperverletzungen, mit denen sie es üblicherweise zu tun hatten.

»Ich muss noch kurz beim Spielwarengeschäft vorbei«, sagte Bobby, als sie sich auf den Weg zurück zum Revier machten. »Sie haben mir die Barbiepuppe für Tinas Geburtstag bis fünf Uhr zurückgelegt.«

Conor zog ihn gnadenlos auf, während sie zum Einkaufszentrum fuhren. Geburtstags-Barbie. Polizist Ken. Sticheleien eben, wie sie unter Partnern üblich waren. Bobby nahm alles mit Humor. Tat er immer. »Was soll ich machen«, sagte er und zuckte mit seinen Boxerschultern. »Ich bin eben ein Familienmensch.« Das war er, und er war es gern. Bobby Di-Carlos Welt drehte sich um seine Frau und seine Kinder. Sie waren der Beweggrund für alles, was er tat. Bobby war gern Polizist, doch er freute sich schon auf den Tag, an dem er seine zwanzig Jahre vollendet hatte und in Frühpension gehen konnte, um dann vierundzwanzig Stunden, sieben Tage in der Woche mit Deni und wer dann noch zu Hause war verbringen zu können. Bobby DiCarlo verlangte nicht viel vom Leben.

Conor gehörte irgendwie zu Bobbys Leben. Deni lud ihn immer zu den Familienfesten ein. Er war Pate ihrer jüngsten Tochter. Bobby hatte Conors Sohn Sean eines Sommers das Fliegenfischen beigebracht, und sie planten eine Angeltour in die Adirondacks, um Seans Highschoolabschluss zu feiern.

Conor hielt vor dem Spielwarenladen an. »In fünf Minuten bin ich wieder zurück«, sagte Bobby. »Es dauert bestimmt nicht lange.«

»Geh nur und hol deine Barbiepuppe«, sagte Conor spaßeshalber genervt. »Sorg bloß dafür, dass ich keinen Strafzettel bekomme, während ich hier auf dich warte.«

Bobby sprang aus dem Wagen und rannte zum Eingang. Motown dröhnte aus dem Radio, und Conor lehnte den Kopf gegen die Lehne und schloss die Augen. Die Sonne brannte durch die Scheibe, und er dachte gerade, wie froh er sein konnte, dass das Dezernat sich eine Klimaanlage geleistet hatte, als er einen dumpfen Aufschlag am Wagen hörte. Er schoss hoch, sofort in Alarmbereitschaft, und sah Bobby über den halb leeren Parkplatz rennen.

Conor stieß die Tür auf und sprang hinaus. Er hörte die schrillen Hilfeschreie einer Frau, Bobbys stampfende Schritte und die wütenden Worte eines Mannes. Ein Autodiebstahl.

Mist. Er rannte Bobby hinterher. Vor einigen Jahren war in einer benachbarten Gemeinde ein Lehrer in einer ähnlichen Situation ums Leben gekommen. Diese Frau hatte es verdammt viel glücklicher getroffen. Das würde diesmal nicht passieren. Sie wussten, wie man mit so etwas umging.

Zu langsam. Leg einen Zahn zu, Riley. Beweg dich!

Bobby wusste, wie vorzugehen war, wie man zwischen Täter und Opfer trat und wie man auf Zeit spielte, während Conor sich in Position brachte. Sie beherrschten das im Schlaf.

Was zum Teufel ist mit dir los, Alter? Mach schon.

Er war außer Atem, hatte Mühe, einen Fuß vor den anderen zu setzen. Was zum Teufel stimmte nicht mit ihm? Seit wann war er so schlecht in Form, dass er nicht mehr über einen Parkplatz rennen konnte?

Los ... los

Die Frau hatte sich vorne neben dem Blazer auf den Boden geduckt. Bobby kämpfte mit einem dürren Burschen in einer grauen Jacke. Die Waffe in dessen Hand reflektierte das Sonnenlicht.

Bleiben Sie nicht hier sitzen, Lady, rennen Sie! Rennen Sie weg. Der Kerl will nicht Sie, er will Ihren Wagen.

Sie hockte da, nahezu reglos, während Bobby versuchte, dem Mistkerl die Waffe zu entwinden.

Noch hundertfünfzig Meter ... du kannst hundertfünfzig Meter laufen ... du bist jeden Tag da draußen und trainierst auf der Bahn ... Was zum Teufel ist jetzt nur los mit dir?

Er lief in Zeitlupe. Jahre vergingen zwischen jedem Schritt. Er lief und lief und kam irgendwie nicht vom Fleck.

Nimm ihm die Waffe ab, Bobby, nimm die Waffe ... Mist, lass dich nicht von ihm ans Auto drängen.

Bobby suchte Blickkontakt mit Conor über die weite Fläche, die zwischen ihnen lag. Er neigte den Kopf in Richtung der Frau. *Schaff sie von hier weg*, bedeutete er ihm. *Bring sie weg, und ich kümmere mich um diesen Scheißkerl hier.*

Der Scheißkerl schwitzte. Er warf Bobby auf den Rücken,

Bobby versetzte ihm eins mit dem Knie, er stöhnte und rollte zur Seite.

In diesem Moment fand Conor zu seiner normalen Reaktionsgeschwindigkeit zurück. »Los!«, brüllte er, als er die Frau am Arm packte und sie nahezu über den Parkplatz in Richtung Sicherheit schleuderte. »Bleiben Sie unten! Bleiben Sie unten!«

Bobbys Augen. *Alles in Ordnung jetzt. Alles in Ordnung.* Der Lauf der Waffe glitzerte in der Sonne. Der Geruch panscher Angst. Beweg dich. Beweg dich nicht. Red ihm gut zu. Red es ihm aus. Red gar nicht. Keine Zeit. Keine Zeit mehr.

Bobby ... die Waffe ... mach zu ... nimm ihm die Waffe ... los, jetzt ... der Lauf an Bobbys Schläfe ... wieso stehst du hier herum ... verpfusch das jetzt nicht ... Feigling ... machmachmach ... warum tust du nichts ... tu was ... tu was, bevor ...

13

Auf der eins bis zehn umfassenden O'Brien-Skala häuslicher Katastrophen, schätzte Maggy, befanden sie sich etwa bei acht, Tendenz rapide steigend.

Conor würde in einer Viertelstunde hier sein, und falls nicht ein Wunder geschah, würde er ihre gesamte Familie auf einen Schlag antreffen. Rita bordete über vor Geschichten, Fotos und Geschenken, die einfach unbedingt heute Abend an den Mann gebracht werden mussten, und was für einen besseren Platz gab es für die Halloran-Mädchen, um sich zu treffen, als Maggys Haus. Dummerweise war ihr erst vor einer Stunde eingefallen, Maggy davon zu unterrichten.

»Ich weiß genau, was ihr vorhabt«, sagte Maggy zu ihrer Mutter, bevor Ellie und Claire ankamen. »Ihr möchtet meine Bekanntschaft in Augenschein nehmen.«

Rita war die Unschuld in Person. »Was bist du misstrauisch, Schätzchen.«

»Ich hätte mir denken können, dass da etwas faul ist, nachdem du nicht zurück nach Hause in deine eigene, schöne, ruhige, kinderfreie, haustierfreie, raucherfreundliche Wohnung wolltest.«

»Ich genieße deine Gesellschaft.«

»Genau«, murmelte Maggy, während sie herumlief und mit wachsender Verzweiflung ihre Lieblingswimperntusche suchte. »Ganz bestimmt.«

Claire und Ellie gaben sich überrascht, als Maggy ihnen mitteilte, sie sei nicht da, um an dem netten Abend teilzunehmen.

»Das wusste ich nicht«, erklärte Claire, ohne eine Miene zu verziehen.

»Ich auch nicht«, bekundete Ellie. Sie wandte sich an Rita. »Mom, das hättest du uns sagen sollen.«

»Also bitte«, sagte Maggy und schüttelte den Kopf. »Ihr drei seid die schlechtesten Schauspielerinnen der Welt. Ich weiß genau, worum es euch geht.« Claire und Ellie stießen sich an, und Rita strich ostentativ ihr *Bahama-Mama*-T-Shirt glatt. »Es tut mir wirklich leid, euch enttäuschen zu müssen, doch wenn ihr glaubt, dass ich dem Mann zumute, sich von der ganzen Familie inspizieren zu lassen, dann habt ihr euch gründlich geirrt.«

Genau in diesem Moment kam Nicole ins Zimmer gesegelt. Sie trug einen pinkfarbenen wollenen Bademantel, leuchtend orangefarbene Socken und hatte ein dunkelblaues Handtuch um ihre nassen, lilafarbenen Haare gewickelt. Sie sah so hübsch aus, dass es Maggy den Atem verschlug. »Wen inspizieren wir?«

»Den neuen Freund deiner Mutter«, antwortete Claire.

Nicole machte eine hässliche Grimasse und ließ sich auf einen der Küchenstühle fallen. Sie pflückte eine Traube vom Teller, der vor Ellie stand. »Ich habe ihn am Telefon gehört«, sagte sie. »Er klingt doof.«

»Nicole!« Maggy war ihre Verärgerung anzuhören. »Das ist unfair.«

Nicole zuckte mit ihren schlanken Schultern. »Kann ich auch nicht ändern, wenn er so klingt.«

Ellie und Claire versuchten, das Mädchen nach Details auszuquetschen, doch sie hatten nicht bedacht, wie schnell sich eine Fünfzehnjährige in ihren Pubertätspanzer zurückziehen konnte. Ihre Versuche, Näheres zu erfahren, wurden mit einsilbigen Antworten bedacht, die das Mutterherz von Maggy erwärmten. *Braves Mädchen.* Sie holte das Bügelbrett heraus und legte ihr Lieblings-Kleines-Schwarzes darauf.

»*Das* ziehst du an?«, fragte Nicole naserümpfend.

»Das habe ich vor«, sagte Maggy. »Wieso? Stimmt etwas nicht damit?«

Nicole zuckte zur Antwort nur wieder mit den Schultern, was Maggy nun nicht mehr ganz so nett fand.

»Das ist ein hübsches Kleid, Schatz«, sagte Rita in einem Ton, der Maggy in Rage brachte. »Es steht dir bestimmt immer noch.«

»Das Kleid ist ein Klassiker«, erklärte Maggy und stellte das Eisen an. »So etwas wird nie unmodern.«

Ellie und Claire tauschten Blicke aus. Maggy war drauf und dran, ihre perfekt frisierten Köpfe zusammenzustoßen.

»Die Rocklänge ist etwas aus der Mode«, sagte Claire vorsichtig.

»Es erinnert mich an damals, als Schwester Immaculata in Zivil in die Oper ging«, steuerte Ellie bei.

»Kinder!« Rita klang, als ob sie sich auf die Zunge biss, um das Lachen zu unterdrücken. »Lasst eure Schwester in Frieden.«

»So hör doch auf, Ma!« Maggy goss Wasser in das Bügeleisen und stellte den Thermostat ein. »Du brauchst mich nicht zu beschützen.«

Rita reagierte ganz eingeschnappt, und Maggy hätte ein schlechtes Gewissen bekommen, wenn sie ihr auch nur die kleinste Atempause gegönnt hätten. Drei Generationen weiblicher Hallorans beobachteten sie, wie sie ihr Kleid bügelte, und schauten sie an, als hätte sie angekündigt, sie würde mit Sean Connery, Harrison Ford und Mel Gibson durchbrennen, um in sagenhaft glücklicher Sünde zu leben. Was sie wahrscheinlich weniger überrascht hätte als die Tatsache, dass sie eine Einladung zum Abendessen hatte.

»Wir kommen schon zurecht«, sagte Claire mit einem Seitenblick auf Nicole. »Wir bestellen was beim Chinesen und tratschen über dich. Uns wird's gut gehen.«

Nicole wirkte mürrisch und gelangweilt. Ihre Aufmerksamkeit galt dem kleinen Fernseher, der unter einem der Küchenschränke hing.

»... für den Prozess wegen des Mordes an dem Kriminalbeamten Bobby DiCarlo, der für nächste Woche in Somerville anberaumt ist, wurde die Jury ausgewählt ...«

»Schalt das ab, bitte, Nic!«, flötete Ellie. »Das letzte, was ich nach einem Tag bei Gericht brauche, ist noch mehr Juristengeschwätz. Davon habe ich heute schon mehr, als mir lieb ist, von einem der Verteidiger gehört.«

Nicole richtete die Fernsteuerung auf den Apparat und schaltete ihn aus. Maggy hob gerade noch rechtzeitig den Kopf, um das Bild eines hübschen, dunkelhaarigen, jungen Vaters mit zwei süßen kleinen Mädchen aufblitzen und wieder verschwinden zu sehen. *Wie entsetzlich,* dachte sie, verbannte den Gedanken dann aber aus ihrem Kopf. Ihr Leben war im Moment viel zu schön, um sich mit traurigen Dingen zu befassen.

»Wo hast du gesagt, geht ihr hin?«, fragte ihre Mutter, ganz großäugige Unschuld in ihrem schaurigen T-Shirt.

Du bist ja eine ganz Schlaue, Ma, aber ich geh dir nicht auf den Leim. »Zum Essen«, antwortete sie.

»Wohin?«

»Ich weiß nicht genau.« Was nicht einmal gelogen war, da sie seine Adresse nicht genau kannte.

»Und im Falle eines Notfalls?«

»Ich habe mein Handy dabei.«

»Eure Schwester tut furchtbar geheimnisvoll«, stellte ihre Mutter fest, während sie an ihrer selbst gemixten Margarita nippte.

»So ist sie schon seit ihrem Geburtstagswochenende in A.C.«, pflichtete ihr Claire bei, die an einem Zitronenachtel lutschte. »Uns war gleich klar, dass sie dort jemand kennengelernt hat, aber sie hat versucht, uns von der Fährte abzubringen.«

»Sie telefoniert pausenlos mit ihm«, steuerte Nicole bei und vermied es dabei, Maggy anzusehen. »Deshalb hat sie ja auch die zweite Leitung einrichten lassen.«

Drei Augenpaare richteten sich auf Maggy.

»Was soll das?«, sagte sie und kam sich so vor wie das kleine Liechtenstein bei dem Versuch, seine Grenzen gegen eine Streitmacht der NATO zu verteidigen. »Bin ich eine solche Null, dass ihr euch nicht vorstellen könnt, dass jemand mit mir ausgehen will?«

»Du bist keine Null«, erklärte Claire, »du bist geizig. Den Mann würde ich gerne kennenlernen, der so etwas Besonderes ist, dass du Geld für eine zweite Leitung ausgibst.«

Rita und Ellie brachen in Gelächter aus. Nicole verzog weiterhin keine Miene, doch es war völlig klar, dass sie die Einschätzung ihrer Tante teilte.

Maggy, die den ganzen Haufen nicht im Geringsten lustig fand, warf einen Blick auf die Uhr über der Spüle. »Ach du meine Güte!«, quiekste sie. »Er wird in zehn Minuten hier sein!«

Oh, Conor, flehte sie, als sie ihr Kleid packte und in ihr Zimmer rannte. Mach, was du willst, *aber komm nicht zu früh.*

Er kam zu früh.

Conor parkte am Randstein, links vom Briefkasten. Der Briefkasten hatte die Form einer alten Scheune. Der Name des Vorbesitzers war unter dem dunkelroten Anstrich noch schwach erkennbar. O'Brien war in kleinen reflektierenden Buchstaben darübergeklebt.

Er stellte den Motor ab und stieg aus dem Jeep. Das kleine Bauernhaus lag hinten auf dem Grundstück und vermittelte damit den Eindruck eines großen Vorgartens. Dieser war ordentlich gemäht, doch die Sträucher und Hecken sahen zerzaust und verwildert aus. Entlang des Weges wuchsen kleine gelbe und orangefarbene Blumen. Unter einem Fenster lag umgekippt ein Skateboard. Am Rande der Einfahrt, unter einem etwas verbogenen Korb, lag ein Basketball im Gras. Auf der Stufe zum Eingang saß ein kleiner Junge, neben ihm zwei schlafende Hunde undefinierbarer Rasse. Er hob den Kopf, als Conor sich näherte. Der Junge hatte die Augen seiner Mutter, groß und blau, und ihr lockiges dunkles Haar.

Die Hunde wachten auf, und der größere der beiden knurrte schläfrig. »Ist ja gut, Mädchen«, sagte der Junge und streichelte ihr Ohr. Er sah zu Conor auf. »Sie sind der, mit dem meine Mom ausgeht.« Er hatte auch die direkte Art seiner Mutter.

»Ich bin Conor Riley.« Er wollte dem Kind schon die Hand geben, doch dann fiel ihm ein, wie er dies in seinem Alter gehasst hätte, und er behielt die Hände in den Taschen seiner Lederjacke. »Du musst Charlie sein.«

Der Junge nickte, sagte aber nichts. Er würde es Conor nicht so einfach machen.

»Und wieso sitzt du mit Tigger und Data hier draußen?«, wollte Conor wissen.

Charlie deutete mit dem Daumen in Richtung Haus und verzog das Gesicht.

»Sie sind alle da drinnen und helfen Mom, endlich fertig zu werden.«

Das war es nicht, was er hatte hören wollen. »Wer ist da drinnen?«, fragte er.«

»Alle«, erwiderte Charlie. »Oma Rita, Tante Claire, Tante Ellie, Mom und meine dämliche Schwester.«

»Und du hast dich verdrückt.« *Kann ich dir nicht verdenken, Junge. Das klingt nach einer beeindruckenden Übermacht da drinnen.*

»Mh-hm.« Charlie vergrub sein Gesicht im Nackenfell des Hundes, ähnlich wie Sean es getan hatte, als er noch ein kleiner Junge war. Es gab so viel, was ihm entgangen war von der Entwicklung seines Sohnes. Ihm war, als hätte er eines Septembers einen schüchternen kleinen Jungen in den Flieger zurück nach Kalifornien gesetzt, und das nächste Mal, als er ihn sah, war Sean zu einem selbstbewussten jungen Mann geworden. Charlie erinnerte ihn an alles, was er verpasst hatte, und er empfand plötzlich eine Art Seelenverwandtschaft mit dem Mann, der ihn gezeugt hatte und nun weit von ihm entfernt lebte.

Er hörte von drinnen Lachen, die Art von weiblichem Gelächter, die üblicherweise bedeutete, dass ein armes, argloses männliches Wesen in die Pfanne gehauen wurde. Er hatte den Verdacht, er sei dieses arglose, männliche Wesen.

Er ging in die Hocke und kraulte den größeren der beiden Hunde hinter dem rechten Ohr. Mit einem glückseligen Ausdruck auf ihrem Hundegesicht lehnte die Hündin ihren Kopf gegen seine Hand.

»Und wie gut bist du am Korb?«, fragte er Charlie.

Der Junge hob den Blick aus den Nackenhaaren des schlafenden Hundes. »Gut.«

»Ich auch«, sagte Conor. »Hast du Lust auf ein Spiel?«
»Vielleicht.«

Conor grinste. Mehr an Begeisterung konnte man von einem neunjährigen Jungen, der lässig wirken wollte, nicht erwarten. »Soll ich dir was vorgeben?«

Der Junge musterte ihn mit einem finsteren Blick. »Bestimmt nicht.«

»Okay«, erwiderte Conor. »Es ist dein Begräbnis.«

* * *

Nicole hörte Charlies Gelächter vom Hof her und den dumpfen Aufschlag des Basketballs auf der Einfahrt. Das Geräusch nervte Nicole ähnlich wie das Quietschen von Kreide auf einer Tafel.

»Was ist das für ein Lärm?«, fragte Tante Claire und neigte den Kopf in der ihr eigenen Art.

»Der Schwachkopf übt Korbwürfe«, sagte Nicole.

»Mit wem spielt er denn?«, wollte Tante Ellie wissen.

»Weiß ich nicht«, entgegnete Nicole schulterzuckend. »Mit einem seiner schwachsinnigen Freunde wahrscheinlich.«

»Hört doch«, sagte ihre Großmutter. »Das klingt aber nicht nach einem von Charlies Freunden, oder?«

Sie sprangen alle gleichzeitig auf und rannten zur Eingangstür. Großmutter schob sogar Nicole beiseite, um als Erste auf die Veranda zu gelangen und sehen zu können, was da draußen vor sich ging. Ihre Tanten waren kaum besser. Wirklich, nächstes Mal, wenn eine von ihnen sagte, sie solle sich ihrem Alter entsprechend benehmen, würde sie auf diesen kleinen Vorfall zu sprechen kommen.

»Er ist ganz schön groß«, stellte Großmutter fest. »Einsfünfundachtzig, würde ich sagen.«

Tante Claire schaute über Großmutters Schulter. »Ehereinssiebenundachtzig oder einsneunzig.«

»Tolle Haare«, sagte Tante Ellie.

»Haare?« Tante Claire gab ihr einen Klaps auf den Arm. »Sieh dir doch bitte den Hintern an. Wir sprechen hier von Weltklasse.« Nicole verstand nicht, was das Getue sollte. Für sie war das ein alter Mann. Er sah nicht halb so gut aus wie Daddy, und darüber war sie froh.

Conor wollte den Ball gerade kraftvoll im Korb versenken, als er sie auf der Veranda stehen sah. Drei Frauen, beinahe so groß wie er, und jede sah hervorragend aus. Zwei davon schienen Ende zwanzig zu sein; die hübscheste von allen war wahrscheinlich die Mutter. Hinter ihnen stand ein atemberaubendes Mädchen mit einem orangefarbenen Handtuch um den Kopf gewickelt. Sie sah ihn an, als sei er etwas, das man von ihrer Schuhsohle abkratzen musste. Keine Frage, das war Maggys Tochter.

Es war unglaublich. Das war eine Familie von Amazonen. Er konnte sich einfach nicht erklären, wie Maggy da hineinpasste. Sie würde geradezu zwergenhaft wirken, wenn sie neben ihnen stünde. Adoptiert, dachte er sich. Musste sie sein.

Die Vier standen da und starrten ihn an, als sei er eine Vorschau auf das neueste *Star Wars* Prequel.

»Was hältst du davon, wenn wir sie zu einem Spiel herausfordern?«, fragte er Charlie laut flüsternd.

»Die sind miserabel«, sagte Charlie mit einem breiten Grinsen im Gesicht. »Die vernichten wir.«

»Gefällt mir gut«, erwiderte Conor und schlug in Charlies Hand ein. Er grinste in Richtung der versammelten Halloran-Frauen. »Wie wär's mit 'nem Spiel?«

»Sie machen wohl Witze«, sagte die eine in dem Schneiderkostüm, dessen Rock die Größe einer Briefmarke hatte. Das musste Ellie, die Rechtsanwältin, sein. »Ich habe Schuhe von Manolo Blahnik an.« Sie deutete auf ihre Wolkenkratzerabsätze.

»Abgemacht«, sagte die, die er für Claire hielt. Sie war so schön, dass es fast schon weh tat, doch ihr fehlte die frauliche Sanftheit, die Maggy so bemerkenswert machte. Sie gesellte sich zu Conor und Charlie. »Wollt ihr eine Vorgabe?«, fragte sie.

Charlie sah ihn an, und beide brachen in Gelächter aus.

»Okay«, sagte Claire, »dann eben so. Ihr wolltet es ja nicht anders. Macht mich bloß nicht für ein zerknittertes männliches Ego verantwortlich.«

»Ich mach auch mit«, ließ sich der Hammer, der die Matriarchin der Familie sein musste, vernehmen. »Ich war Kapitän des Basketballteams in meiner Highschool, vor etwa tausend Jahren.«

Er grinste sie an, und sie lächelte auf eine Art zurück, die ihn an Maggy erinnerte. Okay, sie mochten ja blutsverwandt sein, auch wenn Maggy ihr nur bis an die Schulter reichte.

Tochter Nicole gab einen dieser Teenager-Seufzer von sich, die sich durch reine Willenskraft manifestierten, und stolzierte dann zurück ins Haus. Ellie lehnte sich ans Geländer der Veranda und erklärte: »Ich mach den Kommentator.« Es gefiel ihm, wie sie alle mitmachten, auch wenn sie es nur taten, weil sie mehr über ihn erfahren wollten.

Die Frauen spielten hart. Es dauerte keine zehn Sekunden,

das herauszufinden. Sie hatten keine Angst, sich ins Gewühl zu stürzen und seine Schüsse abzublocken. Sie gingen auch mit Charlie nicht gerade sanft um, und der war erst neun Jahre alt. Rita war besonders draufgängerisch, und wenn er es nicht besser gewusst hätte, hätte er auf den Gedanken kommen können, dass hinter ihrem strahlend weißen Lächeln eine Botschaft steckte.

Maggy beglückwünschte sich zu ihrem Kurzhaarschnitt, als sie ein letztes Mal mit dem Föhn darüberging. Wie war sie nur jemals rechtzeitig fertig geworden, als sie noch den taillenlangen Pferdeschwanz hatte? Dieses ewige Kämmen und entwirren und die endlose Warterei, bis er trocken war, um dann die Haare mit einem umwickelten Gummiband zurückzubinden. Es kam ihr vor, als sei es schon eine Ewigkeit her, dass man sie, sich mit Händen und Füßen sträubend, in den Salon von André geschleppt und sie eingewilligt hatte, wie ein Schaf geschoren zu werden.

Sie stellte den Schalter auf aus und fuhr sich mit der Hand durchs Haar. Das Beste, was sie je gemacht hatte. Sie lächelte ihr Spiegelbild an. Wer würde die Frau, die ihr aus dem Spiegel entgegensah, nicht anlächeln? Sie sah so glücklich aus, es hätte für den ganzen Staat New Jersey gereicht.

Sie nahm ein Paar silberne Creolen aus der kleinen Porzellanschale auf dem Frisiertisch und befestigte sie an ihren Ohren. Ihr Make-up war zwar nicht ganz so, wie sie es sich vorgestellt hatte, doch sie hatte nicht die Zeit, um pingelig zu sein. Das Wichtigste war jetzt, dafür zu sorgen, dass die Halloranschen Harpyien keine Gelegenheit hatten, mit Conor allein zu sein.

Ihre Schuhe und ihre Tasche waren im Schlafzimmer. Sie verließ eilig das Bad, darauf bedacht, nur ja keine Zeit zu verlieren. Sie schlüpfte in die gefährlich hohen Pumps und verzog das Gesicht. Kaum zu glauben, dass sie diese Dinger als Offiziersgattin häufig getragen hatte. Gut, wo war nun ihre

Tasche? Sie sah auf den Nachttischen nach, auf der Garderobe, sogar auf dem Fensterbrett. Sie lag mitten auf dem Bett. Sie klemmte sie sich unter den Arm und lief den Gang hinunter, wobei sie sich dazu gratulierte, in Rekordzeit fertig geworden zu sein. Nicht umsonst war sie ein Halloran-Mädchen. Sie würde dem Haufen zum Abschied winken und Conor auf der Veranda erwarten, so wie sie es auch als Teenager gemacht hatte, wenn sie abgeholt wurde. Komisch, manche Dinge ändern sich nicht, egal wie alt man wird.

»Ich bin weg!«, rief sie, als sie an der Küche vorbei schoss.
»Bleib nicht zu lange auf, Nicole!«

Hmm. Das war seltsam. Sie waren so leise da drinnen. Sie machte kehrt und warf einen Blick hinein. Kein Wunder, dass sie still waren. Es war keine Menschenseele da. *Bitte, lieber Gott, sag mir, dass du mir keinen solchen Streich spielst. Sag mir, dass ich zur Belohnung dafür, dass ich all die Jahre am Freitag kein Fleisch gegessen habe, ein paar himmlische Pluspunkte bekommen habe.*

Da hörte sie das Geschrei in der Einfahrt und den rhythmischen Aufprall des Basketballs auf dem Asphalt, und ihr wurde klar, dass ihre schlimmsten Befürchtungen wahr geworden waren.

Ellie hockte auf dem Geländer. »Die halten nicht mehr lange durch«, sagte sie zu Maggy. »Die Mädels halten sie ganz schön auf Trab.«

»O Gott«, stöhnte Maggy. Ihre Mutter und ihre Schwestern machten Hackfleisch aus den beiden Männern in ihrem Leben. Der Geräuschpegel war erstaunlich. Das Ächzen und Stöhnen der Männer wurde durch einen gelegentlichen, einwandfrei weiblichen Jubelschrei unterbrochen. Charlies Gesicht war von verbissener Konzentration gezeichnet, und Conor sah auch nicht allzu gut aus. Maggy musste dem ein Ende bereiten, bevor Rita und Claire sie völlig vernichteten.

Conor war gerade dabei, zu einem Wurf anzusetzen, als Maggy die Stufen der Veranda herunterkam. Er drehte sich um, sah sie an und lächelte ein Lächeln, wie sie es noch nie in ihrem ganzen Leben gesehen hatte. Er ließ den Basketball zu Boden fallen und ging auf sie zu. Ihre Mutter, ihre Schwestern, sogar ihr geliebter Sohn verschwanden vor ihren Augen. Sie sah nichts, nur sein wunderschönes Gesicht. Sie hörte nichts als den Klang ihres Namens von seinen Lippen. Sie stand an ihrer Vorstadteinfahrt in New Jersey, doch es hätte genauso gut Paris sein können.

Sein Lächeln wurde breiter, je näher er kam, und ihr eigenes schien ihre ganze Person zu umfassen. Am liebsten hätte sie vor Freude laut geschrien. Sie lief ihm entgegen, und er fing sie in einer Umarmung auf.

»Du hast mir gefehlt«, sagte er.

»Du hast mir auch gefehlt.«

Mit seinem Zeigefinger hob er ihr Kinn an und küsste sie, vor ihrer Familie und den Nachbarn. Der Kuss war kurz, aber so schön, dass sie vor Glück seufzte, und erst als sie Charlies gequältes »Ma-a-a!«, hörte, schwebte sie lange genug zur Erde zurück, um Auf Wiedersehen zu sagen.

»Ich mag ihn nicht«, stellte Claire fest, als Maggy und Conor wenige Minuten später in seinem Jeep wegfuhren.

»Ich auch nicht«, schloss sich Ellie an.

»Maggy aber schon«, sagte Rita und legte ihre Hand auf die Schulter ihres Enkels, »und da liegt das Problem.«

14

»Ich glaube es ging ganz gut«, stellte Maggy fest, als sie von der Ahornstraße abbogen. »Alles in allem.«

»Du hättest mich warnen sollen«, sagte Conor, als sie an einer Ampel hielten. »Sie sind beeindruckend, diese Frauen.«

»Sie sind groß, das muss man ihnen lassen.«

»Die Größe beeindruckt mich nicht. Doch so, wie deine Mutter Körbe geworfen hat, das hat mir Angst gemacht.«

»Sag ihr das ja nicht. Mit dieser Art von Munition wird sie nur noch unerträglicher.«

»Als ich sie sah, dachte ich zuerst, du seist adoptiert.«

»Nn-ein«, sagte Maggy, als es grün wurde. »Das verrückte Halloranblut fließt auch durch meine Adern.«

»Verrücktes Blut, aber gute Gene.«

»Sie sind schon ein hübscher Haufen.« Sie sah ihn von der Seite an. »Wenn man es groß und blond mag.«

»Ich persönlich ziehe kleine Brünette vor.«

»Ich hoffte, dass du das sagst.«

Er beugte sich zu ihr hinüber, und ihr wurde ganz schwindlig von seinen Worten.

Sie berührte seine Wange. »Und dass du das sagst, hatte ich auch gehofft.«

Die Luft im Jeep flimmerte, während sie sich ansahen. Sie liebte es, ihn zu betrachten. Er war der absolut sinnlichste Mann, den sie je kennengelernt hatte.

»Ist dir eigentlich bewusst, was du gerade machst?«, fragte sie leise.

»Mache?« Er verstand nicht recht. »Ich fahre.«

»Nein, abgesehen davon.«

»Ich denke daran, wie du unter diesem Kleid aussiehst.«

Ein lustvoller Schauder durchzuckte sie. Einen Moment lang dachte sie daran, etwas Unartiges, etwas das gar nicht zu ihr passte, zu tun, doch sie überlegte es sich noch mal. Vorfreude war schließlich auch etwas Schönes, diese tiefe erotische Befriedigung, die darin lag, auf den richtigen Augenblick und den richtigen Ort zu warten.

»Das habe ich nicht gemeint«, sagte sie. »Siehst du? Du machst es schon wieder. Du streichelst das Lenkrad mit deinem Daumen.«

Er strich unbewusst mit der Daumenkuppe am glatten Bogen des Lenkrads auf und ab, und die eindeutige Sinnlichkeit dieser Bewegung ließ in ihr glühendes Verlangen aufsteigen. Sie wusste schließlich ganz genau, wie sich seine Hände auf ihrem Körper anfühlten, wie diese Daumen ihre nackte Haut streichelten und liebkosten, sie kannte den Zauber, der sie umfing, wenn sie sich diesem ganz unglaublichen Wunder auslieferte.

O ja, es gab einiges, was für die Vorfreude sprach.

Sie unterhielten sich über das Wetter. *Herrlich.* Über Basketball. *Spaßig.* Über den Verkehr. *Erträglich.*

Natürlich sprachen sie nicht wirklich über diese Dinge. Die Worte dienten nur als Tarnung für das Begehren, das zwischen ihnen immer stärker auflöderte.

Sie hätte seinen rechten Daumen gerne in den Mund genommen und ganz vorsichtig in die fleischige Kuppe gebissen und wäre dann mit der Zunge der inneren Kurve gefolgt. Ihre Lippen würden an der Daumenwurzel einen tiefroten Abdruck hinterlassen, ihre Zähne aber nur ganz winzige Spuren in dem zarten Fleisch. Bei diesem Gedanken musste sie lächeln.

Ein Lächeln wie ihres hatte er noch nie gesehen. Das stellte er jedes Mal erneut fest, wenn er sie sah. Ihr Lächeln erwärmte ihn wie Sommersonnenschein im tiefsten Winter. Wenn sie ihn so anlächelte – die Augen rätselhaft unter leicht gesenkten Lidern, die Lippen sanft geschwungen, als beschützten sie ein Geheimnis – fühlte er sich, als hätte er im Lotto gewonnen oder den Mount Everest erklommen. Wenn es ihm gelang, Maggy O'Brien dazu zu bringen, so zu lächeln, dann würde ihm alles gelingen.

Wenn sie sprach, hörte er Musik. Sie hatte eine honigsüße Stimme, weich und ausdrucksvoll. Sie sprach leise und eindringlich, und er hätte diese schönen Töne am liebsten mit den Händen aufgefangen und festgehalten, bevor sie verklangen. Sie fragte ihn, was es zum Essen geben würde, und er hörte einen Engelschor.

Er hatte alles geplant, inklusive Dessert. Er würde sie draußen warten lassen, bis er die Kerzen, die er auf jedes freie Fleckchen gestellt hatte, angezündet hatte. Dann würde er gedämpfte Musik auflegen, der Champagner brauchte nur noch geöffnet zu werden, und der Grill für die Steaks wäre schon vorgeheizt.

Er hatte sogar die Toilette geputzt und zusammenpassende Handtücher aufgehängt. Die blauen. Im Zweifelsfall immer die blauen.

Er würde Feuer machen, und sie würden auf dem Sofa sitzen und sich unterhalten, während im Kamin die Flammen züngelten und das Holz knackte. Ganz nebenbei und unbemerkt würde er den Arm auf die Lehne hinter ihr legen, wie ein Teenager, der mit seiner Angebeteten im Kino sitzt. Er würde so tun, als gähnte er, würde sich dann etwas räkeln und der Arm läge plötzlich auf ihrer Schulter. Bei ihrem zweiten Glas Champagner würde er sich vielleicht zu ihr hinüberbeugen und sie küssen und die Süße ihres Mundes und das Perlen des Weines schmecken. Heute Nacht würden sie die Zeit haben, die Spannung und das Verlangen allmählich wachsen zu lassen und sich zu entdecken.

Langsam und genüsslich. So würde es diesmal sein.

Er wohnte in einem kleinen Bungalow mit einer riesigen Garage auf einer Landzunge südlich des Asbury Parks. Das Gras war kurz gemäht. Berge von Blättern trieben über den Plattenweg, der von der Straße zum Haus führte. Kahle Fliederbüsche und Rhododendren standen im Vorgarten, doch Blumenbeete gab es nicht. Was sie nicht einmal überraschte.

Was sie allerdings schon überraschte, war ihre Nervosität. Ihre Hände zitterten, und damit man es nicht sah, hielt sie ihre Tasche fest gepackt. *Du bist eine Närrin,* sagte sie zu sich selbst, als er in die Einfahrt bog und den Motor abstellte. *Es ist doch schließlich nicht das erste Mal mit ihm.* Es gab keinen Zentimeter seines Körpers, den sie nicht genau kannte. Seine Schenkel, lang und muskulös vom Laufen. Das dichte Gewirr dunkler Haare auf seiner Brust, die ihre Wange kitzelten, wenn sie ihren Kopf dorthin bettete. Seinen Geruch. O Gott, der Geruch seiner Haut, warm und leicht pfeffrig erweckte in ihr das Verlangen, feststellen zu wollen, ob er noch genauso wundervoll schmeckte, wie sie es in Erinnerung hatte. All diese Geheimnisse kannte sie, und doch kam es ihr vor, als sei es das erste Mal.

Er ging zur Beifahrerseite und half ihr aus dem Wagen. Sie fand anerkennende Worte für sein Haus und sein Grundstück, doch das geschah völlig automatisch. Alles, woran sie denken konnte, war, dass sie wieder mit ihm allein war. *Verführe mich,* dachte sie bei sich, während sie den Weg hinaufgingen. Verwöhne mich mit Essen und Trinken. Lass deinen Charme sprühen, wie du Champagner überschäumen lässt. Reize meinen Gaumen und meine Fantasie. Lass mich vergessen, dass genau in dieser Minute meine Mutter und meine Schwestern jede kleinste Kleinigkeit, die Conor machte oder nicht machte, auf die Waagschale legen und ihn für ungenügend befinden.

»Warte hier«, sagte er, als er die Eingangstür aufsperrte.
Sie sah zu ihm hinauf.
»Hier draußen auf der Veranda?«
»Eine Sekunde nur. Ich möchte noch etwas machen.«

»Wenn du das willst.« Sie war hingerissen. Er fuhr sich etwas nervös mit der Hand durchs Haar, und ein glänzendes kastanienbraunes Büschel blieb in Habt-Acht-Stellung stehen. Sie streckte die Hand aus und strich es glatt. Wie seidig und kühl es sich anfühlte. Wie es sie erregte.

»Es dauert nicht lange.«

Sie tat, als würde sie frieren.

»Hoffentlich nicht.«

Er verschwand nach drinnen. Sie hörte ein dumpfes Geräusch, gefolgt von einem leisen Fluch, und musste schmunzeln. Sie war noch nie in der Wohnung eines Mannes gewesen, noch nie hatte ein Mann für sie ein romantisches Abendessen gekocht. Dafür stand sie auch gerne hier draußen in der abendlichen Kühle, während er die Bühne für den Verführungsakt vorbereitete.

Er dimmte die Beleuchtung, zündete die Kerzen an und das Feuer und vernichtete die Rosen. Nur die ersten drei Dinge hatten freilich auf seiner Liste gestanden. Als er durch den Gang rannte, hatte er mit dem Ellbogen die Kristallvase auf dem Tisch in der Diele umgestoßen, und alles ging zu Bruch. Glassplitter und Wasser bedeckten den Boden. Und auch große, schöne, tiefrote Rosen, ganze zwei Dutzend, alles war über den Raum verteilt. Er hob eine Glasscherbe auf und fluchte, als er sich mit dem gezackten Rand kratzte.

»O nein!« Sie stand neben ihm, ihre Beine wirkten lang und elegant mit den gefährlichen Absätzen. Sie bückte sich und hob eine American Beauty auf. »Rosen!«

»Die waren für dich«, sagte er.

»Wunderschön.«

»Du hättest sie in der Vase noch wunderschöner gefunden.«

Sie beugte sich zu ihm hinunter. »Sie sind auf dem Boden auch wunderhübsch.«

Er deutete in Richtung Wohnzimmer, wo das Kaminfeuer

flackerte. »Wenigstens habe ich das Haus nicht in Brand gesteckt.«

»Ja«, erwiderte sie mit ernster Förmlichkeit, »dafür sollten wir dankbar sein.

Er sah sie an, und alle seine Pläne für eine lange, langsame Verführung gingen in Rauch auf.

Sie legte den Zeigefinger an ihre Lippen und dann an seine. Leicht feucht. Sehr süß. Er nahm ihren Finger zwischen die Lippen und biss zart zu. Seine Zähne drückten auf das weiche Fleisch.

Ihre Augen wurden groß, und ihr Seufzer des Verlangens weckte sofort seine Lust.

»Ich wollte mir die ganze Nacht Zeit lassen, dich zu verführen.«

Sie neigte sich zu ihm. »Ich würde sagen, du bist deinem Zeitplan ziemlich voraus.«

Glas, Wasser und Rosen waren vergessen. Das Abendessen auch. Der einzige Hunger, der zählte, war der Hunger, den sie aufeinander hatten, das starke, fast schon unbezähmbare Bedürfnis, zusammen zu sein, auf jede nur mögliche Art und Weise.

Sie liebten sich im Stehen, ihr Rücken an die Wand gelehnt und ihre schönen Beine fest um seine Hüften geschlungen. Er drang kraftvoll in sie ein, und sie tat es ihm an Leidenschaft und Erregung gleich. Sie war die Geliebte, die Frau, die zu finden er sein Leben lang gewartet hatte. Ihr runder Po passte wunderbar in seine Hände. Er spürte ihre Glut, als er sie an der Stelle streichelte, an der sie vereint waren. Sie nahm seine Zunge tief in ihren Mund auf, streichelte ihn und neckte ihn mit ihren Zähnen. Ihr Rock war bis zur Taille hoch geschoben. Sie trug noch immer die hohen Schuhe und die dunklen Strümpfe, die an diesem Stückchen Spitze hingen, das sich Strumpfgürtel nannte. Er hatte die Hand unter ihren Rock geschoben, war mit den Fingern den Schenkel entlang nach oben gefahren und erwartete, ein Hindernis aus Spitze vorzufinden. Stattdessen glitten seine Finger über ein Gewirr weicher Locken zwischen ihren Beinen. »Überraschung«, sagte sie und sah zugleich schüchtern und wild und hinreißend schön aus.

Diesen Anblick würde er den Rest seines Lebens im Herzen behalten.

Maggy schrie auf, als sie kam. Der Laut schien aus einem Teil ihrer Seele zu kommen, von dessen Existenz sie bis zu diesem Augenblick nichts gewusst hatte, einem Ort jenseits aller Worte, ohne Regeln, Grenzen oder Erwartungen. Der Klang ihrer eigenen, in Verzückung erhobenen Stimme umfloss sie wie Mondlicht und wusch in diesem Moment auch noch den letzten Rest ihrer Hemmungen weg. Man liebte sich möglichst leise, wenn man Kinder hatte. Schreie der Leidenschaft wurden mit Küssen, Kopfkissen und kräftigen Händen erstickt. Quietschende Federn, der dumpfe Klang eines Kopfteils, das immer wieder an die Wand stößt, die Geräusche, die die Liebe macht, schienen noch lauter, wenn man zu Eltern geworden war und sie durch die neugierigen und unwissenden Ohren eines Kindes hörte.

Früher hatte sie geträumt, hoch über den Wolken zu fliegen, immer weiter emporzusteigen in den Himmel. Nun brauchte sie diesen Traum nicht mehr. Jetzt segelte sie mit offenen Augen durch die Sterne, jedes Mal, wenn er sie berührte.

»Keine Pizza«, sagte Claire, als ihre Mutter ihr ein Stück Peperonipizza anbot. »Ich mach mich über den Salat her.« Sie hatten sich um Maggys Küchentisch versammelt, schwatzten über den neuen Mann in Maggys Leben und aßen.

Rita schüttelte bestürzt den Kopf. »Du bist sowieso schon zu dünn«, beklagte sie sich. »Ich hoffe, du machst nicht schon wieder eine Diät.« In dieser Bemerkung steckte eine Frage, eine, die ihre Mutter nicht stellen würde, doch da war die Frage trotzdem.

»Instandhaltung«, erwiderte Claire. »Das gehört zum Geschäft.«

Keine Angst, Ma. Keine Drogen. Schon seit mehr als fünf Jahren.

»Schönes Geschäft«, sagte Ellie. »Zu verhungern steht nicht ganz oben auf meiner Prioritätenliste.«

»Tja, und Arbeitslosigkeit steht bei meiner nicht ganz oben. Wenn ich arbeiten möchte, dann esse ich eben keine Pizza.«

Nicole sah sie über den Tisch hinweg an. »Nie?«

»Vielleicht ein- oder zweimal im Jahr«, sagte Claire, als sie den entsetzten Ausdruck im Gesicht ihrer Nichte sah. »So schlimm ist das nicht. Nach einer gewissen Zeit vergisst man, dass man sie einmal mochte.«

»Das kann ich mir nicht vorstellen«, entgegnete Nicole, und alle außer Charlie lachten. Er war viel zu sehr damit beschäftigt, Tigger und Data, die unter dem Tisch lauerten, mit Käsefäden zu füttern. Innerhalb von zwei Minuten hatten sie Claires gesamte Jahresration an Fett vertilgt.

Sie goss sich zwei Finger hoch Chianti ein und ignorierte die hochgezogene Augenbraue ihrer Mutter. Rita wusste, dass sie es sich nicht leisten konnte, mehr als ein paar Schlückchen zu trinken, ohne dass man es am nächsten Morgen ihrem Gesicht ansah. Mindestens. Doch sie verbannte den Gedanken aus ihrem Kopf. Visagisten konnten richtig brutal sein in ihrer Beurteilung des Rohmaterials, was vor der ersten Tasse Kaffee nicht leicht zu verkraften war. Erst heute Morgen war sie wieder mit der Nase darauf gestoßen worden.

Sam Deloy war einer der Besten. Das sagte jeder. New York streckte seine Fühler aus, und es war klar, dass er über kurz oder lang dem Garden State Adieu und dem Big Apple Hallo sagen würde. So war es immer mit den Guten. Man konnte sie nicht diesseits des Hudson halten, so sehr man sich auch bemühte. Es sprach sich immer irgendwie herum, und die Sirenengesänge von Manhattan lockten sie weg. Sie war jetzt seit zwölf Jahren in diesem Geschäft, und niemand hatte versucht, sie über den Lincoln Tunnel hinauszulocken.

Sie und Sam hatten sich heute Morgen bei den Aufnahmen auf dem alten Onassisbesitz in Peapack wie lange vermisste Freunde begrüßt. Sie hatten sich Luftküsschen gegeben und sich gegenseitig versichert, es sei schon viel zu lange her, seit sie sich zuletzt gesehen hatten, dann schob Sam sie ein bisschen zurück und schnalzte mit der Zunge. »Da werd ich heute wohl einen Zauberstab brauchen, mein Schätzchen«, erklärte er kopfschüttelnd. »Väterchen Zeit hat dich ja ganz schön hergenommen.«

Sie lachte, als hätte er einen köstlichen Witz gemacht. Was hätte sie auch sonst schon tun können? Wenn sie diesen Worten erlaubte, sich in ihrem Kopf festzusetzen, würde sie in Tränen ausbrechen. »Ich brauche deine geniale Kunst, Sammy. Du bist besser als mein Airbrush.«

»Ich scherze nicht, Darling«, erwiderte er, als sie auf dem Schminksessel Platz nahm und er sie abdeckte. Ihr Haar war schon auf heißen Wicklern. »Du wirst mehr als meine geniale Kunst brauchen.« Er unterzog ihr Gesicht einer gründlichen Inspektion, tupfte auf einen Fleck am Mund, unter den Augen und auf dem Wangenknochen. »Ich hoffe du warst zu Freddy in letzter Zeit besonders nett, denn mein Schatz, heute brauchst du ihn.« Freddy war der Fotograf, ein Mann der für sein Geschick, ältere Models perfekt auszuleuchten, bekannt war.

»Ich bin doch erst achtundzwanzig, Sammy«, sagte sie mit ruhiger Stimme, ganz im Gegensatz zu ihrem sonstigen ausgelassenen Ton. »So früh sollte es doch noch nicht geschehen.«

Hatte Maggy nicht vor einer Woche die gleichen Worte gebraucht? Claire hatte sie damals lustig gefunden, doch jetzt konnte sie darüber nicht mehr lachen.

Sie hatte eine äußerst unangenehme Zeit in diesem

Schminksessel verbracht, nur um Freddy und seinen Zauberlichtern gegenübertreten zu können. »Wie gut, dass ich Herausforderungen liebe«, stellte er fest, während er Scheinwerfer und Schirme herumschob, um die bestmögliche Anordnung zu finden.

»Ich weiß selbst, dass ich heute einen schlechten Tag habe«, schnauzte sie ihn an, als er sie vor eine weiße Leinwand stellte. »Du brauchst mich nicht dauernd darauf hinzuweisen.«

»Ach, empfindlich heute?«, erwiderte Freddy, während er ein Probepolaroid machte. »Die Kamera lügt nicht, Kindchen. Wenn ich es dir nicht sage, tut sie es bestimmt.«

Es war das erste Mal, dass sie bei der Arbeit die Selbstkontrolle verloren hatte. Sie senkte den Kopf und weinte, und sie weinte so lange, bis ihr Make-up ruiniert und ihre Augen zu rot und verquollen waren, als dass es irgendein Zaubertrick noch hätte verbergen können. Sie brachen die Aufnahmen ab, und ihr war klar, dass ihre Agentur ihr die Hölle heiß machen würde, wenn sie es erfuhr. Sie hasste es, für jeden Schritt, den sie tat, jemandem verantwortlich zu sein. Und noch mehr hasste sie es, wegen der Aufträge von ihnen abhängig zu sein. Sie sammelte ihre Sachen ein und ging zur Tür, als Freddy ihr in den Weg trat.

»Hör zu«, sagte er und legte seine schlanke Hand auf ihre Schulter. »Du weißt, ich wollte dich nicht zum Weinen bringen, oder? Du bist ein Kumpel, und mit Kumpels nehme ich kein Blatt vor den Mund.«

Sie wandte sich etwas zur Seite, gerade genug, damit er merkte, dass sie noch immer verletzt war. »Diese direkte Art ist vielleicht nicht immer die freundlichste.«

»An diesem Geschäft ist nichts freundlich«, stellte er fest, und sie wusste, dass er recht hatte. »Begeh nie den Fehler zu glauben, es ginge um was anderes als Äußerlichkeiten. Auf die Art landest du, wie Farrah und das Sinatramädchen, aufgeklappt im *Playboy*.«

»Das solltest du auf eines deiner Kissen sticken.« Sie schickte sich an zu gehen, doch er war noch nicht fertig. »Lebensweisheiten für ein junges Model.« Er schwieg kurz, dann fuhr er fort: »Und, hast du nun deiner Nichte die Fotos gezeigt?«

Claire fiel die leichte Veränderung in seiner Stimme sofort auf. Freddy hatte so viel Arbeit, er hätte ein Dutzend Stylisten beschäftigen können. Er hatte nicht die Zeit, sich mit etwas anderem abzugeben als etwas Wichtigem.

Ich habe also recht, dachte sie sich. *Nicole hat das, was ich in ihr sehe.*

»Noch nicht«, antwortete sie so beiläufig wie möglich. »Es war in letzter Zeit so viel los...« Sie ließ die Worte in der Luft hängen.

»Es könnte noch viel mehr los sein, wenn du sie mitbrächtest, um ein paar Leute kennenzulernen. Sie bleiben nicht ewig jung und attraktiv, Kindchen, falls du dich nicht mehr erinnerst. Ich möchte sie jungfräulich in die Hände bekommen.«

Natürlich erinnerte sie sich. Es war noch nicht so lange her, dass Freddy sie vor der St. Jude-Highschool hatte stehen sehen, ihr seine Visitenkarte in die Hand gedrückt und ihr ganzes Leben verändert hatte.

»Ich suche noch nach der Gelegenheit, das Thema mit ihrer Mutter anschneiden zu können.«

»Ihrer Mutter?«, hatte Freddy gelacht und zwei Reihen sehr teurer, sehr weißer Zähne hatten aufgeblitzt. »Sprich mit dem Mädchen, Herzchen, nicht mit der Mutter. So bringt man die Sache ins Rollen.«

So bringt man die Sache ins Rollen.

Sie schaute zu Nicole hinüber, die gerade ihr zweites Stück Pizza vertilgte. Das Mädchen war bezaubernd. Mit einer wunderschön klaren und feinen Kinnpartie, ebenmäßigen Zügen, die dennoch nicht langweilig waren, riesigen blauen Augen, sehr ähnlich denen von Maggy, und einer Mähne dicker, lockiger Haare, die, wenn sie nicht lila gefärbt waren, einen satten Walnusston hatten. Sie bewegte sich noch auf dem schmalen Grat, der die Brücke zwischen Mädchen und Frau darstellte, und sie war so schön anzusehen, dass Claire die Augen schmerzten.

Freddy hatte recht. Diese magische Zeitspanne dauerte nicht ewig. Genau wie ihre eigene Karriere. Alles veränderte sich, schneller als Claire lieb war. Wenn sie je mit Nicole über die Fotos reden wollte, dann war dieser Zeitpunkt so gut wie jeder andere.

»Na, Nic«, sagte sie, als sie ihren Stuhl zurückschob und aufstand. »Was hältst du davon, wenn wir einen Spaziergang mit den Hunden machen?«

Als Conor das Bett verließ, war es nach neun.

»Déjà vu«, bemerkte Maggy träge inmitten zerwühlter Laken und Deckbetten. »Ich könnte mich sehr leicht daran gewöhnen.« In Cape May war sie selig im Bett geblieben, während er hinaus in den Sturm ging, um Pizza zu holen.

»Wenigstens regnet es nicht«, sagte er, als er sich die ausgewaschene Jeans über die Schenkel hochzog.

»Und du musst nur bis in die Küche gehen.«

Er beugte sich über sie und küsste sie.

»Müde?«

»Ja, aber es ist eine schöne Müdigkeit.« Sie schmiegte sich kurz an seinen Hals. »Du bist ein sehr energiegeladener Mann.«

Er grinste. »Ich bemühe mich, zu erfreuen.«

»Dann möchte ich der Ordnung halber feststellen, dass dein Bemühen von Erfolg gekrönt ist.«

Er erinnerte sie an etwas, was sie getan hatte und was ihm besonders unvergesslich war, und nun musste sie grinsen. »Dort auf dem Stuhl liegt ein Morgenmantel«, sagte er und zeigte auf den Ohrensessel vor dem deckenhohen Bücherregal. »Und die Küche ist am Ende des Ganges, falls du kiebitzen möchtest, wenn ich koche.«

»Macht es dir was aus, wenn ich mich etwas umsehe?«, fragte sie ihn. »Ich möchte mir dein Bücherregal ansehen.«

»Da wirst du nichts Interessantes finden«, antwortete er. »Nur einen Haufen Lehrbücher von damals, als ich wieder die Schulbank drückte.«

»Ich würde sie mir gerne ansehen«, erwiderte sie. Sie wollte sie sehen und berühren und durch die Seiten blättern. Sie wollte alles über ihn wissen, was es zu wissen gab. »Aus dem, was ein Mann liest, kann man sehr viel schließen.«

»Aber wirf es mir nicht vor, wenn du am Ende enttäuscht bist.«

»Ich werde nicht enttäuscht sein«, sagte sie. »Das verspreche ich.«

Er küsste sie nochmals und ging kochen. Sie lehnte sich in die Kissen zurück und lauschte den Geräuschen sich öffnender und schließender Schranktüren und dem Geklapper von Pfannen. Leise war Miles Davis zu hören. *Sketches of Spain,* das einzige Miles-Album, das sie kannte und mochte. Also gefiel ihm sowohl Jazz als auch Motown. Vor zwei Sekunden hatte sie diese wichtige Tatsache noch nicht gewusst. Plötzlich hatte sie den Wunsch, nicht nur in seinem Bücherregal zu stöbern, sondern auch in den CDs. Sie sprang aus dem Bett, ging ins Bad und wickelte sich dann in den Morgenmantel, den er auf den Ohrensessel gelegt hatte. Weicher, alter Flanell, schon etwas dünn vom vielen Waschen. Und so alt, dass er Conors Form und seinen Geruch angenommen hatte. Die Arme in seine Ärmel zu stecken war fast schon ein erotisches Erlebnis. Wie konnte einfach alles an einem Mann so passen? Wenn sie recht bei Verstand wäre, müsste sie über dieses Ausmaß an Übereinstimmung erschrecken. Seine Laken, wie sie sich anfühlten, ihr Geruch, so wie er die Rollos stellte, die Seife im Bad, alles kam ihr vertraut vor. Vertraut und richtig, so als wäre sie an jeder dieser kleinen Entscheidungen beteiligt gewesen.

Sie beschloss, ihre Erkundungen mit dem Stapel auf dem

Tisch neben dem Ohrensessel zu beginnen. Da gab es nichts besonders Interessantes. Polizeiberichte. Juristerei. Ein Buch über die Geschichte der Rechtsmedizin. Es überraschte sie, daran erinnert zu werden, dass er Polizist war. Er sprach nie über seine Arbeit. Sie schien keine Rolle zu spielen bei seinen Plänen.

Wie seltsam. Bis jetzt hatte ihr Halbtagsjob im Pfarrhaus mehr Einfluss auf ihre gemeinsame Zeit als sein so wirklichkeitsnaher Job als Kriminalbeamter.

Ah, Moment. Was war das da drüben? Fotos! Die musste sie anschauen. Zwei kleine gerahmte Bilder standen da zwischen den Büchern auf dem dritten Regal von oben. Das war noch besser, als durch seine Bücher zu stöbern. Sie stellte sich auf die Zehenspitzen und erwischte das erste Foto, das in dem Rahmen aus schwarzem Leder. Es war das übliche Examensfoto. Ein junger Mann in Hut und Robe, sein Diplom in der Hand, strahlt in die Sonne. Er war sehr groß und dünn, und ihr genügte ein kurzer Blick, um die verblüffende Ähnlichkeit mit Conor zu erkennen. Sein Sohn Sean, natürlich. Wer hätte es sonst sein können? Das hieß, die hübsche blonde Frau rechts neben Sean war wahrscheinlich seine Mutter, Conors Ex-Frau. Sie hatte den leicht tränenumflorten Blick, den jede Mutter, die etwas auf sich hielt, bei so einem wichtigen Ereignis hatte.

Maggy betrachtete ihr Gesicht einen Moment lang und versuchte, sie sich mit Conor vorzustellen, doch für sie passten die beiden nicht so recht zusammen. Allerdings war da der hübsche Student und somit der Beweis, dass sie vor langer Zeit wohl doch sehr gut zusammengepasst hatten.

Es gelang ihr, auch das andere Foto herunterzuangeln. Es hatte einen Rahmen aus dunkel glänzendem Kiefernholz. Ein Familienfoto mit einem gut aussehenden, dunkelhaarigen Ehemann, seiner ebenso hübschen dunkelhaarigen Frau und ihren beiden unheimlich hübschen kleinen Töchtern. Sie standen vor Cinderellas Schloss in Disney World und lachten in die Kamera. Die beiden kleinen Mädchen trugen Mäuseohren.

»Der Salat ist fertig, und ich würde gerne eine Flasche Champagner aufmachen, also ...«

Sie drehte sich schnell um und sah Conor, herrlich zerzaust, in der Tür stehen. »Du hast gesagt, ich darf herumstöbern«, sagte sie lächelnd zu ihm. Sie hielt das Disney World Foto hoch. »Was für eine reizende Familie.« Er sagte kein Wort, und eine entsetzliche Vorahnung begann sich in ihr breitzumachen. Das Schweigen wurde immer drückender. »Er kommt mir so bekannt vor«, fuhr sie fort, in dem Versuch, das Schweigen mit Worten zu durchbrechen. »Ich habe ihn bestimmt schon irgendwo gesehen.«

»Das ist Bobby DiCarlo mit seiner Familie«, sagte Conor schließlich. »Er war mein Partner.«

»War?«

Das Angstgefühl in ihr wurde stärker. *Denk nach, Maggy ... wo hast du ihn schon mal gesehen?* »Ihr arbeitet nicht mehr zusammen?« Vielleicht ist Bobby DiCarlo aus dem Dienst ausgeschieden, oder entlassen worden, oder hinunter nach Florida gezogen. *Eine Tragödie ... du hast es in den Nachrichten gesehen ... eine entsetzliche Tragödie, die Leben veränderte ...*

»Bobby wurde letztes Jahr bei einem Autodiebstahl erschossen.« Er nannte ihr Tag, Stunde und Minute, in der es geschehen war. Er sagte ihr, wo. Er spuckte die Fakten aus wie ein Computer, der Daten herunterlädt. Nur seine Augen verrieten die Schwere seines Verlustes. »Ich hielt das Schwein so lange fest, bis der Einsatzwagen kam. Die Verhandlung beginnt nächsten Monat.« Seine Stimme wurde kratzig, und er wandte einen Moment den Blick ab, in dem klassisch männlichen Versuch, der niemals gelang, sich nichts anmerken zu lassen. »Ich hätte den Bastard umbringen und dem Bezirk den Ärger ersparen sollen.«

Ihre Augen füllten sich mit Tränen, die sowohl für den

Mann waren, der vor ihr stand, als auch für Bobby DiCarlo und seine Familie. Daher war ihr Bobbys Foto so bekannt vorgekommen. Sie hatte es sicher an die hundert Mal letztes Jahr in den Lokalnachrichten gesehen. An den Vorfall selbst konnte sie sich kaum erinnern. Sie war so sehr mit Schule und Arbeit und Alleinerziehen beschäftigt gewesen, dass das Interesse an den Nachrichten auf ihrer Prioritätenliste ziemlich weit nach unten gesackt war.

Doch für Conor war das keine Nachrichtenmeldung. Es war sein Leben. Sein Verlust.

»Die Geschworenen werden ihn schon für immer wegsperren«, sagte sie zu ihm. »Du hast das Richtige getan.«

»Das Richtige gibt es nicht«, erwiderte er und wandte sich ab. »Das sagt man uns aber nie.«

15

»Gibt's ja nicht!«, sagte Missy, und ihre hohe Stimme kratzte in Nicoles Ohr. »Ein Model?«

Nicole konnte es ihrer besten Freundin nicht verübeln, dass sie so skeptisch klang. Sie konnte es selbst kaum glauben.

»Im Ernst«, erwiderte sie, streckte ihre Beine vor sich aus und wackelte mit den Zehen. Der blaue Nagellack sah langsam etwas mitgenommen aus. »Tante Claire sagt, der Fotograf meint, ich könnte groß rauskommen.«

»Kannst du das lilafarbene Haar so lassen?«

»Ne-eh. Das Haar muss weg ... und zehn Pfund.«

»Zehn Pfund! Du hast Größe vier, Nic! Was wollen die denn, Größe null?«

Nicole erklärte ihr geduldig, dass die Kamera *beaucoup* Pfunde und Zentimeter hinzufügte und man daher noch besser als perfekt sein musste, um die Designerkleider so vorführen zu können, wie sie vorgeführt gehörten.

Missy musste darüber ein paar Sekunden nachdenken. »Hast du die Fotos gesehen?«

Sie konnte sich nicht verkneifen zu kichern, als sie sie so vor sich auf dem Schoß ausgebreitet ansah. »Du müsstest sie sehen, Missy. Ich sehe darauf aus wie fünfundzwanzig!« Wie eine Fremde, die sie auf einer Party getroffen hatte und zehn Minuten später nicht wiedererkennen würde.

»Wow«, ließ Missy sich vernehmen. »Du zeigst sie mir doch?«

»Morgen«, versprach sie.

»Und wann lässt du noch mehr Fotos machen?«

»Weiß ich nicht. Kommt darauf an.«

»Oh, oh«, sagte Missy. »Du hast es deiner Mutter noch nicht gesagt.«

»Geht ja nicht«, erwiderte Nicole. »Sie ist doch mit dem Typen aus, von dem ich dir erzählt habe.«

»Mit dem vom Telefon?«

»Ja-a.« Sie erzählte Missy, dass er Charlie behandelt hatte, als sei er mit ihm verwandt oder so.

»Wetten, dass Charlie es gehasst hat.«

Nicole grunzte abfällig. »Dieser kleine Wicht kann es gar nicht erwarten, dass der Trottel wieder kommt und mit ihm Basketball spielt.«

»Ist es ein cooler Typ?«

»Igitt. Er ist viel zu alt, um cool zu sein.«

»Und wie findet ihn deine Mom? Hat sie ihn sehr gern?«

»Sie hat sich von ihm in der Einfahrt küssen lassen«, sagte Nicole. »Ich kann kaum glauben, dass sie so etwas Ekelhaftes vor uns gemacht hat.«

Missys Stimme bekam den verträumten, bekloppten Ton, den sie immer hatte, wenn sie über etwas Romantisches sprach. »Glaubst du, sie sind verliebt?«

»Also bitte«, antwortete Nicole. »Das ist ja widerlich.«

»Dein Vater ist verliebt. Wieso deine Mutter nicht?«

»Weil sie nicht so ist«, erklärte Nicole. Außerdem war sie nicht davon überzeugt, dass ihr Vater wirklich in Sally verliebt war. »Sie hat viel zu viel zu tun, um sich mit solchem Zeugs zu beschäftigen.«

»Sie wird dafür schon Zeit gefunden haben.« Missy erging sich in Spekulationen über ihre Mutter und den großen Kerl mit dem sie essen war, und Nicole war nahe daran, aufzulegen.

Am liebsten hätte sie sich die Ohren mit den Händen zugehalten, um Missys dumme Bemerkungen nicht hören zu müssen. Missy hatte keine Ahnung, wovon sie redete. Ihre Eltern waren schon eine Ewigkeit zusammen und würden es wahrscheinlich noch bis zum Ende der Welt sein. Sie lebten seit dem Tag, an dem sie geheiratet hatten, in demselben Haus, und ihre Freundin hatte ihr gesamtes bisheriges Leben im gleichen Zimmer, im gleichen Haus und in der gleichen Stadt verbracht.

Missy wusste nicht, wie es war, sein ganzes Leben lang alle zwölf Monate umzuziehen. Oder wie man sich fühlte, wenn die Eltern geschieden waren. Manchmal dachte Nicole, ihr Herz sei in zwei große, fransige Teile zerrissen worden, die nie wieder zusammenpassen würden, nicht in einer Million Jahren.

Jeder meinte, sie gehe mit dem Problem Daddy und Sally unheimlich vernünftig um, doch niemand wusste, dass sie sich schon beim Gedanken daran in den Schlaf weinte. All diese Monate hatte sie geglaubt, Daddy sei nur einsam und Sally nur eine gute Freundin. In ihrem tiefsten Herzen hatte sie gedacht, die Scheidung sei nur ein riesengroßer, dummer Fehler, und früher oder später würden sowohl ihre Mom als auch ihr Daddy die Sache so sehen wie sie, und sie könnten alle wieder so zusammen sein wie früher.

Denn so, wie es früher war, war es wirklich gut gewesen, auch wenn sie die Einzige auf der Welt war, die sich daran erinnerte. Charlie schien es auch nicht mehr so viel auszumachen. Warum würde er sonst so nett zu dem Kerl sein, der ihre Mutter zum Essen ausführte? Sollte man nicht meinen, er müsste es hassen, zu sehen, dass sie einen Fremden küsste? Nicole hätte dem Burschen am liebsten gegen das Schienbein getreten, als er ihre Mom küsste. Es sah ja aus als hätte er ein Recht, das oder sonst was zu tun, so wie er sich lässig vorbeugte und ihr einen Kuss auf den Mund drückte. Ihre Mutter hätte ihm sagen sollen, er solle verschwinden, und ihn zurückstoßen müssen. Allerdings wollte sie vielleicht nicht, dass er verschwand, und das war eine so entsetzliche Vorstellung, dass Nicole bei dem Gedanken fast zu weinen anfing.

Sie erinnerte sich noch genau an den Tag, als ihre Eltern ihr und Charlie die große Neuigkeit mitteilten. Ihre Eltern riefen sie ins Wohnzimmer und sagten, sie sollten sich aufs Sofa setzen. Charlie war gerade sieben geworden, noch zu klein, um die Stimmung zu spüren und sich denken zu können, was kommen würde, doch Nicole spürte es. Sie hatte die Trauer in der Stimme ihrer Mom gehört, hatte den Ausdruck in den Augen ihres Dad gesehen, wenn er nicht merkte, dass sie ihn ansah. Charlie weinte, als er es erfuhr, doch Nicole vergoss keine Träne. Sie hörte zu und nickte, und als sie fertig mit Reden waren, sagte sie: »Kann ich jetzt auf mein Zimmer gehen?« Sie hatten sich angesehen, und dann hatte ihre Mom genickt und ja gesagt. Sie hatte sehr lange auf ihrem Bett gelegen, hatte die Decke angestarrt und nicht einen einzigen Gedanken gedacht.

»Wir sind sehr stolz auf Nicole«, hatten sie der Familientherapeutin des Stützpunktes berichtet, die sich einmal wegen der Scheidungsvorbereitungen mit ihnen getroffen hatte. »Sie geht sehr verständig damit um.« Um Charlie, der jedes Mal zu weinen schien, wenn man ihn ansah, machten sie sich Sorgen, doch Charlie war es, der darüber hinwegkam, noch ehe ein Monat vergangen war.

Zwei Jahre später hoffte Nicole noch immer auf ein Wunder.

Maggy und Conor aßen vor dem Kaminfeuer, fütterten sich mit langen Blättern von Romagnasalat, der mit Zitrone und Olivenöl angemacht war, mit warmen, knusprigen Brotstückchen und vom Wein süßen Küssen. Sie tranken große Tassen Cappuccino und aßen in Schokolade getauchte Biscotti. Er leckte die Schokolade von ihren Fingern, was zu einer kurzen aber schmerzlich wundervollen Begegnung gleich dort auf dem Boden führte.

»Autsch«, sagte sie hinterher, als sie näher zu ihm rückte. »Ich weiß nicht so recht, ob fünfunddreißigjährige Frauen für die Liebe auf dem Teppich noch geeignet sind.« Sie war ein einziger, äußerst befriedigter Schmerz.

Er schloss sie in eine dieser sagenhaften, sinnlichen, den ganzen Körper einbeziehenden Umarmungen, die fast so schön waren, wie sich zu lieben. »Hörst du mich etwa über meine kaputten Knie reden?«

Sie stützte sich auf den rechten Ellenbogen. »Dein Knie tun weh?«

»Verdammt weh«, antwortete er. »Zu viel Football im College.«

»Sag es nicht weiter«, sagte sie, »aber meine Knie sind auch nicht die besten.« Sie erzählte ihm von damals, als sie in der Schweiz beim Eislaufen waren und sie von der Frau des Colonel, die zweihundert Pfund wog, umgestoßen wurde. »Ich landete auf meinen Knien. Ich tat so, als hätte ich mich nur für ein kurzes Gebet hingekniet, doch keiner glaubte mir.« Sie hatte eine chirurgische Notversorgung des rechten Knies gebraucht und die Nacht im Krankenhaus verbracht.

Er küsste mit großem Brimborium ihre Kniekehlen, und Schauer des Vergnügens durchzuckten sie. O ja. Eine neue erogene Zone, die auf die Liste gesetzt werden musste.

Sie drückte die Lippen an seine Schulter und schloss die Augen. »Ich muss bald nach Hause«, flüsterte sie.

»Bleib.«

»Ich kann nicht.«

»Deine Mutter ist doch bei den Kindern.«

»Nein«, entgegnete sie. »Ich fände es nicht richtig.«

»Ich möchte nicht, dass du gehst.«

»Ich will auch nicht gehen, ich muss.«

Ihr Schweigen dauerte lange und war mit Küssen und Berührungen ausgefüllt, die mehr sagten, als Worte es je gekonnt hätten.

»Ich war nicht auf der Suche nach dir«, sagte er. »Ich bin schon seit fast zwanzig Jahren allein. Ich bildete mir ein, glücklich zu sein ohne dich.«

»Ich war fast zwei Jahre allein«, sagte sie. »Die Kinder und ich haben ein angenehmes Leben. Ich merkte nicht, dass etwas fehlte, bis ich dich fand.«

»Du könntest etwas Besseres kriegen«, erwiderte er. »Du könntest dir einen hübschen Jungen suchen mit einem Mercedes und einem dicken fetten Bankkonto.«

»Ich will keinen Kerl mit einem Mercedes.« Sie ließ Küsse auf seine Augenlider, seine Nase und Lippen regnen. »Du könntest dir jemand wie meine Schwester Claire suchen: jung, schön und ohne Ballast.«

»Ich will nicht deine Schwester Claire. Ich will dich, mit all deinem Ballast.«

Sie musste lachen. »Du weißt fast nichts über meinen Ballast. Charlie ist ein Schatz, doch Nicole ist zurzeit der Inbegriff der Verunsicherung Heranwachsender.«

»Sie wird es hinter sich bringen.«

»Mit Kindern ist alles anders«, sagte sie zu ihm, bemüht, ihr Denkvermögen nicht einzubüßen, während er ihre Brust mit großen, sanften Fingern streichelte. »Sie spielen bei jeder Entscheidung, die ich treffe, eine Rolle.« *Bei jedem Atemzug. Bei jedem Herzschlag.*

»So sollte es ja auch sein. Ich verstehe das.«

»Das ging alles so schnell«, sagte sie kopfschüttelnd. »Es gibt den richtigen Weg dafür, doch wir sind so sehr damit beschäftigt, Schallgrenzen zu brechen, dass ich mich kaum noch zurechtfinde.«

»Dann machen wir eben langsamer«, sagte er. »Einen Schritt nach dem anderen.«

Einen Schritt nach dem anderen. Einen aufregenden, wunderbaren, hoffnungsvollen Schritt nach dem anderen. Sie atmete etwas zittrig ein. »Wie würde es dir gefallen, den morgigen Tag mit uns zu verbringen?«

Er umarmte sie. »Ich würde sagen, das ist ein guter Anfang.«

* * *

»Du spinnst.« Conors Bruder Matt schleuderte diese Worte zwei Wochen später über den Pooltisch. »Du gehörst in die Klapsmühle.«

Sein Stoß ging daneben, und er fluchte leise.

»Dein Bruder hat recht«, bekräftigte Frank, der Patriarch der Rileys, als er sich den Punkt gutschrieb. »Wieso willst du deine Zeit mit einer geschiedenen Frau mit Kindern verplempern? Glaub es mir, du brauchst nicht auch noch die Probleme von anderen. Es gibt noch viele Karpfen im Teich, sag ich dir.«

Conor saß bei einem Bier an der Bar und fragte sich, warum zum Teufel er seiner Familie etwas von Maggy erzählt hatte. Als Erstes hatte ihn seine Mutter mit diesem schmallippigen Blick bedacht, den er seit seiner Kindheit schon hasste und vernichtend gemurmelt: »Wie schön, mein Schatz.« Dann hatten seine Schwestern sich über ihre schlafenden Babys hinweg angesehen und gemeint, sie hofften, er würde sie nochmals zu Tanten machen, bevor ihre Kinder im Rentenalter seien. Und jetzt zogen ihn seit einer Stunde sein Bruder und sein Vater mit seiner Wahl bei Frauen auf, und nun war er bald mit den Nerven am Ende. Zum ersten Mal seit über einem Jahr war er wieder ganz der Alte. Zum ersten Mal, seit Bobby gestorben war, hatte er das Gefühl, ein Recht zum Weiterleben zu haben.

»Du weißt schon, wovon ich rede«, sagte sein Bruder und machte ein Handzeichen für ein neues Guiness. »Du hast doch mehr als genug zu bewältigen in letzter Zeit. Ich glaube, du weißt nicht, was gut für dich ist.«

»Aber du schon?«

»Vielleicht«, erwiderte Matt. Komisch, dass er nicht hörte, wie das Eis unter ihm brach. »Ich weiß, dass du dir das ganze letzte Jahr über Vorwürfe wegen Bobbys Tod gemacht hast. Ich hab gesehen, wie du kreuz und quer durchs Land gezogen bist. Und jetzt kommst du und erklärst, du hast eine alleinerziehende Mutter mit zwei Kindern kennengelernt und willst Familienvater spielen. So was nennt man Übertragung, wenn du mich fragst. Du überträgst deine Schuldgefühle gegenüber den kleinen Mädchen von Denise und Bobby auf diese Puppe und ihre Kinder. Ist doch ganz klar zu sehen, wenn man sich ein bisschen auskennt.«

Conor starrte seinen kleinen Bruder erstaunt an. »Glaubst du diesen ganzen Mist wirklich oder findest du nur, dass es gut klingt?«

»He«, sagte Matt, offensichtlich beleidigt, »es würde dir nicht schaden, einige Zeit auf der Couch eines Therapeuten zu verbringen. Du könntest eine Menge über dich selbst erfahren, wenn du dich öffnen würdest.«

Er hatte nach Bobbys Tod einige Sitzungen mit einem Berater gehabt. »*Ich kann Ihnen nicht helfen, wenn Sie nicht mit mir sprechen wollen*«, hatte der Berater nach einer besonders unergiebigen Sitzung erklärt. Conor hatte nur seine Jacke genommen und war gegangen. Er neigte nicht zum Reden. Er bekämpfte seinen Schmerz mit Gewichten und einem Paar Laufschuhen und fand seine Seele in Maggys Armen wieder. Er hatte noch immer keine Antworten auf all die Fragen und würde sie wahrscheinlich auch nie bekommen, doch er machte Fortschritte. Vor einem Jahr noch hätte er das nicht für möglich gehalten.

»Sei doch nicht so empfindlich, Bruderherz.« Matt griff nach dem Guinness, das er auf dem Fensterbrett abgestellt hatte. »Mir geht es doch nur um dein Wohl. Die Kinder eines anderen Mannes zu übernehmen ist so, wie dessen Rechnungen zu übernehmen. Wer braucht das schon?«

Conor nahm einen großen Schluck von seinem Bier. »Tja«, sagte er, »du weißt das alles ganz genau. Deshalb hast du auch Lisa in den Wind geschossen, und das wegen einer Anzeigenmanagerin mit einem Überbiss und einem dicken Pensionsplan.«

Matt sah ihn finster an. »Ich hab dir doch gesagt, dass das nichts Ernstes ist zwischen Lisa und mir.«

»Das kannst du jemand anderem weismachen«, gab Conor zurück. »Ich war dabei. Ich habe euch zusammen gesehen. Sie war das Beste, was dir für lange Zeit über den Weg laufen wird, und du warst zu verdammt dämlich, um zu warten.« Sein Bruder hatte es immer schon eilig gehabt. Er wollte alles, und er wollte es sofort: Geld, Ansehen, Macht. Lisa war auf der juristischen Fakultät und hatte noch einen weiten Weg vor sich, und warten gab es nicht in Matts Vokabular. Was ihn betraf, war sie nichts weiter als eine Getränkekellnerin mit einem Traum.

»Warum sich in Schwierigkeiten begeben?«, fragte Matt und sah Frank zu, wie er seinen Stoß vorbereitete. »Warum das Leben komplizierter machen, als es sowieso schon ist?«

Ihr alter Herr versenkte zwei Kugeln und hörte dann auf. »Da hat er nicht ganz Unrecht«, sagte Frank, als er zu Conor an die Bar trat. »Man liegt nicht gerade auf Rosen gebettet in einer Ehe. Wozu die Kinder eines anderen übernehmen, wenn man nicht muss?«

Conor war froh, dass der Mann seiner Ex-Frau vor Jahren nicht auch so gedacht hatte. Nachdem er die Kinder von Maggy kennengelernt hatte, hatte er noch mehr Respekt vor dem Burschen als zuvor. Es war wirklich nicht so einfach, vor allem mit ihrer Tochter, doch das würde er seinem Vater und seinem Bruder nicht erzählen.

»Ihr beide klingt wie aus dem Mittelalter.« Er knallte seine Dose Coors auf die polierte Theke der Bar. »Wer hat überhaupt von heiraten gesprochen? Ich erzähle, dass ich mich mit einer Frau namens Maggy treffe und dass sie zwei Kinder hat, und schon ist hier der Teufel los.«

»Hast du in letzter Zeit mal in den Spiegel geschaut?«, fragte ihn sein Vater. »Du stehst auf der schwarzen Liste. Alles, was noch fehlt, ist die Heiratsurkunde.«

»Hört mal«, sagte er, »ich bringe sie am Sonntag zur Taufe mit, und wenn einer von euch Spaßvögeln anfängt …« Er ließ den Satz vielsagend in der Luft hängen.

Sein Vater hob die Hände wie ein Verbrecher, der sich der Staatsgewalt beugt. »Von mir wirst du kein Sterbenswörtchen hören.«

»Mach doch, was du willst«, sagte Matt und schob die Kugeln für ein neues Spiel zusammen. »Geht mich doch nichts an, wenn du dein Leben ruinieren willst.«

»Kommt *er* schon wieder her?«, fragte Nicole Maggy bei ihrem späten Sonntagsfrühstück.

Maggy unterdrückte einen Seufzer. Ihre Tochter hatte es sich angewöhnt, in Kursivschrift zu reden, wenn sie von Conor sprach. »Ja, Conor kommt vorbei«, antwortete sie ruhig. »Wir gehen zur Taufe seines Neffen in Absecon. Weißt du nicht mehr? Ich hatte dich gebeten, mitzukommen.«

Nicole verdrehte die Augen. »Ist ja toll.«

»Wir würden uns trotzdem freuen, wenn du mitkämst.«

»Glaub ich nicht.«

»Charlie geht auch mit.«

»Als ob er die Wahl hätte«, murmelte Nicole.

Lass es. Lass dich nicht ködern. Wenn du das tust, blockt sie ganz ab.

»Du hast dich in letzter Zeit ziemlich zurückgezogen, Nic. Du fehlst mir.« Jede freie Sekunde schien mit Freunden und Schulveranstaltungen derart ausgefüllt zu sein, dass sie auf Maggys Radarschirm nicht zu sehen war. Sie hatte ein etwas schlechtes Gewissen, weil sie so mit Schule, Arbeit und Conor beschäftigt war, dass sie sich nicht allzu sehr darum gekümmert hatte, was ihre Tochter so machte. Ehrlich gesagt, hatte sie sich schon so daran gewöhnt, mit ihren Annäherungsversuchen auf Ablehnung zu stoßen, dass sie sehr erleichtert war, sich nicht ständig bemühen zu müssen. »Ich fände es schön, wenn wir etwas Zeit als Familie verbringen könnten.«

Die übellaunige Maske auf dem schönen Gesicht ihrer Tochter hob sich für einen Moment, gerade lang genug, um

Maggy erkennen zu lassen, dass es dahinter noch immer ihr kleines Mädchen gab. Es genügte, um ihr Hoffnung zu machen.

»Als ob du überhaupt bemerken würdest, dass ich nicht da bin«, erwiderte Nicole.

»Ich habe bemerkt, dass du das Lila aus deinem Haar gewaschen hast.«

»Nicht der Rede wert«, entgegnete Nicole und zuckte die schlanken Schultern. »Ich war's leid.«

Sie streckte die Hand aus und strich ihrer Tochter liebevoll über den seidigen Kopf. »Ich freue mich, deine eigenen schönen Haare wieder zu sehen.«

Nicoles Augen blitzten. »Ich werd sie vielleicht grün machen.«

Maggy zog den Arm zurück und faltete die Hände auf dem Tisch. »Nickel«, sagte sie. Es war der alte Kosename ihrer Tochter. »Was habe ich dir getan, dass du so reagierst?«

Die Wut ihrer kleinen Tochter ergoss sich in einem Strom von Tränen und zornigen Worten über den Tisch. »Daddy rief heute Morgen an. Er hat sie *geheiratet!* Letzte Nacht hat er sie geheiratet, und mir hat er vorher nichts gesagt.«

Maggy war nahe daran, zusammen mit ihrer Tochter in Tränen auszubrechen. Nur hatte es diesmal nichts mit Charles und Sally zu tun, sondern alles mit ihrem Kind. Dieser Schmerz. Wie sehr wünschte sie sich, ihn wegzaubern zu können. »Oh, Liebling, es tut mir so leid, dass du es erst hinterher erfahren hast, aber du wusstest doch, dass dein Vater und Sally sich lieben und vorhaben, zu heiraten. Eine so große Überraschung ist das doch nicht.«

»Ist es *schon!*«, schrie Nicole. »Das hätte nicht passieren dürfen! Er hätte sie nicht heiraten dürfen. Er hätte …« Sie hielt inne, vergrub ihr Gesicht in den Händen und schluchzte herzzerreißend.

Maggys Herz ging es auch nicht besser. »Du hast gedacht, dein Daddy und ich kämen wieder zusammen, ja?«

Von Nicole kam keine Antwort, nur das Geräusch anhaltenden Schluchzens.

»Oh, Liebling, auch wenn dein Daddy Sally nicht geheiratet hätte, wäre das nie geschehen. Wir haben euch doch alles erklärt. Dein Daddy und ich, wir mögen und respektieren uns, aber irgendwann im Lauf der Zeit haben wir aufgehört, uns so zu lieben, wie Ehemann und Ehefrau sich lieben sollten. Es gab nie einen Weg dorthin zurück.«

»Vielleicht, wenn du *ihn* nicht getroffen hättest, vielleicht hätte es dann einen gegeben.«

»Nein«, erwiderte Maggy leise, »nicht einmal dann.«

»Ich verstehe das nicht«, sagte Nicole und wischte sich die Augen mit dem Ärmel ab. »Ich dachte, wenn man jemanden liebt, dann tut man das für immer. Wie kann man einfach aufhören, so als hätte das alles nie etwas bedeutet?«

O Gott. Hilf mir, das Richtige zu sagen. Hilf mir, etwas zu erklären, das ich selbst nicht verstehe. »Dein Daddy und ich, wir haben uns sehr geliebt. Auf gewisse Weise tun wir das noch immer. Nur die Art, auf die wir uns lieben, hat sich geändert.«

»Warum?«, wollte Nicole wissen. »Ich verstehe nicht, warum sich die Dinge ändern müssen. Heißt das, du wachst eines Morgens auf und liebst mich auch nicht mehr?«

»Ich werde dich immer lieben, Schatz. Du bist mein kleines Mädchen. Meine Erstgeborene.«

»Warum sollte ich dir das glauben? Du hast gesagt, du wirst Daddy ewig lieben, und du hast es nicht getan. Warum sollte es bei mir anders sein? Damit stieß Nicole ihren Stuhl um und stürmte aus dem Zimmer.

Für einen Moment war Maggy wie betäubt. Wie oft schon hatten sie diese Szene durchlebt? Der wütende Teenager. Die ratlose Mutter. Die dazugehörigen Geräusche einer zugeworfenen Schlafzimmertür und das laute Schluchzen dahinter, das mit schöner Regelmäßigkeit Maggy das Herz zerriss. In der Vergangenheit hatte sie diesem Auftritt immer seinen

Lauf gelassen, doch diesmal sprang auch sie vom Stuhl auf und rannte den Gang entlang hinter Nicole her.

»Schatz, wir müssen doch miteinander reden«, sagte sie zu der versperrten Tür. Sie hörte gedämpftes Weinen. »Nickel, bitte, sperr mich nicht aus.« Wie war es dazu nur gekommen? Sie hatte dieses kleine Mädchen neun Monate in ihrem eigenen Körper getragen, es gestillt, ihm die Windeln gewechselt, seine Tränen getrocknet; und alles, was ihr nun zu tun blieb, war, vor ihrer verschlossenen Schlafzimmertür zu stehen und um ein Wunder zu beten. Sie hörte Bettfedern quietschen, leise Schritte, dann das Knirschen eines Schlüssels, der im Schloss umgedreht wurde. Sollten ihre Gebete erhört worden sein?

Sie drückte die Klinke nieder. Die Tür öffnete sich weit, und sie sah ihr kleines Mädchen diagonal über dem Bett liegen, das Gesicht in den flauschigen rosa und weiß bezogenen Kissen vergraben. Ein Strahl der Morgensonne fiel durch die großen Fenster und ließ die goldenen Strähnen im Haar ihrer Tochter aufleuchten. All die Missverständnisse und der Ärger zerschmolzen in eine Woge der Liebe, die so gewaltig war, dass sie sie fast nicht ertrug.

»Oh, Baby.« Sie setzte sich auf den Rand des Bettes und legte eine Hand auf Nicoles zitternde Schulter. Plötzlich verstand sie die Tränen. »Ich weiß, wie sehr du Daddy vermisst.« Sie hatte ihren Vater, damals vor vielen Jahren, auch vermisst. Sie hatte nie aufgehört, ihn zu vermissen, und würde es auch nie tun.

»Ich hasse ihn!« Nicoles Stimme war durch die Kissen gedämpft. »Wie kann er jemanden heiraten, den ich nicht mal kenne?«

»Er wollte dich damit doch nicht verletzen«, sagte sie und versuchte Worte zu finden, die die Wunden ihrer Tochter heilen würden. »Er und Sally sind nun schon eine Weile zusammen, und sie lieben sich sehr. Die Zeit muss ihnen reif erschienen sein, zu heiraten.« So. Sie hatte es ausgesprochen und lebte noch immer, atmete noch immer. Charles und Sally waren verheiratet, und ihre Welt drehte sich dennoch weiter. Wie schnell sich die Dinge zum Besseren gewandelt hatten. »Du musst bedenken, wie weit weg dein Daddy ist, Nic. Er ist bestimmt sehr einsam.« Wie erklärt man einem fünfzehnjährigen Mädchen, dass die Zeit, je älter man wird, umso schneller vergeht, und man manchmal einfach die Augen schließen muss und den Sprung wagen?

Nicole sah zu ihr auf, das Gesicht tränenüberströmt und voller Schmerz. »Ich könnte zu ihm ziehen«, sagte sie. »Charlie könnte hier bei dir leben und ich bei Daddy.«

»Das ist keine so gute Idee«, widersprach Maggy und versuchte vorsichtig, durch ein mütterliches Minenfeld zu navigieren. »Dein Daddy und ich sind der Meinung, es ist besser, du und Charlie bleibt hier bei mir und geht in Amerika in die Schule.« Sie hatten ihr ganzes Leben unterwegs verbracht, so kam es ihr jedenfalls vor. Es war Zeit für ein bisschen Beständigkeit.

»Du und Daddy seid der Meinung, es ist besser, ich bleibe hier, aber interessiert es denn keinen, was ich dazu meine?«

Maggy öffnete gerade den Mund, um diese Behauptung zurückzuweisen, als sie ein glänzendes Stückchen Papier unter den Rüschen der Tagesdecke hervorspitzen sah. Sie bückte sich und hob ein halbes Dutzend acht auf zehn Hochglanzabzüge auf. »Was in aller Welt …?« Sie waren alle schwarz-weiß, alle sehr schön und alle von ihrer sehr erwachsen wirkenden Tochter.

Nicole setzte sich auf, die blauen Augen in einer Mischung aus Stolz und Schreck geweitet. »Die gehören mir«, sagte sie und versuchte, sie Maggy wegzunehmen. »Die gehen dich nichts an.«

»Woher hast du die?«

Nicole starrte sie mit geschlossenem Mund an.

»Nicole.« Maggy gelang es, zu verhindern, dass ihre Stimme zitterte. »Ich habe dich etwas gefragt. Wer hat diese

Fotos gemacht?« Es waren provokative Bilder. Raffiniert, an der Grenze zu offenkundig sexy.

»Irgendein Kerl.«

Irgendein Kerl. Bei dieser Vorstellung wurde Maggy buchstäblich übel. »Wie heißt er?«

Sie holte tief Atem, um sich zu sammeln. »Wo hast du ihn kennengelernt?« Es war nicht das erste Mal, dass Nicole von sogenannten Talentsuchern angesprochen worden war, die vor der Schule Ausschau hielten nach besonders gut entwickelten, naiven jungen Mädchen.

»Ich weiß den Namen nicht mehr.«

»Du weißt den Namen nicht mehr?« Ihre Stimme kletterte um eine Oktave. »Wie kannst du …«

»Er ist einer von Tante Claires Freunden.«

»Claire?« Ihr wurde schwindlig. »Claire hatte damit zu tun?«

Nicole hatte diesen wie von Scheinwerfern geblendeten Blick, den sie immer bekam, wenn sie sich von einer direkten Frage in die Enge getrieben fühlte. »Was kümmert es dich eigentlich?«, konterte sie. »Wo du doch nie zu Hause bist, kannst du gar nicht wissen, was passiert. Immer bist du in der Arbeit oder in der Schule oder bei *ihm*.«

Der Schuss einer Tochter traf immer ins Herz, vor allem wenn sie Schwäche fühlte. Schuldgefühle: der wunde Punkt jeder Mutter.

»Das ist unfair, Nicole, und du weißt das auch.«

Nicole starrte sie offenkundig feindselig an, und Maggy war hin und her gerissen zwischen dem Wunsch, sie so lange in die Arme zu nehmen, bis sie wieder zu Vernuft kam oder ihr lebenslänglich Hausarrest anzudrohen.

»Zieh dich an«, sagte sie und klemmte sich die Fotos unter den linken Arm. »Das genügt. Du kommst mit uns auf die Taufe.«

»Nein, tu ich nicht.«

»Keine Diskussion, Nic. Die ganze Familie geht.«

»Warum werde ich bestraft, weil du mit irgendeinem Trottel schläfst?«

Maggy hatte ihre Tochter noch nie im Zorn geschlagen, doch diesmal durchzuckte sie die Woge eines hässlichen Gefühls, das ihr Angst machte. »Zieh dich an, Nic«, wiederholte sie und zwang sich, sachlich zu bleiben. »Ich werde mich mit Claire über diese Fotos unterhalten, wenn wir nach Hause kommen.«

»Ich will die Bilder haben«, sagte Nicole und streckte die Hand aus. »Es sind meine.«

»Nicht verhandelbar«, erwiderte Maggy. »Und jetzt zieh dich bitte an. Conor wird in einer Stunde hier sein, und wir wollen ihn nicht warten lassen.«

16

»Es tut mir so leid«, entschuldigte sich Maggy zum zehnten Mal. »Ich habe keine Ahnung, warum Nicole nicht kommt.«

Sie sah bekümmert, mit den Nerven am Ende und besonders hübsch aus, und er konnte nicht länger den Mund halten.

»Doch, hast du schon«, sagte Conor, der mit einer Tasse Kaffee in der Hand in der Küche saß. »Wegen mir, stimmt's?«

Sie sah durch das Fenster Charlie zu, der im Garten mit den Hunden herumrannte. »Nein, nicht wegen dir. Sie hat mit der Vorstellung von *uns* ein Problem.«

»Da gibt es noch ein paar Leute.«

Sie drehte sich zu ihm um und sah ihm in die Augen. »Deine Familie auch?«

»Sie sind selbstherrlich. Ich bin es gewöhnt, doch ich dachte, ich sollte dich warnen.«

»Wenn du dem Angriff der Halloranschen Harpyien standgehalten hast, dann kann ich auch bestimmt einen Angriff der Rileys aushalten.« Sie rang sich ein Lächeln ab, doch es entsprach nicht ganz ihrem sonst olympiaverdächtigen Standard. »Wir hatten, kurz bevor du kamst, eine Auseinandersetzung.«

»Möchtest du mit mir darüber sprechen?«

»Nur der übliche Mutter-Tochter-Krieg.« Sie versuchte, es als harmlos hinzustellen, doch es gelang ihr nicht. Sie erzählte ihm, dass es mit der gestrigen Wiederverheiratung ihres Ex-Ehemannes angefangen hatte und zu einer Auseinandersetzung über ein paar Fotos eskaliert war.

»Du hast auch erst vor Kurzem von der Verlobung deines Ex erfahren, nicht?«

Sie nickte. »An dem Tag, an dem wir uns kennenlernten«, erwiderte sie und lachte dann leise. »Schlussstriche und Neuanfänge.«

Er kannte sich mit beidem aus.

»Und wie ist es mit dir?«, fragte er, er konnte nicht anders. »Geht es dir genauso nahe wie Nicole?« Er und Linda waren nur ein paar Jahre verheiratet gewesen, als sie sich scheiden ließen, aber ihre zweite Heirat hatte ihn dennoch wie ein Keulenschlag zwischen die Augen getroffen.

Keine schnellen Antworten. Nicht von seiner Maggy. »Es tat weh«, gestand sie nach kurzem Zögern ein, »aber es war mich nicht um. Es fällt mir nur schwer, mir vorzustellen, dass es einen neue Mrs O'Brien gibt.«

Dazu konnte er nicht viel sagen, ohne mehr von seinen eigenen Schwächen preiszugeben. Und davon hatte er kürzlich genug für den Rest seines Lebens gesehen.

Sie saßen einige weitere Minuten schweigend da, dann schob Maggy ihren Stuhl zurück. »Das reicht«, sagte sie. »Ich kann doch nicht zulassen, dass du die Taufe deines eigenen Neffen versäumst, nur weil meine Tochter einen schlechten Tag hat.«

»Wir haben noch Zeit«, erwiderte er. »Gib ihr noch ein paar Minuten.«

»Was ich ihr gerne geben würde, ist eine Ahnung davon, wie ich ihr Benehmen finde.«

»Soll ich nicht mit ihr reden?«

Sie sah ihn an und brach in Lachen aus. »Ach, das ist eine wirklich gute Idee.«

»Nicole und ich müssen uns doch eines Tages besser kennenlernen.«

»Und wenn du alles nur noch schlimmer machst?«

Er zuckte zusammen. »Einen Test mit dem Lügendetektor bestehst du nie.«

»Du weißt, dass ich es nicht so meine, wie es klang. Sie sieht in dir eine Bedrohung. Ich bezweifle, dass sie mit dir reden wird.« Sie küsste ihn auf die Schulter. »Ich kann einfach nicht glauben, dass ich das alles in ein paar Jahren mit Charlie noch einmal durchmachen muss.«

Er fasste sie um die Taille und hob sie auf seinen Schoß. »Ich meine es ernst, dass ich mit Nicole reden will. Früher oder später müssen wir eine Lösung finden. Je eher wir es angehen, desto besser.«

Sie hatte verstanden, was er sagen wollte. Er konnte es in ihren Augen sehen, an der Neigung ihres Kopfes, daran, wie sie seine Hand ein kleines bisschen fester drückte. *Ich gehe den ganzen Weg mit dir, Maggy. Ich bin auf Dauer bei dir.*

Sie küsste ihn auf den Mund. »Ist schon in Ordnung«, sagte sie. »Sie ist mein Problem. Ich würde es niemand anderem wünschen.«

»Jeeps gefallen mir schrecklich gut!«, sagte Charlie, als sie wenig später zur Einfahrt hinausfuhren. »Hast du schon immer einen Jeep gehabt?«

Conor grinste ihn im Rückspiegel an. »So ungefähr.«

»So einen will ich auch fahren, wenn ich alt genug bin«, erklärte Charlie, während er mit dem Zeigefinger etwas auf der Fensterscheibe malte. »Einen schwarzen, mit Gold verziert, und meinen Anfangsbuchstaben auf der Fahrertür.«

»Der Mann weiß, was er will«, sagte Conor zu Maggy, die neben ihm saß. »Das ist schon der erste Schritt.«

Maggy wollte gerade etwas sagen, wurde aber von einem lauten Seufzer vom Rücksitz her unterbrochen. »Hast du was gesagt, Nic?«, fragte sie höflich.

»Ich doch nicht«, erwiderte das Mädchen aus der Ecke an der Tür, in die sie sich gekauert hatte. »Ich hab nicht das Geringste zu sagen, zu niemandem.«

Conor warf Maggy einen Blick zu, und sie zuckte die Schultern. »Pyrrhussieg«, erläuterte sie, »zählt aber auch.« Nicole war zwar nicht gerne da, aber sie war da. Er konnte sich nicht vorstellen, was Maggy zu ihr gesagt haben könnte, welche mütterlichen Druckmittel sie zum Einsatz gebracht hatte, doch es mussten schwerwiegende gewesen sein.

»Du bist fast schon alt genug, um fahren zu dürfen«, sagte er zu Nicole. »Was für ein Auto würdest du kaufen?«

Wieder ein langer Seufzer, gefolgt von Schweigen. Er spürte, wie neben ihm in Maggy die Anspannung wuchs. »Vergiss es«, sagte er ruhig. »Ist nicht so wichtig.«

Gerade, dass er Nicoles goldene Haare noch im Rückspiegel sehen konnte. Es überraschte ihn, dass sich ein so großes Mädchen zu einem so kleinen Häufchen Elend zusammenrollen konnte, doch genau das hatte sie geschafft. Sie glich einer Parodie jugendlicher Verzweiflung, doch er fand nichts Komisches an ihren Gefühlen. Er hatte davon bei Sean während der paar Teenagersommer nur ein bisschen mitbekommen, doch er wusste, dass Linda das volle Quantum dessen, was Maggy jetzt mitmachte, abbekommen hatte. Bis jetzt hatte er nie so recht verstanden, worum es ging. Seine Bewunderung für seine Ex-Frau und seine neue Liebe wuchs ins Unermessliche.

Er wünschte, er würde ein bisschen davon auch für Nicole empfinden, tat es aber nicht. Sie war schön, schwierig, respektlos ihrer Mutter gegenüber und völlig verschlossen, was ihn betraf. Er bemühte sich, etwas von Maggy in ihr zu entdecken, eine winzige Angewohnheit oder eine Redensart als kleinen Anhaltspunkt, doch da war nichts.

Er konnte beim besten Willen nichts Nettes an dem Mädchen finden, doch sie war ein Teil von Maggy und daher wichtig für ihn.

Maggy spielte mit dem CD-Player herum und suchte in seinen Discs nach der geeigneten friedlichen Musik für die Fahrt zu Deirdre. Charlie bombardierte ihn mit Fragen über den Jeep, und es fiel ihm leicht, auf die Vater-Sohn-Schiene einzuschwenken, die er von Seans Besuchen bei ihm gewohnt war. Es war schön, mit Maggys Sohn zusammen zu sein. Da stimmte alles. Charlie musste man gern haben. Er war aufgeweckt, begeisterungsfähig und fröhlich, so wie seine Mutter, und Conor empfand einen Stich des Bedauerns, dass er diese Art des täglichen Zusammenlebens mit seinem eigenen Sohn verpasst hatte. Das war es vielleicht, worum es bei der zweiten Chance ging.

»Eines Tages passiert dir das auch«, hatte sein toter Partner nach einem Abendessen und Video, zusammen mit Denise und den Kindern, gesagt. »Da taucht eine Frau auf und *Peng!* Es ist um dich geschehen, so wie's bei mir war, als ich Deni zum ersten Mal sah.«

Bobby hätte sich bestimmt scheckig gelacht, wenn er ihn jetzt hätte sehen können: genau wie sein Partner früher fuhr er ein paar Kinder in seinem Jeep spazieren. Zum Brüllen komisch.

»Ich will nach Hause«, sagte Nicole zu Maggy nach zwei Stunden Taufparty.

»Ich auch«, flüsterte Maggy, »aber wir müssen auf Conor warten.«

»Da drüben ist er«, sagte Nicole und deutete auf einen Haufen Rileys in der Ecke. »Hol ihn her und sag ihm, dass wir hier noch überschnappen.«

»Wir sind seine Gäste«, wand Maggy ein und klammerte sich an ihre gute Erziehung. »Wir müssen warten, bis er gehen will.«

Nicole murmelte etwas und erklärte dann, sie wolle ihren Bruder suchen gehen, das absolut sicherste Zeichen für Verzweiflung, das Maggy sich vorstellen konnte.

Party: Eine Zehn, dachte sie sich, während sie in dem sehr schön geschmückten Haus um sich blickte. *Familie: Eine Null.*

Zu hart? Sie hatten Glück, dass Maggys Beurteilung nicht ins Minus ging. Jeder, angefangen bei Conors Mutter bis zu seinem kleinen Neffen, waren ausgesucht höflich zu ihr gewesen, doch das war auch alles. Falls sie gehofft hätte,

Wärme zu finden, wäre sie besser in den Kühlschrank geklettert.

Nie würde sie den Augenblick vergessen, als sie den Raum betraten und alles erstarrte. Die Unterhaltung. Das Gelächter. Jegliche Bewegung. Das Atmen sicher auch. Jede verdammte Aktivität erstarb, als sie sich umdrehten und sie mit Conor und ihren beiden Kindern hereinkommen sahen. Zum ersten Mal wurde ihr so richtig bewusst, wie er sich gefühlt haben musste, als er sich ihrer beeindruckenden Familie gegenüber fand.

Seine Schwester Deirdre, die Mutter des Täuflings, war höflich und freundlich, doch es war klar, dass sie dies nur als gute Gastgeberin war und mehr auch nicht. Seine Mutter ließ ein paar spitze Bemerkungen über Nicoles fortgeschrittenes Alter fallen, bis es Maggy gelang, im Gespräch einzuflechten, dass ihre Tochter erst fünfzehn war. Es gelang ihr, diese Tatsache auch in eine Unterhaltung mit Conors Brüdern einfließen zu lassen, und sie konnte nicht umhin, sich über deren enttäuschte Gesichter zu freuen.

Sie fragte sich immer wieder, was Claire sich nur dabei gedacht hatte, als sie diese Bilder von Nicole machen ließ. Wenn einer die Fallstricke des Modellebens kannte, dann war es ihre Schwester. Claire arbeitete seit der siebten Klasse als Model. Sie war mit sechzehn von der Schule abgegangen, um es als Beruf auszuüben, sehr zum Missvergnügen ihrer Mutter. »Sieh dir das an, Ma«, hatte Claire gesagt und mit einem fetten Scheck vor Ritas Nase herumgewedelt. »Das verdienst du nicht einmal in einem Jahr, auch nicht mit Überstunden.«

Rita hatte klein beigegeben, so wie Claire gehofft hatte. Geld hatte ihr ganzes Leben eine Rolle gespielt. Egal, wie viel Rita arbeitete, es reichte nie. Claires erstaunliche Gagen hatten die Machtverhältnisse zu ihren Gunsten beeinflusst, und Rita gelang es nie mehr, dies umzukehren. Claire trieb es, nachdem Maggy geheiratet hatte und weggezogen war, einige Jahre ziemlich bunt, und Rita schob dies auf ihre Karriere als Model.

Schlechter Einfluss, hatte Rita behauptet, doch Maggy war nicht so sicher, dass Claire keine Schuld traf. Gib einem Wildfang Geld und Unabhängigkeit, und der Ärger ist vorprogrammiert. Diesen Fehler würde sie bei ihrer Tochter nicht machen, egal, wie knapp das Geld manchmal auch sein mochte. Sie war enttäuscht darüber, dass Claire versuchte, ihr derart in den Rücken zu fallen. Sobald sie nach Hause kam, würde sie ihre Schwester anrufen und ihr gehörig die Meinung sagen.

Sie ging mit schnellen Schritten zum Buffet, um ihr Glas Punsch aufzufüllen, als einer der jüngeren Brüder von Conor zu ihr trat.

»Ich bin Matt«, stellte er sich vor. »Wir haben uns an diesem Abend in Atlantic City beinahe schon kennengelernt.«

Sie lächelte und hielt ihm die rechte Hand hin. »Maggy«, erwiderte sie und blickte um sich. Die schöne Blondine aus dem Restaurant war nirgends zu sehen.

»Falls Sie nach Lisa Ausschau halten, sie ist nicht hier. Wir waren nur gute Freunde.« Er deutete in Richtung einer ernsthaft wirkenden Frau, die in eine Unterhaltung mit anderen ernsthaft wirkenden Frauen vertieft war. »Ich bin seit einem Monat mit ihr zusammen.«

Maggy nickte. Die Verwendung des Pronomens ihr störte sie, doch sie wollte bei einer Taufe davon kein großes Aufheben machen. Matt war der Bruder, der weder Polizist noch Feuerwehrmann war, was ihn von den hier Versammelten abhob. Conors Vater war ein pensionierter Polizist, seine Onkel Feuerwehrmänner; die meisten seiner Cousins waren auch in irgendeiner Weise bei der Polizei. Maggy war klar, dass die Berufung der Familie im Aufrechterhalten von Gesetz und Ordnung lag.

Sie gluckten in fest gefügten kleinen Grüppchen zusammen, und es entging ihr nicht, dass keine dieser Gruppen Conor mit einbezog. Nur Matt, der angehende Hotelmanager, wirkte offen und freundlich.

»Ihre Tochter ist ein bildschönes Kind«, stellte Matt fest, während er sich Punsch eingoss, nachdem Maggy ihr Glas aufgefüllt hatte.

»Mit der Betonung auf *Kind*«, erwiderte sie. Es konnte nicht schaden, ihn daran zu erinnern.

»Sie zu hüten hat Ihnen bestimmt schon einige graue Haare eingebracht.«

»Mehr, als Sie sich vorstellen können«, sagte sie. »Ich habe schon daran gedacht, einen Wassergraben um mein Haus ziehen zu lassen, doch dafür wohnen wir nicht in der richtigen Gegend.«

Ihr Scherz ging völlig an ihm vorbei. *Dein Bruder hätte darüber gelacht.* Auch etwas, in dem er sich von seiner Familie unterschied.

»Sie sieht gut genug aus, um Model sein zu können.«

»Ich weiß«, entgegnete Maggy. »Und das Dumme ist, sie weiß das leider auch.«

Conor trat zu ihnen. Er legte eine Hand auf ihre Schulter, eine Geste, die an den im Zimmer versammelten Rileys nicht unbemerkt vorüberging. »Geht's dir gut?«, fragte er.

Sie lächelt zu ihm hinauf. »Was denkst du denn?«

Er streifte ihr Ohr mit den Lippen. »Wir brechen bald auf«, sagte er. »Sobald sie die Rede halten.«

Es gelang ihr, das Lächeln beizubehalten. Und auch, nicht zu applaudieren.

Sie plauderten zwanglos mit Matt, der die erstaunliche Gabe besaß, jede Unterhaltung wieder zurück auf sich und seine Ideen zu bringen, und bald schon gesellte sich die Matriarchin des Clans zu ihnen. Sie war groß, langgliedrig und wirkte so streng wie ihr eisgraues Haar. »Ihr bleibt doch zum Essen, nicht wahr?«, fragte sie die Gruppe. »Die ganze Familie geht in den *Golden Dragon*, sobald die Party abklingt.«

»Tut mir leid, Ma«, erklärte Conor, »aber wir müssen bald gehen. Maggys Kinder müssen morgen in die Schule.«

»Aber das ist doch ein besonderer Anlass«, wandte seine Mutter ein und sah Maggy auf eine Art und Weise an, die nur auch wieder eine Frau deuten konnte. »Sie können doch bestimmt eine Ausnahme machen.«

»Diesmal nicht«, erwiderte Conor.

»Ich weiß ja, Sie gehören nicht zur Familie«, sagte seine Mutter zu Maggy, »doch falls es Ihnen nicht allzu viel Mühe macht …«

»Conor hat recht«, sagte sie. »Wir müssen wirklich bald aufbrechen.«

»Es muss schwierig sein«, erwiderte seine Mutter, »allein zwei Kinder großzuziehen.«

»Ihr Vater ist mir eine große Hilfe«, sagte Maggy und verschluckte eine bissige Bemerkung. »Ich wünschte nur, der Tag wäre um ein paar Stunden länger.«

»Sind Sie schon lange geschieden?«

»Zwei Jahre«, sagte Maggy.

»Lebt er in der Nähe, meine Liebe?«

»Er lebt in London«, sagte Maggy freundlich. »Zusammen mit seiner neuen Frau.« *Da hast du was zum Schlucken, du neugierige Kuh.*

Mrs Riley war gut geübt in der feinen Kunst verbaler Kriegsführung, weibliche Abteilung. Sie wandte sich Conor zu. »Joe und Angie Renaldi haben letzte Woche ihr erstes bekommen. Acht Pfund und dreihundertvierzig Gramm.«

»Soso«, sagte Conor. Matt hatte sich schon bei der ersten Silbe über Ehe und Fortpflanzung aus dem Staub gemacht. »Was du nicht alles weißt.«

»Und dabei dachte er doch, er würde nie eine Familie bekommen.«

Conor drehte sich zu Maggy um. »Joe ist in meinem Alter«, erklärte er. »Seine zweite Frau ist dreiundzwanzig.«

»Aha«, erwiderte Maggy. »Ich verstehe.« Fortpflanzungsfähig, wollte Mrs Riley auf ihre dezente Art sagen. *Ich habe schon noch ein paar gute Jahre vor mir,* dachte sich Maggy und lächelte Conors Mutter milde an. *Ich bin noch nicht in den Wechseljahren.*

Einer der zahllosen Cousins kam hereingestürzt. »Kommen Sie schnell nach draußen«, sagte er zu Maggy. Seine Augen waren so groß wie Spiegeleier auf einem Teller. »Die gehen aufeinander los wie Hund und Katze.«

»O Gott!« Maggy schoss wie der Blitz zur Tür hinaus und durch den Garten auf den Aufruhr zu, der sich hinten bei der Schaukel abspielte. Charlie war lieb, aber ehrgeizig und dafür bekannt, sich wegen egal welchen Spiels, das mit einem Ball zu tun hatte, mehr Ärger einzuhandeln als nötig. Wenn er einem aus der Riley-Sippe eine blutige Nase verpasst hatte, dann ...

Nicole stand inmitten einer Gruppe wütender Rileys, von denen einer ihr die Arme auf dem Rücken festhielt. Eine Sekunde lang sah Maggy ihr Kind mit den Augen eines Mannes, und dieser Anblick jagte ihr Angst ein. Nicole sah wild, zerzaust und unglaublich schön aus. Die Rileys sahen einfach nur wütend aus.

»Lass sofort meine Tochter los!«, verlangte Maggy in einem Ton, den nur ein Dummkopf ignoriert hätte.

»Sie ist wahnsinnig«, sagte einer der unzähligen männlichen Rileys und ließ die Handgelenke von Nicole los. »Sie hat versucht, mir die Nase zu brechen.«

Maggy ging weiter auf die Gruppe zu, die Hände in den Seiten geballt. Obwohl sogar der kleinste der Rileys sie schon um mindestens fünfzehn Zentimeter überragte, wichen sie alle zurück. Kein Mensch, der recht bei Verstand war, würde sich zwischen diese Mutter und ihr Kind wagen. Nicht, wenn er wusste, was gut für ihn war.

»Was geht hier vor?« Die Frage war an alle gerichtet, doch ihre Augen fixierten ihre Tochter.

»Sie ist über ihn hergefallen«, sagte einer der Riley-Cousins. »Sie haben zu streiten angefangen, und plötzlich ist sie auf ihn losgegangen.«

»Nicole.« Sie zwang ihre Tochter sie anzuschauen. »Was ist geschehen?«

»Nichts«, murmelte Nicole. Ihr Gesicht war der pure Trotz.

»Stimmt das, was sie sagen?«

Sie zuckte mit den Schultern. »Kann schon sein.«

Maggy blickte wieder auf den immer größer werdenden Haufen von Rileys. »Will einer mir erzählen, was geschehen ist?«

»Sie war schuld«, sagte ein Mädchen mit glatten schwarzen Haaren. Sie zeigte auf Nicole. »Wir haben über Onkel Conor geredet, und da hat sie die Klappe aufgerissen und ...« Das Mädchen hielt abrupt inne. Ihre Wangen röteten sich, und sie wandte den Blick ab.

Plötzlich sahen sie alle unangenehm berührt aus, fast traurig, und entfernten sich langsam. Sie drehte sich um und sah Conor hinter ihr stehen. *Ich will es nicht wissen,* dachte sie. *Egal, was es ist, ich will es nicht hören.*

»Alles unter Kontrolle«, beruhigte sie ihn. »Aber ich bin der Meinung, dass es für uns Zeit ist, uns zu verabschieden und nach Hause zu fahren.«

Die Heimfahrt war trostlos. Nicole heulte von dem Moment an, als sie hinten in den Jeep stieg, bis sie in Maggys Einfahrt einbogen. Anfangs versuchte Charlie noch, sie aus ihrer tristen Stimmung herauszulocken, doch dann griff die Spannung im Wagen auch auf ihn über, und er fing auch zu weinen an. Aus Nicole jetzt die Geschichte herausbekommen zu wollen hatte im Augenblick keinen Sinn. Das hätte nur zu noch mehr Hysterie geführt, und davon war schon reichlich vorhanden.

Außerdem war Maggy sich nicht sicher, dass sie überhaupt wissen wollte, worum es bei dem Streit gegangen war. Sie redete sich ein, es spiele keine Rolle, es handele sich nur um die aufgeschaukelten Aggressionen von Teenagern, doch tief in ihrem Innersten war ihr klar, dass mehr dahintersteckte.

Maggy und Conor verzichteten auch bald darauf, den Anschein zu erwecken, sich zu unterhalten, und schwiegen vereint.

Es lebe das Familienleben, dachte sie sich, als er in die Einfahrt bog. *Der grandiose Zerstörer aller romantischen Vorstellungen.*

Ihre Mutter hatte gesagt, niemand könne ihre Kinder so lieben wie sie selbst, und damit hatte sie wahrscheinlich recht. Allerdings war sie sich in dem Moment, als sie Nicole, gefolgt von einem jammernden Charlie, die Treppe ins Haus hinaufrennen sah, nicht mehr ganz sicher, ob sie noch immer so verrückt nach ihnen war. Lieben, ja. Mögen? Das war etwas ganz anderes.

»Lauf«, sagte sie, als sie sich zu Conor umdrehte, der an der Motorhaube seines Jeeps lehnte. »Lauf um dein Leben.«

Er tat es nicht. Stattdessen breitete er die Arme aus, und sie schlüpfte in seine Umarmung. Es war ihr ziemlich egal, ob die ganze Nachbarschaft zusah.

»Wenn Welten aufeinanderprallen«, sagte sie und lehnte ihre Stirn an seine Brust. »Ich wette, du wünschst dir, du hättest uns alle zu Hause gelassen.«

Er küsste sie auf den Scheitel. Noch nie hatte jemand sie auf den Scheitel geküsst. Sie fühlte sich umsorgt und schloss die Augen vor dieser Woge von Sehnsucht, bei der ihr schwindlig wurde. Wenn es doch nur so einfach sein könnte.

»Ich wette, du wärst lieber zu Hause geblieben«, erwiderte er.

»So schlimm war es nicht.«

Er hob ihr Kinn an, bis sie ihm in die Augen sehen musste. »Versuch mich anzusehen, wenn du so etwas behauptest.«

»Das kann ich nicht«, sagte sie mit einem lächelnden Seufzer. »Ich hab gelogen. Es war ziemlich schlimm.«

»Ich habe meiner Mutter die Hölle heiß gemacht, als du draußen im Garten mit Nicole sprachst.«

»Das hättest du nicht zu machen brauchen.«

»Doch, musste ich schon.«

»Wieso muss es so kompliziert sein?«

»Weil wir keine achtzehn mehr sind«, antwortete er, »und nicht mit leichtem Gepäck reisen.« Sie beide zogen ihre jeweilige Geschichte hinter sich her wie eine Lokomotive ihre Wagenschlange.

»Deine Mutter findet, ich bin zu alt für dich.«

»Meine Mutter kann ein richtiges Ekel sein.«

»Ich glaube, sie hält Ausschau nach fortpflanzungsfähigem Material.«

Seine Hände umspannten ihre Hüften mit einer sanften, aber eindeutigen Geste.

»Ich sehe da kein Problem.«

»Du weißt, wovon sie spricht.« *Von Enkelkindern, einem ganzen Bündel davon, alle mit einem fünfzigprozentigen Anteil robusten Riley-Bluts, das durch ihre Adern fließt.*

»Ich habe vor etwa zwanzig Jahren aufgehört, die Ansichten meiner Mutter ernst zu nehmen, Maggy. Was sie denkt, spielt keine Rolle.«

»Da bin ich froh«, sagte sie, doch sie kannte die Probleme, die der Druck der Familie einer Ehe aufbürden konnte, aus eigener Erfahrung. Sie und Charles hatten sich prächtig verstanden, solange sie in Übersee stationiert waren, doch in der Sekunde, in der sie einer der beiden Familien näher als zwei Stunden Fahrt kamen, flogen die Fetzen. »Ich hätte mir nur gewünscht, die Kinder hätten einen besseren Eindruck hinterlassen.«

»Was macht das schon?«, sagte er. »Sie haben doch schon eine große Familie. Meine wird ihnen nicht fehlen.«

»Alleinerziehende Mütter werden danach beurteilt, wie gut erzogen ihre Kinder sind. Bei diesem Test bin ich heute mit fliegenden Fahnen untergegangen.«

»Was soll's«, sagte er und wiederholte es dann auf etwas derbere Art.

Maggy musste lachen. »Bei dir klingt das so einfach.«

»Wir werden das schaffen«, sagte er und drückte sie an sich. »Wenn sie merken, dass es uns ernst ist, bleibt ihnen nicht anderes übrig, als uns zu akzeptieren.«

»Weißt du noch, wie einfach alles war an dem Wochenende in Cape May?« Ihr war bewusst, dass sie wehmütig klang, doch das war nicht zu ändern. Ihr war wehmütig zumute. »Wir wussten nicht einmal, wie wir mit Nachnamen hießen.«

»Wir fahren wieder dorthin«, versprach er und streichelte ihr Haar.

»Machen wir bestimmt«, pflichtete sie ihm bei, doch sie fürchtete, es würde nicht mehr das Gleiche sein. Nun wussten sie schon zu viel, und was schlimmer war, sie wollten noch mehr.

17

Nicole konnte nicht schlafen. Sie warf sich hin und her und legte sich sogar eines der Kissen aufs Gesicht, um den Lärm und die Helligkeit abzuschirmen, doch es half alles nichts. Schließlich knipste sie die Nachttischlampe an und versuchte die neueste *Seventeen* zu lesen, aber sie war zu müde, um sich konzentrieren zu können. Die Worte tanzten auf der ganzen Seite herum, und es gelang ihr nicht, der Geschichte zu folgen, egal, wie sehr sie sich bemühte. Verärgert legte sie das Magazin beiseite und starrte die Ritzen in der Decke an.

Sie konnte ihre Mom und ihre Tante Claire in der Küche streiten hören. Das taten sie nun schon seit zwei Stunden, und Nicole war einem Schreikrampf nahe. Anfangs hatte sie bei ihnen gesessen und versucht, ihren Standpunkt zu vertreten – es war schließlich ihr Leben, über das sie sprachen –, doch ihre Mom hatte sie wieder auf ihr Zimmer geschickt. Sie hatte sich, Unterstützung erhoffend, an Claire gewandt, aber Claire hatte sie nur angeschaut und gesagt: »Hör auf deine Mutter«, und sich dann umgedreht. Genauso gut hätte ihre Tante ihr einen Pfahl ins Herz rammen können. Es hätte nicht mehr wehgetan als diese Worte.

Man konnte keiner von beiden trauen. Egal, welche Kleinigkeit sie auch versprachen, man konnte sich darauf verlassen, dass man, wenn man genau hinsah, das Hintertürchen fand, das sie sich offengelassen hatten. *Es ist zu deinem Besten, Schatz ... Ich denke dabei doch nur an dich ... Eines Tages wirst du es mir danken ... Wenn du so alt bist wie ich, wirst du mich verstehen ...*

Oh, sie verstand ganz gut. Sie verstand vor allem, wie ungerecht und egoistisch ihre Mutter die ganze Zeit gewesen war. Es war die Schuld ihrer Mom, dass sie keine Familie mehr waren. Nur weil sie keine Lust mehr hatte, immer wieder umzuziehen und Daddy von einem Ort zum anderen zu folgen. Sie behauptete, sie wolle sich an einem Ort niederlassen, ein richtiges Heim haben, ihren Collegeabschluss machen. Sie verschwendete nicht einen einzigen Gedanken daran, was Nicole oder Charlie wollten. Es war ihr einfach egal.

Und reich waren sie auch nicht. Ihre Mom konnte sich kein zweites Auto oder die Versicherung oder irgendeines der tollen Kleider leisten, die sie mit Melissa und Stacey am Samstagnachmittag in der Mall stundenlang bestaunte. Warum ließ sie sie nicht jetzt schon arbeiten, damit sie sich all diese Sachen selbst kaufen konnte? Und außerdem, wenn Tante Claire recht hatte und sie tatsächlich groß rauskäme als Model, dann könnte sie es sich leisten, sooft sie wollte, hinüber zu Daddy zu fliegen, egal, wie weit weg er stationiert war. Erster Klasse sogar, mit Shrimps umsonst und Platz zum Ausstrecken und als Nachbar vielleicht einen Filmschauspieler oder Rockstar.

Wahrscheinlich wusste er nicht einmal, wie sehr sie ihn vermisste, da es jedes Mal, wenn er anrief, so viel anderes zu bereden gab, dass wichtige Dinge irgendwie ins Hintertreffen gerieten. Ihr war klar, dass es nicht sein Fehler war, dass er so weit weg war. Sein Job bei der Army war wichtig, und manchmal schickten sie ihn an Orte, wo die Familie nicht mit konnte. Das war auch der Grund dafür, dass er und Sally so plötzlich geheiratet hatten, obwohl er gesagt hatte, sie würden es vor Weihnachten nicht einplanen. »Ich werde einige Zeit im Mittleren Osten verbringen«, hatte er ihr erklärt, und sie hatte sich bemüht, nicht in Tränen auszubrechen. »Ich wünschte, du und Charlie hättet dabei sein können, doch ich und Sally wollten es amtlich machen, bevor ich an Bord gehe, Nickel.« Woraus sie schloss, dass es dort, wo er hinfuhr, gefährlich war, auch wenn er selbst es nicht ausgesprochen hatte.

Einem Kind, das in der Army groß geworden war, konnte man nicht allzu viel vormachen, egal, wie sehr man sich bemühte. Sie wusste, dass ihr Dad irgendwo hinfuhr, wo es gefährlich war, genau wie sie wusste, dass ihre Mutter dabei war, einen riesigen Fehler zu machen mit diesem Polizisten. Falls ihre Mutter für einen Moment oder zwei wieder einen klaren Kopf bekam, würde sie erkennen, was für ein Wicht er war. Sie hatte ihre Tanten mit Großmutter über seinen toten Partner reden hören und dass es so aussah, als hätte dieser Riley seinen besten Freund geopfert, um seinen eigenen Arsch zu retten, was so ungefähr das Schlimmste war, was ein Polizist tun konnte. Ihre Tante Ellie war Rechtsanwältin, und sie hatte alles, was so geredet wurde, mitbekommen. Dass sie ihn beurlaubt hatten oder so, damit er Gelegenheit hatte, sich wieder auf die Reihe zu kriegen. Sie hatte das wirklich ganz harmlos zu diesen sturen Verwandten von ihm auf der Party gesagt, und die waren wie die Irren auf sie losgegangen, als hätte sie behauptet, Weihnachten sei aus Mangel an Nachfrage abgeschafft worden. Als wär's ihre Schuld, dass sie die Wahrheit nicht vertragen konnten.

Wen interessierte schon, was die dachten? Wen interessierte, was irgendeiner von ihnen über egal was dachte? Was war schon dabei, dass ihr Vater eine Frau heiratete, die sie kaum kannte, und dass ihre Mutter mit einem Kerl ging, der seinen besten Freund in die Schusslinie geschickt hatte. Ihr war das ab jetzt egal.

Sie stand auf, machte ihren Computer an und suchte nach der eingescannten Visitenkarte, die sie in Ordnern über Ordnern vergraben hatte. Sie brauchte die Hilfe ihrer Eltern nicht. Sie brauchte die Hilfe ihrer Tante Claire nicht. Sie käme wunderbar ohne sie zurecht.

»Halt dich aus den Angelegenheiten meiner Tochter raus«, sagte Maggy zu ihrer Schwester kurz vor der vierzehnten Runde, »und ich halte mich aus deinen heraus.«

»Du machst einen Fehler«, erwiderte Claire, während sie sich noch eine Tasse Kaffee eingoss. »Das Mädchen ist eine Goldgrube.«

»Das Mädchen ist meine Tochter, und ich will sie nicht enden sehen wie ...« Sie hielt abrupt inne, beschämt über das was sie hatte sagen wollen.

»Wie ich«, vervollständigte Claire mit einem trockenen Lachen. »Nur zu. Wir haben uns heute ja auch sonst alles an den Kopf geworfen. Sag es ruhig.«

Maggy war zwischen Wut und Beschämung hin und her gerissen. »Du hattest ein schwieriges Leben«, sagte sie vorsichtig. »Ich möchte, dass Nicoles Weg einfacher verläuft.«

»Gut ausgedrückt«, applaudierte Claire. »Ehrlich, aber nicht grausam.«

»Der Sarkasmus gefällt mir nicht.«

»Ich bin nicht sarkastisch. Du hast gesagt, was du gemeint hast, und ich erkenne das an. Ich hatte die meiste Zeit ein beschissenes Leben, und das möchtest du deiner Tochter ersparen. Wer sollte dir das verübeln?«

»Ich sagte schwierig«, wiederholte Maggy. »Das ist etwas anderes.«

»Beschissen. Schwierig.« Claire lachte erneut. »Das ist doch alles das Gleiche. Warum solltest du auch wollen, dass Nic ihrer verblühten und auf dem absteigenden Ast befindlichen Tante nacheifert?«

Maggy atmete geräuschvoll aus und füllte ihren Kaffeebecher wieder auf. »Nicht das schon wieder«, sagte sie. »Das ist doch langsam etwas abgedroschen, findest du nicht?«

»Das ist aber das, worüber wir schon den ganzen Abend reden«, gab Claire zurück. »Mein Stern ist am Sinken, der von Nicole geht auf. Ich kann ihr helfen. Ich kann sie führen. Ich kann dafür sorgen, dass sie so behandelt wird, wie sie es verdient, nicht so wie ich, als ich anfing. Ich kann dafür sorgen, dass es anders läuft.«

»Das habe ich schon verstanden«, entgegnete Maggy,

»doch es bleibt dabei, ich erlaube es nicht, dass meine fünfzehnjährige Tochter Model wird.« *Oder dass ich sie in deine Obhut gebe, Claire, egal, wie sehr ich dich liebe.*

»Du begehst einen Fehler.«

»Das glaube ich nicht.«

»Du bist hervorragend im Fehlermachen«, stellte Claire fest, »aber nicht besonders gut darin, sie zuzugeben. Das ist ein Charakterfehler, Mags. Du solltest daran arbeiten.«

»Wir sind aber nicht hier, um über meine abertausend Fehler zu diskutieren«, schnauzte Maggy sie an. »Wir sind hier, um uns darauf zu einigen, dass es keine heimlichen Fotosessions mehr mit meiner Tochter gibt.«

Claire starrte sie zornig über den Tisch hinweg an. »Du gehst immer auf Nummer sicher, nicht wahr, Mags? Du verlässt Charles und ein Leben auf Reisen und kommst zurückgekrochen nach Nirgendwo in New Jersey, um so zu leben, wie deine Mutter vor dreißig Jahren gelebt hat. So wie deine Mutter leben *wollte*. Ich kann mir schon vorstellen, wieso dir die ehrgeizigen Pläne deiner Tochter nicht gefallen.«

»Du bist wirklich widerlich, Claire. Ich denke, es ist Zeit, dass du nach Hause gehst.«

»Es ist nur die Wahrheit, Mags. Du bist doch diejenige, die die Wahrheit so liebt. Wieso ist sie so schwer einzusehen, wenn sie so nahe liegt? Nicole ist nicht du. Sie will nicht, was du willst. Ihr gefiel das Reisen. Sie vermisst Charles. Sie will mehr vom Leben als einen viertel Morgen und eine Hypothek.«

Maggy schob ihren Stuhl zurück. »Sprich wieder mit mir, wenn du vor deiner Tür gekehrt hast. Ich bin es jedenfalls nicht, die aus der Begabung eines fünfzehnjährigen Mädchens Kapital schlagen will.«

»Das vielleicht nicht«, erwiderte Claire, schob nun auch ihren Stuhl zurück und stand auf, »aber ich bumse dafür nicht mit einem Versager.«

Der Knall der Ohrfeige hallte in der stillen Küche wieder.

Maggy brannte die Hand vom Aufprall auf Claires makelloser Wange.

»Sehr nett«, sagte Claire und befühlte die rechte Seite ihres Gesichts vorsichtig mit den Fingern. »Noch etwas, dem Nicole nacheifern kann. Vielleicht sind wir uns doch ähnlicher, als ich dachte.«

»Es tut mir leid«, sagte Maggy und streckte die Hand nach ihrer Schwester aus. »Das hätte ich nicht tun dürfen.«

Claire wich einen Schritt zurück. »Erinnerst du dich nicht an den wundervollen Kerl, den Ma heiratete, kurz nach Dadys Tod?« Ihre Worte versprühten Gift. »Da hast du das Beispiel eines super Stiefvaters. Schon mal überlegt, wie gut sich dein Held da machen würde?«

»Das geht dich nichts an.«

»Sieht aber so aus, als ginge es jeden was an, sobald der Prozess beginnt.«

Maggy musste einen Moment lang nachdenken. Conor hatte seinen Partner nicht mehr erwähnt seit dem Abend in seinem Haus, als sie das Foto von Bobby und seiner Familie entdeckt hatte. Sie hatte die Verhandlung fast vergessen. Der Tod von Bobby war ein schrecklicher Unfall gewesen, eine herzzerreißende Tragödie, und es gab keinen Grund, mit Conor länger darüber zu reden. Wenn er über Bobby sprechen wollte, wäre es ihr eine Ehre, zuzuhören. Wenn nicht, war es auch in Ordnung. Letzte Woche hatte er erwähnt, dass der Prozess in der Woche vor Thanksgiving beginnen und voraussichtlich Ende der ersten Dezemberwoche enden würde. Er wirkte unbekümmert, und sie richtete sich nach ihm.

»Und das soll heißen?«

Claire schien verblüfft. »Das sollte doch wohl klar sein.«

»Ist es nicht.«

»Ellie hat dir nichts gesagt.«

»Was soll sie mir gesagt haben?«

»Es ist höchstwahrscheinlich ein glasklarer Fall, aber die Verteidigung wird versuchen, deinen neuen Freund mit

Schmutz zu bewerfen.« Claire sah so aus, als sei sie hin und her gerissen zwischen Vergnügen und Beschämung. Das Vergnügen gewann. »Es wird behauptet, er hätte Bobby DiCarlos Leben retten können, doch er sei wie angewurzelt stehen geblieben und habe auf die Waffe gestarrt, die auf den Kopf seines Partners gerichtet war, und hätte nichts unternommen, um ihm zu helfen.«

»Lächerlich«, erwiderte Maggy. »Das ist nicht der Mann, den ich kenne.«

»Du meinst, das ist nicht der Mann, den du zu kennen glaubst. Im Moment sind es wohl deine Hormone, die für dich das Denken erledigen, Mags. Du weißt doch gar nichts über den Kerl. Wirklich nicht.«

»Ich weiß alles, was ich wissen muss.« Er war liebenswürdig und liebevoll, klug und lustig, und er behandelte sie wie eine Göttin.

»Du bist fünfunddreißig Jahre alt und warst nur zwei Jahre deines Erwachsenenlebens Single. Du begehst jeden erdenklichen Fehler und merkst es nicht einmal. Mach die Augen auf, Mags. Du könntest tatsächlich eine Niete gezogen haben.«

»Du gehst zu weit«, warnte Maggy ihre Schwester. »Das geht dich überhaupt nichts an.«

»Du sagst, du tust alles für das Wohl deiner Kinder, und das glaube ich dir. Du bist die beste Mutter, die ich kenne, aber wenn du schon alles für sie tun willst, warum schaust du dich dann nicht nach einem besseren Stiefvater für sie um?«

»Diese Unterhaltung ist beendet.«

»Hast du Angst, Maggy? Fürchtest du, ich könnte auf ein hässliches bisschen Wahrheit stoßen, das du nicht schönreden kannst, so wie du alles schönredest, was nicht ganz so läuft, wie du es gerne hättest?«

Maggy zitterte vor Wut. »Raus hier, Claire.«

Claire packte ihre Sachen. »Denk darüber nach, was ich

gesagt habe. Er mag ja hervorragend im Bett sein, aber ist er auch gut genug, jeden Abend mit deinen Kindern am Tisch zu sitzen? Unsere Mutter hat sich die Frage nicht gestellt, und sieh, was es mir angetan hat.«

»Du kannst Ma's Heirat mit Cal nicht für deine Probleme verantwortlich machen, Claire. Die meisten davon hast du dir selbst zuzuschreiben.«

»Woher willst du das wissen?«, konterte Claire. »Du bist doch bei der ersten sich bietenden Gelegenheit abgehauen und hast uns auf dem Trockenen sitzen lassen.«

»Du stellst es so hin, als sei ich so von zu Hause fortgelaufen wie du, als du vierzehn warst. Ich habe geheiratet, Claire, falls du dich erinnerst? Weißes Kleid. Kirche. Blumen. Ich habe eine eigene Familie gegründet.«

»Du hast den ersten Ausweg ergriffen, der sich bot«, erwiderte Claire, nicht bereit, auch nur einen Zentimeter weit nachzugeben. »Charles war groß und hübsch und im Begriff, die Welt kennenzulernen, und du wolltest mit ihm gehen.«

»Ich hatte mich in ihn verliebt.«

»Und du wolltest weg.«

»Ja, ich wollte weg!«, schrie Maggy. »Ich wollte ein Heim und eine eigene Familie, mit einem Haus und einem Ehemann und zwei Kindern und einem Hund. Ich wollte das normale Leben ausprobieren und sehen, ob es mir gefällt. Ist das denn ein Verbrechen?«

»Ich wollte auch weg, Mags. Ich nahm nur einen anderen Weg. Sorg dafür, dass das Nic nicht passiert. Du würdest es vielleicht bereuen.«

Wie gewohnt war Charlie am nächsten Morgen wieder gut gelaunt wie immer, wohingegen Nicole Maggy noch immer sehr böse war. Die Küche flimmerte geradezu vor Feindseligkeit.

»Ich rate dir, dich zu beeilen«, sagte Maggy zu ihrer Tochter, die die Zeit über ihrer Müslischüssel vertrödelte, »denn ich habe heute keine Lust, dich in die Schule zu fahren, falls du deinen Bus verpasst.«

Die zu erwartende Abfolge schnippischer Bemerkungen blieb aus. Stattdessen schluckte Nicole schnell noch ein paar Löffel Cornflakes hinunter, goss den Rest Orangensaft hinterher, packte dann ihre Bücher und rannte zur Hintertür hinaus, ohne sich zu verabschieden. Charlie ging ein paar Minuten später aus dem Haus, und Maggy war allein mit Tigger, Data und dem Rest der Menagerie.

Ihr blieb noch eine Stunde, bis sie sich für die Arbeit fertig machen musste. Das Haus war aufgeräumt, und das Frühstücksgeschirr stand in Reih und Glied in der Spülmaschine. Vielleicht konnte sie die Zeit dazu nutzen, ein bisschen im Web nach Informationen über den Mord an Bobby DiCarlo zu surfen. Es war ihr unangenehm, in die Bibliothek zu gehen und Karen zu bitten, alle Artikel herauszusuchen, die damit zu tun hatten, vor allem weil Karen und jeder in der Stadt wusste, dass sie mit Conor ging. Das Internet bot wenigstens Anonymität.

Der gestrige Tag war ein derart komplettes Desaster gewesen, dass sie sich so leer und erschöpft vorkam wie ein kampfmüder Soldat. Es waren keine Bomben gefallen und keine Schüsse abgefeuert worden, doch das Gefühl, sich bei dieser Familienfeier der glücklichen Rileys in Feindesland zu befinden, war zu stark für Maggy, um es ignorieren zu können. Dummerweise war ihre eigene Familie kein bisschen besser. Jedes Mal, wenn sie Conor sahen, vermittelten sie ihm das Gefühl, ein entlaufener Verbrecher zu sein. Seine Familie hatte versucht, sie zur Außenseiterin zu machen. Ihre Familie hatte versucht, ihn mit Korbwürfen auszuschalten. *Tja,* dachte sie sich. *Zeigt uns nur, was ihr wirklich denkt.*

Sie schaltete den Computer an und nippte an ihrem Kaffee, während sie darauf wartete, dass Windows geladen wurde. Kein Wunder, dass vernünftige Menschen sich solche Mühe geben, Liebesaffären geheim zu halten. Ihnen war wohl klar, dass sie, wenn ihre Familien einmal ihre Klauen in das zarte Fleisch der Fantasie gesenkt hatten, rettungslos verloren waren.

Verloren. Na, das war aber ein hässliches Wort. Sie waren überhaupt nicht verloren. Ganz und gar nicht. Nur hatte diese so kurz nacheinander erfolgte Demonstration familiärer Missbilligung wie ein doppelter Eiswasserguss auf ihre romantische Glückseligkeit gewirkt, der ihnen vor Augen führte, ob es ihnen nun passte oder nicht, dass an ihrer Liebesgeschichte mehr als zwei Personen beteiligt waren.

Windows war inzwischen geladen, und sie klickte das Icon für die Verbindung ins Internet an. Ihr gefiel die Vorstellung, dass alles, was geschah, aus einem bestimmten Grund geschah. Möglicherweise hatten sie die anderen zu früh eingeweiht. Ihre Beziehung hatte sich mit Lichtgeschwindigkeit entwickelt. Vielleicht zog die Wirklichkeit auf diese Weise die Bremse an. Bei mehr als einer Gelegenheit hatte sie gespürt, dass er zum nächsten Schritt bereit und im Begriff war, von einer dauerhaften gemeinsamen Zukunft zu sprechen, und jedes Mal war es ihr mit Geschick gelungen, das Thema zu wechseln, da sie sich an die warnenden Worte ihrer Mutter erinnerte. *Kein Mann wird je deine Kinder so lieben wie du.* Wenn man einmal einen Mann in das Leben seiner Kinder gebracht hatte, änderte sich alles. Sie war noch nicht bereit, dies zu tun. Noch nicht. Vielleicht niemals.

Sie wählte ihre Lieblingssuchmaschine und tippte »Bobby DiCarlo UND New Jersey UND Mord UND Conor Riley« ein, drückte dann auf Enter und wartete darauf, dass das System die Informationen zusammentrug. Das Ergebnis war enttäuschend. Die DiCarlo-Geschichte war nur von örtlichem Interesse, und die meisten lokalen Blätter waren noch etwas hinterher, wenn es um darum ging, sich im Web darzustellen.

»Das ist zu dämlich«, sagte sie laut nach zwanzig Minuten Klicken und Scrollen. Sie wusste jetzt auch nicht mehr als vorher. Der Vorfall sah ganz so aus, wie Conor ihn ihr beschrieben hatte: eine tragische Folge von Ereignissen, die einem jungen Mann das Leben gekostet und seine Familie zerstört hatte. Nun, es schien Vermutungen darüber zu geben, wie es Conor gelungen war, ohne einen Kratzer davonzukommen, doch sie schrieb dies dem Versuch zu, die Geschichte etwas interessanter erscheinen zu lassen. Sie zweifelte nicht daran, dass er alles nur Mögliche getan hatte, um seinem Partner das Leben zu retten. War er nicht sofort eingeschritten, als dieser junge Mann sie an der Uferpromenade in Atlantic City belästigt hatte? Sie war eine völlig Fremde für ihn gewesen, und er hatte es dennoch für nötig gehalten, sich zwischen sie und eine mögliche Gefahr zu stellen. Daraus konnte sie einen wichtigen Schluss auf die Art von Mann ziehen, die er war.

Und dennoch hatte Maggy, während die Tage vergingen, den Eindruck, dass irgendetwas nicht ganz passte. Die Zwischenprüfungen näherten sich, und sie verwandte, zusammen mit ihrer Studienpartnerin Janine, sehr viel Zeit auf ›Krisenmanagement‹, während Conor damit beschäftigt war, sich mit seinem Anwalt in Übungssitzungen auf das strenge Verhör vorzubereiten, mit dem er vor Gericht rechnen musste. Ihre Mutter war für ein paar Tage zu ihr gezogen, um ihr bei den Kindern zu helfen, was Maggy erlaubte, zu kommen und zu gehen, wann sie wollte. Sie mietete für eine Nacht ein Zimmer in einem Motel in der Nähe der Universität und blieb dort mit ihrer Studiengruppe ›Prinzipien des modernen Marketing‹ über Nacht. Als sie gegangen waren, nahm sie ein langes Bad, zog den seidigen blauen Morgenmantel an, den Conor ihr in Cape May gekauft hatte, und schlief dann auf der Bettdecke ein.

Zwei Tage später blieb sie bei Conor über Nacht.

Sie hatte den ganzen Tag im Pfarrhaus gearbeitet, war dann zur Uni gefahren, um einen dreistündigen Praxistest zu machen, der ihr solche Angst einjagte, dass sie fürchtete, den wirklichen Test nicht zu überleben. Als sie mit ihrem Minivan in Conors Einfahrt einbog, war sie todmüde. Es war beinahe zehn, und das Letzte, was ihr in den Sinn gekommen wäre, war Verführung. Sie war sich nicht einmal sicher, ob sie zu einer Unterhaltung fähig sein würde. Er kam, Sekunden nachdem sie die Zündung ausgeschaltet hatte, in die Einfahrt gefahren.

»Du bist früh dran«, sagte er und küsste sie.

»Bin ich das?«, fragte sie erschöpft. »Ich bin zu müde, um auf die Uhr zu schauen.«

»Ich bin froh, dass du hier bist.«

»Pizza«, sagte sie und schnupperte in die Luft. »Bitte sag, dass du Pizza für uns gekauft hast.«

»Zwei sogar«, antwortete er. »Und eine Flasche Asti Cinzano.«

Sie seufzte. »Wenn ich nicht so müde wäre, würde ich dir zeigen, wie glücklich ich bin.«

»Mach ein Nickerchen nach dem Essen«, sagte er grinsend. »Und dann zeigst du es mir.«

Sie war schon eingeschlafen, noch ehe sie das erste Stück Pizza aufgegessen hatte.

Maggy wachte langsam auf, tauchte schläfrig aus Wärme und Dunkelheit auf, an einem Ort, der herrlicher war als ihre Träume.

»Hallo, Schlafmützchen.« Sie spürte einen Kuss an ihrer Schläfe. »Geht's besser?«

Sie lächelte, als die Wärme seiner Worte in sie hineinsickerte. »Viel besser«, erwiderte sie. Sie räkelte sich träge in seiner Umarmung. »Es tut mir leid. Ich fürchte, das war es nicht, was du im Sinn hattest, als du mich zu dir einludst.«

»Ich hatte dich im Sinn«, entgegnete er. »In welcher Form auch immer ich dich kriegen kann.«

Sie schmiegte sich noch enger an ihn und blickte vom Sofa aus ins Feuer, das im Kamin prasselte und zischte. Er goss ihr den Rest Asti ein, und sie nahm sich Zeit, die süßen Bläschen auf der Zunge zu genießen, und noch mehr, um seine süßen Küsse zu genießen. »Das ist der Himmel. Ich wünschte, alles könnte ewig so bleiben.«

»Nicht schlecht für den Anfang.«

»Anfang?« Sie seufzte tief. »Keine Familien. Keine neugierigen Augen und keine ungebetenen Meinungsäußerungen. Keine Erwartungen. Keine Verpflichtungen.«

Sie schwiegen eine Weile. Er streichelte ihr Haar. Sie malte mit der Spitze ihres Zeigefingers auf seiner Brust und atmete den berauschenden Duft seiner Haut ein. Es gab nichts, was sie sonst brauchte. Nichts, was sie wollte. Alles lag hier in ihren Armen. Schon seltsam, dass man sein Leben damit zubringen konnte, nach etwas zu suchen, und nicht zu wissen, was es war, bis es dich fand.

»Ich habe nichts gegen Verpflichtungen«, sagte er und brach das Schweigen. »Ich habe gehört, ich sei ziemlich gut darin, mich an sie zu halten.« Sie hätte ihn gerne mit einem Kuss zum Schweigen gebracht, wusste aber, dass das nur der Weg des geringsten Widerstandes gewesen wäre. »Ich weiß nicht, ob ich schon so weit bin«, sagte sie und ärgerte sich über den barschen Klang ihrer Worte, wusste aber, dass sie sie aussprechen musste. »Ich finde es wunderschön, was wir hier haben, jetzt haben, nur wir beide, ohne irgendjemand, dem wir Rechenschaft schuldig sind. Ohne Erwartungen. Wieso sollte uns das nicht genug sein?«

»Weil es das nicht ist«, erwiderte er. »Nicht für dich, und ganz bestimmt nicht für mich.«

»Warum für Unruhe sorgen?« Sie setzte sich etwas auf, damit sie seine Augen sehen konnte. »Du hast doch gesehen, wie unsere Familien auf uns reagiert haben. Lass uns das, was wir haben, etwas länger für uns behalten. Lass ihnen Zeit, sich an den Gedanken zu gewöhnen.«

»Du kannst nicht mehr zurück, Maggy. Sie wissen jetzt Bescheid über uns. Sie werden lernen, damit umzugehen.«

»Für dich ist es einfacher«, stellte sie fest. »Dein Sohn lebt bei seiner Mutter auf der anderen Seite des Kontinents. Meine Kinder sind hier bei mir, und sie sind mit dem Ganzen verstrickt, wie auch der Rest meiner Familie.«

»Du sprichst von Nicole.«

Sie nickte. Charlie war so gelassen und anpassungsfähig wie seine beiden liebenswerten Hunde. Die Welt der Erwachsenen übte noch keinen besonderen Reiz auf ihn aus. Er fühlte sich sicher und geborgen in der Liebe seiner Eltern. Wenn es mit Nicole nur halb so einfach gewesen wäre. »Wie kann ich von dir erwarten, sie zu lieben, wenn ich mir selbst die Hälfte der Zeit nicht sicher bin, ob ich sie mag?«

»Und wenn du von mir erwarten würdest, sie zu respektieren und stattdessen ihre Mutter zu lieben? Den Rest lassen wir auf uns zukommen.«

Falls er kommt, dachte sie sich, sagte aber nichts. Nicole war wunderschön und schwierig und entschlossen, Maggys Leben so kompliziert wie irgend möglich zu machen. Es gab Zeiten, da dachte Maggy, ihr würde mit Zins und Zinseszins heimgezahlt, dass sie sich eingebildet hatte, die Fallstricke vermieden zu haben, über die ihre Mutter vor vielen Jahren gestolpert war. Nicole war Claire, rauf und runter, als hätte Maggy sie nur ausgetragen. Das Erbgut schien allein von ihrer schönen kleinen Schwester zu stammen.

Sie unterhielten sich ein bisschen, sie küssten sich ein bisschen, und Conor stand auf, um noch einige Scheite aufs Feuer zu legen. »Lass uns heute Nacht hier schlafen«, schlug sie vor und klopfte auf die überdimensionierte Couch. »Es wäre schade um das wunderschöne Feuer.«

Er wirkte geistesabwesend, als hätten ihre Worte ihn zwar erreicht, nicht aber deren Sinn.

»Conor?«, fragte sie. »Stimmt etwas nicht?« *Was glaubst du wohl, was nicht stimmt, Maggy? Du hast ihn verletzt.*

»Ich muss morgen sehr früh raus«, sagte er und setzte sich wieder aufs Sofa zu ihr.

»Oh«, sagte sie und stellte die Füße auf den Boden. »Vielleicht sollte ich nach Hause fahren.«

Er griff nach ihrer Hand. »Ich muss morgen in den Zeugenstand.«

»Es ist an der Zeit«, sagte sie leise und wünschte sich Zauberkräfte, um seinen Schmerz zu lindern. »Wenn diese Sache einmal erledigt ist, kannst du wieder nach vorne blicken.«

Sie spürte, wie er sich den Bruchteil eines Millimeters zurückzog, und es machte ihr Angst.

»So einfach ist das nicht, Maggy.«

»Ich weiß, es wird schwer für dich sein wird, das Ganze im Zeugenstand noch einmal zu durchleben, doch danach wirst du es hinter dir haben.«

Der Blick, mit dem er sie ansah, schnitt ihr ins Herz.

»Du kennst nicht die ganze Geschichte«, erklärte er.

»Du hast mir von Bobby erzählt«, erinnerte sie ihn. »Und ich habe einiges darüber gelesen. Ich weiß alles, was ich wissen muss.«

»Ich habe mich nicht von der Stelle gerührt«, sagte er. »Ich wette, das hast du nirgends gelesen. Ich sah Bobby und den Scheißkerl mit der Waffe, und alles Training, alle Freundschaft, einfach verdammt alles war weg. Ich stand nur da und sah zu, wie es geschah.«

Sie hätte ihm gerne gesagt, dass er sich irrte, doch sie konnte es nicht. Sie hatte gesehen, wie die anderen Polizisten in seiner Familie ihn behandelten, hatte den anklagenden Unterton in den Zeitungsartikeln mitbekommen. Er sagte ihr die Wahrheit, und sie musste hier sitzen und sie anhören, egal, wie schlimm es für sie war. Egal, wie sehr es die Dinge veränderte.

Er erzählte ihr, wie er unbeweglich dagestanden hatte, die Augen auf die Waffe geheftet, die auf Bobby gerichtet war, wie sein Gehirn den Dienst versagt hatte und seine Muskeln zu Stein geworden waren und anscheinend sogar sein Herz zu schlagen aufgehört hatte. Alles, woran er sich erinnern konnte, war, dass die Waffe in der Sonne glänzte und an das Geräusch, das sie machte, als die Kugel Bobbys Herz traf.

»Ich habe es geschehen lassen«, sagte er. »Ich hätte ihn daran hindern müssen, etwas unternehmen müssen – ich habe es verdammt noch mal geschehen lassen.«

»Hör doch, was du gesagt hast. Der Kerl hatte eine Waffe auf Bobby gerichtet. Es gab nichts, was du hättest tun können. Wenn du dich bewegt hättest, hätte er …«

»Ihn umgebracht?«, fragte er. »Vielleicht war es aber nicht das, worüber ich mir Sorgen gemacht habe.«

Sie hätte alles gegeben, um diesen gequälten Blick aus seinen Augen verschwinden zu sehen. Sie sagte die gleichen Dinge zu ihm, die sie auch zu ihren Kindern oder ihren Schwestern gesagt hätte, das, was auch sie zu ihr sagen würden. Bedeutungslose Dinge. Sinnlose Dinge. Worte, die trösten sollten, lindern, abschwächen und auslöschen sollten.

»Wie könnte irgendeiner von uns wissen, wie er sich in einer so schrecklichen Situation verhalten würde?«, fragte sie ihn. »Wer kann vorhersagen, wie man reagiert, wenn das eigene Leben auf dem Spiel steht?«

Das Schweigen zwischen ihnen kehrte zurück, hatte nun jedoch ein Gewicht und ein Ausmaß, das es vorher nicht gehabt hatte, und eine Trauer, die sie nicht übersehen konnte. Er hatte sein Bestes getan, und das war nicht genug gewesen.

Ihr war klar, dass es unfair war, doch sie hatte sich von dem Mann, den sie liebte, mehr erwartet.

18

Maggy trank ihren Kaffee und sah Conor zu, der sich für seinen Gerichtstermin anzog. Sie hatte die Kissen in ihrem Rücken aufgebauscht und kuschelte sich in die mattgoldene Decke. Zum Glück war sie kein Morgenmuffel, denn sein Gespür für die richtige Art von Kleidung schien sich erst nach der dritten Tasse Kaffee einzustellen. Sie half ihm bei der Auswahl seiner Krawatte, riet ihm, das hellblaue Hemd anzuziehen und nicht das abweisend kalte weiße, und gab sich die größte Mühe, so zu tun, als sei dies ein ganz normaler Morgen im Paradies, obwohl sie beide wussten, dass es alles andere als das war.

»Ich weiß nicht, wann ich aufgerufen werde«, sagte er, als er in sein Jackett schlüpfte. »Falls ich bis zum Mittagessen fertig bin, könnten wir vielleicht …«

»Ich fürchte, ich werde spätestens in einer Stunde auch weg sein«, sagte sie schnell.

Vielleicht zu schnell, seinem Gesichtsausdruck nach zu schließen.

»Ich fände es schön, wenn du bei meiner Rückkehr noch da wärst.«

»Ich wünschte, ich könnte, aber ich habe mit Janine und einigen anderen für halb zehn eine Arbeitsgruppe angesetzt, und um eins schreibe ich eine Klausur, danach arbeite ich ein paar Stunden im Pfarrhaus. Und irgendwo dazwischen muss ich meine Kinder daran erinnern, dass ich noch immer ihre Mutter bin.«

»Du bist eine vielbeschäftigte Frau«, sagte er und küsste sie auf die Stirn. »Das weiß ich. Ich bin froh, dass du noch Zeit für mich findest.«

»Ich auch«, erwiderte sie. »Und jetzt ab mit dir, bevor du noch im dicksten Berufsverkehr stecken bleibst. Du willst doch nicht zu spät kommen.«

Er küsste sie nochmals, diesmal auf den Mund, und sie drückte sich unwillkürlich an seinen Körper, plötzlich voller Verlangen nach seiner Wärme, seinem Duft und dem Gefühl seiner Hände auf ihrer nackten Haut.

»Ich will dich nicht verlieren«, sagte er. »Wir kriegen das hin. Wir finden einen Weg.«

»Du wirst mich nicht verlieren«, erwiderte sie, doch ihnen war klar, dass sie nur sagte, was sie beide hören wollten. Etwas hatte sich verändert zwischen ihnen, und sie fragte sich, welche Art von Zauber wohl nötig wäre, alles wieder in Ordnung zu bringen.

Seine Hände schoben sich unter ihr T-Shirt, bis sie ihre Brüste umfassten. »Das hier genügt mir nicht«, sagte er. »Ich will dein Herz.«

Nachdem er gegangen war, sperrte sie die Tür ab und lehnte den Kopf gegen den Türstock. Sie schloss die Augen und lauschte dem Motorengeräusch des Jeeps, bis sie das Knirschen der Räder auf dem Kies hörte, als er rückwärts aus der Einfahrt fuhr. »Du hast mein Herz«, flüsterte sie, während der Wagen sich entfernte. Sie wusste nur nicht, ob es noch eine Rolle spielte. Sie hatte ihr gesamtes Erwachsenenleben als Mutter zugebracht, als Mutter gedacht, sich darum gesorgt, was ihre Kinder glücklich machen würde und wie sie sie beschützen könnte. Erst vor ganz Kurzem hatte sie angefangen, darüber nachzudenken, was auch sie glücklich machen würde.

Es war ein komisches Gefühl, allein in seinem Haus zu sein. Bis auf die Fotos, die sie schon in der ersten Nacht gesehen hatte, gab es nicht sehr viel Persönliches zu entdecken. Die Einrichtung beschränkte sich auf die übliche Grundausstattung: Fernseher, Couch, ein paar Sessel, Regale an den Wänden. Doch nicht einmal die spartanische Einrichtung konnte die enorme Sinnenfreudigkeit des Mannes verbergen, der hier wohnte: geschmeidiges Leder, weich wie die Wange einer Frau. Warmes Holz, das einen einlud, der Maserung mit dem Finger zu folgen. Kissen, in denen man versank, ein riesiger Kamin, Fenster ohne Vorhänge, durch die man auf ausgedehnte Wälder hinter dem Haus blickte.

Warum konnte das denn nicht genug für sie sein? Ein Ort, wo sie allein sein und sich gegenseitig kennenlernen konnten, Körper und Seele. Ein Ort, wo sie die Tür zusperren, die Jalousien vor der Wirklichkeit herunterziehen und sich eine Zuflucht schaffen konnten, die nur ihnen beiden gehörte. Und, da sie schon dabei war, sich das Unmögliche zu wünschen, wieso konnte sie nicht einen Weg finden, sowohl Tochter als auch Schwester, Mutter, Freundin und Geliebte zu sein und dafür zu sorgen, dass sich diese verschiedenen Lebensstränge nicht verwirrten, bis als einzige Möglichkeit zur Entwirrung nur blieb, sie alle zu kappen?

Wie einfach war es doch für Charles gewesen, Sally in sein Leben einzufügen, ein trautes Heim für sie beide zu schaffen, weit entfernt von den Banalitäten des alltäglichen Familienlebens. Es war für ihn nur ein- oder zweimal im Jahr möglich, seine Kinder zu sehen, und auch nur dann, wenn deren Pläne mit denen der Army in Einklang zu bringen waren. Natürlich wünschte er sich, dass Nicole und Charlie Sally genauso liebten wie er, doch sollte das nicht geschehen, würde davon die Welt auch nicht untergehen. Sally war nur ein Familienzuwachs am Rande, und niemand, der täglich über ihr Kommen und Gehen mitentscheiden konnte. Und was spielte es schon für eine Rolle, ob sowohl Sprösslinge als auch Eltern den neuen Ehepartner nicht leiden konnten, wenn die gesamte, lästige Verwandtschaft jenseits des Atlantiks lebte und nicht am anderen Ende der Stadt?

Ihr war klar, dass all dies nicht von Bedeutung sein würde, wenn sie nur wüsste, was gerade in ihrem sehr verwirrten Herzen vor sich ging.

Am Bahnhof an der Princeton Junction wimmelte es von Pendlern, die nach Manhattan wollten. Sie standen in Grüppchen auf dem zugigen Bahnsteig, tranken Kaffee, oder blickten vornübergebeugt die endlosen Gleise entlang, als würde es den Zug beschleunigen, wenn sie ihn herbeistarrten.

Auf Nicole wirkten sie alle alt und müde, dabei war es noch nicht einmal acht Uhr.

»Meine Mutter würde mich *umbringen*, wenn sie wüsste, was ich vorhabe!«, sagte Missy nun wohl schon zu x-ten Mal, seitdem sie aus dem Bus gestiegen und zum Bahnhof getrampt waren.

Nicole warf ihrer besten Freundin einen vernichtenden Blick zu. »Du hast gar nichts vor, Missy. Ich habe etwas vor. Wenn sie jemanden umbringen will, soll sie mich umbringen.«

»Ich darf nicht allein nach Manhattan.« Missys Stimme bekam diesen zittrigen Klang, was bedeutete, dass sie kurz davor war, in Tränen auszubrechen. »Und wenn etwas passiert?«

»Es wird nichts passieren«, beruhigte sie Nicole. »Wir sind wieder zu Hause, bevor irgendeiner merkt, was wir gemacht haben.«

»Und wenn die Schule anruft und wissen will, wo wir sind?«

»Kannst du nicht aufhören zu unken? Du klingst ja wie meine Mutter.«

Nicht, dass sie sich hätte erinnern können, wie ihre Mutter derzeit klang. Oma Rita, so schien es Nicole, war schon eine Ewigkeit bei ihnen, während ihre Mom für die Zwischenprüfungen lernte. Oder so ähnlich. Nicole war nicht so recht davon überzeugt, dass ihre Mom nur die Schule im Kopf hatte.

So viel Zeit allerdings, um ihre Träume komplett zu ruinieren, hatte sie dann aber schon. Tante Claire hatte Nicole neulich abends zum Pizzaessen eingeladen und ihr erklärt, dass sie wegen dieser Fotos nun doch nichts unternehmen würden. Sie hatte zwar nicht gesagt, es sei wegen ihrer Mom, doch Nicole kannte sich aus. Sie hatte gehört, wie sich die beiden Sonntagnacht angeschrien hatten.

Man hätte schon ziemlich doof sein müssen, um nicht mitzukriegen, worum es ging, vor allem, nachdem ihre Mom derart auf sie losgegangen war, als sie die Fotos unter dem Bett entdeckt hatte.

Das war wahrscheinlich das Dümmste, was sie je gemacht hatte. Wenn sie sich doch nur eine Sekunde länger Zeit genommen hätte, um sicherzugehen, dass sie sie weit genug daruntergeschoben hatte, wäre all das nicht passiert. Tante Claire hätte für sie den absoluten Traumjob gefunden und dafür gesorgt, dass der Vertrag so gut wie irgend möglich war, und Nicole würde ihn mit ihrem roten Lieblingsfüller unterschreiben, dem mit der schwarz-silbernen Kappe, und ehe sie sich versah, wäre sie reich und berühmt und würde in London leben, gleich um die Ecke von Dad und Sally. Das mit Sally passte ihr zwar nicht so ganz, aber der Rest ihres Traums war so fantastisch, dass sie das in Kauf nehmen konnte.

Aber so ging es auch, dachte sie sich, als sie Missy in den Zug und zu den ersten beiden freien Plätzen schob. Tante Claire hatte ihr die Bilder als eine Art Trostpflaster gegeben, und nun würde sie sie in die Stadt bringen, um sie einem dieser Spitzenagenten zu zeigen, der ihr seine Visitenkarte gegeben hatte. Sie hatte keinen Einzeltermin, was bedeutete, sie hätte es mit vielen anderen hübschen und ehrgeizigen Mädchen zu tun. Falls sie ihm nicht gefiel, gäbe es bestimmt einen anderen, dem sie gefallen würde. Da war sie sich ganz sicher. Sie besaß fast ein Megabyte an eingescannten Geschäftskarten, gut verräumt in ihrem Computer. Ihre Mutter würde einen Anfall kriegen, wenn sie davon wüsste. Immer nervte sie sie damit, dass Männer manchmal hübsche Mädchen ausnutzten, die jung genug waren, ihre Töchter zu sein, und Nic murmelte dann nur: »Ja, ja«, und schaltete ab. Als würde jemand diese alten Ziegenböcke ernst nehmen. Manchmal verhielt sich ihre Mutter so, als würde sie sich in der Welt nicht auskennen.

»Die Typen da drüben starren uns an«, flüsterte Missy und rammte Nicole den Ellenbogen in die Rippen. »Alte Knacker.«

»Beachte sie nicht«, riet ihr Nicole. Das hatte sie ihr ganzes Leben lang getan.

»Der Dicke lacht herüber. Was soll ich machen?«

»Nicht zurücklächeln«, sagte Nicole. »Das reicht für den Anfang.« Wie doof *war* Missy eigentlich?

Männer, so kam es ihr vor, hatten Nicole schon ihr ganzes Leben lang angestarrt, und darin, sie zu ignorieren, war sie eine Meisterin. Keinen Blickkontakt. Keinerlei Ermutigung, und irgendwann verzogen sie sich schon, ähnlich den Möwen am Strand, die einen in der Erwartung auf Brosamen umschwirrten. Beachtete man sie nicht, flogen sie weg, um sich jemand anderen zu suchen.

»Hast du Angst?«, fragte Missy.

»Ein bisschen.«

»Ich habe schreckliche Angst«, gestand Missy, »und ich bin gar nicht diejenige, die den Termin hat.«

»Hör zu«, sagte Nicole, »wir sind noch immer im Bahnhof. Wenn du willst, kannst du aussteigen. Ich bin dir nicht böse oder so.«

»Nein«, sagte Missy. »Auf keinen Fall. Ich kann dich da nicht alleine hingehen lassen. Ich meine, ich bin die einzige lebende Person auf der ganzen Welt, die weiß, was du heute machst.«

Nicole musste über den Gesichtsausdruck ihrer besten Freundin lachen.

»So 'ne große Sache ist das auch wieder nicht«, entgegnete sie und log dabei nur ein bisschen. »Außerdem, wenn ihnen meine Bilder nicht gefallen, dann war es eine riesen Zeitverschwendung, und ich muss es bei jemand anderem versuchen.«

Missy seufzte tief. »Wieso sollten sie sie nicht mögen? Du siehst aus wie Sharon Stone.«

»Vielleicht suchen sie keine Sharon Stone«, erwiderte sie lächelnd. »Vielleicht wollen sie eine neue Gwyneth Paltrow.«

»Du könntest auch Gwyneth Paltrow sein«, sagte Missy. »Finde ich.«

Sie versetzte Missys Arm einen kleinen Stups. »Ich sehe Gwyneth Paltrow gar nicht ähnlich.«

»Du weißt doch, was ich meine«, beharrte Missy. »Du siehst so aus, als könntest du berühmt sein.«

»Vielleicht werde ich es eines Tages sein«, sagte Nicole, als sich die Türen schlossen und der Zug aus dem Bahnhof zuckelte.

Reich und berühmt und in der Lage, zu tun, was sie wollte, ohne irgendeinem Rechenschaft schuldig zu sein.

»Du bist spät dran«, stellte Glenn Matuszek fest. Er war Conors Anwalt.

»Ich bin fünf Minuten zu früh«, entgegnete Conor. »Deine Uhr geht vor.«

Glenn warf einen Blick auf die Wanduhr des Vorzimmers. »Egal.« Er schüttelte Conor die Hand. »Wie geht es dir?«

»Ging schon mal besser«, erwiderte er. »Ich bin froh, wenn das alles vorbei ist.«

Glenn fuhr sich mit einer manikürten Hand durchs Haar. »Nicht nur du. Hat ziemlich lange gedauert. Wir alle werden um einiges besser schlafen, wenn der Dreckskerl hinter Gittern sitzt.«

Conor deutete in Richtung Sitzungssaal. »Ist sie da?«

»Denise? Ja. Erste Reihe, mit ihrer Mutter und ein oder zwei Schwestern.« Glenn warf einen prüfenden Blick auf Conor. »Ist das ein Problem?«

Er schüttelte den Kopf. »Es ist nur schon ziemlich lange her, dass ich sie gesehen habe.« Oder die Kinder. Er hatte so viel verloren, als Bobby starb. Einen Partner. Einen Freund. Eine Familie. Dennoch war ihm klar, dass sein Verlust nicht zu vergleichen war mit dem von Denise.

»... und vergiss nicht, dass du hier nicht der Angeklagte bist«, sagte Glenn. »Beantworte die Fragen, die man dir stellt, füge nichts hinzu, begib dich nicht in die Defensive, lass dich von dem Hundesohn mit dem fiesen Blick nicht durchschauen. Sprich zum Anwalt. Sprich zu den Geschworenen. Reagiere auf nichts, was der Bastard macht, und alles ist in Ordnung.«

»Du willst mir sagen, ich soll nicht die Nerven verlieren, verstehe ich das richtig?«

»Genau das ist es, was ich dir sagen will. Richterin Drymond ist nicht ohne. Sie wird dich verachten, wenn du wegen Walker explodierst. Du antwortest nur auf ihre Fragen«, sagte er. »Nicht mehr. Kein Wort zuviel.«

Ein guter Rat. Der Trick war nur, ihn auch zu beherzigen. Er hatte keine Ahnung, wie es sein würde, den Mistkerl, der Bobby umgebracht hatte, im selben Raum sitzen zu sehen wie die Frau, die Bobbys zwei Töchter geboren hatte, und nicht dessen verdammtem Leben ein Ende bereiten zu wollen. Nur die Fragen beantworten, hatte Glenn gesagt. Das war alles. Er sagte sich, er würde es schon schaffen, lange genug ruhig zu bleiben, bis es überstanden war. Er war hier als Zeuge und nicht als Angeklagter. Das durfte er nicht vergessen.

»Die Show beginnt«, sagte Glenn und rückte seine Krawatte zurecht.

Conor nickte. »Gehen wir.«

Der Gerichtssaal war kleiner, als er ihn in Erinnerung hatte. Er war vor einigen Jahren schon einmal als Zeuge hier gewesen, wegen eines Falles von Erpressung, den er bearbeitet hatte. Die hohen Decken, die geschnitzte Täfelung, die Atmosphäre demokratischer Würde hatte ihn gebührend beeindruckt. Öffentliche Gebäude waren konzipiert, um den einzelnen Bürger an seine grundsätzliche Bedeutungslosigkeit für die allgemeine Ordnung der Dinge zu erinnern. Heute bemerkte er von alledem nichts. Er sah nur Walker, der neben seinem Anwalt saß. Verschwunden war der angriffslustige Punk mit dem rasierten Kopf und der geladenen Waffe; an seiner statt saß da ein gepflegter junger Mann in Anzug und Krawatte. Seine manikürten Hände hatte er auf dem Tisch gefaltet. Ein Bild der Unschuld, bis auf den Ausdruck in seinen Augen.

Conor kannte diesen Blick. Er hatte ihn im Laufe der Jahre schon zu oft gesehen, um ihn nicht deuten zu können, egal, wie geschickt er verpackt war. *Es ist nicht vorbei,* sagte dieser Blick. *Es wird nie vorbei sein.* In diesem Augenblick wurde ihm klar, dass er einen Mord begehen könnte. Er bedauerte nur, dass er das nicht letztes Jahr getan hatte, als er dazu Gelegenheit gehabt hatte.

»Ruhig Blut«, warnte ihn Glenn leise, als sie ihre Plätze einnahmen. »Keinen Blickkontakt. Lass ihn nicht merken, dass er dich aus der Ruhe bringt.«

Conor versuchte die Fäuste zu öffnen, da es ihm aber nicht gelang, atmete er stattdessen tief ein. Der Raum hatte einen seltsamen Geruch, wie von Mottenkugeln und Möbelpolitur. Ihn überkam ein ähnliches Gefühl wie damals, als er mit Matty fliegen war. Der Pilot hatte auf Mattys Anregung hin einen Überschlag über die Flügel gemacht, und Conor hätte beinahe sein Frühstück von sich gegeben.

Er hatte fast zwanzig Jahre lang jeden Tag gegen das Böse gekämpft, und es war ihm nicht unter die Haut gegangen, bis heute. Der junge Mann mit dem Milchbartgesicht und den rosa Wangen war ein Mörder. Kein Gerücht. Keine bloße Annahme. Conor war da gewesen, hatte es gesehen, es gehört, es gerochen, berührt und nichts dagegen unternommen. Er wusste, an dieser Tatsache war nicht zu rütteln, und es gab keine Erfahrung, die dies aus seinem Gedächtnis löschen würde. Ihm war klar, als er zu Bobbys Witwe hinübersah, dass, egal, welche Strafe über den Mörder mit dem Milchgesicht verhängt werden würde, die Hälfte dieser Strafe ihm gebührte.

»Maggy!« Janine klang verzweifelt. »Wie oft willst du noch auf deine Uhr sehen?«

Maggy ignorierte ihre Kommilitonin. »Es ist fast Mittag«, stellte sie fest. »Ich habe um ein Uhr eine Prüfung. Ich glaube es ist besser, wir hören auf.«

»Ich denke, dass wir die Abschlussübersicht unter Dach und Fach haben, oder?«

»Ganz bestimmt«, erwiderte Maggy und überlegte, wie schnell sie zu ihrem Wagen kommen könnte. »Wenn Alex noch ein paar gute Bilder mitbringt, schlagen wir sie mit unserer Präsentation alle aus dem Feld.«

»Komm doch nach der Prüfung wieder. Vielleicht können wir Alex auch überreden, zu kommen, und dann bei einer Pizza etwas Vorbereitungsarbeit leisten.«

»Ich wollte, ich könnte«, sagte Maggy, nahm ihre Hefte und Bücher und stopfte sie in ihre unhandliche große Tasche, »aber ich arbeite heute Nachmittag im Pfarrhaus. Das muss sein, keine Diskussion.«

»Eines Tages werde ich eine Arbeit über dich schreiben«, erklärte Janine. »Die Frau mit den Sechsundneunzig-Stunden-Tagen.«

Maggy musste lachen. »Ich wünschte, ich hätte Tage mit sechsundneunzig Stunden. Vielleicht würde ich dann etwas auf die Reihe kriegen.«

»Und wenn ich Alex um sechs hierher bekäme? Eine oder zwei Stunden, das würde schon etwas bringen.«

Maggy willigte notgedrungen ein. Sie war sich bewusst, dass sie in letzter Zeit nicht gerade die Zuverlässigste gewesen war. Sie planten noch kurz ihr nächstes Treffen, dann rannte sie zur Tür hinaus und den Weg zu ihrem Wagen entlang. Im Radio war der örtliche Nachrichtensender eingestellt, und so brauchte sie nur den Zündschlüssel umzudrehen.

»Verkehr auf der Route 9 ...« Mach schon, mach schon. Der Verkehr interessiert mich nicht. »Der Walker-Prozess ist heute Morgen ins Stocken geraten, als einer der Geschworenen mit Schmerzen in der Brust ins Krankenhaus gebracht werden musste. Die Verhandlung wird am Nachmittag mit einem anderen Geschworenen fortgesetzt. Der Dow Jones geht weiter nach ...«

Sie schaltete den Radio ab. Wenn ihre Gefühle nur halb so leicht abzuschalten gewesen wären.

»Hier ist die Adresse«, sagte die rothaarige junge Frau und schob Nicole einen Zettel hin. »Sag ihm, Benno von StarTrax schickt dich für ein Set Fotos und ein Spezial.«

Nicole nahm den Zettel und drehte ihn um. Die Adresse war irgendwo in Fort Lee. Missy stieß sie in die Seite. »Was ist ein Spezial?«, wollte sie wissen und fragte sich, wie sie sich in Fort Lee zurechtfinden sollten.

»Er weiß das schon«, erklärte die Frau. »Macht euch keine Gedanken und lasst uns unsere Arbeit tun.«

»Wir können nicht nach Fort Lee fahren«, stellte Missy fest, als sie wieder hinaus auf die belebte Straße traten. »Wir haben nicht genug Geld, Nic. Besser, du rufst da an und sagst den Termin ab.«

»Nein!« Nicole packte Missy am Arm. »Ich bin doch nicht bis hierher gefahren, um es jetzt zu vermasseln. Ich fahre nach Fort Lee.«

»Nic! Wir haben nur noch fünf Dollar und unsere Rückfahrkarten. Es geht nicht.«

»Wir fahren per Anhalter.«

Missy schüttelte den Kopf. »Ich finde, wir sollten nach Hause fahren.«

»Fahr du doch nach Hause«, fauchte Nicole ihre beste Freundin an. »Ich mach das, was ich vorhatte.«
»Ich kann dich aber nicht alleine lassen.«
»Kannst du schon. Du kannst nach Hause gehen und ein paar Märchen erzählen, falls einer fragt, wo ich bin.« Würde zwar sowieso keiner, aber dennoch ...
Arme Missy. Sie wirkte so erleichtert, dass Nicole fast dachte, das Mädchen würde in Tränen ausbrechen. Vielleicht wäre sie genauso, wenn sie ihr ganzes Leben in der gleichen kleinen Stadt, im gleichen kleinen Haus verbracht hätte. Nicole hatte keine Angst vor etwas Neuem. Und sie hatte schon gar keine Angst, nach Fort Lee zu fahren.

Jack Oliphant war der Besitzer von Jack's Gut-und-günstig-Schuhgeschäft schräg gegenüber dem Spielwarenladen auf der anderen Seite des Parkplatzes, in den Bobby DiCarlo wollte an dem Nachmittag, an dem er ermordet wurde.
Sonya Bernstein, die Bezirksstaatsanwältin, die den Fall verhandelte, wartete schweigend, bis Oliphant seine Personalien zu Protokoll gegeben hatte. »Und entspricht es der Wahrheit, Mr Oliphant«, fragte sie ihn, als er fertig war, »dass Sie derjenige waren, der 911 angerufen hat, als der Kriminalbeamte DiCarlo erschossen wurde?«
»Ja, der bin ich«, Oliphant schüttelte den Kopf. »Ich wollte sagen, ja, das habe ich.«
Der Bursche hatte Angst. Conor fiel auf, dass sein linkes Augenlid zuckte und er mit dem rechten Fuß auf den Boden tippte, als könnte er nicht erwarten, von hier wegzukommen. Oliphants Blick fiel kurz auf Conor und wanderte dann weiter zu Walker, der, aufrecht wie ein Pfadfinder, in seinem Biedermann-Anzug dasaß. Oliphant bekam einen feuerroten Kopf und richtete seinen Blick wieder auf die Staatsanwältin. Nerven zu zeigen in einer derartigen Situation war verständlich. Doch offenkundige Angst war etwas ganz anderes.

»Mr Oliphant, erzählen Sie uns bitte, was an dem fraglichen Nachmittag geschah.«

»Ich war mit einer Kartenzahlung beschäftigt – Sie wissen ja, wie langsam Computer sein können –, als ich jemand draußen brüllen hörte und – es ist eine anständige Gegend hier. Worte wie diese hört man sonst hier nicht, und deshalb unterbrach ich meine Arbeit und ging zur Tür. Wir wollen hier keinen Krawall, verstehen Sie, und daher kümmern sich die anderen Ladenbesitzer und ich um das, was sich hier tut. Ähnlich wie eine Bürgervereinigung zur Unterstützung der Polizei.«

»Und was sahen Sie, als Sie an die Tür kamen, Mr Oliphant?«

»Ich sah ihn.« Er deutete auf Conor, und die Staatsanwältin gab dem Gerichtsschreiber den entsprechenden Namen und Titel.

»Sahen Sie sonst noch jemand?«

»Der Kriminalbeamte Riley hielt den Kriminalbeamten DiCarlo im Arm.«

»In welchem Zustand befand sich der Kriminalbeamte DiCarlo?«

Oliphant sah aus, als wünschte er sich überall hin, nur nicht in diesen Gerichtssaal.

Seine Augen schossen herum wie Leuchtkäfer in einer warmen Sommernacht.

»Ich bin kein Arzt, doch mir war klar, dass er – ich meine, das Blut ...«, er schüttelte traurig den Kopf – »es war überall. Überall. Er sah gar nicht so groß aus. Man würde nicht denken, dass da so viel Blut fließt.«

Der Schluchzer von Denise unterbrach alles. Dieser eine schrille, klagende Schrei fuhr Conor wie eine Klinge, die auch noch gedreht wurde, ins Herz. Er musste zu ihr hinüber, ihr sagen, dass es seine Schuld war, das Ganze, dass ihr Ehemann, wenn Conor auch nur etwas Mumm gehabt hätte, jetzt nicht tot im Grab liegen würde und sie nicht an einem sonnigen Herbstnachmittag hier versammelt wären, um der Tragödie auf den Grund zu gehen. Er schob seinen Stuhl zurück, doch Glenn legte ihm die Hand auf die Schulter und hinderte ihn am Aufstehen.

»Nein«, sagte Glenn so leise, dass es nur Conor hören konnte. »Tu das nicht.«

Die Richterin wartete einige Sekunden und sprach dann eine milde Verwarnung für Denise aus, deren Gesicht in der Schulter ihrer Mutter vergraben war. Conor hatte Anne zuletzt bei Bobbys Beerdigung gesehen. Sie hatte sich von ihm abgewandt, als hätten sie nie zusammen an Bobbys Küchentisch gelacht und bereits eine zweite Taufe gefeiert.

»Mr Oliphant«, sagte die Staatsanwältin, »Sie sagten, Sie hätten irgendwelchen Lärm gehört.«

»Ja.«

»Gehörte zu diesem Lärm auch das Geräusch eines Schusses?«

Der Blick von Oliphant glitt von Conor zu Walker und wieder zurück zur Staatsanwältin.

»Das weiß ich nicht.«

»Sie wissen es nicht, oder Sie erinnern sich nicht?«

»Ich erinnere mich nicht mehr.«

»Wer befand sich sonst noch auf dem Gelände?«

»Das weiß ich nicht. Alles, woran ich mich erinnere, ist das viele Blut«, – er wandte sich zu Denise um, nahm sich aber wieder zusammen – »ich meine, ich habe nur mitbekommen, was passiert ist, und bin dann hineingerannt, um die Notrufnummer zu wählen.«

»Hat Ihnen irgendjemand gesagt, Sie sollen die 911 anrufen?«

»Das weiß ich nicht.« Oliphant überlegte einen Moment und deutete dann in Conors Richtung. »Vielleicht hat er mir zugerufen, Hilfe zu holen.«

Glenn sah Conor an, und der zuckte mit den Schultern. Er hatte keinerlei Erinnerung, irgendetwas getan zu haben.

»Aber Sie sind sich dessen nicht sicher, Mr Oliphant?«, fragte die Staatsanwältin.

»Nein«, sagte Oliphant, »bin ich mir nicht.«

Die Befragung dauerte noch eine Viertelstunde an, dann wurde Oliphant aus dem Zeugenstand entlassen.

»Wir unterbrechen für zehn Minuten«, erklärte die Richterin, »und fahren dann mit dem nächsten Zeugen fort.«

Sie erhoben sich, als die Richterin den Saal verließ, und gingen dann ihrerseits. Conor erreichte einige Schritte vor Denise DiCarlo die Tür. Er zögerte etwas, ehe er sie öffnete. Sie sah ihn einen Moment lang an und ging dann an ihm vorbei.

Er nannte ihren Namen, doch das hatte sie wahrscheinlich nicht gehört, denn sie ging weiter.

19

Nicole ließ Missy schwören, niemandem zu verraten, was sie vorhatte. »Versprich es«, verlangte sie. »Du bist mir einen Gefallen schuldig, Missy.« Sie hatte ihre Freundin gedeckt, als Missy die Schule geschwänzt hatte, um sich den Trailer von *Star Wars* anzuschauen.

»Ich verspreche es«, sagte Missy, und ihre großen braunen Augen wurden ganz feucht. »Pass auf dich auf, Nic.«

Nicole verzog das Gesicht. »Natürlich pass ich auf. Ich bin doch nicht von gestern, oder?« Missy schien immer wieder zu vergessen, dass Nicole schon überall auf der Welt gelebt hatte. Sie kannte sich aus. Ihr konnte keiner was vormachen.

»Hier«, sagte Missy und drückte Nicole ihr Geld in die Hand. »Nimm das. Ich gehe vom Bahnhof zu Fuß nach Hause.«

Nicole umarmte sie. »Sag niemandem etwas, okay? Ich komme heim, sobald ich kann.«

Missy nickte und rannte dann zu ihrem Zug. Nicole hatte sich ihre Fahrkarte schon auszahlen lassen und sich einen Fahrschein für den Bus nach Fort Lee gekauft. Fort Lee lag gegenüber von Manhattan, am anderen Ufer des Hudson. Sie hatte eine Cousine, die in Fort Lee wohnte, und sie erinnerte sich daran, dass es eine ziemlich schicke Wohngegend war. Schicker jedenfalls als die, in der sie mit ihrer Mom lebte. Obwohl sie eher gestorben wäre, als es vor Missy zuzugeben, war ihr Manhattan wesentlich weniger geheuer.

Es gab nur noch drei freie Sitze, als Nicole den Bus bestieg. Sie nahm den ganz hinten, neben einer alten Dame in einem hübschen blauen Mantel. Die Haare der alten Dame hatten die Farbe von Ginger Ale, und auf ihrem Schoss stapelten sich Einkaufstüten von Bloomingdale. Sie lächelte Nicole zu, und diese lächelte zurück, insgeheim hoffend, sie sei nicht eine dieser geschwätzigen Frauen wie die Freundinnen von Oma Rita, doch die Frau schloss die Augen, als der Bus den Bahnhof verließ, und sprach kein Wort.

Die Fahrt nach Fort Lee war kurz, aber langweilig, und so hatte Nicole Zeit nachzudenken. Wenn doch nur ihre Mutter nicht eingeschritten wäre und Tante Claires Plan zunichte gemacht hätte. Es wäre Spitze gewesen, wenn ihre Tante sie in alles hätte einweihen und einigen Leuten vorstellen und dafür hätte sorgen können, dass alles seinen richtigen Gang ging. Tante Claire war ebenso gescheit wie schön, und Nicole war davon überzeugt, dass etwas Großes daraus geworden wäre, wenn Claire sich um ihre Karriere gekümmert hätte. Jetzt sprachen ihre Tante und ihre Mutter nicht mehr miteinander. Oma Rita war ganz bestürzt, und sogar Tante Ellie war parteiisch.

Sie taten so, als seien sie die Herrscher des Universums und könnten alles über Nicoles Kopf hinweg entscheiden, so als hätte sie nicht einmal das Recht, auszusuchen, welche Kleider sie tragen wollte. Sie bildeten sich ein, sie könnten über sie bestimmen, aber das war falsch. Ihr Vater hatte auch ein Recht auf eine Meinung dazu, und Nicole war davon überzeugt, dass er ihre Partei ergreifen würde. Daddy hatte keine Angst vor Veränderungen. Und war nicht er es gewesen, der immer gesagt hatte, dass sein kleines Mädchen genauso hübsch war wie all diese Mädchen auf den Titelblättern der Magazine? Gestern Nacht hatte sie versucht, ihn in seiner Wohnung in London zu erreichen, doch Sally war an den Apparat gegangen. Nicole wollte schon auflegen, als Sally aus heiterem Himmel fragte, »Nicole? Bist du das, Liebes?«, und sie kalt erwischt hatte.

»Ich bin's«, hatte Nicole geantwortet, und Sally hatte ihr eine hirnrissige Geschichte aufgetischt, über außersinnliche Wahrnehmungen und Zufallstreffer, obwohl beide wussten, dass Daddy an seinen Telefonen immer ein Gerät zur Anruferidentifizierung angeschlossen hatte. »Ist Daddy da?«

»Er ist gerade auf einem Einsatz in Kuwait, Süße. Ich weiß nicht genau, wann er zurückkommt.« Sally schwieg einen Moment. »Ist es dringend?«

Nicole dachte einen Augenblick darüber nach. Sie hätte wirklich sehr gern mit ihrem Dad gesprochen, doch der wäre verdammt verärgert gewesen, wenn man ihn in der Wüste hätte suchen lassen, ohne dass es sich um eine Frage von Leben oder Tod handelte. »Nein«, erwiderte sie. »Es ist nicht so wichtig. Sag ihm nur, dass ich angerufen habe, ja?« Sally klang etwas enttäuscht, als hätte sie sich gerne noch länger unterhalten, doch Nicole legte auf. Sie waren ja schließlich keine Freundinnen oder so. Sally war nur die Frau, die ihr Vater geheiratet hatte, das war alles, hatte also mit Nicoles Leben nicht allzu viel zu tun.

Es war ungefähr ein Uhr dreißig, als sie in Fort Lee aus dem Bus stieg. Ihr Termin war um zwei Uhr, und damit blieb ihr etwas Zeit, herauszufinden, wo das Atelier des Fotografen war. Fort Lee war größer, als sie erwartet hatte, und sie befürchtete schon, dass das Atelier am anderen Ende der Stadt liegen könnte und sie nochmals mit dem Bus fahren müsste und dann überhaupt kein Geld mehr hätte. Doch sie hatte Schwein. Ein vorüberkommender Postbote beschrieb ihr das Gebäude als nur vier Blocks entfernt.

Das Glo-Jon-Atelier war im zweiten Stock eines dreistöckigen Backsteinbaus. Es roch irgendwie komisch, wie in einer muffigen Gefriertruhe, und Nicole versuchte zu ignorieren, dass es bei jedem Schritt knirschte, als sie die Treppe hinaufging. Ihrer Mom wären derartige Dinge auch aufgefallen, und es ärgerte Nicole, dass sie ein solch albernes Vorstadtkind geworden war, das ein bisschen Dreck am Boden störte. Das war genau die Art von Umgebung, in der ein Fotograf leben würde. Künstler kümmerten sich nicht um schmutzige Böden und schlechte Luft.

Die Tür zum Glo-Jon-Atelier war aus Milchglas, und der Name war in roter Farbe darauf geschrieben. Nicole schlang aufgeregt die Arme um sich. Wäre doch nur ihre Tante Claire auch da gewesen, doch sei's drum. Wie überrascht würden alle sein, wenn sie eines Tage aufwachten und feststellten, dass Nicole berühmt war.

Das Gericht trat um zwei Uhr nachmittags wieder zusammen.
»Der Staat ruft den Kriminalbeamten Conor Riley in den Zeugenstand.«

Peng. Peng. Peng. Die Türen in ihm knallten zu. Schuld. Sorge. Liebe. All diese Gefühle waren weggeschlossen, sodass sie nicht herauskonnten und ihm schaden. Nur der Hass war noch da: tiefer, sein Inneres verbrennender Hass. Er ging an Walker vorbei, nahe genug, um den Geruch der Angst zu riechen, der vom Körper des Dreckskerls aufstieg. Kein Anzug mit Krawatte und keine Maniküre der Welt konnten überdecken, was er wirklich war. Der Mistkerl wusste das. Er wusste, dass Conor es auch wusste. Es war in den leeren Augen des Bastards zu erkennen, als er Conor beobachtete, wie dieser in den Zeugenstand schritt.

Er befand sich nur eine Armlänge entfernt vom absoluten Bösen. Er müsste sich nur über den Tisch zu werfen und ihn zu packen. Es würde niemanden kümmern. Die Verhandlung war sowieso eine Farce. Sie fand nur statt, weil der Dreckskerl sein Geständnis widerrufen hatte und plötzlich ein Verteidiger aufgetaucht war. Conor würde schon dafür sorgen, dass der Gerechtigkeit Genüge getan würde. Er würde beide Daumen unten in Walkers Hals drücken, sie tief in seine Luftröhre pressen und zusehen, wie die Augen des Bastards vor Angst immer größer wurden, wenn er erkennen würde, dass er sterben musste.

Conor ging langsam auf den Gerichtsdiener zu.
»Legen Sie die rechte Hand auf die Bibel, und sprechen Sie mir nach ...«

Er nahm im Zeugenstand Platz. Ein kleines Mikrofon war rechts von seinem Knie angebracht. Er wurde auf Tonband und auf Video aufgenommen, und der Gerichtsschreiber schrieb alles mit. Das machte Conor überhaupt nichts aus.

Die Witwe von Bobby beobachtete ihn von ihrem Platz aus. Das machte ihm sehr viel aus.

Er nannte seinen Namen und buchstabierte ihn dann langsam für den Gerichtsschreiber. Er gab seinen Rang an, seine Dienstjahre und seine augenblickliche Stellung, so wie er es schon Hunderte von Malen, in Hunderten von Fällen getan hatte. Er war in den Zeugenstand getreten, hatte dargelegt, wie es gewesen war, und war dann in sein wirkliches Leben zurückgekehrt, ohne dass er sich irgendetwas davon hatte nahe gehen lassen. Es war das Problem eines anderen. Die Tragödie von jemand anderem. Ihn betraf das alles ja nicht. Bis heute.

Sonya war eine gute Staatsanwältin geworden. Niemand würde ihr anmerken, dass sie in den 80ern ein paar Mal miteinander aus gewesen waren, als sie beide jung, einsam und frisch geschieden gewesen waren. Ihr Gesicht verriet nichts von der Enttäuschung, die sie über ihn empfinden musste.

»Sagen Sie uns, Kriminalbeamter Riley, aus welchem Grund Sie an jenem Nachmittag auf den Parkplatz des Spielwarenladens fuhren.«

Er musste sich dazu zwingen, sich weiter auf Sonya zu konzentrieren, und die gequälten Augen von Denise in den Hintergrund treten zu lassen. Gelänge ihm das nicht, würde man ihn auszählen können.

»Bobby – Kriminalbeamter DiCarlo – wollte anhalten, um etwas abzuholen.«

»Können Sie sich erinnern, was genau er dort abholen wollte?«

»Eine – eine Barbiepuppe für eine seiner Töchter.«

Denise unterdrückte einen Schluchzer. Die Richterin klopfte laut mit dem Hammer auf den Richtertisch. Conor

zuckte zusammen, hielt aber den Blick auf die Staatsanwältin geheftet. Das war er Bobby schuldig.
»Sind Sie mit ihm in das Geschäft gegangen?«
»Nein.«
»Sie blieben im Wagen?«
»Ja.«
»Hörten Sie Radio?«
»Das weiß ich nicht mehr.«
»Sie erinnern sich nicht mehr, ob Sie Radio hörten.«
»Nein, ich glaube nicht, dass ich Radio hörte.«
»Sahen Sie, wie der Kriminalbeamte DiCarlo den Laden betrat?«
»Nein.«
»Was geschah, nachdem der Kriminalbeamte DiCarlo sagte, er wolle in den Spielwarenladen gehen, um die Barbiepuppe abzuholen?«
»Ich sah, wie er auf die Tür zuging. Wir hatten den Tag auf einer Pferdefarm an der River Road verbracht. Es war schon spät, und ich war müde, deshalb schloss ich die Augen.«
»Sie schlossen die Augen?«
»Wir befanden uns in einer friedlichen Gegend. Alles wirkte ruhig. Ich hatte keine Veranlassung anzunehmen…« *Halt den Mund. Halt den verdammten Mund.* »Ich saß mit geschlossenen Augen da. Dachte eigentlich an gar nichts. Genoss einfach die Ruhe.« *Im Halbschlaf. Dösend. Dachte, alles würde immer so gut laufen.*
»Und wie lange saßen Sie so da?«
»Ich weiß es nicht. Eine Minute. Vielleicht weniger.« *Komm schon. Was zum Teufel ist los mit dir? Das kannst du doch besser.* Er spürte die toten Augen von Walker auf sich. Er machte sich lustig über ihn.
»Und was geschah dann, Kriminalbeamter Riley?«
»Etwas schlug gegen das Auto. Ich öffnete die Augen und sah Bobby, der schon über den halben Parkplatz gerannt war.« – »Und was taten Sie?«

Nichts. Verdammt absolut nichts. Nichts, als es darauf ankam. »Ich sprang aus dem Wagen und rannte ihm nach.«

»Und wieso rannte der Kriminalbeamte DiCarlo über den Parkplatz?«

»Jemand wollte einen Wagen stehlen. Eine Frau hockte am Boden vor einem schwarzen Ford Blazer. Sie schrie.«

»Befindet sich diese Frau hier im Gerichtssaal?«

»Ja.« Er zeigte auf eine dunkelhaarige Frau in den Vierzigern. »Mrs Mills.«

»Befindet sich der Täter im Gerichtssaal?«

»Ja.« Seine Kiefer verkrampften sich. Er spürte, wie sein Körper sich versteinerte. Er starrte auf das Mikrofon, das an sein Knie stieß.

»Können Sie ihn mir zeigen, Kriminalbeamter Riley?«

Er wandte sich dem Scheißkerl in dem neuen Anzug und der Krawatte zu. Er zeigte mit dem Finger auf den Dreckskerl. Er wünschte der Finger wäre eine geladene Waffe. Er wünschte, er könnte jetzt das tun, wozu er nicht in der Lage gewesen war, als es etwas genützt hätte.

»Im Protokoll wird vermerkt, dass der Zeuge auf den Angeklagten Allen Walker zeigt.«

Walkers Gesichtsausdruck änderte sich nicht. Er war gut vorbereitet worden. Egal, was geschah, egal, was jemand sagte, seine Fassade geriet nicht ins Wanken. Wenn es das war, was zwischen einem selbst und lebenslänglich stand, dann konnte man sogar die verdammte Hauptrolle in *Hamlet* spielen, um seinen Arsch vor dem Gefängnis zu bewahren.

»Erzählen Sie uns, was dann geschah.«

Er erzählte es ihnen. Einfache, anschauliche Sätze, einen nach dem anderen, bis er mit seiner Geschichte zu Ende war. Im Gerichtssaal war es still, bis auf das leise Weinen von Denise. Ihre Tränen fielen wie Säuretropfen auf sein Herz.

Die Staatsanwältin beugte sich vor. »Sie sahen den Angeklagten abdrücken?«

»Das weiß ich nicht genau.« *Da gibt es nichts, Sonya. Nichts, was ich dir sagen könnte. Ich war dabei und war es doch nicht.*

»Sie können sich nicht erinnern?«

»Ich weiß es nicht.« *Ich verarsch dich nicht. Es ist, als wäre es nie gewesen. Nie geschehen. In der einen Minute hielt der Kerl die Waffe an Bobbys Kopf gedrückt, und in der nächsten wurde schon der Priester für die letzte Ölung gerufen.*

»Sie sahen doch zu ihm hin, nicht wahr?«

»Ja.«

»Und Sie sahen nicht, wie der Angeklagte den Abzug zog?«

»Ich bin mir darüber nicht im Klaren.« *Alles schwarz. Nichts mehr da.*

»Waren Sie sich je darüber im Klaren, Kriminalbeamter Riley?«

»Nein«, erwiderte er. Nicht ein einziges Mal. Nie. Er sah das alles in Explosionen von Licht und Lärm, Szenen ohne Zusammenhang, Augenblicke aus dem Leben eines anderen Mannes. Bilder, die über eine schwarze Leinwand verstreut waren.

Er erzählte ihnen von dem Blick in Bobbys Augen. Er erzählte ihnen von dem Blut, das aus seinem Mundwinkel rann. Er erzählte ihnen, dass Bobby »Denise« geflüstert und seine Hand gedrückt hatte und dann nichts mehr. Er dachte, Bobby machte eine Pause, um Atem zu holen, und er wartete auf das nächste Wort und wartete immer noch, als der Streifenwagen kam und dann die Ambulanz, und er wartete noch, als der rothaarige Bursche mit der schlechten Haut auf ein Blatt Papier schrieb »Zeitpunkt des Todes: Vier Uhr achtunddreißig« und ihn bat, es zu unterschreiben.

Und dann war es vorbei. Sie legten dem Scheißkerl Walker Handschellen an und führten ihn ab. »Es tut mir leid«, wiederholte er immer wieder. »Das wollte ich nicht.« Sie legten

Bobby auf eine Bahre, deckten ihn mit einem groben weißen Leintuch zu und brachten ihn dann auch weg.

Sonya sah ihn lange an, nachdem er zu reden aufgehört hatte. »Das ist alles, Kriminalbeamter Riley. Sie dürfen den Zeugenstand verlassen.«

Um drei Uhr befand sich Maggy auf dem Weg von der Schule zum Pfarrhaus, um dort ein paar Stunden zu arbeiten. Sie war sich ziemlich sicher, die Prüfung verhauen zu haben. Ihr Verstand hatte sich geweigert, sich auf die hübsch aufgereihten Fragen zu konzentrieren, und daher boten ihre Antworten den formlosen, ungeordneten Anblick eines gehenden Hefeteigs. Sie hatte das Radio nach einem Sender abgesucht, der Nachrichten über den Prozess brachte, doch es gab überall nur den Wetterbericht. Schwere Regenfälle wurden später am Abend erwartet, und für die Küstenregionen, die regelmäßig von solchen Katastrophen heimgesucht wurden, wurden Hochwasserwarnungen ausgegeben.

Vater Roarke begrüßte sie, als sie ankam. »Ihre Mutter rief an«, sagte er, als sie ihre Jacke aufhängte und ihre Tasche unter dem Schreibtisch verstaute. »Kein Notfall, Margaret. Machen Sie kein solches Gesicht. Rufen Sie sie an, sobald Sie können.«

Maggy griff bereits nach dem Telefon, bevor er den Satz beendet hatte.

»Das Garagentor geht nicht mehr zu«, sagte Rita als Begrüßung. »Wen soll ich anrufen?«

»Du hast sie schon angerufen«, antwortete Maggy. »Ich kümmere mich darum, wenn ich nach Hause komme. Sorg dafür, dass Tigger sich nicht aus dem Staub macht.«

»Das hat er schon. Deine Nachbarin Joann fand ihn auf ihrer Veranda.«

Maggy lachte. »Sonst alles in Ordnung?«

»Charlie ist oben und zieht seine Schulsachen aus. Nic ist noch nicht da.«

Maggy sah auf die Uhr. »Mach dir keine Sorgen. Sie ist wahrscheinlich drüben bei Missy.«

»Ich habe deinen Freund im Fernsehen gesehen.«

Maggy registrierte die besondere Betonung des Wortes *Freund*, zwang sich aber, es zu ignorieren. »Hat er schon ausgesagt?«

»Sie sagten – warte, ich habe es aufgeschrieben ... Wo ist meine Brille? Ich hab sie.« Maggy hörte Papier rascheln. »Okay. Sie sagten – ich zitiere, Maggy. Ich habe es genau aufgeschrieben – ›Der Kriminalbeamte Conor Riley war nicht in der Lage, den Angeklagten zweifelsfrei als den Mann zu identifizieren, der abdrückte.‹«

Maggy schwieg. Er hatte ihr von seiner Gedächtnislücke erzählt, und sie hatte angenommen, er versuche damit, sich selbst vor seinem Versagen, das Leben seines Freundes zu retten, in Schutz zu nehmen.

»Maggy? Hallo? Bist du am Autotelefon?«

»Nein, Mom, ich bin in der Arbeit. Entschuldige. Ich wurde abgelenkt.« Sie konzentrierte sich wieder auf das Telefonat. »Haben sie sonst noch etwas über den Prozess gesagt?«

»Nein, aber man sah deinen Beau das Gericht verlassen. Er wirkte nicht allzu glücklich.«

»Es gibt auch weiß Gott keinen Grund, warum er das sein sollte, Mutter. Bobby war sein Partner und sein bester Freund. Das ist bestimmt sehr schwer für ihn.«

»Ich verstehe nur nicht, wieso er sich nicht auf diesen kleinen Walker gestürzt hat. Er ist ein großer, kräftiger Mann. Er hätte ...«

»Der Kerl hatte eine Waffe«, fuhr Maggy sie an. »Würdest du dich vor eine geladene Waffe werfen?«

»Ich würde alles, was in meiner Macht steht, für jemand tun, den ich liebe. Wenn eines von euch Mädchen oder von den Kindern in Gefahr wäre, würde ich mein Leben opfern. Auch ein Maschinengewehr könnte mich nicht aufhalten.«

»Woher willst du das so genau wissen?«, fragte Maggy. »Wenn man sich nicht gerade in dieser Situation befindet, kann man unmöglich wissen, was man tun würde.«

»Das ist nicht etwas, worüber man nachdenken muss, Liebling«, erwiderte Rita. »Entweder man ist so, oder man ist es nicht. Das kann man nicht spielen.«

»Wenn du etwas über Conor loswerden willst, warum sagst du es dann nicht einfach?«

»Was sollte ich wohl schon über Conor sagen wollen? Ich kenne ihn ja kaum.«

»Du bist der Meinung, er hat Mist gebaut, nicht wahr? Du glaubst, er ist schuld am Tod seines Partners.«

»Das habe ich nicht gesagt.«

»Das brauchtest du gar nicht. Es ist dir schon immer gelungen, deinen Standpunkt klar zu machen, ohne tatsächlich etwas zu sagen.«

»Und was hat jetzt diesen Gefühlsausbruch ausgelöst?«, fragte Rita beleidigt.

»Ich habe langsam genug von euren unfairen Bemerkungen.«

»Niemand macht irgendwelche unfairen Bemerkungen.«

»O doch, ihr alle. Ständig geht ihr wegen Conor auf mich los, sobald sich auch nur die geringste Gelegenheit bietet, und ich habe es allmählich satt.«

»Tut mir leid, wenn du es so siehst.«

»Mir auch«, sagte Maggy. »Reicht es denn nicht schon, dass ich herauszufinden versuche, wohin das Ganze führt, auch ohne dass ihr alle mir das Leben schwer macht?« Bei diesen Worten brach sie in Tränen aus und knallte den Hörer hin.

Als sie aufblickte, sah sie Vater Kevin, den jungen Assistenten von Vater Roarke, in der Türe stehen.

»Ich wollte nicht lauschen«, sagte er mit einer Mischung aus Besorgnis und Betretenheit.

Sie wischte sich die Tränen mit ärgerlichen, heftigen Bewegungen ab. »Es tut mir leid«, sagte sie. »Meine Mutter ...« Sie zuckte mit den Schultern und versuchte zu lächeln, was aber danebenging. »Die alte Geschichte.«

»Die älteste«, sagte er. »Sie sprachen über den Mann, mit dem Sie sich treffen.«

»Entweder bin ich lauter, als ich dachte, oder Sie sind der Welt bester Lauscher.«

Er lächelte sanft. »Vielleicht von beidem etwas.«

»Vielleicht.«

»Ihre Mutter missbilligt es.«

»Meine ganze Familie missbilligt es und seine auch.«

Er setzte sich auf die Kante ihres Schreibtisches. »Und wie stehen Sie dazu?«

»Wie zum Teufel glauben Sie, dass ich dazu stehe?«, gab sie zurück und verstummte dann entsetzt. »Es tut mir leid, Vater. Heute ist nicht einer meiner besten Tage.«

»Kein Problem, Maggy. Ich möchte aber immer noch wissen, wie Sie zu dem Mann stehen, mit dem Sie sich treffen.«

Sie dachte an die Stunden, die sie in Conors Armen verbracht hatte, herrliche Stunden voll reinster Glückseligkeit, und merkte, dass ihre blasse irische Haut sie wieder einmal verriet. »Er macht mich sehr glücklich«, antwortete sie, »aber ...«, sie schüttelte den Kopf. »Beim ersten Mal war alles so einfach. Ich wusste genau, was ich wollte, und blickte nie zurück.«

»Sie waren damals jünger«, erwiderte Vater Kevin. »Sie hatten nicht für zwei Kinder zu sorgen.«

»Nicole ist so unglücklich«, sagte sie. »Ich schob es zuerst auf die Tatsache, dass sie fünfzehn ist, doch Claire meint, sie sei so, weil sie ihren Vater vermisst.«

»Gäbe es eine Möglichkeit, dass Nicole mehr Zeit mit Charles verbringen könnte?«

»Nicole ist hier gut aufgehoben.« Maggy spürte, wie sich ihr die Nackenhaare sträubten. *Soll er doch mit seinem Abschluss in Psychologie anderswo hausieren gehen.* »Sie wird im Sommer zwei Wochen bei ihm verbringen. Charles führt kein Leben mit einem geregelten Tagesablauf, Vater. Er lebt in London und ist die Hälfte der Zeit in militärischen Auslandseinsätzen unterwegs.« Sie warf ihm einen Blick zu. »Habe ich bereits erwähnt, dass es eine neue Mrs O'Brien gibt?«

Der Priester schwieg einen Moment lang. »Sie kennen die Einstellung der katholischen Kirche zur Scheidung, Maggy, aber das Leben geht weiter. Wir sind nicht dazu gedacht, keiner von uns, unglücklich oder alleine zu sein.«

»Sie verstehen mich nicht«, sagte sie. »Für ihn ist es einfach. Er muss nicht jede Entscheidung, die er trifft, seinen Kindern erklären.«

»Und Sie schon?«

»Manchmal habe ich das Gefühl.« Wenn sie ihre Beweggründe nicht ihren Kindern erklärte, dann erklärte sie sie ihrer Mutter und ihren Schwestern und jetzt auch noch einem Priester, der kaum alt genug war, sich zu rasieren.

»Charlie und Nicole mögen Ihren neuen Freund nicht.«

»Oh, Charlie ist verrückt nach ihm.« Allein schon bei dem Gedanken, wie die beiden zusammen Körbe warfen oder zum Kanal hinuntermarschierten, um zu angeln, wurde ihr ganz warm ums Herz. »Nicole ist es, die ihn nicht mag.«

»Wie Sie schon sagten, Nicole ist fünfzehn. In dieser Lebensphase wird sie über ziemlich vieles unglücklich sein.«

Maggy musste lachen. »Oh, Vater, wenn Sie wüssten.« Die Debatten über lilafarbene Haare, Grufti-Make-up, Piercing, Hausaufgaben, Musik und der letzte Aufstand wegen der Fotos, die Claire hatte machen lassen. »Ich habe alles versucht, was mir einfiel, doch es nützt nichts. Sie ist unglücklich, und ich scheine nichts dagegen unternehmen zu können.«

»Der beste Weg, Ihre Tochter glücklich zu machen, ist vielleicht, selbst glücklich zu sein.«

»Sie klingen wie eine Hallmark-Karte.« *Und eine*

schlechte obendrein. »Nichts an der Kindererziehung ist einfach.«

»Könnte es aber sein. Das größte Geschenk, das Sie Ihren Kindern machen können, ist eine glückliche Mutter und ein liebevolles Zuhause. Alles andere entsteht daraus.«

»Sie waren nie verheiratet«, stellte sie fest. »Sie haben keine Kinder. Sie wissen nicht, wie es ist, wenn man jemand, den man – den man sehr gerne hat, mit nach Hause bringt und sie ihn dann in Stücke reißen.«

»Hat diese Kritik Ihre Meinung über ihn geändert?«

»Natürlich nicht.«

»Warum macht Ihnen die Kritik dann so viel aus?«

»Tut sie eben.« Sie atmete ein paar Mal tief durch, um sich wieder zu beruhigen. »Denn was für eine Zukunft soll das werden, wenn beide Familien der Meinung sind, man habe die falsche Wahl getroffen?«

»Sie können die Zukunft haben, die Sie wählen. Sie wissen das. Sie sind keine siebzehn mehr. Sie bestimmen über Ihr eigenes Glück und schaffen sich Ihre eigene Zukunft. Ihre Familien werden sich anpassen, so oder so.«

Sie sah ihn an. »Priestern sollte eben doch gestattet werden, zu heiraten«, erwiderte sie. »Hätten Sie darin auch nur die geringste praktische Erfahrung, würden Sie so etwas nicht sagen.«

»Meine Eltern ließen sich scheiden, als ich elf Jahre alt war«, sagte er und sah sie unverwandt an. »Meine Mutter heiratete wieder, als ich dreizehn war.«

»Wunderbar«, sagte Maggy, »und Sie und Ihr Stiefvater fanden über ein paar Angelruten zueinander und spazierten dann in den Sonnenuntergang, ganz ein Herz und eine Seele. Es freut mich, dass es bei Ihnen so gut geklappt hat.«

Er verschränkte die Arme vor der Brust und wandte seinen Blick nicht ab. »Ich lief dreimal weg. Ich zerstach die Reifen seines Camaro. Er wollte mich schon in eine Kadettenanstalt stecken.«

»Und deshalb sind Sie in einem Priesterseminar gelandet.«
Sie musste lächeln, als sie sich vorstellte, wie der ernsthafte Vater Kevin die Reifen seines Stiefvaters durchlöcherte.

»In gewisser Weise, ja. Tom ist ein guter Mann, und als ich endlich meiner Marotte überdrüssig wurde, war ich auch in der Lage zu erkennen, wie gut. Er war der Einzige in der Familie, der meine Entscheidung unterstützte, Priester zu werden.«

»Das ist eine wunderschöne Geschichte«, erwiderte sie, »doch ich sehe nicht so recht, was sie mit mir zu tun hat.«

»Meine Mutter liebte ihn. Sie wusste, dass er ein guter Mann war, dass er ein guter Vater sein würde. Sie heiratete ihn angesichts lautstarken Protestes, und ich danke Gott jeden Tag, dass sie es tat.«

»Woher wusste sie, dass sie das Richtige tat?«, fragte Maggy leise, sowohl zu sich selbst als auch zu Vater Kevin gewandt. »Wie konnte sie sich sicher sein, dass es für Sie alle gut gehen würde?«

»Sie vertraute ihrem Gespür, und sie hörte auf ihr Herz«, sagte Vater Kevin. »Manchmal ist das das Beste, was man tun kann.«

»Sehen Sie? Das ist es ja, wovon ich rede. Sie wusste, was sie wollte.«

»Und Sie haben Ihre Zweifel.«

»Ja«, gab sie kurz zögernd zu. »Ich habe meine Zweifel.«
So. Jetzt war es heraus. Seit Tagen war sie der Wahrheit ausgewichen und hatte sich nicht getraut, es zuzugeben, nicht einmal vor sich selbst. Immer, wenn Conor auf die Zukunft zu sprechen kam, war in ihr etwas gewaltig zurückgeschreckt, und sie wollte nach dem Grund dafür gar nicht so genau forschen. Vielleicht wollte sie ihr Leben überhaupt nicht mit jemandem teilen. Vielleicht war sie sich nicht sicher, dass er der Mann war, für den sie ihn halten wollte. Vielleicht war sie an dem Punkt in ihrem Leben angelangt, an dem die Fragen mehr Sinn ergaben als die Antworten.

Sie hatte zu Conor gesagt, ihr gefielen die Dinge so, wie sie waren, dass sie wünschte, sie könnten für immer ein Liebespaar bleiben und die Wirklichkeit ausschließen, doch sie hatte ihn und sich damit belogen. Sie wollte immer noch das Gleiche wie als junges Mädchen, als sie sich um ihre kleinen Schwestern kümmerte: Sie wollte ein Heim und eine eigene Familie. Einen Ehemann, der ihr zur Seite stand. Einen Mann, der sie wegen ihrer Fehler genauso liebte wie wegen ihrer Pluspunkte. Einen Mann, dessen Fehler sie akzeptieren konnte.

Sie sehnte den Augenblick kristallklarer Gewissheit herbei, der, so oder so, all diese verschwommenen, unausgegorenen Zweifel für immer beseitigen würde.

Und sie befürchtete, die Aussichten auf diesen Augenblick seien ungefähr genauso groß, wie ein Gewinn in der Lotterie: eine Million zu Eins.

20

Nicole starrte den Hauch von Seide an, der über dem Klappstuhl hing. »Sie wollen, dass ich das anziehe?«

Guy, der Fotograf lachte. »Du wirst ja rot, Schätzchen. Wie reizend. Wenn ich nicht aufpasse, gibst du mir vielleicht noch den Glauben an die Menschheit zurück.«

»Keiner hat mir gesagt, dass ich in Unterwäsche posieren muss.«

»Also das schmerzt mich aber«, erwiderte Guy. Er legte seinen Zeigefinger an ihr Kinn, und sie gab sich große Mühe, nicht zu zittern. Er musste noch älter als ihr Vater sein. »Lingerie, meine Kleine. Du hast doch bestimmt schon den Katalog von *Victoria's Secret* gesehen. Jedes Mädchen, das durch meine Tür kommt, will die nächste Stephanie Seymour werden.«

Sie warf noch mal einen Blick auf den BH und das Höschen. Sie waren zwar nicht viel kleiner als ihr Bikini, doch egal, was für einen ausgefallenen Namen man ihnen gab, es blieb Unterwäsche.

»Meine Mutter bringt mich um«, erklärte sie.

»Du bist doch achtzehn«, sagte Guy und sah ihr tief in die Augen. »Nicht wahr?«

Sie nickte. Wenn sie jemandem gesagt hätte, sie sei fünfzehn, hätte man sie heimgeschickt. »Natürlich bin ich das.« Sie zwang sich zu lachen. »Doch das heißt noch nicht, dass meiner Mutter gefällt, was ich mache.«

»Schätzchen, an deiner Stelle würde ich mir jetzt eher Gedanken darüber machen, ob der Kamera gefällt, was du tust. Jetzt zeig mir deinen wohlgeformten Körper, geschmückt mit Spitze, und dann machen wir weiter.«

Er sagte, er würde nach draußen gehen, um eine zu rauchen, und sie solle fertig sein, wenn er wieder kam. Sie wollte ihn nicht enttäuschen. Guy war wundervoll zu ihr gewesen. Die letzten beiden Stunden hatte er sie wie eine Prinzessin behandelt, hatte ihre Schönheit gepriesen, sie vor den weißen Hintergrund gestellt, der von der Decke hing, und ihr von Zauberlichtern, Filtern und Blickwinkeln erzählt.

»Deine linke, Gräfin«, hatte er gesagt, nachdem er ihr Gesicht hierhin und dorthin gedreht hatte. »Das ist deine beste Seite. Falls dich einer fragt, und das wird man, es ist die linke.« Fotos schöner Frauen hingen an jedem freien Stückchen Wand. Ein paar davon erkannte sie sogar. Einige der berühmtesten Models hatten mit Guy gearbeitet, also war anzunehmen, dass er wusste, wovon er sprach, als er ihr sagte, sie brauchte noch ein paar Lingerie-Fotos für ihr Portfolio. Sie hätte beinahe zu kichern angefangen, als er das sagte. Was für ein Portfolio? Alles, was sie hatte, waren die Bilder, die die Freundin von Tante Claire aus Gefälligkeit von ihr gemacht hatte. »Dilettantisch«, hatte Guy gesagt, als er sie oberflächlich durchsah, als wären sie ein schlechtes Pokerblatt, »doch das Objekt ist göttlich.«

Sie knöpfte ihre Bluse auf und hängte sie an den Haken hinter der Tür. Eine Sekunde später folgten die Jeans, und dann schlüpfte sie aus ihrem weißen Baumwollslip und dem weißen, elastischen BH. Ein großer Spiegel lehnte an der Wand, und sie sah sich darin, als sie nach der Spitzenunterwäsche griff. Ihr Körper war weiß wie Schreibpapier, bis auf die roten Stellen, die ihre Jeans in der Taille hinterlassen hatten. Sie rieb mit der Hand darüber, doch das schien es nur noch schlimmer zu machen. Vielleicht sollte sie etwas Abdeckstift darüber geben. Sie griff nach ihrer Tasche, dann fiel ihr ein, dass sie die, zusammen mit ihrer Jacke, in den Schrank im Gang gehängt hatte. Bei Stephanie Seymour oder anderen Models hatte sie nie rote Flecken an der Taille gesehen, doch dafür war vielleicht der Fotograf zuständig. Die guten kannten sicherlich alle möglichen Tricks, rote Flecken und Druckstellen verschwinden zu lassen.

Ihr Körper kam ihr hauptsächlich lang und dünn vor. Tja, bis auf die großen Brüste. Sie war das einzige weibliche Wesen in ihrer Familie mit großen Brüsten, weshalb sie sich auch manchmal etwas komisch vorkam, als wollte sie angeben oder so, was aber gar nicht ihre Absicht war. »Du wirst nie Implantate brauchen«, hatte ihre Tante Claire letztes Mal gesagt, als sie zusammen zu Strand gingen. »Da hast du Glück, Mädchen.«

Vielleicht, dachte sie sich, als sie den spinnwebartigen BH über die Arme streifte und die Bänder band, die vorne alles zusammenhielten. Noch nie hatte sie einen BH gesehen, der mit Bändern zugebunden wurde. Der Slip funktionierte genauso. An jeder Seite befanden sich zwei schmale Bändchen, die zu Schleifen gebunden wurden. Der BH und der Slip bedeckten zwar mehr, als sie gedacht hatte, doch aus irgendeinem Grund fühlte sie sich mehr als nackt, so als täte sie etwas Verbotenes.

Sie wünschte, ihre Tante Claire wäre hier, um ihr zu sagen, dass es in Ordnung war. Sogar Missy hier zu haben hätte ihr schon geholfen. Nicht, dass sie vor Guy Angst hatte oder so. Sie war nur noch nie mit einem Mann, der nicht ein Verwandter war, allein gewesen, und sie wusste, dass es besser war, auf Nummer sicher zu gehen, als sich später leid zu tun. Doch dafür war es jetzt zu spät. Missy lag wahrscheinlich in ihrem Zimmer auf dem Bett, telefonierte mit Stacey und erzählte ihr von ihrem Abenteuer in Manhattan. Hauptsache, sie erzählte es nicht ihrer Mutter.

»Schatzilein!«, rief Guy durch die Türe. »Zeit ist Geld. Husch-husch!«

Husch-husch? Oma Rita gebrauchte Ausdrücke wie *husch-husch*. Vielleicht war Guy sogar noch älter, als sie gedacht hatte.

Sie fühlte sich sofort besser.

»Nur noch eine Sekunde!«, rief sie zurück. »Ich hab's gleich.«

Sie warf noch einen letzten Blick in den Spiegel. Ihre Brüste wirkten in dem winzigen, bebänderten BH riesig. Die Bikinihose war so tief und eng geschnitten, dass kaum noch etwas der Fantasie überlassen blieb. Sie sah gut und gerne wie eine zwanzigjährige Frau aus, und zum ersten Mal in ihrem Leben war sie sich nicht sicher, ob das so gut war.

»Du hast die Wahrheit gesagt«, sagte Glenn zu Conor, als sie auf den Stufen vor dem Gerichtsgebäude standen. »Du hast ihre Fragen nach bestem Vermögen beantwortet. Mehr kann keiner von dir verlangen.«

»Unsinn«, entgegnete Conor. »Ich hätte es ihnen leicht machen können. Hätte ihnen geben können, was sie wollten. Es hätte mich auch nicht umgebracht.« Wer hätte behaupten können, es wäre eine Lüge gewesen? Er erinnerte sich sowieso nicht mehr, wie es wirklich gewesen war. Etwas dichterische Freiheit, und der Mistkerl Walker hätte garantiert Lebenslänglich ohne Aussicht auf vorzeitige Entlassung bekommen. So, wie die Sache jetzt lag, bestanden noch genügend Zweifel, um den Ausgang fraglich zu machen.

»Ich weiß, worauf du hinauswillst, aber vergiss es. Du hast das Richtige getan.«

»So wie ich auch das Richtige getan habe, an dem Tag, an dem Bobby starb?«

»Lass es gut sein, Kumpel. Denk an etwas anderes.« Er legte den Arm um Conors Schultern. »Wir gehen was essen. Verdammt, das mit dem Essen können wir auch lassen und betrinken uns nur, wenn dir das besser gefällt.«

»Lass uns das auf ein andermal verschieben, ja, Glenn? Ich bin im Moment kein guter Gesprächspartner.«

»Abgemacht«, erwiderte Glenn. »Ich ruf dich morgen an, und wir machen etwas aus.«

Er fuhr nach Hause wie ferngesteuert, brachte nur den

Jeep in die richtige Richtung und sah zu, dass er nirgendwo anstieß. Er wollte weder über Bobby noch Denise oder die Kinder nachdenken, noch darüber, was er, verdammt noch mal, mit dem Rest seines Lebens anfangen sollte, falls er beschloss, kein Polizist mehr sein zu wollen. Es würde schwer sein, nach alledem zurückzugehen. Er gehörte nicht mehr dazu. Der Kreis hatte sich geschlossen, und er war draußen.

Er ließ den Wagen in der Einfahrt stehen und ging ins Haus. Maggy hatte ihm auf dem Schreibtisch eine Nachricht hinterlassen, mit dunkelgrüner Tinte auf weißem Papier, in ihrer katholischen Schulmädchenhandschrift, nach rechts oben ansteigend.

Vermisse dich jetzt schon. Maggy.

Vier Worte nur, und die Welt sah schon wieder besser aus.

Er nahm das Telefon und wählte ihre Nummer mit der Kurzwahltaste. Die Nummer eins. Das war in dem Moment klar gewesen, als er sie zum ersten Mal sah.

»Bist du es, Maggy?«, fragte eine Frauenstimme als Begrüßung.

Ihre Mutter, dachte er. Die Basketballspielerin mit dem Killerinstinkt. »Hier spricht Conor Riley, Mrs Halloran. Ich wollte Maggy sprechen.«

Ihre Enttäuschung breitete sich per Draht bis zu ihm aus. »Ich hatte gehofft, sie sei bei Ihnen. Ich habe Ihre Nummer gesucht, doch ich weiß nicht, in welcher Stadt Sie wohnen und konnte daher nicht die Auskunft anrufen.«

»Ist etwas passiert?«

Sie zögerte, ihre Abneigung gegen ihn kämpfte gegen ihre Besorgnis an. »Ich weiß nicht recht«, erwiderte sie. »Deshalb bin ich ja auf der Suche nach meiner Tochter.«

»Haben Sie es im Pfarrhaus schon versucht?«

»Als Allererstes. Und auf ihrem Handy bekomme ich auch keine Antwort.«

»Und bei ihrer Studienkollegin?«

»Sie hat eine Studienkollegin?«

»Janine. Sie arbeiten an einem Referat für den Krisenmanagementkurs.«

»Oh«, sagte Rita.

Ein Punkt für den neuen Freund.

»Kann ich Ihnen irgendwie helfen?«, fragte er. Als Sieger konnte man großzügig sein.

Erneutes Schweigen voller mütterlicher Bedenken. »Wenn meine Tochter sich meldet, sagen Sie ihr, sie möchte zu Hause anrufen.« Ein hastiges Aufwiedersehen, und das Gespräch war beendet. Er starrte noch eine Sekunde das Telefon an, ehe er auflegte.

»Was zum Teufel hat das zu bedeuten?«, sagte er laut. Maggys Mutter war ihm nicht so vorgekommen, als hätte sie schwache Nerven, doch ihre Stimme hatte ganz nach aufkommender Panik geklungen. So wie er es sah, hatte er zwei Möglichkeiten. Er konnte entweder hier bleiben und rätseln, was vorgefallen war, oder zu Maggy nach Hause fahren und es herausfinden.

Maggy verließ das Pfarrhaus kurz nach fünf und landete mitten im Berufsverkehr. Die Arbeitsgruppe hatte sich für ein frühes Abendessen und ein Brainstorming im *Cadillac Diner* entschieden, wo sich Maggy und Conor öfter trafen, doch so, wie es auf der Route 18 aussah, würde sie mehr als nur etwas zu spät kommen. Sie griff nach ihrem Handy, um Janine anzurufen.

Kein Rufton. Die Batterie war leer. Sie hatte eigentlich längst beim Radioladen vorbeischauen wollen, um eines dieser Ladegeräte zu kaufen, das man im Zigarettenanzünder einsteckt, doch dies war eine von tausend Besorgungen, die immer wieder am Ende ihrer Einkaufsliste landeten. Sie hatte auch vorgehabt, auf dem Weg zum Diner zu Hause anzurufen und sich zu erkundigen, ob alles in Ordnung sei, doch das würde nun warten müssen, bis sie dort angelangt war und eines der Telefone in der Lobby benutzen konnte.

Einen Augenblick lang war sie versucht, zu wenden und nach Hause zu fahren, doch sie zwang sich, weiter in Richtung Diner zu fahren. Sie hatte die letzten Stunden irgendwie ein ungutes Gefühl gehabt. Ganz vage, so als wäre eben nicht alles so, wie es sein sollte. Nicht mit Conor, nicht mit Nicole und vor allem nicht mit ihr selbst.

»Schätzchen, nicht so verkrampft«, sagte Guy, während er mit der Kamera um sie herumtanzte. »Versuch auszusehen als hättest du Spaß daran.«

Ich habe aber keinen Spaß daran, dachte Nicole, während sie den Kopf in den Nacken warf und breit lächelte. So wenig Spaß hatte ihr wahrscheinlich noch überhaupt nichts im Leben gemacht. Sie hatte bis jetzt in drei verschiedenen Unterwäschesets posiert, und in jedem davon hatte sie sich noch miserabler gefühlt als in dem vorigen.

»Lass die Knie auseinanderfallen, sei so nett«, sagte er und berührte ihre Wade im Vorbeigehen. »Süß und verrucht, das brauchen wir ... zugänglich, aber nicht für jeden ...«

Tränen schossen ihr in die Augen. Das war nicht so, wie sie es sich vorgestellt hatte. Ganz und gar nicht. Sie hatte einen Raum erwartet, in dem es nur so wimmelte von Friseuren und deren Assistenten und was sonst noch an Leuten dazugehörte. Bis jetzt waren da nur Guy und seine Kamera, und sie hasste sie allmählich beide. Das Ganze schien auch eine Ewigkeit zu dauern. Es war beinahe fünf Uhr, und er war noch immer nicht fertig.

»Dauert es noch lange?«, fragte sie, als er stehenblieb, um ihren Schultern eine andere Neigung zu geben. »Es ist schon ziemlich spät.«

»Er wird schon auf dich warten, Schätzchen, wer auch immer es ist. Erst die Arbeit, dann das Vergnügen.« Seine Hand glitt zu ihrem rechten Knie und drückte es sanft. »Eine Spur zu jungfräulich. Wir wollen, dass das Auge deinen herrlichen Beinen, bis hinauf zu den Toren des Paradieses folgt.«

Du meine Güte. Sprachen Männer denn wirklich so? Es klang, wie aus einem der grässlichen Kinofilme, die sie über Kabel ansah und wovon ihre Mom nichts wusste. Nicht, dass sie wirklich Angst hatte, doch das ungute Gefühl verstärkte sich.

Er sagte, sie solle sich auf den Bauch umdrehen und der Kamera etwas vorspielen, doch sie war ständig damit beschäftigt, sich zu vergewissern, ob ihr Höschen noch da war, wo es hingehörte, dass Guy schließlich die Geduld verlor.

»Gib's auf, Schatz«, sagte er. »Zieh das letzte Teil an, und dann machen wir deinem Elend ein Ende.«

Sie kam sich ganz seltsam vor, als sie in der Unterwäsche an ihm vorbeiging. Es war so kalt im Studio, dass ihre Brustwarzen durch die dünne Spitze hervortraten. Was wäre sie froh, wenn das hier vorbei war, sie ihr Portfolio hatte und nie mehr in Unterwäsche posieren musste, solange sie lebte.

Das letzte Teil hing an dem Stuhl im Umkleideraum. Sie hielt den hauchdünnen roséfarbenen Body hoch und spürte, wie ihr das Blut durch die Adern schoss. Da könnte sie ja genauso gut nackt sein, so viel wie er verdecken würde. Er würde alles sehen können, ab-so-lut alles, wie jeder andere auch, der diese Fotos zu sehen bekam.

Warum gehst du nicht einfach? Keiner zwingt dich, hier zu bleiben.

Sie konnte natürlich noch nicht gehen, da das Portfolio noch nicht ganz fertig war. Wenn sie jetzt aufgab, bekäme sie vielleicht nie wieder die Chance. Ihre Tante hatte ihr genug davon erzählt, wie schnell sich ein Model in der Branche unbeliebt machen konnte, wenn sich herumsprach, dass es schwierig sei, mit ihr zu arbeiten, und dass ein solch schlechter Ruf tödlich für den Beginn einer Karriere sein konnte. Sie war nun schon mal mittendrin. Sie war ja nicht blöd. Sie würde damit schon fertig werden.

Mom und Daddy bringen dich um, wenn sie es erfahren.

Und wenn schon. Ihre Mutter würde sie genauso für das

Schuleschwänzen umbringen wie für diese Fotos. So oder so würde sie Ärger bekommen. Und was spielte es schon für eine Rolle, was Daddy meinte, nachdem er und diese neue Frau von ihm auf der anderen Seite des Ozeans lebten.

Sie streifte das schmale Höschen ab und öffnete den BH. Dann zog sie den Body an und wollte gerade die Träger anpassen, als sie Stimmen aus dem Studio hörte und erstarrte. Draußen war noch ein anderer Mann, der mit Guy sprach. Auf Zehenspitzen ging sie zur Tür, drückte das Ohr dagegen und lauschte.

»... sie ist noch neu und noch etwas schüchtern mit ihrem Körper ... ein Superkörper ... Titten, das hältst du nicht für möglich ... das wird sie sicher gern machen ...«, hörte sie Guy sagen. »Sie braucht ein Portfolio. Du brauchst ein paar Probeaufnahmen. Ich brauche das Geld.« Männerlachen. »Und jeder ist glücklich, mein Lieber.«

Jeder, außer Nicole, die plötzlich vor Angst zu zittern begann. Ihre Knie schienen wachsweich zu sein, und sie wünschte sich, egal wo auf der Welt zu sein, nur nicht hier. Ein seltsames Kribbeln stieg ihren Rücken empor, und ihr war klar, dass sie hier weg musste. Ihre Mutter hatte ihr schon immer geraten, auf ihr Gefühl zu hören; denn meistens, wenn man das komische Gefühl bekam, es könnte etwas Unangenehmes geschehen, trat dies auch ein.

Du benimmst dich wie ein großes Baby, Nicole. Es handelt sich doch nur um ein paar lächerliche Fotos. Wenn du Model werden willst, musst du lernen, wie man so etwas macht.

»Nein«, flüsterte sie, als sie ihre Kleider vom Haken hinter der Tür nahm. Vielleicht wollte sie doch nicht so unbedingt ein Model werden, denn im Moment konnte sie an nichts anderes denken, als möglichst weit von hier weg zu kommen. Sie zog sich eilends an und sah sich dann nach ihrer Tasche um und ihrer Jacke – beides steckte in dem Schrank beim Eingang. Völlig unmöglich, dorthin zu gehen, um sie zu holen.

Was hatte ihr ihre Mom immer gesagt? *Man kann Geld und Besitz ersetzen, aber dich selbst kannst du nicht ersetzen.* Sie hatte zwei Dollar in Münzen, die in ihrer Jeanstasche klimperten. Sie konnte ihre Tante Claire anrufen, damit sie sie abholte, und ihre Mom würde es nie erfahren. Und wenn Tante Claire nicht zu Hause war, würde sie sich etwas anderes einfallen lassen. Sie hatte am Ende des Ganges eine Hintertür bemerkt, die zur Toilette führte. Da hinaus würde sie erst einmal verschwinden und dann weitersehen.

Als Conor bei Maggys Haus ankam, war bereits alles in heller Aufregung. Ellie, die Schwester, die Rechtsanwältin war, schrie in ihr Handy, während am Küchentisch ein paar Leute aus der Nachbarschaft recht aufgeregt diskutierten. Rita nahm ihn sofort in Beschlag, als sie ihn sah.

»Nicole hat die Schule geschwänzt, um mit ihrer Freundin nach Manhattan zu fahren«, sagte sie. »Missy kam ohne sie nach Hause.«

»Soll das heißen, Nicole ist allein in Manhattan?«

»Nein, nein!«, winkte Rita ab. »So ist es nicht.«

Die Frau im Zeugenstand wäre kein Vergnügen. Es würde eine Woche dauern, um auf den Kern der Sache zu kommen. »Wo ist sie?«

»Ich weiß es nicht.« Rita war am Rande eines hysterischen Anfalls. »Fort irgendwas – Fort Lee? Genau. Fort Lee, um zu einem Fotografen zu gehen. Ellie spricht gerade mit Missy und versucht Genaueres zu erfahren.«

»Hat irgendjemand etwas von Nicole gehört?«

»Nein, nichts. Kein Wort. Missy sagte, sie habe sie in der Stadt am Busbahnhof verlassen.«

»Hören Sie«, sagte Conor mit seiner zuversichtlichsten Stimme, »es gibt gar keinen Grund anzunehmen, Nicole sei in Schwierigkeiten. Wahrscheinlich sitzt sie in irgendeinem Bus auf der Autobahn fest und kann deshalb nicht telefonieren.«

»Sie sind ein miserabler Lügner«, erwiderte Rita und schnäuzte sich in ein zerknäultes Papiertaschentuch.

»Da haben Sie recht«, stimmte er zu. »Ich bin ein lausiger Lügner. Deshalb lasse ich es auch bleiben. Ich werde ein paar Leute anrufen und sehen, was ich herausfinden kann.«

»Aber nehmen Sie nicht unser Telefon! Die Leitung muss frei bleiben, falls Nicky anruft.«

»Selbstverständlich«, erwiderte er und zog das Handy, das er sowieso hatte benutzen wollen, aus der Tasche. Sie ging ihm zwar ziemlich auf die Nerven, doch das war begreiflich. Sie war offensichtlich außer sich vor Sorge und konnte sich nur mit Mühe zusammenreißen, und ob sie beide dazu bestimmt waren, Freunde zu werden, spielte im Moment keine Rolle.

»Ich wusste nicht, dass Sie hier sind«, sagte Ellie, als sie ins Zimmer kam. »Kennen Sie sich in Fort Lee aus?«

»Nicht so richtig«, sagte er bedauernd, »aber ich kenne den Polizeichef oben in Bergen County. Den wollte ich gerade anrufen.«

Ellie schaute auf den Notizblock in ihrer Hand. »Sie wollte zu einem Fotostudio namens Glo-irgendwas. Missy wusste nicht mehr, ob es Glo-Dot oder Glo-Bob hieß.«

Rita liefen die Tränen über die Wangen. »Ruf Claire an! Sie kennt alle in der Branche. Sie wird uns helfen können.«

Claire hatte noch nie von Glo-undsoweiter gehört, was Conor für ein ziemlich schlechtes Zeichen hielt. Wenn es zum täglichen Leben einer Frau gehörte, mit den Fotografen des Dreiländerecks zu arbeiten, und diese Frau noch nie von dem Studio gehört hatte, musste es dafür einen Grund geben, und er würde wetten, dass es kein schöner war.

Er rief den Polizeichef an. Don war nicht zu Hause, und Conor hinterließ ihm eine Nachricht und seine Handynummer sowie auch Maggys Telefonnummer; dann rief er eine Kriminalbeamtin an, die er kannte und die auf betrügerische Machenschaften mit minderjährigen Mädchen spezialisiert war. Patricia war auch nicht zu Hause. Er hinterließ auch dort eine Nachricht. »Um diese Zeit sind alle unterwegs«, sagte er und kam sich entsetzlich unnütz vor. »Jetzt jemand zu erreichen ist schwierig.«

Ellie bedachte ihn mit einem vernichtenden Blick. »Möglicherweise rufen Sie ja auch nicht die richtigen Leute an.«

»Haben Sie eine bessere Idee?«, gab er zurück.

»Vielleicht sollte einer hinfahren und Nic suchen. Fort Lee ist ja nicht so groß, oder?«

»Sie könnte überall sein«, warf Rita ein und griff nach einem neuen Papiertaschentuch. »Sie könnte im Zug oder im Bus sein, oder ...« Sie vergrub das Gesicht in den Händen und schluchzte.

»Ach, Mom!« Ellie legte den Arm um Ritas Schultern und sah Conor böse an. »Alles wird gut.«

Conor nahm Ellies Notizblock und einen Stift aus seiner Tasche. »Hier«, sagte er und gab ihn der Anwältin zurück. »Das ist meine Handynummer. Rufen Sie mich an, wenn Sie irgendetwas hören.«

»Sie gehen?«, fragte Rita. »Wie können Sie uns jetzt allein lassen?«

»Sie bleiben hier«, sagte Ellie zu Conor. »Ich gehe und suche Nic.«

»Sie machen, was Sie am besten können«, erwiderte er, »und lassen mich machen, was ich am besten kann.«

Maggy hatte beabsichtigt, zu Hause anzurufen, sobald sie im Diner angelangt war, doch kaum dass sie in der Lobby war, traf sie auf Janine.

»Wo zu Teufel warst du?«, wollte Janine wissen. »Ich rufe dich seit einer Stunde auf deinem Handy an. Frank hat gerade deine Festnetznummer gefunden, und ich wollte ...«

»Tut mir leid«, sagte Maggy, »aber der Verkehr war fürchterlich. Habe ich viel verpasst?«

»Die Suppe und den Salat«, antwortete Janine, während

sie mit ihr zurück zum Tisch ging. »Ohne dich konnten wir mit dem Brainstorming nicht beginnen.«

Sie redete sich ein, es gebe keinen Grund, unbedingt sofort zu Hause anzurufen. Ihre Mutter hatte sicher alles unter Kontrolle, und Maggy wusste, dass im Notfall Claire und Ellie einspringen würden. Und im Übrigen war es ein ganz normaler Schultag. Die Kinder würden sich nach der Schule wie üblich beschäftigen und am Abend nach dem Essen Hausaufgaben machen. Wahrscheinlich würden sie nicht einmal bemerken, dass sie nicht da war.

Nicole war klar, dass sie nicht in der Nähe des Glo-Jon-Studios bleiben konnte, ohne Guy und seinem Freund über den Weg zu laufen, daher ging sie zurück zur Hauptstraße, wo sie vor Stunden aus dem Bus gestiegen war. Auf der Straße waren jede Menge Pendler unterwegs, entweder zu ihren Parkplätzen oder zu den riesigen Wohngebäuden am Flussufer. Sie hielt Ausschau nach einem öffentlichen Telefon, von dem aus sie ihre Tante Claire anrufen konnte, um sie zu bitten, sie abzuholen. Schließlich fand sie eines bei der Tankstelle neben der Bushaltestelle.

»Bitte werfen Sie noch einen Dollar und fünfundsiebzig Cent ein.«

Sie betrachtete die Münzen in ihrer Hand. Das war alles, was sie hatte. Zögerlich steckte sie die Münzen in den Schlitz und lauschte dem Klang der Geldstücke, die nacheinander in den Kasten fielen.

»Hier spricht Claire. Ich bin im Moment nicht zu Hause. Ihr wisst ja, wie es funktioniert.«

»Tante Claire, hier ist Nicole. Ich bin hier in Fort Lee, und du musst mich abholen. Meine Nummer ist ...« Sie las die Nummer von der Wählscheibe ab. »Ruf mich an.«

Sie ging, wie ihr schien, eine Ewigkeit vor dem Telefon auf und ab und bekam, als ein Mann in einem weißen Beemer anhielt, um zu telefonieren, fast einen Herzschlag.

»Ich warte auf einen sehr wichtigen Anruf«, versuchte sie ihm begreiflich zu machen. »Können Sie nicht woanders telefonieren?«

Er beachtete sie gar nicht und belegte die Leitung mindestens fünf Minuten lang, was sie vor Verzweiflung den Tränen nahe brachte.

»Du hast noch Glück, dass ich nicht die Polizei hole«, sagte er, als er wieder in seinen schicken Wagen stieg. »So ein junges Ding, und geht schon auf den Strich.«

Am liebsten wäre sie gestorben. Das war der schlimmste Tag in ihrem ganzen Leben gewesen. Kein Wunder, dass die Leute, die vorbeifuhren, sie derart angestarrt hatten. Wahrscheinlich sah sie aus wie eine Nutte, die darauf wartete, dass das Geschäft anlief.

Als das Telefon endlich läutete, nahm sie sofort ab.

»Tante Claire! Bitte, mach schnell. Mir ist kalt und ...«

»Hier spricht Conor Riley, Nicole.«

»Wieso rufen *Sie* mich denn an?«

»Darüber reden wir später. Ich bin noch eine Meile von Fort Lee entfernt. Erklär mir genau, wo du bist, und ich bin in ein paar Minuten bei dir.«

»Ihnen hab ich aber keine Nachricht hinterlassen.« Statt froh zu sein, ärgerte sie sich. »Wo ist meine Tante?«

»Nicole, entweder ich komme oder keiner. Also, wo bist du?«

Ein Mann in einem dunkelgrünen Lexus kam in der Einfahrt der Tankstelle zum Stehen. Er grinste Nicole durch das geöffnete Fenster an und blinzelte ihr dann zu. Das gab den Ausschlag. »Ich bin an der Getty Tankstelle, Ecke ...« Sie las die Straßennamen von den Schildern ab. »Und beeilen Sie sich!«

»Mach bloß keine Dummheiten«, murmelte Conor vor sich hin, als er das Gespräch mit Nicole beendet hatte. Sie brauchte nur noch drei Minuten brav dort auf ihn zu warten, und alles wäre gut, noch ehe Maggy überhaupt erfuhr, dass ihre Tochter verschwunden gewesen war.

Zumindest hatte sich das Mädchen eine gute Umgebung für ihre Eskapade ausgesucht. Fort Lee war noch immer um seinen guten Ruf bemüht, trotz der wild wuchernden Ausbreitung des Stadtgebietes und der steigenden Zahl von Betrieben, die aus Manhattan flüchteten. Hatte ein Kind vor, sich in Schwierigkeiten zu bringen, konnte es dafür keinen besseren Platz finden. Na, vielleicht noch Disney World, aber das war's dann auch schon.

Er drückte Maggys Nummer. Ellie antwortete. »Auftrag ausgeführt«, sagte er. »Sie wartet einen Block weiter auf mich.«

»Sobald Sie sie im Wagen haben, feiern wir«, erwiderte Ellie.

»Ein zäher Haufen«, murmelte er, als er auflegte.

Er bog in die Hauptstraße ein und musste fest auf die Bremse steigen, als ein Pendler, ohne zu schauen, aus dem Jersey Transit Parkplatz herausfuhr. Weiter vorne sah er die Beleuchtung der Getty Tankstelle, und einen Augenblick später auch Nicole, die unter einer Straßenlaterne stand. Sie wirkte jung und müde und viel zu sexy in ihren engen Jeans und dem dünnen T-Shirt. Kein Wunder, dass der alte Bock in dem schwarzen Miata versuchte, ihre Aufmerksamkeit zu erregen. Zu schade, dass man niemanden nur für seine Absichten verhaften konnte.

Draußen hatte es bloß etwa vier Grad. Wo zum Teufel hatte sie ihre Jacke? Und wieso hatte sie keine Tasche dabei? Er hupte zweimal, um ihr sein Kommen zu signalisieren, und kam sich dann fast schäbig vor, als er sah, wie sie den Kopf einzog und auf den Boden starrte. Armes Kind. Es war bestimmt nicht leicht, den Körper einer Frau zu haben und die Seele eines kleinen Mädchens.

Er ließ das Fenster herunter. »Nicole!«, rief er. »Hier bin ich.«

Sie fuhr herum, erkannte ihn, und für eine Sekunde fiel die genervte Maske Heranwachsender, und er sah zutiefst empfundene Erleichterung und Glück ihr hübsches Gesicht durchfluten. Sie kam zum Jeep gerannt, doch als sie in den Wagen kletterte, war die Maske wieder da. »Wieso haben Sie so lange gebraucht?«, wollte sie wissen. »Ich hab eine Ewigkeit gewartet.« Sie schlang sich die Arme um den Oberkörper. Sie zitterte. »Vier Minuten«, sagte er und musste sich klar machen, dass sie die Widerborstigkeit benutzte, um ihre große Erleichterung zu verbergen. »Da hinten liegt ein Sweatshirt. Bedien dich.«

»N-nein, danke. Das brauche ich nicht.«

»Zieh es an«, sagte er im gleichen Ton, in dem er früher auch mit seinem Sohn Sean gesprochen hatte.

Sie zögerte, doch dann griff sie nach hinten und nahm das Sweatshirt. Die Ärmel hatten die richtige Länge, aber alles andere war viel zu groß, wodurch sie noch zarter wirkte, als sie ohnehin schon war.

»Und wo ist deine Jacke?«, fragte er.

»Noch da drinnen«, antwortete sie und deutete über ihre Schulter. »Beim Fotografen.«

»Wie wär's, wenn du mir erzählst, was sie da macht?«

Sie zuckte mit den Schultern. »Ich bekam es mit der Angst zu tun, als ich noch einen anderen Mann bei ihm hörte, und bin durch die Hintertür verschwunden.«

»Kluges Mädchen«, stellte er fest. Ganz die Tochter ihrer Mutter. »Was hast du sonst noch dort gelassen?«

Sie sah ihn mit großen Augen an, so als hätte sie ihn nie zuvor gesehen. »Meine Tasche.«

»Du möchtest die Sachen wiederhaben, nicht wahr?«

»Klar«, erwiderte sie, »aber da geh ich nicht wieder rein.«

»Brauchst du auch nicht«, entgegnete er. »Ich gehe rein.«

Er fuhr in eine Parklücke auf der dem Glo-Jon-Studio gegenüberliegenden Straßenseite. »Bleib hier, ich bin gleich wieder zurück.«

Nicole blieb im Wagen und wartete, während Conor ihre Sachen aus dem unheimlichen Fotostudio holte. Der Wagen roch nach ihm, irgendwie würzig und nach Seife. Es erinnerte sie an den Geruch ihres Vaters, wenn sie ihm einen Gutenachtkuss gab. Sie fragte sich, ob alle Väter so rochen, irgendwie vertraut und beruhigend. Ulkig. Sie hatte eigentlich in Conor nie jemanden gesehen, der ein Vater sein könnte, bis heute, als er ihr zu Hilfe kam.

Natürlich wusste sie, dass Conor einen Sohn namens Sean hatte, der in Kalifornien lebte. Er hatte ihr und Charlie das Bild eines dürren, dunkelhaarigen Jungen mit einem breiten Grinsen gezeigt, der ihm sehr ähnlich sah. Doch erst jetzt, als sie den Ausdruck verärgerter Erleichterung in seinen Augen sah, während sie in den Jeep stieg und die Tür hinter sich zuzog, wurde ihr der Zusammenhang wirklich bewusst. Es war genau der gleiche Blick, mit dem sie ihr Vater angesehen hatte, als sie damals aus dem Einkaufszentrum in San Diego hinausspaziert war und der Sicherheitsdienst sie am anderen Ende des Parkplatzes gefunden hatte, wo sie stand und weinte. Schon seltsam, wie dieser Blick ihr das Gefühl vermittelt hatte, wieder behütet und Teil einer Familie zu sein.

»Dumme Gans«, murmelte sie, während sie den Autos zusah, die den Pendlerparkplatz an der Ecke verließen. Manchmal fand sie sich selbst zum Kotzen. Wem machte sie eigentlich was vor? Sie waren keine Familie. Er war nur ein Mann, mit dem sich ihre Mutter traf. Es ging ihm gar nicht um sie. Er tat das nur, um Punkte bei ihrer Mom zu sammeln. Nun, sie würde es ihm schon zeigen. Wenn er wollte, dass ihre Mom erfuhr, was für ein guter Junge er war, dann würde er es ihr schon selbst erzählen müssen.

Es dauerte länger, als Conor gedacht hatte, doch der Anblick seiner Marke und der Dienstwaffe überzeugten den Fotografen am Ende doch von seiner Sichtweise der Dinge.

»Nächstes Mal lassen Sie sich eine Geburtsurkunde zeigen«, riet Conor dem Kerl, als er sich die Jacke und die Tasche unter den Arm klemmte. »Ist sicherer.«

Nicole wartete auf dem Trottoir auf ihn.

Er richtete einen strengen Blick auf sie, so wie er ihn für gelegentliche Verbotsübertretungen von Sean reserviert hatte. »Ich dachte, ich hätte gesagt, du sollst im Jeep bleiben.«

Sie stand mit dem Rücken zu ihm und fuhr beim Klang seiner Stimme zusammen. »Sie haben ja ewig gebraucht«, sagte sie in diesem vorwurfsvollen Ton, der ihn an seinen Sohn erinnerte, als dieser fünfzehn gewesen war.

Er gab ihr Jacke und Tasche.

»Sie haben ja meine Sachen!«, rief sie aus, nun ganz natürliches Kind. »Vielen Dank!«

»Unser Fotograf ist kein angenehmer Zeitgenosse. Er behauptet, du hättest dich mit einer Halskette von ihm davongemacht.«

Sie riss die Hand an den Hals. »O nein!«

»Nicht so schlimm«, sagte er, als sie vom Gehsteig auf die Fahrbahn traten. »Du kannst ihm die Kette mit der Post schicken.«

»Nein! Ich laufe zurück und stecke sie in seinen Briefkasten.«

»Lass es sein, Nicole.« Sie waren bereits zur Hälfte über die verkehrsreiche Straße. »Lass uns zusehen, dass wir hier wegkommen.«

»Es dauert nur eine Sekunde.« Sie machte kehrt und rannte in die andere Richtung. Im gleichen Moment sah er Scheinwerfer um die Ecke kommen.

Sie war schon halb drüben, da stolperte sie über ein kleines Schlagloch. »Mein Knöchel!«, schrie sie auf und beugte sich hinunter, um nachzusehen.

Die Scheinwerfer des herankommenden Wagens beleuchteten ihr Gesicht, und plötzlich wurde Conor klar, dass das Auto viel zu schnell war, um noch rechtzeitig halten zu können.

»Nicole!«, brüllte er. »Lauf, schnell!« Doch sie tat es nicht. Sie konnte nicht. Sie war wie festgefroren und starrte ihn mit vor Angst weit aufgerissenen Augen an.

Sein Gehirn schaltete sich aus, und er reagierte. Er warf sich in ihre Richtung, mit all seinem Gewicht und all seiner Kraft. Er hörte das Aufheulen einer Hupe, das nervenzerfetzende Quietschen von Bremsen. *Keine Zeit. Keine Zeit mehr. Jetzt!* Er packte sie. Außer den grell leuchtenden Scheinwerfern konnte er nichts sehen. Sie schrie, als er sie aufhob und sie dann, so weit er konnte, aus der Gefahrenzone schleuderte, bevor der Wagen ihn erfasste und alles um ihn schwarz wurde.

21

»Du brauchst dir gar keine Sorgen zu machen«, wurde Maggy von ihrer Mutter begrüßt, als sie heimkam. »Es geht ihr gut.«

Maggys ganzer Körper schaltete auf Alarmstufe rot. »Wem geht es gut? Wovon sprichst du denn?«

»Nicole. Wir haben sie gefunden, und dein Freund holt sie gerade ab.«

»Nun mal ganz langsam, bitte.« Maggy warf ihren Mantel über einen Küchenstuhl. »Nicole wo gefunden?«

Ellie tauchte in der Türe auf, ganz Anwältin in ihrem Ally-McBeal-Kostüm und mit der strengen Brille. »Nicole und Missy haben die Schule geschwänzt und sind mit dem Zug in die Stadt gefahren.«

Maggy ließ sich auf den Stuhl mit ihrem Mantel fallen. »O Gott.« Sie stützte den Kopf in die Hände. »Ich hätte wissen müssen, dass so etwas passiert.« Sie sah zu ihrer Schwester auf. »Wegen der Modelgeschichte, stimmt's?«

»Was denn sonst?«, erwiderte Ellie. »Sie scheint einen Termin bei einer Agentur in der City gehabt zu haben.«

Ellies und ihrer Mutter Meinung nach war Nicole von dort aus zum Studio eines Fotografen nach Fort Lee gefahren.

»Und Missy?«

»Die ist von Manhattan aus nach Hause. Nic hatte ihr zwar das Versprechen abgenommen, nichts zu verraten, aber als Nic um fünf noch nicht wieder da war, wurde es Missy doch mulmig, und sie hat alles ausgeplaudert.«

»Und wer ist gefahren, Nic abzuholen? Claire?«

»Dein Freund«, erwiderte ihre Mutter. »Allzu begeistert schien er darüber allerdings nicht.«

»Sei fair, Mutter«, sagte Ellie. »Er war uns eine große Hilfe.«
Rita verzog das Gesicht. »Er hat ein bisschen herumtelefoniert. Auch schon was.«

»Er war wirklich eine Hilfe«, sagte Ellie zu Maggy, bei der sich allmählich schlimme Kopfschmerzen bemerkbar machten. »Er hätte sich nicht bemühen müssen, Nicole zu finden.«

»Das hättest du tun sollen, Eleanor.« Rita warf ihrer Tochter einen vielsagenden Blick zu. »Wir hätten die Angelegenheit unter uns in den Griff bekommen müssen.«

Maggy wirbelte herum und schaute ihre Mutter an. »Du solltest dankbar sein, dass er da war und bereit war zu helfen. Wo ist Claire? Wo sind Onkel Jack und Tante Tina? Ich sehe hier keinen von ihnen, der einspringt.«

»Er gehört nicht zur Familie«, beharrte Rita. »Gewisse Dinge sollte man eben als reine Familienangelegenheit behandeln.«

Natürlich gehört er zur Familie, fiel Maggy da ein. *In allen wichtigen Belangen.* Diese Erkenntnis traf sie wie ein Blitz aus heiterem Himmel. Es war alles so einfach, so völlig klar, dass sie sich fragte, wieso sie so lange gebraucht hatte, es zu merken.

»Du lächelst«, stellte Rita fest. »Worüber lächelst du?«

»Ich bin glücklich«, erwiderte Maggy und wich damit der Frage aus. »Meine Tochter ist in Sicherheit und auf dem Weg nach Hause. Das ist etwas, worüber man glücklich sein kann.«

»Ich hoffe, du bestrafst sie für das, was sie sich da geleistet hat«, sagte Rita.

»Mutter, Nicole ist meine Tochter. Das ist meine Sache.«

Sie zankten sich halbherzig noch ein wenig, während Maggy Kaffee aufsetzte. Ellie führte einige geschäftliche Gespräche mit ihrem Handy, stellte dann den Laptop auf den Küchentisch und begann zu arbeiten.

Maggy trank zwei Tassen Kaffee und sah dann auf die Uhr. »Wann hat euch Conor aus Fort Lee angerufen?«

»So um halb sieben«, antwortete Rita. »Wie viel Uhr ist es jetzt?«

»Nach neun«, sagte Maggy.

Die beiden Frauen sahen sich an.

»Bestimmt ist alles in Ordnung«, sagte Rita. »Wahrscheinlich stecken sie irgendwo im Verkehr fest.«

Um zehn Uhr ging Maggy im Wohnzimmer auf und ab. Sie versuchte mehrmals, auf Conors Handy anzurufen, doch jedes Mal wurde sie an die Sprachmailbox weitergeleitet. Sie führte die Hunde spazieren, säuberte das Katzenklo und vergewisserte sich, dass Charlie gut zugedeckt war und friedlich schlief. Sie räumte gerade den Schrank im Gang aus, in dem müßigen Versuch, dort Ordnung zu schaffen, als die Türglocke läutete.

Sie sprang auf die Füße und rief: »Sie sind da!«, außerstande, ihre Aufregung zu zügeln. Sie rannte zur Tür und riss sie auf. »Was in aller Welt hat euch so ...«

»Mrs O'Brien?«

Auf der Veranda standen zwei Polizisten. Maggy spürte, wie ihre Knie weich wurden, und wäre beinahe umgekippt, hätte nicht der jüngere von beiden sie gerade noch rechtzeitig am Arm erwischt.

»Ja«, sagte sie. »Worum geht es? Was ist passiert?«

»Es gab einen Unfall, Mrs O'Brien.«

Sie hörte zu, während kalte Luft ihr Gehirn und ihren Körper durchströmte.

Ein Unfall ... von einem Wagen erfasst ... ohne Bewusstsein ... Nicole und Conor ... o Gott ... o Herr Jesus, lass es nicht wahr sein ...

Hinter sich hörte sie ihre Mutter aufschreien und dann Ellies Weinen. Sie fuhr herum und sah sie an. »Hört auf!«, befahl sie. »Weckt Charlie nicht auf!« Jetzt noch nicht. Nicht bevor sie wussten, was geschehen war.

Die Polizisten warteten, während sie ihren Mantel, die Tasche und die Autoschlüssel holte. »Einer muss hier bei Charlie bleiben«, sagte sie zu ihrer Mutter und ihrer Schwester, die ebenfalls ihre Mäntel gepackt hatten.

»Ich bleibe hier«, erklärte sich Ellie bereit und umarmte Maggy. »Du wirst sehen, alles wird wieder gut.«

Die Straßen waren frei. Keinerlei Sichtbehinderung. Weder Regen, noch Eis, noch Nebel.

»Was kann bloß geschehen sein?«, flüsterte sie immer wieder, während sie den Polizisten nach Norden in Richtung Fort Lee folgte.

Rita streckte die Hand aus und tätschelte die von Maggy. Diese mitfühlende Geste brachte sie beinahe aus der Fassung. Sie musste ein paar Mal schlucken, um ihrer Gefühlswallungen Herr zu werden. Es wäre so einfach, sich gehen zu lassen, doch das durfte sie jetzt nicht. Noch nicht. Das konnte sie erst, wenn alles vorbei war, jeder wieder in Sicherheit war und das Ganze nur noch eine schlimme Erinnerung. Ein böser Traum. Ein schrecklicher Traum, doch nicht mehr.

Ihre Mutter schien zu spüren, dass sie zu keiner Unterhaltung fähig war. Maggy konnte sich denken, was Rita tat. Das leise Klicken der Perlen des Rosenkranzes in ihrer Tasche verriet sie.

»Bete auch einen für Conor, ja?«, bat sie ins Dunkel des Wagens.

Sie erreichten das Krankenhaus kurz vor Mitternacht. Die Polizisten brachten sie zur Notaufnahme, wo Maggy sich nahezu einem Dutzend Schwestern und Hilfspersonal gegenübersah, die Tabellen und Formulare zum Unterschreiben brachten und sie mit Informationen überschütteten, schneller als sie sie aufnehmen konnte.

»Ihre Tochter schlug sich den Kopf an, als sie fiel«, berichtete ihr eine der jungen Ärztinnen, während Maggy versuchte, alles auf einem Zettel aufzuschreiben.

»Verzeihung«, sagte sie. »Könnten Sie das wiederholen?« Ihre Reaktionen waren verlangsamt und ihre Hände zitterten so sehr, dass sie den Stift nur mit Mühe halten konnte.

»Ihre Tochter schlug sich den Kopf an. Sie war bewusstlos, als sie eingeliefert wurde. Wir glauben zwar nicht, dass sie irgendwelche schweren Verletzungen hat, doch wir möchten alles durchchecken und sie ein paar Tage zur Beobachtung hier behalten.« Bei den nicht so schwer wiegenden Verletzungen handelte es sich um einen Bänderriss in Nicoles rechtem Knie, Abschürfungen und eine ausgekugelte Schulter. »Sie hat ziemliche Schmerzen«, erklärte die Ärztin, »doch wir können ihr erst etwas dagegen geben, wenn wir das genaue Ausmaß ihrer Kopfverletzung kennen.«

»Ich verstehe«, erwiderte Maggy, aber das stimmte nicht. Es war ihr Baby dort hinter diesen Türen, ihr kleines Mädchen, und bei dem Gedanken, dass Nicole Schmerzen hatte und man ihr nicht helfen konnte, hätte sie am liebsten mit bloßen Händen die Wände des Krankenhauses niedergerissen.

Die Ärztin wandte sich zum Gehen.

»Warten Sie!« Maggy berührte die Frau am Arm. »Conor Riley – er war mit meiner Tochter zusammen. Wie geht es ihm?«

»Sind Sie ein Mitglied der Familie?«

»Nein«, erwiderte Maggy. »Ich bin eine sehr enge Freundin. Bitte, wie geht es ihm?«

Der Gesichtsausdruck der Ärztin wechselte von besorgt zu reserviert. »Es tut mir leid«, sagte sie, »aber ich darf Ihnen nichts dazu sagen.« Sie rang sich ein professionelles Lächeln ab. »Sie können Ihre Tochter sehen, sobald sie vom Röntgen zurück ist.«

Rita stand bei den Telefonen neben dem Wartezimmer. Maggy berichtete ihrer Mutter, was sie erfahren hatte, damit sie es an Ellie und Claire weitergeben konnte. Als sie sich umdrehte, stand sie Conors Eltern gegenüber.

Sie waren am Boden zerstört, und Maggy fühlte, wie sie der letzte Rest an Kraft verließ.

»Ihre Tochter«, fragte Mrs Riley. »Wie geht es ihr?«

»Sie ist beim Röntgen. Bis jetzt scheint es nichts Lebensbedrohliches zu sein.« Sie holte tief und mühsam Luft, um Mut zu fassen. »Und Conor?«

Mrs Rileys Gesichtszüge entgleisten, und sie flüchtete sich in die Umarmung ihres Mannes. Conors Vater wich Maggys Blick nicht aus, und sie las dort die Antwort, die sie fürchtete.

»Es steht schlecht«, sagte sein Vater und zählte eine Horrorliste von Verletzungen auf, die Maggy das Herz zerrissen. Milzriss. Mehrfach gebrochenes rechtes Bein. Gehirnerschütterung.

»Wo ist er?«, flüsterte Maggy. Hätte sie nur ein bisschen lauter gesprochen, sie hätte ihre Wut in den Himmel geschrien.

»Er ist im Operationssaal«, antwortete Mr Riley. »Wie in aller Welt konnte das passieren?«

»Ich weiß es nicht«, erwiderte Maggy. »Waren sie auf der Autobahn?«

»Nein«, sagte Conors Mutter. »Sie wurden angefahren, als sie die Straße überquerten. Beim Überqueren einer Straße, können Sie sich das vorstellen?«

Maggy konnte es nicht. Sie konnte sich überhaupt nichts vorstellen. Ihr Verstand war leer, bis auf das lautlose Geräusch der Angst.

Sie teilte den Rileys das bisschen mit, was sie wusste, über den Fotografen und dass Conor angeboten hatte, nach Fort Lee zu fahren und Nicole nach Hause zu bringen. Sie spürte, wie sich ihr Körper verkrampfte, als sie darauf wartete, dass Mrs Riley ihr Vorwürfe machen und Nicole und Maggys erzieherischen Fähigkeiten die Schuld geben würde, doch sie tat es nicht. Mrs Riley hatte andere Sorgen. Da drinnen lag ihr Sohn, und sie liebte ihn genau so sehr, wie Maggy Nicole liebte. Sie sahen sich in die Augen und erlebten den ersten Moment gegenseitigen Verstehens.

Die Türen flogen auf, und in das Wartezimmer strömte ein gutes Dutzend Rileys. Maggy drehte sich um und ging zu ih-

rer Mutter, die noch bei den Telefonen stand. Sie war hier ein Außenseiter. Das war seine Familie, sein Blut. Egal wie stark ihre Gefühle für ihn waren, hier fielen sie nicht ins Gewicht.
»Es tut mir leid«, sagte Rita.
Maggy nickte.
»Nic kommt wieder in Ordnung.«
»Das weiß ich«, brachte sie mit Mühe hervor. »Ich – ich bete für Conor.«
Maggy legte den Kopf an die Brust ihrer Mutter und unterdrückte ihre Tränen.

Die Rileys begaben sich zum anderen Ende des Warteraumes, und Maggy und Rita blieben allein bei den Telefonen. Matt kam kurz herüber, um sich zu erkundigen, wie es Nicole ging, doch ansonsten blieben sie in ihren verschiedenen Lagern. Endlich, kurz nach zwei Uhr morgens, kam eine Schwester zu Maggy. »Ihre Tochter ist auf der Intensivstation«, verkündete sie mit einem breiten Lächeln, das auf Maggys Herz wie eine Ampulle Hoffnungsserum wirkte. »Wenn Sie sie sehen möchten ...«

Die Intensivstation befand sich im zweiten Stock. Sie folgte der Schwester über eine Reihe verwinkelter Gänge, durch zwei Paar mit Warnhinweisen bepflasterter Doppeltüren, die jeden normal Sterblichen in die Flucht geschlagen hätten. Maggy sah von alledem nichts. Alles, was sie sah, war ihr kleines Mädchen, das am Ende des Ganges auf sie wartete.

»Sie dürfen aber nur fünfzehn Minuten bleiben«, erklärte ihr die Schwester. »Sie hat große Schmerzen, doch wir werden ihr bald etwas dagegen geben können.«

Maggy bedankte sich und betrat das Zimmer. Nicole wirkte so zerbrechlich mit all den Kanülen und Bandagen und Drähten um sie herum. An ihrer rechten Schläfe hatte man eine kahle Stelle geschoren, und unter ihrem rechten Auge war ein deutlicher dunkler Fleck. Maggy fand sie geradezu herzzerreißend schön, als sie sich über sie beugte, um ihr kleines Mädchen zu küssen, zu berühren.

Nicoles Lider flatterten bei der ersten Berührung von Maggys Lippen.

»Mommy?«

Maggys Herz machte einen Satz. Es war schon sehr lange her, dass eines ihrer Kinder sie Mommy genannt hatte. Wie wunderschön das klang.

»Wie geht es dir, mein Liebling?«

»Conor ...« Ihre Stimme war von dem Narkoseschlauch, den man ihr in den Hals gesteckt hatte, noch heiser. »Wie ...?«

Lieber Gott, vergib mir diese eine Lüge. »Es geht ihm gut, Baby. Er wird operiert, aber es kommt alles wieder in Ordnung.« *Mein Wort in Gottes Ohr.*

»Es ... es tut mir so leid.«

»Sch.« Maggy schob eine Locke aus der glatten Stirn ihrer Tochter. »Darüber reden wir ein andermal. Im Moment wünsche ich mir nichts mehr, als dass es dir besser geht.« Später wäre noch genug Zeit, sich mit allem anderen zu beschäftigen.

»Er war es«, flüsterte Nicole. »Er hat mich gerettet.«

Maggy beugte sich ganz nahe zu Nicole, damit sie die Worte verstehen konnte. »Schatz, was hast du gesagt?«

»Conor hat mich gerettet ... mich weggestoßen ...«

Sie sprach weiter, abgehackt und nahezu unverständlich für Maggy, die versuchte, die Wörter zusammenzusetzen und in die richtige Reihenfolge zu bringen.

»Du bist über die Straße gegangen«, wiederholte sie, »und aus dem Nichts tauchte ein Auto auf?«

Nicole senkte und hob zustimmend die Lider. »Ich bin gestolpert ... der Wagen k-kam ...« Tränen stiegen ihr in die Augen und liefen über ihre verschrammten Wangen. »Er warf sich auf m-mich ... ich hörte das Auto, als es ...« Sie verstummte, von Emotionen überwältigt, und Maggy streichelte ihre Wange.

Er hat dir das Leben gerettet, dachte Maggy, während ihre

Tochter sich bemühte, wieder die Fassung zu erlangen. Sie waren sich so ähnlich, mehr als ihr je bewusst gewesen war. Sie zeigten beide ungern ihre Gefühle und verbargen ihre empfindsamen Seelen vor der Welt. Niemals wäre sie zu dieser einfachen Erkenntnis gelangt, wenn Conor nicht gewesen wäre. *Du hast dein eigenes Leben riskiert, damit meine Tochter am Leben bleibt.* Einen größeren Liebesbeweis gab es nicht. Die Gefühle in ihr waren so heftig, dass sie sie beinahe in die Knie zwangen. Liebe, Angst und Hoffnung waren so stark, dass sie ihr fast das Herz zerrissen. Die Bindung zwischen ihnen war unauflöslich. Sie wusste es jetzt, ohne jeglichen Zweifel, durch und durch. Was sie miteinander gefunden hatten, war wahr und überwältigend. Es beinhaltete Liebe und Verlangen und Familie und Treue und Mut und Ehrgefühl und, bitte, lieber Gott, es fing doch gerade erst an! Es musste für sie alle einen glücklichen Ausgang nehmen.

Eine Schwester klopfte an die Tür und kam herein. »Ich denke, für heute ist es genug, meine Damen. Ihr Blutdruck soll sich etwas senken.«

»Ruh dich aus«, flüsterte Maggy Nicole zu, als sie sie küsste. »Ich bin draußen vor der Tür.« Sie berührte ihre Nase mit der Spitze des Zeigefingers. »Ich hab dich lieb, Nickel.«

»Hab dich auch lieb, Mommy.«

Diese Worte begleiteten sie hinaus in den Warteraum, wo sie Claire, Ellie und einen sehr verschlafenen Charlie auf der Couch gegenüber den Rileys vorfand. Claire stand auf, als Maggy zu ihnen trat. »Ach, Mags«, sagte sie, dann versagte ihr die Stimme, und sie und Maggy lagen sich in den Armen.

»Es tut mir so leid«, erklärte Claire. »Das war alles meine Schuld.«

»Ich hätte wissen müssen, dass sie so etwa tun wird«, erwiderte Maggy und wischte ihrer kleinen Schwester die Tränen ab. »Ich wünschte, ich hätte dich das Ganze beaufsichtigen lassen.«

»Du hattest recht mit dem, was du über mich sagtest«,

räumte Claire ein. »Es ging genauso um meine eigenen Interessen wie um die von Nic.«

»Und du hattest recht bei mir«, gab Maggy zu. »Ich *bin* eifersüchtig auf dich. Ich war es schon immer. Wenn ich als jemand anderes wiedergeboren werden würde, dann am liebsten als du.«

Claires hübsches Gesicht wurde feuerrot. Noch nie hatte Maggy ihre Schwester verlegen gesehen, und sie fand diesen Anblick reizend. »Ich habe eine Menge Fehler gemacht«, sagte sie.

»Ach, und ich mache nie Fehler«, erwiderte Maggy und beide lachten. Es gab einiges zwischen ihnen, woran sie noch arbeiten mussten, doch der erste Schritt war getan, und das war das Wichtigste.

»Gute Neuigkeiten?« Matt Riley stand plötzlich neben ihnen. »Ich hoffe, es sind gute Neuigkeiten.«

»Nicole geht es gut«, sagte Maggy und stellte ihn dann Claire vor. »Irgendetwas Neues von Conor?« *Du musst mich ja nicht mögen, aber ich liebe ihn, und ich will ein Teil seines Lebens sein.*

»Der Chirurg sagte, er käme herunter, sobald sie fertig sind. Wir können nur das Beste hoffen.«

Maggy nickte. Ihr war klar, dass sie in ihren Augen eine Fremde war, eine vorübergehende Laune, ohne ein Recht, nach irgendetwas zu fragen, nicht einmal nach einer Information. Sie sahen in ihr eine Frau mit zu vielen Belastungen, und wahrscheinlich hatten sie recht. Ihr Sohn lag im Operationssaal, weil er sein Leben riskiert hatte, um ihre Tochter zu retten. Sie verdienten es, zu erfahren, dass sie einen Helden großgezogen hatten. »Ist Ihre Mutter in der Lage, sich zu unterhalten?«

Matt zuckte mit den Schultern. »Wann ist sie das nicht.« Er blieb zurück, um mit ihrer Familie zu sprechen.

Sie entschuldigte sich und ging auf die Ansammlung von Rileys zu, auf der anderen Seite des Zimmers.

»Verzeihen Sie, wenn ich störe«, sagte sie und sah Mrs Riley an, »doch ich würde gern einen Augenblick mit Ihnen sprechen, wenn Ihnen das recht ist.« Von Frau zu Frau. Von Mutter zu Mutter.

Mrs Riley gab ihre Kaffeetasse ihrem Mann und erhob sich. »Wie geht es Ihrer Tochter?«, fragte sie Maggy, während sie sich zu einer ruhigeren Ecke in der Nähe des Schwesternzimmers begaben. »Rita sagte, Sie konnten sie auf der Intensivstation besuchen.«

»Die Ergebnisse der Untersuchungen sind noch nicht da, doch es sieht gut aus.«

Mrs Riley schlug ein Kreuz. »Gott sei Dank.«

»Gott sei Dank«, bekräftigte Maggy, »und dank Conor.«

»Conor?« Mrs Riley legte die Stirn in Falten. »Was hat mein Sohn damit zu tun?«

»Er hat ihr das Leben gerettet«, sagte Maggy und konnte dabei das Zittern in ihrer Stimme nicht verhindern. Sie erzählte seiner Mutter, was sie von Nicole gehört hatte. »Wenn er nicht gewesen wäre, hätte ich meine Tochter verloren.«

In den Augen seiner Mutter glitzerten Tränen. Die Frau versuchte zu sprechen, konnte aber nicht.

»Er ist ein Held«, erklärte Maggy, und seine Mutter nickte. Beide wussten, was das hieß, wie viel das bedeutete. Wenn es notwendig war, zu handeln, dann tat er es, ohne zu zögern, ohne an seine eigene Sicherheit zu denken.

»Vielen Dank«, stammelte Mrs Riley und ging dann zu ihrer Familie zurück, um ihnen die Neuigkeit zu berichten.

Maggy blieb nur noch übrig, zu ihrer eigenen Familie zu gehen.

Charlie und Matt waren in eine Unterhaltung über die Chancen der Jets beim Super Bowl vertieft. Charlie hatte leuchtende Augen und war ganz Ohr, und ihr fiel auf, dass Matt das Kind erstaunlich gleichrangig behandelte, was sie ihm hoch anrechnete.

»Beurteile seine Mutter nicht zu streng«, sagte Rita und

hängte sich bei Maggy ein. »Ihr Sohn wird gerade operiert. Sie ist außer sich vor Sorge. Denk daran, wie es dir ging, bevor du wusstest, dass mit Nic alles wieder in Ordnung kommen würde.«

»Das ist nicht alles, Ma. Sie empfindet für mich das Gleiche, wie du für Conor.«

Ihre Mutter fuhr überrascht zusammen. »Ich lasse mir das aber ganz gewiss nicht anmerken.«

Maggy musste laut lachen. »Ach, tust du nicht? Du und deine Töchter, ihr habt absolut kein Hehl aus ihren Gefühlen gemacht.«

»Doch bloß, weil ich nicht will, dass du meine Fehler machst. Ich möchte, dass du einen Mann bekommst, der dein Glück über seines stellt, einen, der sein Leben für dich geben würde.«

»Ich denke, den habe ich gefunden.«

»Maggy.« Die Stimme drang wie aus einer anderen Galaxie zu ihr. »Maggy, wachen Sie bitte auf.«

Die Geräusche. Die Gerüche. Nicole, bleich und blass in ihrem Krankenhausbett mit den ganzen Schläuchen und den ...

Conor.

Sie schlug die Augen auf und sah das Gesicht von Matt Riley vor sich.

»Er ist wieder wach und will Sie sehen.« Matt deutete mit dem Kopf in Richtung der restlichen Rileys auf der anderen Seite des Raumes. »Sie regen sich furchtbar auf deswegen, aber er hat den Schwestern auf der Intensivstation gesagt, entweder Sie oder keiner.«

Die Rileys sahen nicht besonders erfreut aus, als sie an ihnen vorbeirannte, doch es war ihr egal. Er lebte. Er war wach. Er wollte sie sehen. Und, du lieber Gott, wie sehr wollte sie ihn sehen. Sie wollte ihn umarmen, seinen Duft einatmen und ihm alles erzählen, was ihr auf dem Herzen lag, wollte all ihre Liebe und Dankbarkeit und Hoffnung über ihm ausgießen wie eine heilende Tinktur.

Den Weg zur Intensivstation kannte sie mittlerweile ja. Sie hatte Nicole seit dem ersten kurzen Besuch noch zweimal sehen dürfen, und jetzt lag Conor nur drei Betten weiter. Das Leben ging manchmal sehr seltsame Wege.

Er öffnete die Augen, als er ihre Schritte hörte, und es war genauso wie beim allerersten Mal, als sie ihn sah. Sie hatte das Gefühl, vom Glück begünstigt zu sein, als hätte die Glücksgöttin sie unter ihre Fittiche genommen.

»Nicole?« Seine Stimme war heiser und schwach, doch die Bewegung war ihr laut und deutlich anzumerken.

Sie kniete sich neben ihn auf den Boden und ergriff die Hand, die nicht voller Infusionskanülen war. »Sie ist etwas angeschlagen, es ist aber nichts Ernstes.« Sie deutete auf die andere Seite der Intensivstation. »Sie liegt drei Betten weiter.«

Seine Augen schlossen sich für einen Moment, doch sie hatte das Glitzern der Tränen schon gesehen. »Sie ist ein braves Mädchen, Maggy.«

»Ich weiß«, flüsterte sie. »Ich danke dir dafür, dass du das Leben meiner Tochter gerettet hast.«

Er drückte ihre Hand, und sie fragte sich, wieso eine so simple Geste so viel bedeuten konnte. Sie drückte zurück. Sie hatten gegenseitig ihre Körper erkundet, hatten sich leidenschaftlich geliebt, doch keine Berührung hatte je mehr bedeutet als diese. So gründet man eine Familie, kam ihr in den Sinn. So macht man es. Man baut sie auf Liebe und Vertrauen, auf Mut und Zärtlichkeit auf, und man baut immer weiter, auch wenn andere versuchen, das Bauwerk einzureißen, denn innerhalb ihres Schutzes war man vor Schaden sicher. Innerhalb dieses Schutzes lebten die, die man liebte, ewig fort.

Mit einem solchen Mann war nichts unmöglich.

Sie hätte ihm dies und vieles andere mehr gerne gesagt,

doch die Schmerzmittel begannen allmählich zu wirken, und er schwankte zwischen Wachen und Schlafen.

»Vielleicht sollte ich deiner Mutter Gelegenheit geben, dich zu sehen«, sagte sie nach ein paar Minuten, »doch ich komme wieder.«

Das Lächeln, mit dem er sie bedachte, war wie Gold für sie.

Zu ihrer Überraschung fand sie seine Mutter am Bett von Nicole vor.

»Er ist reichlich erschöpft«, sagte sie zu Mrs Riley, »aber er würde Sie gerne sehen.«

Seine Mutter nickte. Maggy sah Schmerz in ihrem Gesicht und Verwirrung und vielleicht ein ganz schwaches Flackern von Billigung. Wahrscheinlich würde es auf Resignation hinauslaufen.

»Sie sieht so jung aus«, sagte seine Mutter, während sie die schlafende Nicole betrachteten.

»Sie *ist* jung«, erwiderte Maggy. »Ich neige manchmal dazu, das zu vergessen.

»Ich hatte eine ganze Hand voll in diesem Alter. Es gab Nächte, in denen ich mich in den Schlaf weinte und mich fragte, wieso ich überhaupt eine Familie hatte haben wollen.«

»So ist es mir auch gegangen«, pflichtete ihr Maggy bei. »Ich habe sogar mit dem Gedanken gespielt, in ein Kloster einzutreten, nur um all dem zu entgehen.«

Seine Mutter sah sie an und lächelte müde. »Na, so weit würde ich aber nicht gehen.«

Maggy lächelte zurück. »Es gab Zeiten, da hätte ich für eine ruhige Nacht nahezu alles getan. Enthaltsamkeit schien mir kein zu hoher Preis dafür.«

Seine Mutter überlegte eine Sekunde lang und schmunzelte dann. »Sie wird auch älter werden. Ich weiß, dass Sie mir im Moment wahrscheinlich nicht glauben, doch in ein paar Jahren wird sie wieder menschlich sein.«

»Das behaupten alle«, entgegnete Maggy, »aber es stimmt. Ich glaube es nicht so recht.«

»Wenn Sie nach Hause gehen wollen und etwas schlafen, passe ich gerne auf sie auf.«

»Vielen Dank«, sagte sie, von dem Angebot überrascht. »Das Gleiche würde ich gerne auch für Sie tun.«

Keine von beiden bewegte sich.

»Sie werden nicht gehen, nicht wahr?«, fragte seine Mutter.

»Im Leben nicht«, antwortete Maggy. »Sie auch nicht, oder?«

»Keine zehn Pferde brächten mich von hier weg.«

Sie sahen sich an und lachten dann lautlos. Für eine Weile waren sie nur zwei Mütter, die sehr vieles gemeinsam hatten.

22

»Sieh sie dir nur an«, sagte Maggy zu Nicole, als sie drei Tage später an der Tür zu Conors Krankenzimmer standen. »Sie sind schon dicke Freunde.«

»Ich kann es kaum glauben, dass der Hohlkopf ihn dazu gebracht hat, Quartett zu spielen«, sagte Nicole. Sie trug ihren Lieblingspullover und ein Paar Leggins, die dehnbar genug waren, um noch Platz zu bieten für ihre Kniestütze. Ihr Haar war zu einem Pferdeschwanz zurückgebunden, und seit langer Zeit sah sie zum ersten Mal wieder wie ein fünfzehnjähriges Mädchen aus, das noch eine Menge im Leben zu lernen hatte. »Ich würde ihm sagen, er soll sich verziehen.«

Sie war wieder gesund genug, um ihren kleinen Bruder zu hassen. Maggy hätte es nicht für möglich gehalten, aber dieser Ausdruck geschwisterlicher Rivalität war Musik in ihren Ohren.

»Conor kann gut mit Kindern umgehen«, bemerkte Maggy.

»Ja«, erwiderte Nicole. »Nicht so übel.«

Maggy warf ihrer Tochter einen Blick zu. »Großes Lob«, stellte sie fest und zog dabei eine Augenbraue in bester Mr Spock Manier hoch.

Nicole zog verlegen den Kopf ein, doch es war zu spät. Maggy hatte den Blick in den Augen ihrer Tochter gesehen, und der wärmte ihr das Herz.

Kleine Wunder. Sie nahm sie, wo sie sie finden konnte. Sie und Nic hatten noch einen langen Weg vor sich. Sie konnte sich nicht länger vor der Wahrheit verstecken. Nic vermisste ihren Vater mehr, als Maggy sich hatte eingestehen wollen, und vielleicht war es Zeit, die Entscheidungen zu überdenken, die sie bei ihrer Scheidung getroffen hatten. Ihre Tochter war nicht mehr das kleine Mädchen, das alles, was es brauchte, bei Mommy fand. Wenn sie ihren Platz in Nicoles Herzen behalten wollte, würde sie lernen müssen, loszulassen.

Ein wenig zumindest.

»Hallo, ihr beiden«, sagte Maggy, als sie Nicoles Rollstuhl durch die Tür bugsierte. »Tante Ellie wartet schon auf dich, Charlie, um dich nach Hause zu fahren. Du weißt ja, wie wenig sie es mag, wenn man sie warten lässt.«

Conor sah auf, und ihr blieb fast das Herz stehen. Er lächelte, doch es war kein echtes Lächeln, nicht das Lächeln, in das sie sich verliebt hatte. *Interpretiere da nichts hinein*, ermahnte sie sich. *Er hat eine Operation hinter sich. Er ist mit Schmerzmitteln vollgepumpt. Das hat nichts mit dir zu tun.*

»Ich hab sie alle.« Charlie knallte die Karten auf das Bett, beinahe hätte er Conors Gipsbein erwischt. Er beachtete Maggy und Nicole gar nicht.

»Schon wieder?« Conor starrte seine Karten an und warf sie dann zu denen von Charlie. »Sind deine Karten gezinkt?«

Charlie grinste. »Ich bin einfach besser als du, das ist alles.«

»Glaubst du?«

Charlies Grinsen wurde breiter. »Weiß ich.«

»Du solltest deine Jacke holen«, forderte Maggy ihren Sohn auf. »Ellie hat gesagt, sie geht mit dir zu McDonald's, wenn du ihr hilfst, noch vor dem Berufsverkehr wegzukommen.«

»Du bleibst hier«, schlug Conor vor und zerzauste Charlies Haar. »Ich nehme deine Jacke und gehe.«

Charlie fand das sehr lustig, und Conor sah sehr zufrieden mit sich selbst aus. Sogar Nicole konnte sich ein Grinsen nicht verkneifen.

»Komm schon, du Hohlkopf«, sagte Nicole. »Du kannst mich zu meinem Zimmer zurückfahren.«

Mehr brauchte man Charlie gar nicht zu sagen. Er sammelte die Karten ein und schob dann eine kreischende Nicole mit Karacho den Gang hinunter.

»Sieh unter dem Bett nach deinem Fußball!«, rief Maggy hinter ihm her.

»Sean war genauso«, sagte Conor zu Maggy, die in der Türe stand. »Ständig in Bewegung.«

Sieh mich an, Conor. Du hast mich nicht einmal seit dem Unfall richtig angesehen.

»Du hast schon wieder zwei Schlagzeilen gemacht«, sagte sie und legte ein paar Regionalblätter auf den Nachttisch. »Heldenhafter Polizist rettet Teenager vor sicherem Tod.« Allein die Worte auszusprechen ließ sie erschaudern.

»Wirf sie weg«, erwiderte er mit gepresster Stimme. »Ich will sie nicht sehen.«

»Deine Mutter vielleicht ...«

»Wirf sie weg.«

»Okay.« Sie fielen mit einem lauten Plumps in den Papierkorb.

Darauf folgte ein langes Schweigen.

»Charlie erzählte mir, dein Ex und seine neue Frau sind auf dem Weg von London hierher.«

Maggy nickte. »Beurlaubung wegen einer dringenden Familienangelegenheit«, erklärte sie. »Morgen früh werden sie ankommen und für ein langes Wochenende bleiben. Die Kinder sind begeistert.«

»Und du?«

»Ich freue mich für sie«, sagte sie nach kurzem Zögern. »Außerdem ist das schon lange Geschichte.« Und das war es auch. Sie hatte am Morgen nach dem Unfall ein sehr nettes Telefongespräch mit Sally geführt. Sally war warmherzig und heiter und sehr klug, und als Maggy ihr alles Gute wünschte, stellte sie fest, dass sie es auch genauso meinte. Dieses Kapitel ihres Lebens war beendet.

Es war Zeit nach vorn zu schauen.

Ein paar Minuten später entschuldigte Maggy sich, um sich von ihrer Schwester und Charlie zu verabschieden. Einen Moment lang zögerte sie, dann beugte sie sich vor und küsste ihn sacht auf den Mund. »Ich bin bald wieder zurück«, sagte sie. »Ich treffe mich mit deiner Mutter um sechs in der Cafeteria.«

»Ist Ostern und Pfingsten auf einen Tag gefallen?«, fragte er, doch sie hörte es nicht mehr. Sie war schon zur Tür hinaus.

Er lehnte sich in die Kissen zurück und versuchte, an den Blumensträußen und den Bündeln von Luftballons, die an der Decke tanzten, vorbeizusehen. Er gab sich auch die größte Mühe, die Zeitungen zu ignorieren, die aus dem Papierkorb aus weißem Metall links neben seinem Nachttisch herausragten, doch das war schwierig. Er war davon überzeugt, dass die Schlagzeilen im Dunklen leuchteten.

»Mein Dad hat gesagt, du bist ein richtiger Held«, hatte Charlie ihm erzählt, als sie heute Morgen Monopoly spielten. »Er kommt zu Besuch, und er sagte, er möchte dir die Hand schütteln.«

»Das ist sehr nett von ihm«, brachte Conor mühsam hervor, obwohl er sich bei dem Gedanken nur noch mehr als Schwindler vorkam.

Man stopfte sein Zimmer mit Blumen und Luftballons voll. Man schrieb über ihn in den örtlichen Zeitungen. *Augenzeugen berichten* brachte eine Reportage über den Unfall in ihrer Sechs-Uhr-Sendung.

Seine Eltern waren so stolz, dass sie auf dem Gang auf und ab marschierten, als machten sie einen Staatsbesuch, und nahmen Beglückwünschungen von allen und jedem entgegen. Seine Brüder fanden, seine Berühmtheit biete eine super Gelegenheit, Frauen kennenzulernen. Seine verheirateten Schwestern bemutterten ihn, als sei er eines ihrer Kinder.

Die Halloran-Damen waren um Versöhnung bemüht. Sie überhäuften ihn mit Pralinen, bequemen Daunenkissen und einer Zudecke in wilden Regenbogenfarben, um sein Krankenzimmer freundlicher zu gestalten. Claire hatte sogar eine Handvoll Marker gekauft, um seinen Gips zu verschönern. Er konnte sich nicht so recht entscheiden, ob ihm die gelben Blümchen und dicken roten Herzen gefielen, die sich über sein Bein zogen, doch alle anderen schienen begeistert zu sein. Er war als einer der ihren anerkannt worden, und der Schutzkreis der Familie umschloss auch ihn. *Du bist jetzt einer von uns,* übermittelten sie ihm mit diesen Aktionen. *Du hast dich als würdig erwiesen, weil du Nicole gerettet hast.*

Nicole war mit ihrem Rollstuhl gestern in sein Zimmer gefahren gekommen, um sich bei ihm zu bedanken. Sie hatte so jung und zerbrechlich ausgesehen mit ihrem Pferdeschwanz und den hässlichen Blutergüssen, die ihr hübsches Gesicht verunzierten, dass sich ihm tatsächlich das Herz zusammenschnürte bei dem Gedanken, wie leicht all dies verloren gewesen sein könnte. Sie wurde feuerrot, während sie durch ihre Rede stolperte, und er war mindestens genauso verlegen wie sie.

»Lass gut sein«, hüstelte er, um das Stocken seiner Stimme zu verbergen. »Ich habe nur das getan, was jeder andere in dieser Situation auch getan hätte.«

»Niemand auf der ganzen Welt, außer meiner Mom und meinem Dad, hätte so etwas für mich getan«, sagte Nicole. »E-es tut mir leid, wie ich Sie behandelt habe.«

»Veränderungen können Angst machen«, sagte er. »Uns allen.« Neue Träume. Ein neues Leben. Neue Familienstrukturen, die aus dem Nichts auftauchen. Und all dies, wenn man fünfzehn ist.

Sie war eine ganze Stunde dageblieben. Sie hatten sich über nichts Wichtiges unterhalten, aber sie hatten sich unterhalten. Sie war ein gutes Kind. Sie liebte ihre Eltern und hätte sich gewünscht, sie wären zusammengeblieben. Er sah darin keinen Fehler. Welches Kind würde sich nicht wünschen, seine Eltern würden wieder irgendwie zusammenfinden und noch einmal von Neuem beginnen? Sie hatte Frieden geschlossen mit der neuen Ehe ihres Vaters, und Conor war davon überzeugt, es wäre ihr auch gelungen, ihre Mutter zusammen mit ihm zu akzeptieren, wenn nur die Dame dazu noch willens gewesen wäre.

Er hatte gesehen, wie Maggy sich zurückgezogen hatte, als sie die Geschichte von Bobbys Tod erfahren hatte. Er hatte die Enttäuschung in ihren Augen gesehen, das Verblassen des Wunders. Und wenn sich die Aufregung über Nicole einmal gelegt hatte, diese Enttäuschung würde bleiben und alles andere überschatten.

Ein Held wäre nicht dagestanden und hätte zugesehen, wie sein Partner starb, ohne zu versuchen, ihn zu retten. Es spielte keine Rolle was er sonst noch in diesem Leben tun würde; er würde immer an dem gemessen werden, was er nicht getan hatte, und es gab absolut nichts, was an dieser Tatsache etwas ändern konnte.

* * *

Maggy und Conors Mutter hatten es sich zur überraschend erfreulichen Gewohnheit gemacht, sich täglich zu einem Kaffee in der Cafeteria zu treffen. Beide hatten ihr normales Leben auf ein Minimum reduziert, um für ihre Kinder da zu sein, was sie unweigerlich miteinander verband.

Maggy hatte Kathleen von Nicole erzählt, und wie sehr sie ihren Vater vermisste.

»Ich würde ja vorschlagen, sie solle bei ihrem Vater leben, doch er ist in der Army und ...« Sie zuckte mit den Schultern. »Außerdem ist er frisch verheiratet. Er und Sally brauchen etwas Zeit füreinander.«

»Und Sie?«, fragte Kathleen, während sie den Inhalt von zwei blauen Süßstofftütchen in ihren Kaffee schüttete. »Vielleicht brauchen auch Sie etwas Zeit.«

»Wofür?«, fragte Maggy, völlig verwirrt.

»Vielleicht, um selbst frisch verheiratet zu sein. Jeder, der Augen hat, kann sehen, dass mein Sohn Sie liebt, obwohl ich zugeben muss, dass ich darüber zuerst nicht sehr begeistert war.«

»Das ist allerdings eine Überraschung«, erwiderte Maggy und milderte ihre Worte mit einem Lächeln ab. Ihr Verhältnis hatte sich enorm gebessert. Wenn es um Leben oder Tod ging, hielt man sich nicht mit Lächerlichkeiten auf.

»Dafür, wie ich mich bei der Taufe verhalten habe, gibt es keine Entschuldigung.«

»Denke ich auch.«

»Ich möchte Sie aber trotzdem um Entschuldigung bitten, und ich hoffe, Sie nehmen sie an.«

»Sehr gerne.« Maggy schob ihre Kaffeetasse zur Seite und beugte sich über den Tisch vor. »Was würden Sie davon halten, wenn ich Ihnen sagen würde, dass ich in Ihren Sohn verliebt bin?«

»Ich würde sagen, Sie wären verrückt, wenn Sie es nicht wären.«

Sie holte tief Luft. »Etwas hat sich verändert, Kathleen. Er schaut einfach durch mich hindurch, als wären wir uns nie begegnet.«

Kathleen runzelte die Stirn und drückte dann den Zeigefinger auf die Falten über ihrer Nasenwurzel, um sie wieder glatt zu bügeln. »Er hat Schmerzen, Margaret, das ist alles.« Sie stand auf und legte eine Hand auf Maggys Schulter. »Er ist manchmal schwierig, doch er ist es wert. Es ist lange her, dass wir ihn so glücklich gesehen haben, und das haben wir Ihnen zu verdanken.«

Mit diesen Worten verschwand Kathleen durch den Seiteneingang, um eine Zigarette zu rauchen.

War das nicht der Hohn? Der Segen seiner Mutter, wo es nichts mehr zu segnen gab. Vor weniger als einer Woche schien alles noch so kompliziert. Familienangelegenheiten fraßen sie auf. Der Mordprozess hatte Fragen aufgeworfen, deren Antworten sie vielleicht gar nicht hören wollte. Nicole war durchgedreht. Und als Conor von einer gemeinsamen Zukunft gesprochen hatte, war sie mit Riesenschritten zurückgewichen, da sie sich nicht vorstellen konnte, wie all die so unterschiedlichen Teile ihrer beider Leben jemals zusammenpassen sollten.

Jetzt schien alles unwichtig. Was in aller Welt hatte sie bloß gedacht? Hatte sie überhaupt gedacht? Das einzig Wichtige war die Liebe. Wie banal das klang. Und wie wundervoll es tatsächlich war. Das und vieles mehr hatte sie Conor sagen wollen, wenn er Nicole von ihrem Abenteuer nach Hause bringen würde.

Sie hatte vorgehabt, sich mit ihm in die Küche zu setzen und ihm alles zu sagen, was ihr Herz bewegte, doch sie bekam dazu keine Gelegenheit. Der Unfall kam dazwischen, und als sich der Staub gelegt hatte, war zwischen ihnen etwas Grundlegendes anders geworden. Sie konnte es in seinen Augen sehen, jedes Mal, wenn er sie ansah. Er entfernte sich von ihr, und sie verstand nicht wieso.

Er sollte im siebten Himmel schweben, so wie alle anderen in ihren beiden Familien.

Sowohl er, als auch Nicole, würden wieder völlig hergestellt werden. Seine Genesung würde zwar länger dauern, doch die Ärzte hatten versichert, es bestünde kein Zweifel daran, dass er in ein paar Monaten wieder so gut wie neu wäre. Es gab so viele Gründe, glücklich und dankbar und voller Optimismus zu sein, dass sie sie gar nicht aufzählen konnte. Er war sogar in den Sechs-Uhr-Nachrichten erwähnt worden, was ihn für Charlie in den Stand eines Superstars erhob. Jeder im Krankenhaus schien ihn sehen und ihm die Hand drücken zu wollen.

Er müsste eigentlich zerplatzen vor Stolz und Glück. Sie war im Zimmer gewesen, als sein Sohn Sean anrief, und sie hatte das Vergnügen gehabt, ihm von der Heldentat seines Vaters erzählen zu können. Es gab Lokalpolitiker, die ihre

Seele dafür verkauft hätten, wenn für sie in den Regionalblättern ebenso viel Druckerschwärze verwendet worden wäre wie für Conor. Kathleen hatte eines davon heute mitgebracht. Sein Bild und das von Nicole prangten auf der ersten Seite des zweiten Teils, direkt neben einem Bericht über den DiCarlo-Prozess. Die Ironie der Sache sprang ihr plötzlich ins Gesicht.

Seine größte Niederlage und sein größter Triumph nebeneinander auf dieser Seite, sodass alle es sehen konnten. Er litt. Wie konnte sie das nur übersehen haben? Sein Leiden war nicht nur körperlicher Art, sondern es saß tief in seiner Seele. Sie hatte gemeint, er wende sich von ihr ab, doch das war es ja gar nicht.

Er hatte sich nach innen gewandt und nur an das Leben gedacht, das er verloren hatte, und nicht an das, das er gerettet hatte. Sie glaubte, er brauche sie jetzt, mehr als er je irgendjemand gebraucht hatte.

Beinahe so sehr, wie sie ihn brauchte.

Worauf wartete sie also?

Sie war draußen wie der Blitz. Sie rannte durch die Halle, drückte den Knopf des Aufzugs, und als er ihr nicht schnell genug kam, rannte sie die Treppe in den vierten Stock hinauf. Schwestern blieben stehen und starrten ihr nach, als sie durch den Gang zu Conors Zimmer raste, doch es war ihr egal. Sie wollte nur eines: Ihm sagen, was ihr Herz bewegte.

»Ich liebe dich, Conor«, sagte sie, als sie in sein Zimmer stürzte. »Ich weiß, das ist nicht die ...« Die Worte erstarben in ihrer Kehle. Er war nicht allein. Eine hübsche, dunkelhaarige Frau saß auf der Kante des Bettes und hielt Conors Hand. Ihre Augen waren gerötet, und in der anderen Hand hielt sie ein zerknittertes Papiertaschentuch. Die Augen von Conor waren verdächtig feucht.

»Entschuldigung«, stammelte Maggy und wünschte, sie könnte sich mit einem Lidschlag unsichtbar machen. »Ich wusste nicht, dass du Besuch hast.« Sie hätte sich das *Ich liebe dich* vielleicht nochmal überlegt, wenn sie rechtzeitig die Augen aufgemacht hätte. Sie wandte sich zum Gehen.

»Geh nicht, Maggy.«

»Wirklich«, sagte sie und bewegte sich zentimeterweise zur Tür. »Es macht nichts. Ich hätte wohl besser klopfen sollen. Ich ...«

»Komm her, Maggy.« Er klang nicht wie ein Mann, der vor zweiundsiebzig Stunden eine schwere Operation gehabt hatte. Er klang wie der Mann, den sie an diesem regnerischen Tag in Atlantic City kennengelernt hatte. Die dunkelhaarige Frau neben ihm musste schon eine besonders angenehme Gesellschaft sein, um das zu bewirken.

»Wenn du unbedingt meinst.« Sie versuchte, leicht und locker zu klingen, was ihr überhaupt nicht gelang. Vor allem war sie wie hypnotisiert von der Tatsache, dass Conor und die mysteriöse Frau sich noch immer an den Händen hielten.

»Das ist Denise DiCarlo, Maggy.«

Denise lächelte sie freundlich an und löste dann ihre Hand aus der von Conor. »Ich habe schon viel von Ihnen gehört, Maggy.«

Sie schüttelten sich die Hände. In Maggys Kopf drehte sich alles. Bobbys Witwe. Sie erinnerte sich, Conor sagen gehört zu haben, er habe mehr als einen Freund und Partner verloren, er habe eine ganze Familie verloren. Die DiCarlos hatten seit der Beerdigung nicht mehr zu seinem Leben gehört.

»Ich freue mich, Sie kennenzulernen, Denise.« Sie sahen sich an, dann wandte sich Denise wieder Conor zu. »Mom passt auf die Kinder auf. Ich sollte gehen.« Sie beugte sich hinunter und küsste ihn auf die Wange. »Ruf mich an, wenn du zu Hause bist.«

»Danke, Deni.« Maggy sah, wie sein Blick sich verschleierte. »Ich ...« Seine Stimme versagte, und Denise tätschelte ihm die Hand.

»Ich weiß«, flüsterte Denise. »Ich wollte, ich wäre schon eher in der Lage gewesen, es zu glauben.«

Denise verabschiedete sich von beiden und ging. »Sie schaut bestimmt auch *Augenzeugen berichten* an«, sagte Maggy und küsste Conor sacht auf den Mund. »Ich bin froh, dass sie dich besucht hat.«

»Ich auch«, erwiderte er. Er deutete auf einen Stoß Fotos auf dem Nachttisch. »Die Kinder sind gewachsen.«

»Sie sehen ganz schön clever aus«, sagte sie. »War der Besuch erfreulich?« Sie klang wie Königin Victoria beim Fünfuhrtee. Wo war die Frau, die ins Zimmer gestürmt war und »Ich liebe dich« gerufen hatte?

Er sah sie an. »Das kann man wohl sagen.«

Sie setzte sich neben ihn aufs Bett. »Hör mal«, sagte sie, »ich habe nicht mehr als vier Stunden in den letzten drei Tagen geschlafen. Und auch zu meinen besten Zeiten ist Geduld nicht meine Stärke gewesen. Zwischen dir und Denise ist irgendetwas vorgefallen. Ich sehe es deinen Augen an. Erzählst du es mir freiwillig, oder muss ich es erst mühsam aus dir herauslocken?«

»Es ist vorbei«, erwiderte er und ergriff ihre Hand. »Es ist zu Ende.«

»Was ist vorbei? Der Prozess? Deine Entfremdung? Was nun?«

»Es gibt einen Zeugen«, antwortete er. »Jemand, der gesehen hat, was geschah, und die Lücken füllen kann.«

»Conor!« Sie drückte seine Hand. Das konnten nur gute Neuigkeiten sein. Sie war sich *sicher,* dass es gute Neuigkeiten waren. »Wer? Was? Erzähl es mir!«

»Jack Oliphant vom Schuhgeschäft auf der anderen Seite des Parkplatzes.«

»Der, der die Polizei rief?«

»Genau der.«

»Aber hat er nicht ausgesagt, er habe nichts gesehen?«

»Man hatte ihn bedroht«, erklärte ihr Conor. Offensichtlich hatten Walkers Freunde oder seine Familie ein paar Schläger angeheuert, um ihn unter Druck zu setzen, damit er den Mund hielt. Conor stellte keine Bedrohung dar, wegen der Gedächtnislücke. Oliphant war eine wirkliche Gefahr für ihn. Ein tatsächlicher Augenzeuge der Schießerei würde mit Sicherheit eine Gefängnisstrafe ohne Aussicht auf vorzeitige Entlassung bedeuten.

»Er hatte Angst. Er hat eine Familie, um die er sich sorgt. Er ließ sich einschüchtern.«

»Er ist ein Feigling.«

»Ja«, stimmte Conor zu, »aber er ist auch ein Mann mit drei Kindern, und er wollte verhindern, dass ihnen Schaden zugefügt würde. Man tut eben, was man muss.«

»Sogar, wenn deshalb ein Schuldiger ungeschoren davonkommt?«

»Willkommen auf der Erde«, entgegnete er.

»Und wieso redet er jetzt?«

»Schlechtes Gewissen. Mitleid. Keine Ahnung.« Er erzählte ihr in Grundzügen, was Denise ihm berichtet hatte. Jack Oliphant hatte in den Medien von Nicoles Unfall und Conors Tapferkeit erfahren, was wohl eine überraschende Reaktion in ihm ausgelöst hatte. Er stand am nächsten Morgen vor der Tür von Denise und schüttete ihr sein Herz aus, worauf ihn Denise zu Sonya Bernstein brachte, der für den Fall zuständigen Staatsanwältin, um auszupacken.

»Er hat einen Meineid geschworen«, stellte Maggy fest. »Sie werden ihn nach allen Regeln der Kunst fertigmachen.«

»Das glaube ich nicht«, erwiderte Conor. »Ich bin mir sicher, Sonya wird einen Weg finden, um ihm das Ganze zu erleichtern.«

Sie holte tief Luft. *Bitte, lieber Gott. Hilf ihm zu erkennen, was für ein anständiger Mensch er ist.* »Du warst also nicht wie gelähmt, nicht wahr? Du hast nicht einfach zugelassen, dass Walker Bobby erschoss?«

»Nein«, sagte er mit einem Ausdruck von tiefer Bekümmernis und großer Erleichterung zugleich. »Ich habe Bobby nicht sterben lassen.«

Die Details waren noch lückenhaft, so wie er sie Maggy erzählte. Er musste erst selbst die gesamte Geschichte von Oliphant hören, um Fragen stellen und schließlich die Einzelheiten dieses entsetzlichen Nachmittags zusammensetzen zu können. Doch was er bereits wusste, änderte für ihn alles.

Sie konnte geradezu hören, wie seine aus den Fugen geratene Welt wieder Tritt fasste.

»Oliphant sah, wie Walker die Waffe an Bobbys Kopf hielt. Er sagte, ich hätte versucht, mit Walker zu reden, und dass der Bastard sagte, er würde Bobby das Gehirn herauspusten, wenn ich nicht meine Waffe niederlegen würde.« Er sprach schnell und tonlos, als erzählte er die Geschichte eines anderen. Sie nahm an, dass dies in gewisser Weise auch zutraf, da er ja keine eigene Erinnerung daran hatte. »Die Waffe lag auf dem Boden, etwa einen Meter weit weg. Oliphant erinnerte sich daran, weil das davon reflektierte Sonnenlicht ihm in die Augen stach.«

In Maggys Augen standen die Tränen. »Das ist genau das Gleiche, was du über Walkers Waffe gesagt hast.«

»Oliphant erzählte Denise, dass er sich hinter einem Mazda versteckt hatte und alles sah. Er hörte, wie ich versuchte, die Sache in den Griff zu bekommen, bevor sie ausartete. Er sagte, ich versprach Walker, wenn er die Waffe niederlege, würde man Milde walten lassen, und dass man ihm sein Einsehen zugutehalten würde. Oliphant sagte, es schien zu wirken. Walker redete und klang wie ein verängstigtes Kind, das nach einem Ausweg sucht. Oliphant war sich sicher, dass wir ihn so weit hätten, dass wir es ihm begreiflich gemacht hätten. Er sagte, der Junge hätte die Waffe gesenkt, als wolle er sie hinlegen, und Bobby hätte sich nach links gedreht, um sie zu packen.« Er hielt inne, und es dauerte einige Sekunden, bis er fortfuhr. »Oliphant sagt, ich ergriff meine Waffe und machte einen Satz nach vorne, doch sie waren so ineinander verschlungen – ich hätte keinen sauberen Schuss abfeuern können, oder ich war vielleicht nicht schnell genug.

Das Nächste, was Oliphant mitbekam, war das Geräusch des Schusses, und dann sah er, wie Bobby auf Walker sackte, und alles war vorbei.«

Sie hielt ihn so eng umschlungen, wie sie nur konnte, mit dem Gips, der Operationswunde und den Kanülen und Drähten, die überall hervorlugten. Sie streichelte sein Haar, lauschte dem abgehackten Klang seines Atems und fragte sich, wie sie jemals ohne die andere Hälfte ihres Herzens hatte leben können.

Der Schmerz ging, und an seine Stelle traten Zufriedenheit und Seelenruhe.

Da es schon so lange her war, dass er eines dieser Gefühle erlebt hatte, merkte er es zuerst gar nicht. So fühlte es sich an, wenn man wieder heil war.

So fühlte es sich an, wenn man geliebt wurde.

Sie war in das Zimmer gestürmt und hatte diese Worte laut und deutlich gesagt, sodass alle Welt sie hören konnte, und sie hatte sie gesagt, bevor sie wusste, dass er nicht schuld war an Bobbys Tod.

»Maggy.«

Sie lehnte sich etwas zurück und sah ihn an. Ihre porzellanblauen Augen waren groß vor Besorgnis. »Stimmt etwas nicht? Brauchst du ...«

»Dich«, erwiderte er. »Ich brauche dich.«

Diese schönen blauen Augen füllten sich mit Tränen. »Könntest du das noch mal sagen? Ich möchte sicher sein, dich richtig verstanden zu haben.«

»Ich liebe dich, Maggy O'Brien. Ich habe dich geliebt von dem Moment an, als ich dich sah.«

»Über den Parkplatz«, sagte sie und lachte durch einen Schleier glücklicher Tränen. »Was für ein alberner Ort, um sich zu verlieben.«

»Als ich dich dann am nächsten Morgen auf der Uferpromenade wiedersah, mit deinen Haaren, die sich im Regen kräuselten, wusste ich, dass mein Herz für immer dir gehören würde.«

»Ihr Polizisten versteht euch nur zu gut darauf, einem gut zuzureden.«

Sie strahlte rundherum vor Freude, und er dankte Gott für alles, was ihn bis hierher gebracht hatte.

»Und wie steht es mit Ihnen, meine Dame?« Er fühlte sich jung und voller Hoffnung. »Was können Sie zu Ihren Gunsten vorbringen?«

Ihr Lachen erfüllte sein Herz und seine Seele mit dem größten Glücksgefühl, das er je gekannt hatte. Diese Art von Glück hatte er für unerreichbar gehalten.

»Ich?«, fragte sie. »Gar nichts.«

»Sie lieben mich«, sagte er und konnte das Lächeln nicht aus seinem Gesicht verbannen. Er konnte, was er war, nicht verbergen: heillos verliebt, bedenklich vom Glück begünstigt und verdammt froh über all dies. »Ich habe Zeugen, O'Brien. Es ist besser Sie spucken es aus.«

»Ich habe gehört, ihr Burschen habt Methoden, die Leute zum Reden zu bringen.«

»Warte nur, bis ich aus diesem Bett raus bin«, sagte er und grinste wie ein verliebter Teenager. »Dann zeig ich dir ein paar.«

»Ich liebe dich.« Sie nahm seine Hand in die ihre und senkte den Kopf, um seine Finger zu küssen. »Ich liebe deinen Körper und dein Herz und deine Seele und deinen Verstand und deinen Mut.«

»Du weißt, was das bedeutet.«

»Wir werden heiraten, nicht wahr?«

»Da hast du verdammt recht«, antwortete er. »Und je eher, desto besser.«

»Wir sollten es wohl den Kindern sagen, bevor wir vor den Altar treten.«

»Ich rufe sofort Sean an«, sagte er. »Du trommelst Nic und Charlie und einen Pfarrer zusammen.«

»Vater Roarke wird begeistert sein, doch den Kindern werden wir ein bisschen gut zureden müssen.«

»Wenn wir sie genug lieben, dann schaffen sie das schon. Ich glaube, sie sind schon auf halbem Weg dazu.«

Da war wieder das Lächeln, das er liebte, jenes, das er beabsichtigte, jeden Tag für den Rest seines Lebens und auch noch länger zu sehen. »Zeit verschwendest du ja keine, oder?«

»Ich habe schon achtunddreißig Jahre ohne dich verschwendet«, erwiderte er. »Ich habe nicht vor, auch nur noch eine weitere Minute zu verschenken.«

Und dann küsste ihn die Frau, die er liebte, und ihr gemeinsames Leben begann.

Das Werk einschließlich aller seiner Teile ist urheberrechtlich geschützt.
Jede Verwertung außerhalb des Urhebergesetzes ist ohne Zustimmung
des Verlages unzulässig und strafbar. Dies gilt insbesondere für Vervielfältigungen, Übersetzungen, Mikroverfilmungen und die Einspeicherung
und Verarbeitung in elektronischen Systemen.

Weltbild Buchverlag – Originalausgaben –
Genehmigte Lizenzausgabe 2007 für
Verlagsgruppe Weltbild GmbH,
Steinerne Furt, 86167 Augsburg
Deutsche Erstausgabe
Copyright © 1999 by Barbara Bretton
This edition published by arrangement with Berkley Books,
a member of Penguin Books (USA) Inc.
2. Auflage 2007
Alle Rechte vorbehalten

Projektleitung: Dr. Ulrike Strerath-Bolz
Übersetzung: Ingeborg Dorsch
Redaktion: Ingola Lammers
Umschlag: Hauptmann & Kompanie Werbeagentur GmbH, München–Zürich
Umschlagabbildung: © Fernando Bengoechea/Beateworks/Corbis
Satz: avak Publikationsdesign, München
Druck und Bindung: GGP Media GmbH, Pößneck
Gedruckt auf chlorfrei gebleichtem Papier

Printed in the EU

ISBN 978-3-89897-649-7